Elke Weigel, *Robin & Jennifer*

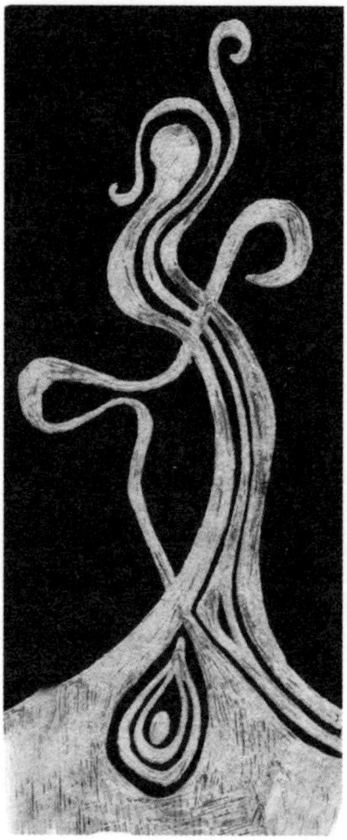

Elke Weigel

Robin & Jennifer

Historischer Roman

konkursbuch
Verlag Claudia Gehrke

1899
Robin

Wenn es wehtat, verschwand die Traurigkeit. Zwölf Stufen. Robin saß auf der obersten, rutschte ein wenig hin und her und spürte durch den Stoff ihres Matrosenkleides hindurch das glatte Eichenholz. Gestern hatte sie die Trittflächen mit Wachs polieren müssen, wie jeden Samstag. Ihre Arme und Knie schmerzten heute noch.

»Roberta! Wo bleibst du schon wieder?« Tante Erna rief nach ihr.

Robin ließ ihre Absätze über die Kante der elften Stufe rutschen. Fast reichten ihre ausgestreckten Beine bis zur achten. Sie schlug die Spitzen ihrer geknöpften Stiefel aneinander, trotz der schwarzen Wichse sah man, wie alt und verknittert das Leder bereits war. Mit den Zehen wackeln konnte sie darin nicht. Unten in der Küche hantierte Tante Erna mit dem Backblech. Scheppernd wurde es in den Ofen geschoben. Mit ihrem Geburtstagskuchen. Der Robin egal war, denn sie hasste ihre Geburtstage. Auch den zwölften.

Sie lehnte sich zurück, sie wusste genau, in welchem Winkel die Abfahrt am schnellsten sein würde – und am schmerzhaftesten.

»Roberta! Herrschaftnochmal!«

Schritte kamen näher. Tapp, tapptapp. Tante Erna stapfte. Jetzt erschienen die grauen Haare über dem Treppengeländer. Robin drückte die Handkanten gegen die zwölfte Stufe, wartete, bis sie den strammen Knoten am Hinterkopf der Tante erblickte, aber noch nicht das Gesicht. Sie stieß sich ab, hob die Fersen an und rutschte über die Kanten. Das Rumsen ihrer Talfahrt dröhnte durch die Diele. Ihr Ellenbogen schlug gegen die Wand, das Steißbein begann zu brennen. Auf den kalten Fliesen am Fuß der Treppe blieb sie liegen, den Kopf auf den Armen.

»Eine Schande bist du. Steh auf, los.«

»Was ist denn passiert?« Vater. Er musste den Lärm gehört haben, denn seine Apotheke lag gleich neben der Diele.

Tante Erna zerrte an ihr, bis sie stand. »Deine Mutter muss sich ja im Grab rumdrehen. Gott hab sie selig.«

Robin wehrte die Hände ab. »Rede nicht so von meiner Mutter!«

»Da siehst du mal«, sagte Tante Erna zu Vater, »warum ich genug von ihr habe!« Sie klopfte mit den Händen auf ihre Schürze, die voller Mehlstaub war.

Vater nahm die Brille ab und begann sie mit einem Taschentuch zu reiben. Er trug über dem Sonntagsanzug, mit dem er in der Kirche gewesen war, einen weißen Kittel. Egal ob Feiertag oder Sonntag, er verbrachte die meiste Zeit in der Offizin, deswegen roch er auch immer nach herben Kräutern.

Robin strich ihren Matrosenkragen glatt und stellte sich ein Stück näher zu ihrem Vater.

Tante Erna redete auf ihren Schwager ein: »Sie schafft nichts, liest nur, und ich sag dir, Anton, sie ist zu oft allein hier im Haus. Ich habe meine eigene Familie zu versorgen, ich kann nicht dauernd hinter ihr herrennen.«

»Mhm, mhm.« Er nickte.

Tante Erna gab einen grunzenden Laut von sich.

»Meine Schwester in Schorndorf braucht Hilfe mit den Zwillingen, da hätte sie keine Zeit für Faxen.«

Robin hob die Hände. »Ich will nicht weg! Vater, bitte!«

Er setzte die Brille wieder auf, legte das Taschentuch umständlich zusammen und drückte es anschließend zwischen den Handflächen glatt. Und schwieg.

»Es ist keiner da, der sie erzieht. Nur mit dir und ihren Brüdern, das kann ja nichts werden.«

»Ich geh doch zur Schule. Und nachmittags muss ich Aufgaben machen.«

»Aufgaben machen! Nicht mal stopfen hast du gelernt. Außerdem ist die Schule ja bald beendet.«

»Bitte Vater, ich will weiter zur Schule gehen.«

Endlich steckte er das Taschentuch weg.

»Ins Gymnasium!«

»Du willst aufs Gymnasium gehen?« Vater beugte sich ein wenig zu ihr.

»Das wirst du ihr aber nicht erlauben! Für meine Mädle hat die höhere Töchterschule gereicht.« Tante Erna drehte sich brüsk um und ging in Richtung Küche.

»Nicht die höheren Töchter!« Robin sah ihren Vater flehentlich an. »Dort lernt man nur kochen.«

Tante Erna war schon im dunkleren Teil der Diele angekommen, doch ihre Stimme dröhnte deutlich genug. »Das kommt davon, wenn ein Kind ohne Mutter aufwächst, deswegen hat sie Flausen im Kopf. Ich mache das nicht mit!«

Vater zuckte zusammen, und Robin hätte am liebsten die Arme um ihn gelegt.

»Wird's bald? Oder muss ich alles allein machen?« Tante Erna brüllte aus der Küche.

»Jetzt geh und hilf ihr.« Vater wandte sich zur Apotheke.

»Darf ich? Bitte, Vater!« Robin hielt die Klinke fest, damit er die Tür nicht schließen konnte.

»Wir werden sehen. Ärgere deine Tante nicht, sie ist uns eine große Hilfe.«

Am langen Holztisch in der Mitte der Küche putzte Tante Erna Karotten, Erde und Schale flogen in hohem Bogen. Alles an ihr war rund, und ihr Mund stand immer offen, auch wenn sie nichts sagte. Ohne das Schaben zu unterbrechen, sah sie Robin finster entgegen. »Bilde dir nur nichts ein auf deine feine Herkunft. Deine Mutter lebt nicht mehr.«

Robin drückte ihren verletzten Ellenbogen und zuckte zusammen, als der Schmerz hineinschoss. Sie spürte Feuchtigkeit unter ihren Fingern und versuchte, einen Blick darauf zu werfen.

Tante Erna hatte sie nicht aus den Augen gelassen. »Blutest du etwa? Kremple den Ärmel hoch!«

Übelkeit stieg in Robin auf, sie hockte sich auf die Kante eines Stuhls und krampfte die Hände ineinander.

»Du wirst doch nicht umkippen? Reiß dich zusammen. Immer das Gleiche mit dir. Geh zu deinem Bruder, der soll dich verarzten.«

Mit weichen Knien ging Robin durch die Diele. Als sie die gute Stube, die neben dem Eingang gegenüber der Apotheke lag, erreicht hatte, hörte sie Tante Erna rufen: »Beeil dich gefälligst!«

Bruno lag auf dem Sofa und las Zeitung.

»Na?«, sagte er freundlich, ohne die Augen von der Seite zu nehmen.

Robin schob seine Füße beiseite, die er samt Schuhen auf einem Kissen abgelegt hatte. Auch dieses Leder hatte sie gestern blankgerieben. Sie atmete tief durch und beschloss, drei Dinge im Raum anzusehen, oder besser vier. Meist verging dann die Übelkeit.

Der ovale Tisch, schon ausgezogen, mit Damasttüchern bedeckt – eins. Die Palme in der Zimmerecke – zwei. Auf der wuchtigen Anrichte tickte eine Pendeluhr – drei. Im Silberrahmen die Fotografie ihrer Mutter. Robin schluckte.

»Sag mal, du hast es heute aber schwer, dabei ist doch dein Geburtstag.« Bruno faltete die Zeitung zusammen und richtete sich auf. Er war genauso zierlich wie Vater und hatte die gleichen traurigen Augen.

»Wieso schwer?« Robin rieb sich die Nase.

»Erst veranstaltest du Rabatz, dass Tante Erna brüllt wie der Oberfeldwebel der Armee«, Bruno brachte Robin zum Lachen, als er die Arme steif an die Seiten presste und die Stirn in Falten zog, »und dann seufzt du wie das Leiden Christi.« Er machte ein klägliches Gesicht. »Was ist los?«

»Ich blute«, flüsterte Robin.

Sofort wurde Bruno ernst. »Wo?«

Sie hielt ihm den Ellenbogen hin.

»Ich schaue mir das gleich an. Aber zuerst musst du dein Geschenk auspacken.« Er holte unter dem Kissen hinter seinem Rücken ein Päckchen hervor, das ungeschickt in Packpapier gewickelt war. Robin lächelte und öffnete es.

»Winnetou II. Das ist famos! Danke!« Sie betrachtete den Stich auf dem Einband, während Bruno ihre Manschette aufknöpfte und den Stoff nach oben rollte.

»Ist es arg schlimm?« Sie kniff die Augen zusammen.

»Nein. Ich hole Jod und Pflaster, und du denkst daran, ein Indianer hat keine Angst vor Blut.«

Robin öffnete die Augen und lachte. »Ein Indianer kennt keinen Schmerz, so muss es heißen.«

»Du bist ein schlaues Köpfchen. Ich bin gleich wieder da.«

Bevor er aufstehen konnte, legte Robin eine Hand auf seinen Arm. »Kannst du bitte mit Vater sprechen?« Er sah sie erstaunt an. »Nicht wegen der Verletzung«, fuhr Robin fort, »wegen Tante Erna. Sie will mich loswerden. Ich soll nach Schorndorf, aber ich möchte hier bleiben, bei euch.«

Bruno strich mit der Hand über sein dunkles, mit Pomade geglättetes Haar. »Du willst doch wohl keine Apothekerlehre machen?«

»Natürlich nicht! Ich will aufs Gymnasium gehen!«

Er verzog anerkennend den Mund. »Eine Frauenrechtlerin also.«

»Was meinst du? Was ist eine Frauenrechtlerin?«

»Das sind Frauen, die doch tatsächlich einfordern, dass man ihnen die gleichen Rechte zugesteht wie den Männern.«

Robin hörte an seinem Tonfall, wie interessant er das fand. »Sie wollen sein wie Männer? Dann werde ich auch eine Frauenrechtlerin!«

»Lass das bloß die Tante nicht hören.«

»Hast du von ihnen in der Zeitung gelesen?«, fragte Robin.

»Ja, schau nach, irgendwo in der Mitte.« Er reichte ihr die Zeitung und erhob sich.

»Sprichst du mit Vater?«

»Wenn du mir nachher erklären kannst, was in dem Artikel über die Frauenrechtlerinnen steht.«

»Ich gebe dir auch mein Kuchenstück«, rief Robin.

»Ich denke darüber nach!«

Als sie wenig später mit einem Pflaster auf dem Ellenbogen in die Küche zurückging, hantierte Tante Erna neben ihrer Tochter Martha am Herd.

»Du lebst ja noch!« Martha öffnete die Ofenklappe und schob zwei Briketts nach. Die Arme ins Kreuz gestützt, richtete sie sich wieder auf. »Komm, hilf mir beim Tischdecken.«

»Du bleibst schön hier und schälst Kartoffeln«, fuhr Tante Erna dazwischen. »Das gute Porzellan mach ich lieber selber. Roberta, rühr den Spätzleteig an.« Sie stapfte hinaus.

»Auch gut«, sagte Martha und nahm ein Messer und eine Kartoffel zur Hand. Laut flüsterte sie: »Ich muss dir vom Referendar erzählen. Er will mich heiraten!«

Robin schüttete Mehl in eine Schüssel und sagte nichts. Martha war siebzehn und kannte seit Wochen nur ein Thema: Wilhelm.

»Er ist ja so mutig. Stell dir vor, er will Missionar werden, bei den Heiden.«

»Dann ist er ja in Afrika, und du kannst ihn nicht heiraten.«

»Natürlich nimmt er mich mit!«

Vermutlich hatte sie auch heute nach dem Gottesdienst wieder in der Sakristei »geholfen«, um mit dem blassen jungen Mann ein paar Worte zu wechseln. Robin glaubte nicht, dass er ihr einen Heiratsantrag gemacht hatte. Nicht bevor er eine Anstellung vorweisen konnte. Martha malte sich das nur aus.

Robin holte vier Eier und Milch aus dem Kasten, einem Schrank an der Außenmauer des Hauses, gefüllt mit Butterfässchen, Käse und Milchflaschen. Es roch ranzig, und sie beeilte sich, die Tür schnell wieder zu schließen. Über einer Schüssel schlug sie die Eier auf und trennte das Eiweiß vom Dotter. Während Robin die Milch einrührte, versuchte sie mit den Fersen in ihren Stiefeln weiter nach hinten zu rutschen, um mehr Platz für die Zehen zu haben.

Martha, die Wasser vom Schüttstein holte, ging mit dem Topf an ihr vorbei. »Was zappelst du denn so?«

»Sie sind zu klein.«

»Das kann nicht sein. Die habe ich letztes Jahr noch getragen.«

»Sie sind trotzdem zu klein.«

»Du kriegst Quadratlatschen.« Martha schnitt geschälte Kartoffeln in den Topf.

Robin kicherte. »Groß, das ist doch famos.«

»Es wird schwer sein, einen Mann für dich zu finden.«

»Ich heirate sowieso nicht.«

»Vielleicht ist das auch besser so. Ich weiß ja nicht, ob Männer eine Frau wollen, die zur Hälfte Ausländerin ist. Ich meine, Engländerinnen sind doch nicht beliebt, oder?«

»Ich werde Indianer«, sagte Robin.

»Jetzt sei mal ernsthaft. Dein Vater hat einen Fehler gemacht, als er deine Mutter geheiratet hat. Das sieht man schon daran, dass sie bei deiner Geburt gestorben ist.«

Robin zuckte zusammen, und ein Batzen Teig flog aus der Schüssel auf den Tisch.

»Pass doch auf! Ich meine es ja nur gut, wenn ich dir das sage. Meine Mutter hat mir erzählt, dass du aufs Gymnasium gehen willst.« Martha sah sie mitleidig an. »Wenn du schon weiter zur Schule gehen willst, dann musst du danach Lehrerin in einem christlichen Pensionat werden.«

»Lehrerin?«

»Ja, die heiraten nicht. Und wenn doch, dann dürfen sie nicht mehr unterrichten.«

»Ich glaube, ich tauge nicht zum Kinderhüten.«

»Papperlapapp, alle Frauen können Kinder erziehen. Aber jetzt musst du erst mal viel beten. Wilhelm hat mir nämlich gesagt, dass unsere Seele dadurch geläutert wird. Und weil heute der Todestag deiner Mutter ist …«

Robin ließ den Kochlöffel in die pappige Teigmasse fallen und rannte aus der Küche.

»Wo willst du denn hin?«, rief Martha.

Robin riss ihren Mantel in der Diele vom Haken, verließ das Haus durch die Seitentür und ging die Marktstraße entlang. Ein kalter Wind wehte über ihre erhitzten Wangen, und sie hielt mit einer Hand den Kragen zusammen.

Nur Lise, Mutters Hausmädchen aus England, sollte von Mutter sprechen! Doch »Laisa«, so hatte Mutter sie genannt, hielt sich an Sonn- und Feiertagen bei einer englischen Freundin auf. Tante Erna wollte es so.

Uralt und düster ragte der Turm der Uff-Kirche in den grauen Himmel. Niemand in Cannstatt wusste, warum Kirche und Friedhof diesen Namen trugen. Robin öffnete das schmiedeeiserne Tor und trat ein. Über den Kies ging sie die Reihen ab, hohe Eiben mit knallroten Beeren und Eichen mit braunen Blättern säumten die Wege. Nach dem Mittagessen würde die ganze Familie mit Blumen hierher kommen, doch jetzt wollte sie allein sein.

Neben dem Grab ihrer Mutter kniete sie nieder und berührte das Bronzebild, das in die Oberfläche des grauen Sandsteins eingelassen war. Sie wischte sich die Tränen von ihren eigenen Wangen.

Nelly Korber, geborene Vaughan

14. April 1868 – 1. November 1887

Von Lise wusste sie, dass Mutter rotes Haar gehabt hatte, eine zarte Gestalt und ein liebevolles Wesen. Mit ihrer Mutter hatte sie nichts gemeinsam. Haar und Augen dunkelbraun, ihre Gestalt jetzt schon groß und grob. Als liebevoll hatte sie auch noch niemand bezeichnet. Nur dieses eine Datum hatte sie mit ihrer Mutter gemeinsam. Der erste November. Allerheiligen. Ihr Geburtstag war Mutters Todestag.

»Wenn du da wärst«, flüsterte sie, »dann wäre alles nicht so schlimm.« Sie zog die Nase hoch und schluckte. »Ich möchte so gerne aufs Gymnasium gehen. Das wollte ich dir sagen, bevor die anderen kommen.«

Robin stand auf, rieb sich die kalten Hände und trat zum nächsten Grabstein. Hedwig Beierle. Sie war die erste Frau ihres Vaters, die Mutter ihrer beiden Brüder. Von ihr gab es kein Bild auf dem Stein. Tante Erna sprach über ihre Schwester in anerkennendem Tonfall und ließ kein Zweifel darüber aufkommen, dass sie die richtige Gattin gewesen war. »Ein Segen, dass sie nicht weiß, was die Engländerin aus ihrem Haushalt gemacht hat!«

Unter dem eingravierten Namen der ersten Ehefrau stand Vaters Name, Anton Korber, und sein Geburtsdatum 1840. Der freie Platz darunter zeigte an, dass Vater im Tod zu seiner ersten Frau zurückkehren würde. Die zweite Heirat sei ein Fehler gewesen, betonte Tante Erna genau wie Martha. Am Grab ihrer Mutter zupfte sie von den letzten Astern trockene Blätter, die herangeweht worden waren.

»Ich bin doch kein Fehler, oder?«

Sie war sich nicht sicher, ob die Mutter nickte oder den Kopf schüttelte. Hastig erhob sie sich und verließ den Friedhof. So schnell wie sie konnte, rannte sie die Anhöhe hinunter Richtung Altstadt. Der kalte Wind sauste in ihren Ohren und biss eisig in ihre Wangen, ihre Zehen schmerzten in den engen Stiefeln. Am Wilhelmsplatz angekommen, verlangsamte sie das Tempo. Es herrschte nicht viel Verkehr, nur eine Kutsche rumpelte über das Pflaster, und neben einem Automobil rannte eine Horde Kinder in Sonntagskleidung her. Robin erreichte das Apothekerhaus am Ende der Marktstraße. Es war eines der größten Gebäude in Cannstatt, vier Stockwerke hoch, mit dunklem Fachwerk, weißen Kassetten und blau-schwarz gestreiften Fensterläden.

Gerade als sie die Seitentür öffnen wollte, kam Bruno heraus. »Hoppla. Wo hast du denn gesteckt? Sie haben ein ordentliches Geschrei wegen dir gemacht.«

»Ich halte es nicht aus in der Küche«, stieß Robin hervor.

Bruno legte den Arm um ihre Schultern. »Dann komm schnell mit zu Gustav, bevor sie dich entdecken.«

Über den Hinterhof gelangten sie zum Lagerhaus, wo ihr ältester Bruder sich eine Werkstatt eingerichtet hatte. Robin spähte durch die schmutzige Scheibe. Drinnen beugte sich Gustav an der Werkbank über den Schraubstock und feilte an einem Metallstück. Allein traute sie sich nicht mehr zu ihm hinein. Früher hatte Robin Schnitzen und Radfahren von ihm gelernt, doch nun war er Ingenieur und hatte keine Zeit mehr für sie. Streng war er geworden, mit sich und mit der Welt. Den ganzen Tag montierte er Automobilteile, glaubte daran, dass bald niemand mehr in einer Kutsche fahren würde, und träumte von einem eigenen Wagen mit Benzinmotor. Er betonte gerne, dass er sich als Mechaniker in den Daimlerwerken hochgearbeitet hatte, seit er fünfzehn Jahre alt gewesen war. Die hohe Geschwindigkeit, mit der die Automobile fuhren, und der Lärm, den sie verursachten, waren Vater nicht geheuer, er befürchtete Schäden für die Gesundheit, aber Robin bemerkte keine Veränderungen an Gustav, er war so geschäftig wie immer.

Er nickte seinen eintretenden Geschwistern zu und feilte weiter an einem Metallstück, dessen Funktion Robin schleierhaft war.

»Ich bin gleich so weit«, sagte er.

»Hast du die Zeitung schon gelesen?«, fragte Bruno, die Hände auf dem Rücken zusammengelegt. »Es wird immer noch ordentlich gestritten.«

»Sie sollen sich endlich mal einigen! Der Zusammenschluss mit Stuttgart bringt eine Menge Vorteile für alle, es macht uns zu einer Großstadt.« Gustav pustete Eisenspäne weg und musterte das Werkstück mit schräg gelegtem Kopf. »Wir sind die zweite Stadt in Deutschland, in der eine elektrische Straßenbahn fährt, und wir haben eine elektrische Straßenbeleuchtung. Das ist der Fortschritt, er lässt sich nicht mehr aufhalten.« Er öffnete den Schraubstock und zeigte seinem Bruder das Eisenteil. Der nahm es entgegen, kniff ein Auge zusammen und sah daran entlang. Dann nickte er und legte es vorsichtig auf die Werkbank.

Robin baute auf dem Fenstersims einen Turm aus Muttern. Sie erinnerte sich noch an die Gaslaternen, die früher die Straßen von Cannstatt beleuchtet hatten. Das elektrische Licht war heller, flackerte nicht, und alle sagten, es sei nun sicherer, abends durch die Straßen zu gehen.

»Die Armen profitieren allerdings nicht vom Fortschritt. Da ist noch viel im Argen«, entgegnete Bruno. Er reichte seinem Bruder einen Lappen. »Manche Arbeiter leben unter fürchterlichen Bedingungen. Zum Beispiel in der Geißstraße. Dort hausen sie zu zehnt in einem Raum, die Wände sind schwarz vom Schimmel, und sie haben keinen Abort im Haus. Tuberkulose und Rachitis überall.«

Gustav rieb seine ölverschmierten Finger ab. »Die Häuser gehören abgerissen, und man sollte überall luftige Wohnsiedlungen bauen, wie die Pfeiffer'sche Arbeitersiedlung in Ostheim.«

Gustav schien immer zu wissen, was richtig war. Robin schubste den Turm um.

»Wie wird die Stadt nach dem Zusammenschluss heißen?«, fragte sie ihn. »Cannstatt oder Stuttgart?«

»Denk nach«, sagte Gustav und verließ als Erster die Werkstatt. »Cannstatt ist älter.«

»Warten wir es ab«, sagte Bruno und ließ Robin den Vortritt.

Tante Ernas Mann erschien, ein vierschrötiger Weinbauer mit roter Nase und gelben Zähnen. Und weil er auf das Essen nicht warten wollte, sah Tante Erna sie nur böse an, aber verzichtete auf ihr Geschrei. Robin und Martha servierten Braten, Spätzle, Kartoffelsalat und braune Soße. Die Männer unterhielten sich, und Robin bekam nur Bruchstücke davon mit, während sie die Schüsseln aus der Küche hereintrug und sich drauf konzentrierte, nichts zu verschütten. Das Gespräch drehte sich wieder um den Fortschritt.

»… und unsere Marine dürft ihr nicht vergessen«, rief Tante Ernas Mann, als sie sich endlich zu ihnen setzen konnte. »Die Engländer werden noch blass, das sage ich euch!«

Vater beugte sich über seinen Teller, und Robin sah schnell von ihm zur Anrichte, auf der die silbergerahmte Fotografie ihrer Mutter stand.

Abends konnte sie nicht einschlafen. Eine halbe Engländerin zu sein, war ein Makel in dieser Familie. Sie stieß die Decke mit den Füßen weg und stand auf. Im Nachthemd schlich sie die Treppe hinunter zur Küche, dort spülte Lise in einer Wanne auf dem Schüttstein das Geschirr. Gleich nach dem Gottesdienst kamen Tante Erna und Martha ins Apothekerhaus und sorgten dafür, dass ein ordentliches schwäbisches Essen gekocht wurde. Sie hielten es für ausgeschlossen, dass eine Ausländerin dies konnte, egal wie lange sie im Land lebte. Aber abends erschien Lise wieder.

Lise war schon immer alt und war schon immer da gewesen und mit ihr der Geruch nach Zwiebeln und Rauch. Robin kannte ihre weichen Hände, die von Runzeln überzogenen Fingerkuppen und die Sommersprossen auf ihrem Handrücken.

»Hallo Schätzle.« Robin mochte den Akzent, mit dem sie »Schätzle« sagte.

»Hello, Laaisa.« Robin hockte sich auf einen Stuhl neben dem Ofen und kaute auf dem Ende ihres geflochtenen Zopfes. Aus den Schlitzen an der Ofenklappe glühte es, eine Leine mit Handtüchern hing über dem Herd.

»Ich war heute allein am Grab.«

Lise nickte und trocknete ihre Hände an der Schürze ab. Tante Erna fand, dass es sich nicht gehörte, mit einer Bediensteten so vertraulich zu sprechen.

»Glaubst du, im Himmel hat man keine Sorgen?«, fragte Robin.

»Bestimmt nicht«, antwortete Lise.

»Warum musste Mama sterben?«

»Das weiß ich nicht.« Lise schüttelte nachdrücklich den Kopf.

»Wollte Gott mich ärgern?«

Lise antwortete nicht. Sie drehte den Hahn auf. Ratternd und schnaufend kündigte das Wasser sein Kommen durch die Leitung an. Dann plätscherte es in den Topf.

»Tante Erna sagt immer lieber Gott, ich finde ihn nicht lieb.«

»Schätzle, mit Gott kenne ich mich nicht aus. Das müssen wir Tante Erna überlassen.«

Robin lachte. »Ja, überlassen wir es ihr. Die beiden passen besser zusammen.«

Lise stellte den Topf auf den Herd und gab eine Handvoll Kamillenblüten hinein. Dann holte sie einen großen Weidenkorb aus der Ecke und zog einen Stuhl für sich heran. Früher, wenn Robin traurig gewesen war, war sie auf Lises Schoß gekrabbelt und hatte die Sommersprossen auf ihrem Handrücken gezählt, bis ihr Schmerz vergangen war. Als der Duft des Kamillentees die Küche erfüllte, wich die Traurigkeit ein wenig von ihr.

Lise lächelte sie an. Über ihre Knie breitete sie ein Küchentuch und nahm einen Apfel aus dem Korb. In ihrem Schoß lag ein kleines Messer bereit. Es sah nicht aus wie ein normales Küchenwerkzeug, eher wie ein Indianermesser – oder so, wie Robin sich eines vorstellte, das Winnetou benutzte.

»Nimm.« Lise drückte es ihr in die Hand. »Schneide den Apfel quer durch.« Sie bemerkte Robins Zögern. »Auf!«

Robin drehte den Messergriff. Weiß, glatt und rund schimmerte er im spärlichen Licht des Herdfeuers. Sie tippte mit dem Daumen gegen die Spitze.

»Sei vorsichtig«, sagte Lise.

Aber schon quoll ein Blutstropfen aus ihrer Haut. Sie steckte den Finger in den Mund. Lise lachte leise und kurz.

»Was ist das für ein Holz? Es ist so hell.« Robin drehte wieder den Griff zwischen den Fingern.

»Knochen.«

Sofort ließ Robin das Messer fallen, klimpernd schlug es auf den Steinfliesen auf. »Du machst schlechte Witze!« Sie getraute sich nicht, das Messer aufzuheben.

»Glaub's oder glaub's nicht.«

Robin berührte mit ihren nackten Zehen das Knochenweiß und schauderte.

»Und die Schneide ist aus Zwergenstahl?«, fragte sie forscher, als ihr zumute war.

»Stein.«

»Stein und Knochen! Ein Messer aus Stein und Knochen. Ha, ha.« Robin warf ihren Zopf nach hinten und verschränkte die Arme vor der Brust.

Lise war abergläubisch. Sie fegte jeden Morgen die Schwelle der Eingangstür und noch einmal extra die der Küchentür, um bösen Geistern den Eintritt zu verwehren. »Es gibt viele Wirklichkeiten«, sagte sie häufig.

Und Robin wusste das.

In Lises Wirklichkeit gab es Märchen und böse Geister. In Vaters Gerechtigkeit und Bildung. Diese beiden Wirklichkeiten überschnitten sich nie, aber in Robin fanden beide Platz. Vater sprach nicht viel mit Lise, er gab ihr selten Anweisungen, meist übernahm das Tante Erna. Und deren Wirklichkeit bestand aus Selbstkontrolle und Tugend.

»Nun, willst du deine Zukunft erfahren?« Lise holte Robin aus ihren Gedanken.

»Meine Zukunft?«

»Schneide den Apfel quer durch.«

Robin hob das Messer auf. Es fühlte sich lebendig an in ihrer Hand. Sie schnitt den Apfel auseinander und legte die Hälften in den Schoß der alten Frau. Lise sog scharf die Luft ein, nahm die Apfelhälften und hob sie näher ans Ofenlicht. Sie runzelte die Stirn und schüttelte den Kopf.

»Was siehst du?« Robins spürte eine Anspannung in Lise, die ihr fremd war.

»Das habe ich nicht erwartet. Aber gut. Du sollst es wissen.« Lise zeigte auf das Fruchtfleisch. »Siehst du den Fünfzackstern? In diesem Apfel gibt es zwei.«

Tatsächlich, im Inneren des Apfels lagen zwei Sterne dicht nebeneinander. Lise schnitt einen weiteren Apfel auf und zeigte Robin die Innenfläche.

»In dem Apfel ist nur ein Stern. Und er hat Kerne in den kleinen Kammern«, sagte Robin. Sie holte drei weitere Äpfel aus dem Korb und schnitt sie auseinander.

Lise nickte unablässig. »Siehst du, nur ein Fünfzackstern, überall. Und Kerne darin. Mindestens einen.«

»Was hat es zu bedeuten, wenn zwei Sterne darin sind?«

»Zwei Frauen, keine Kinder.«

»Zwei Frauen, keine Kinder«, wiederholte Robin. Sie schwieg eine Weile und dachte über diese Information nach. »Klingt schön. Obwohl ich nichts verstehe.«

»Jetzt schneide die Apfelhälften in dünne Scheiben. Wir werden sie trocknen.«

Robin machte sich an die Arbeit.

Lise legte die Scheiben auf ein Blech, das sie neben den Ofen auf einen Hocker stellte. »Hier ist es gerade richtig warm.«

Bald gähnte Robin, es musste bereits spät in der Nacht sein. Lise schöpfte Kamillentee in eine Tasse mit abgebrochenem Henkel und reichte sie ihr. Während Robin trank, schnitt Lise die restlichen halbierten Äpfel in Scheiben, danach füllte sie eine Zinkwärmflasche mit heißem Wasser und umwickelte sie mit einem Handtuch.

»Nun geh schlafen und vertraue in das, was kommt«, sagte sie.

Robin küsste Lises Wange. Im Bett drückte sie die Fußsohlen gegen das raue, warme Handtuch.

»Und wenn mir nicht gefällt, was kommt?«

1900
Jennifer

Silvester. Das Fest ins neue Jahrhundert fand ohne sie statt. Jennifer hockte auf dem Treppenabsatz in der Pariser Villa ihrer Mutter und spähte zwischen rankenverzierten Geländerstäben hindurch, die kalten Knie unter das Rüschennachthemd gesteckt. Dort unten wollte sie sein, doch ihr Stiefvater hatte zu Maman gesagt: »Es ist mir egal, ob sie vierzehn geworden ist. Sie hat da nichts verloren, basta.«

Die Eingangshalle hatte sich in einen Ballsaal verwandelt, aus dem eine wilde Mischung aus Zigarrenrauch und Parfümdüften aufstieg und durch das Haus waberte. Das kleine Ensemble spielte einen Straußwalzer, elegant gekleidete Paare wirbelten herum, Schleppen wischten über den Boden, und die Tänzer drängten die anderen Gäste an den Rand des Saals. Großes Gedränge herrschte am Tisch, wo die Erdbeerbowle ausgeschenkt wurde, und das Stimmengewirr steigerte sich, je näher es auf Mitternacht zuging. Für einen kurzen Moment übertönte schrilles Gelächter die Musik. Eine Frau warf ihren Kopf nach hinten, und die lange Straußenfeder an ihrem Haarband wippte. Sie hob eine mehrreihige Perlenkette an und präsentierte Jennifers Stiefvater ihr Dekolleté, das nur notdürftig mit Stoff bedeckt war. Der Baron blies den Rauch seiner Zigarre über ihre Haut und beugte sich dabei zu ihrem Busen hinunter, bis seine Nase im Spalt zwischen ihren Brüsten verschwand.

»Ja, ja schlabbere sie voll, pfui.« Jennifer schüttelte sich, als die Frau quiekte und das Spiel mit dem Zigarrenrauch von vorne begann. Dicht an den beiden vorbei tanzte ihre Mutter, und ihr Atem stockte. Doch Valentine schien nichts zu bemerken, sie lachte mit Quentin Nidal, dem jungen Philosophen, der ihre Hand hielt wie ein Diener, der ein Tablett trägt. Sein Geliebter, Oskar Summer, stand mit weltentrücktem Blick am Rand der Tanzfläche und nippte an seinem Glas. Dieser Träumer konnte wundervolle Verse schreiben, und die jungen Frauen, die an ihm vorbeitrippelten, beachtete er gar nicht.

Jennifer jedoch drückte das Gesicht gegen die Geländerstäbe, um die Abendkleider genauer ansehen zu können: Helle Spitzen, zarte Volants und glitzernde Steinchen huschten durch ihr Blickfeld.

Die Kapelle spielte einen Tusch, und alle stürmten zu den Flügeltüren hinaus, um das Feuerwerk zu sehen.

Es schlug Mitternacht. Jennifer zählte die Schläge. » … zwei … drei … vier …«

Von oben rannten zwei Frauen kichernd, eng umschlungen, die Treppe herunter. Beide trugen Anzüge,

Krawatten und Hüte, was Jennifer erstaunte, weil sonst niemand kostümiert gekommen war. Schnell erhob sie sich, um Platz zu machen.

Da erkannte sie, dass es Sophie war, die die andere Frau küsste und ihr über das Gesäß streichelte. Die Frau riss ihr den Hut vom Kopf. Eine Spange rutschte aus Sophies braunem Haar, und die aufgesteckte Pracht breitete sich auf ihrem Rücken aus. Bevor sie weiterlief, warf Sophie ihr eine Kusshand zu.

Die letzten Schläge der Kirchturmglocke gingen im Knallen von Feuerwerkskörpern unter. Jennifer hob die strassbesetzte Spange auf und hielt sie fest umklammert. Im leeren Festsaal wurde eine Papierschlange vom Lufthauch über das Parkett geblasen, draußen erklangen Segenswünsche. Sie huschte zurück in ihr Zimmer. Im bunten Aufblitzen der Raketen versteckte sie die Haarspange in der hintersten Ecke ihrer Nachttischschublade, schlüpfte unter die Bettdecke und suchte mit den Füßen nach der Wärmflasche.

»O Sophie«, flüsterte sie.

Am nächsten Morgen erwachte Jennifer erst, als die Sonne schon in breiten Streifen ins Zimmer schien. Sie durchquerte das Badezimmer, das ihr eigenes Schlafzimmer mit dem ihrer Mutter verband. Die Tür zum Zimmer ihrer Mutter war nur angelehnt, und ein Dunst aus Alkohol schlug ihr entgegen. Als sie sah, dass dort drinnen die Vorhänge noch geschlossen und keine Geräusche zu hören waren, zog sie leise die Tür zu.

Sie zog das Nachthemd aus und ließ es auf die Marmorfliesen fallen. Vor dem großen Spiegel musterte sie sich und suchte nach Anzeichen dafür, dass sie endlich erwachsen wurde. Sie legte ihre Handflächen über ihre Brüste und nahm Maß.

»Das reicht noch nicht.«

In der geräumigen Dusche drehte sie die goldschimmernden Hähne auf, und von allen Seiten spritzte das Wasser heraus. Sie schäumte sich von Kopf bis Fuß ein und ließ dann endlos das Wasser auf sich herabprasseln, während der Raum sich mit Dampf füllte.

Im Kimono, der ein Stück auf dem Boden schleifte, betrat sie das Zimmer ihrer Mutter, tastete sich zum Fenster und öffnete es weit.

Ein Stöhnen kam aus den Kissen. Jennifer setzte sich auf die Bettkante und suchte unter den vielen Decken nach ihrer Mutter. Valentine von Waldenburg. Ein Gewirr aus blonden Locken, die ihren eigenen glichen, kam zum Vorschein. Als Licht in ihr Gesicht schien, legte Valentine sofort den Unterarm über die Augen.

»Tuch, Aspirin.«

Jennifer holte einen mit Wasser befeuchteten Waschlappen und drückte ihn gegen Valentines Stirn, danach löste sie ein Pulver in Wasser auf.

»Soll ich das Frühstück kommen lassen?«

Valentine brummte zustimmend. »Wie spät ist es?«

Jennifer zog an der Klingelschnur. Die goldenen Kugeln der Pendeluhr schwangen unter der Glaskuppel hin und her.

»Zehn nach elf.«

Valentine richtete sich mühsam auf. »Herrje, nur noch zwei Stunden. Oh, mein Kopf.« Sie presste die Hand auf die Stirn.

»Darf ich dabei sein? Bitte, bitte, Maman.«

»Schsch, nicht so laut.«

Jennifer bettelte im Flüsterton: »Ich darf dabei sein? Sag ja!«

»Meinetwegen.« Valentine schloss die Augen.

Es klopfte, und Marie, das Zimmermädchen, betrat leise das Zimmer. Sie balancierte geschickt ein Tablett mit heißer Schokolade und Croissants auf der einen Hand und schob mit der anderen die Arzneiflaschen auf dem Nachttisch beiseite, damit sie das Geschirr absetzen konnte.

»Guten Morgen, Madame«, sagte sie auf Französisch.

Jennifer sprach sowohl deutsch als auch französisch perfekt, Valentine war schon zweisprachig aufgewachsen und hatte dafür gesorgt, dass ihre Tochter beide Sprachen beherrschte.

Während Valentine Marie mit matter Stimme Anweisungen gab, zog Jennifer einen Stuhl heran und bediente sich.

»Sehen Sie nach, ob das blaue Kleid gebügelt werden muss. Meine Tochter soll das gelbe anziehen. Und Schuhe müssen Sie putzen und die neuen Strümpfe herauslegen. Wo ist mein Schmuck?«

Langsam kam wieder Leben in sie. Jennifer wusste, dass ihre Mutter nichts lieber tat als extravagante Menschen einzuladen, um ihnen einen unvergesslichen Anblick von sich und ihrem Haus zu bieten. Ihre Möbel, Vorhänge und Tapeten kaufte sie bei William Morris, alles musste ein kleines Kunstwerk sein, sonst war sie nicht zufrieden. Ihre Gäste präsentierten sich ebenfalls auffallend, um einen Eindruck zu hinterlassen, dieser musste nicht zwangsläufig gut sein, nein – vor allem anhaltend.

»Giselle! Wo ist Giselle?« Valentine rief nach der Haushälterin. Plötzlich stand das Zimmer voller Bediensteter, die Valentines Anweisungen entgegennahmen. Vieles davon war überflüssig, denn die Einzelheiten waren schon Tage zuvor besprochen worden. Aber Valentine war perfektionistisch und zerstreut, was dazu führte, dass sie sich wiederholte.

Natürlich waren sie nicht rechtzeitig fertig, denn Valentine brauchte für ihre Aufmachung unendlich lange. Marie toupierte ihr Haar und formte es mit Spangen und Nadeln zu einem voluminösen Gebilde. Darauf steckte sie einen riesigen Hut mit seitlich aufgeschlagener Krempe. Ihr Haar schimmerte in einem satten Goldton, trotz der täglichen Torturen mit Lockenstab und Festiger. Aber das war es nicht, womit sie Aufsehen erregen wollte. Unsummen verwendete sie dafür, sich Kleider nähen zu lassen, die ihre Figur und Augenfarbe vorteilhaft betonten. Da sie das Korsett hasste, leistete sie sich Reformkleider, für die sie eigene Stoffe weben und bedrucken ließ. Anregungen holte sie sich dazu von den Künstlern des Jugendstils. Heute glänzte sie in einem Kleid mit stilisierten organischen Formen; ranken- und blütengleich flossen die Farbschattierungen von blau und grün ineinander.

Jennifer war längst fertig angekleidet und spähte zur Tür hinaus. Die ersten Gäste kamen, und sie hörte, dass sie vom Diener in den großen Salon gebeten wurden.

»Komm her, lass dich anschauen.« Valentine hielt ihr eine Kette hin. »Die passt zu deinem Kleid.«

Es klopfte laut, und der Baron stakste herein.

»So, da bin ich.« Seine Stimme dröhnte wie die eines Offiziers auf dem Kasernenhof, die Mundwinkel waren verzogen, als hätte er etwas Saures gegessen.

Jennifer wandte sich nur halb von dem Spiegel ab, in dem sie sich mit der neuen Kette betrachtete, und knickste zur Begrüßung. Dieser Schmarotzer bildete sich eine Menge ein, weil er Valentines Ehre gerettet hatte, als sie schwanger sitzengelassen worden war. Seitdem lebte er von ihrem Vermögen, verreiste viel und bewohnte, wenn er da war, einen eigenen Flügel der Villa.

Im Spiegel beobachtete Jennifer, wie er theatralisch ein Tuch von einem Gegenstand zog, den er auf dem Tisch abgestellt hatte. Ein Zwitschern. In einem Käfig, der wie ein Schlösschen gebaut war, saß ein hellgrüner Piepmatz mit orangefarbenem Schnabel und gab wundervolle Töne von sich.

»Das ist für deine Mutter. Na, da ist die Kleine aber überrascht, haha.« Der Baron streckte selbstgefällig den Bauch heraus, hakte den Daumen in seine Westentasche und rückte das Monokel zurecht. Er wandte sich an Valentine. »Meine Verehrte. Ein prächtiges Geschenk, nicht wahr? Der Oberst, ich bin ihm heute Morgen begegnet, ganz zufällig, sagte mir …«

Aufgeregt flatterte der Vogel von einer Stange zur anderen und stieß dabei immer wieder an das Gitter. Vorsichtig berührte Jennifer die Stäbe. Sie hörte nicht mehr zu, was die beiden besprachen, sondern suchte das Türchen und entdeckte einen kaum sichtbaren Haken.

Mit leiser Stimme lockte sie: »Komm, komm heraus, du darfst fliegen.«

Der Vogel legte den Kopf schief und rührte sich nicht. Jennifer trat beiseite. Mit angehaltenem Atem beobachtete sie, wie der grüne Hüpfer sich vorsichtig der Freiheit näherte. Dann, mit einem Satz, war er draußen und flatterte durchs Zimmer.

Valentine stieß einen Schrei aus. »Was machst du denn da? Fang ihn wieder ein!«

Jennifer zog mit einem Griff die Vorhänge beiseite und riss beide Flügel des Fensters weit auf. Sofort spürte der Vogel die frische Luft und flog hinaus.

Sie lehnte sich über das Geländer. »Niemand soll dir die Freiheit nehmen. Du bist zum Fliegen geboren.« Sie ging zurück zum Tisch und gab dem offenen Käfigtürchen einen Schubs, es schwang hin und her.

Der Baron zog die Augenbrauen zusammen, drehte sich zu Valentine und versetzte ihr eine Ohrfeige. Ihr Kopf flog zur Seite. Mit ausgestrecktem Zeigefinger tippte er gegen ihre Brust. »Was habe ich Ihnen gesagt? Was?«

Valentine umklammerte die Stuhllehne. »Bitte, regen Sie sich nicht auf, mein Lieber.«

Jennifer presste die Hände vor den Mund.

»Sie wissen, was ich von Ihnen erwarte!«, sagte er sehr laut. »Wenn Sie nicht härter durchgreifen, weht hier bald ein anderer Wind.«

Valentine nickte. Eine Locke hatte sich aus ihrer Frisur gelöst und baumelte neben ihrem Ohr.

»Die Kindereien müssen aufhören, und Sie sorgen mir dafür, dass dieses Fräulein endlich zurechtgestutzt wird. Es kommt mir nicht noch einmal vor, dass ich nach Hause komme und so etwas ansehen muss.« Der Baron stand immer noch dicht neben ihr.

»Aber natürlich, Sie haben recht.« Valentine versuchte, ihr Haar zu richten, ihre Hand zitterte.

»Kommen Sie, lieber Baron«, sagte sie. »Jetzt trinken wir beide erst mal allein einen Schluck. Ich habe einen wunderbaren Likör aus Portugal geliefert bekommen.«

Sie ging zum Tisch mit den Getränken und gab Jennifer hinter dem Rücken des Barons ein Zeichen, dass sie verschwinden sollte.

Mit zitternden Knien eilte Jennifer zur Tür.

Paula

Seit Ostern, also seit einem halben Jahr, wunderte sich Robin, wie lustlos die anderen Fahrgäste in der Straßenbahn morgens unterwegs waren. Die Menschen starrten nur müde vor sich hin und eilten nach dem Aussteigen ihren Zielen entgegen. Im Matrosenkleid, mit Strohhut und geknöpften Stiefeln, die Büchertasche gegen ihren Bauch gepresst, saß sie zwischen den Studenten, Arbeitern, Angestellten und Schülern und hielt die Zwanzig-Pfennig-Münze für das Fahrgeld in der Hand, bis der Schaffner kam. Eine aufregend neue Welt tat sich vor ihr auf. Sie kannte Stuttgart zwar von Einkäufen in den neuen Warenhäusern, wohin sie mit ihrer Tante ging, wenn sie Wäsche brauchte, oder von sonntäglichen Spaziergängen im Schlossgarten mit ihrer Familie, doch jetzt lernte sie das Alltagsleben kennen, und ihr begegneten andere Gesichter Stuttgarts.

Die Straßenbahn ratterte über die König-Karls-Brücke, die erst wenige Jahre zuvor fertiggestellt worden war. Prunkvoll überspannte sie den Neckar und die Auen und führte von Cannstatt nach Berg. Von dort war es nicht mehr weit in die Innenstadt von Stuttgart.

Robin sah aus dem Fenster. Handwerker lenkten ihre Fuhrwerke, deren Ladeflächen schwer beladen mit Körben und Fässern waren, durch den dichten Verkehr. Sie brachten ihre Waren auf den Markt oder in eine der Maschinenfabriken. Die stämmigen Rosse der Brauerei Dinkclacker, im Sechsergespann, gefielen ihr am besten. Ein junger Bursche mit fadenscheiniger Kleidung und einer Schildmütze zog schwer an einem Leiterwagen. Ein gepolsterter Sessel war darauf festgebunden. Frech streckte er ihr die Zunge heraus.

Am neuen Schloss stieg sie aus, überquerte die Neckarstraße und lief die letzten Meter zur Urbanstraße den Berg hinauf. Sie winkte ihren Mitschülerinnen, die sich am Fenster drängten. Das Mädchengymnasium bestand erst seit wenigen Jahren und war in einer Wohnung untergebracht. Gedrängt saßen dreißig Schülerinnen im ehemaligen großen Wohnzimmer an zerschrammten Pulten, die aus einer Knabenschule ausrangiert worden waren. Hier gefiel es Robin besser als in der Volksschule, wo sie eine Klasse mit sechzig Schülerinnen besucht hatte. Es ging familiärer zu, und außerdem konnte sie mit Paula zusammen sein.

Paula Liebermann, ihre Banknachbarin, Paula, das schönste Mädchen, Paula, die aussah wie eine Fee, mit blauen Augen und blonden Locken. Obwohl sie schon vierzehn war, alberte sie bei jeder Gelegenheit herum, bekritzelte Zettelchen, die sie eng zusammenfaltete und ihr zuschob, wenn sich Fräulein Maurer zur Tafel drehte. Die Lehrerin hatte sie Graulein getauft, weil alles an ihr grau war: Augen, Haare und die Brosche am obersten Knopf ihrer grauen Bluse mit dem gerüschten Kragen. Robin mochte sie.

»Ihr könnt das genauso gut lernen wie die Buben«, wiederholte die Lehrerin jeden Tag mehrfach, sobald die Mädchen murrten, eine Aufgabe sei zu schwierig.

Robin kicherte, als sie die Karikatur erblickte, die Paula sehr treffend von Graulein skizziert hatte.

»Roberta Korber, wiederholen Sie, was ich eben erklärt habe.« Fräulein Maurer fuhr herum. Ungeduldig klopfte sie mit der Hand auf ihren Rock und hinterließ Kreidespuren darauf. Robin erhob sich mit rotem Gesicht und trat ratlos neben dem Pult von einem Fuß auf den anderen. Sie schielte hilfesuchend zu Paula. Aber die lachte hinter vorgehaltener Hand.

»Genug jetzt!«, rief Fräulein Maurer. »Sie und Fräulein Liebermann werden bis morgen die Formeln zur Körperberechnung von Kugel, Zylinder und Pyramide auswendig lernen und den Rechengang vor der Klasse erklären.«

Sie sah auf ihre Uhr, die am Rüschenkragen der Bluse festgesteckt war, und hieß die Schülerinnen zwei und zwei antreten. Es gab keine Schulglocke. Im Gänsemarsch gingen sie hinaus in den Garten hinter dem Haus. Die Mitschülerinnen begannen, seilzuspringen oder unterhielten sich mit Klatschspielen. Paula und Robin setzten sich auf eine niedrige Mauer unter einem Holunderbusch.

»Lass sehen, was hast du dabei?« Paula riss ihr das Vesperbrot aus der Hand und klappte es auf. Sie rümpfte die Nase. »Leberwurst, iiieh. Das kannst du selber essen.«

Ungerührt biss Robin in ihr Brot. »Hast du die Formeln abgeschrieben?«, fragte sie zwischen zwei Bissen.

Paula schüttelte den Kopf, sodass die blonden Zöpfe flogen. Sie riss ihre blauen Augen auf. »Was machen wir denn jetzt? Mit Graulein ist nicht zu spaßen.«

»Ich werde Gustav fragen. Mein Bruder ist Ingenieur.«

»Du sagtest doch, er baut Automobile.«

»Das ist das Gleiche. Er weiß alles.«

»Ja, dann frag mal deinen Bruder Alleswisser.« Paula begann schon wieder zu lachen und kippte gegen ihre Schulter. Ein Hauch von Lavendelseife stieg in Robins Nase. Am liebsten hätte sie ihr Gesicht in Paulas Halsbeuge vergraben und an ihr geschnuppert. Erschrocken über diesen eigenartigen Gedanken begann sie dem Mädchen mit dem Zeigefinger zwischen die Rippen zu piksen, woraufhin Paula ein wenig zur Seite rutschte.

Als Robin aus der Schule kam, kontrollierte Tante Erna in der Wäschekammer, ob Lise die Hemden ordentlich geplättet hatte. Als Robin ihr erklärte, dass sie eine Strafarbeit bekommen habe und Gustav ihr und Paula helfen müsse, rümpfte sie die Nase.

»Es wundert mich nicht, dass ihr das nicht könnt. Mädchen sind nicht dafür geschaffen, Mathematik zu erlernen. Man kann in jeder Frauenzeitschrift nachlesen, dass zu viel Bildung für die Entwicklung von Mädchen ungesund ist. Im Gegensatz zu Sticken oder anderer Handarbeit.« Sie musterte Robin mit offenem Mund. »Du hast überhaupt kein Fleisch auf den Knochen, obwohl du so viel isst.«

Robin half beim Sockenzusammenlegen und hörte sich schweigend an, was ihr Tante Erna noch alles vorzuwerfen hatte.

Bruno hatte sich für sie ins Zeug gelegt und Vater davon überzeugt, dass es richtig sei, sie aufs Gymnasium zu schicken. Jetzt suchte die Tante nach Gründen, die Eskapade, wie sie den Schulbesuch nannte, zu beenden. Mehrfach hatte Robin darüber nachgedacht, sich bei Vater zu beklagen, doch dann sah sie seine traurigen Augen und die Art, wie er ergeben den Kopf senkte, sobald Tante Erna ihre Meinung kundtat, und glaubte, sie sei stark genug, alles zu ertragen. Stärker als Vater, der ohne die Hilfe seiner Schwägerin nicht zurechtkam. An Bruno ließ Tante Erna ihren Ärger nicht aus, denn er kümmerte sich um ihre zahlreichen Krankheiten und versorgte sie mit Medizin.

»Die Familie ist das Wichtigste, das lernt ihr in der Schule wohl nicht? Martha braucht deine Hilfe für ihre Verlobungsfeier, du musst am Sonntag dabei sein, wenn sie sich mit ihren Schwestern trifft.«

Robin nickte.

Tante Erna entdeckte einen Korb voller Strümpfe mit Löchern. »Oh, wie die Lise schlampert.« Sie sah sich nach dem Nähkorb um. »Was macht sie eigentlich den ganzen Tag?«

»Bitte, bitte, Tante Erna, bleib heute ein Stündchen länger hier.«

Paula durfte Robin nur besuchen, wenn ihre Tante zugegen war, denn es wäre nicht schicklich gewesen, dass sich die Tochter eines Kaufmanns aus Stuttgart mit ihren Brüdern im Haus aufhielt.

»Vater zahlt das teure Schulgeld, da darf ich die Lehrerin nicht verärgern.«

»Ich sag ja dauernd, dass es rausgeworfenes Geld ist.« Tante Erna entdeckte endlich den Nähkorb und hob ihn Robin unter die Nase. »Du solltest dich besser damit beschäftigen.«

»Mutter besaß viele Bücher. Sie hätte es sicher richtig gefunden, dass ich lerne.« Kaum hatte sie den Mund geschlossen, wusste sie, dass es ein schlechter Einfall gewesen war, die Mutter zu erwähnen.

»Deine Mutter war nicht wie wir«, sagte Tante Erna prompt und meinte damit, alle Cannstatter Frauen seien besser als ihre ausländische Mutter. »Es ist einfach nicht normal, dass du so viel liest.« Sie bückte sich nach einem Stapel und hielt Gustavs Arbeitshosen gegen das Licht. »Der Junge scheuert sie an den Knien durch.«

»Ja, jeden Monat eine neue.«

»Dann muss ich wohl bleiben, denn die müssen gestopft werden, und du kannst so was ja nicht.«

Robin stürzte zum Telefonapparat, der im Hausflur an der Wand hing, drehte die Kurbel, und als das Amt sich meldete, verlangte sie eine Verbindung zu Kaufmann Liebermann. Es ratterte in der Leitung, dann hörte sie die Stimme des Hausmädchens: »Apparat Kaufmann Liebermann.«

»Hier ist Robin Korber. Ich möchte bitte Paula sprechen.«

Ihr Herz schlug bis zum Hals – das ist nicht normal, dachte sie.

Nachmittags saß sie mit Paula und Gustav in der guten Stube am Tisch. Ihr Herz klopfte wieder wild, aber diesmal vor Ärger. Tante Erna thronte auf dem braunen Samtsofa, ein Kissen hinter den Rücken gesteckt, damit sie gerade sitzen konnte, denn ihr Korsett zwang sie zu einer aufrechten Haltung. Das Nähkörbchen stand auf einem zierlichen Tisch mit geschwungenen Beinen. Gustavs Arbeitshosen in der Hand seufzte sie ständig, als wäre Nähen Schwerstarbeit. Robin drehte ihr den Rücken zu, aber sie konnte im Nacken ihre Blicke spüren.

Robin musterte Paula und fragte sich, ob die Freundin sich hier wohlfühlen konnte, denn sie war mit großem Tamtam erschienen. Der Fahrer ihres Vaters hatte sie in einem Automobil hergebracht. Sie wirkte eleganter als morgens in der Schule und brachte einen Hauch Fremdheit mit. Erst in diesem Moment war Robin klar geworden, dass Paula völlig anders lebte als sie.

Während sie auf Gustav warteten, packte Paule ihre Hefte aus und plauderte mit Tante Erna über das Wetter. Die gute Stube war für Robin bisher ein Raum gewesen, in dem die Familie zusammenkam, und sie hatte sich nie Gedanken gemacht, wie es darin aussah, doch jetzt versuchte sie, das Zimmer mit Paulas Augen zu betrachten. Dicke Kordeln rafften die Damastvorhänge in elegantem Schwung, und gedämpftes Licht drang durch die Tüllgardinen ins Innere. Die Palme reckte sich in der Zimmerecke bis zur Decke. Geknüpfte orientalische Teppiche bedeckten den Dielenboden, und auf der gestreiften Tapete hingen Landschaftsstiche in schwarzen Holzrahmen.

Robin rieb sich den Nacken.

Endlich erschien Gustav. Seine Augen weiteten sich, als er Paula erblickte, und er begrüßte sie überaus freundlich. Es hatte Robin einige Mühe gekostet, ihn davon zu überzeugen, dass er ihnen helfen musste. Doch jetzt war er ganz bei der Sache, schrieb eifrig die Formeln auf und sprach ausschließlich zu Paula, machte Späße und lobte sie bei jeder Äußerung, die sie von sich gab. Er schrieb und zeichnete, sprach mit ausholenden Gesten, und Robin fiel auf, dass er kein einziges Mal in ihre Richtung sah, sondern seine Augen unablässig auf Paula ruhten. Sie fiel ihrem Bruder immer wieder mit albernen Bemerkungen ins Wort, bis Tante Erna ein Räuspern von sich gab, weil es zu laut wurde. Paula senkte den Kopf.

Lautes Geschepper von zerbrechendem Geschirr drang aus der Küche herüber. Tante Erna erhob sich sofort und sagte, sie wolle nachsehen, was die ungeschickte Lise angerichtet habe.

Kaum hatte sie den Raum verlassen, verstummte Gustav. Er spielte mit dem Bleistift und lächelte dümmlich, als Paula verträumt mit dem Finger die Blumenstickerei auf der Tischdecke nachzeichnete.

Robin suchte verzweifelt nach irgendetwas, das sie sagen könnte. Doch Gustav kam ihr zuvor, er legte ein Blatt Papier über eine der Rosenblüten und rieb mit dem schräg gehaltenen Bleistift darüber. Vor Entzücken stieß Paula kleine Schreie aus, als der feine Abrieb die Rose sichtbar machte. Robin verfolgte mit gerunzelter Stirn, was vor sich ging.

»Schreib Gustav Alleswisser darunter«, verlangte sie barsch.

Er schrieb es lachend, und Paulas Wangen überzog ein rosa Hauch, als sie das signierte Blatt entgegennahm. Sie faltete es zusammen, schob es betont langsam in ihren Ärmel und sagte mit halb geschlossenen Lidern: »Ich werde es immer aufbewahren.«

Gustav berührte Paulas Ärmel, er legte seine Hand dorthin, wo die Zeichnung jetzt steckte. Die Tür flog auf. Er zuckte zurück und nestelte an seiner Krawatte.

Tante Erna kam hereingefegt und rief: »So, Schluss für heute. Der Fahrer ist gekommen.«

Paula erhob sich zögernd, aber Tante Erna drängte sie nach draußen zum Automobil. Unter dem Tisch trat Robin ihrem Bruder gegen das Schienbein.

»Was hast du denn?«, fragte er.

Sie wusste es nicht.

1901
Sophie

En famille küsste man sich vier Mal. Sophie, die sonst ihre Küsse in die Luft hauchte, drückte Jennifer an sich. Ein Kuss landete sogar dicht neben ihrem Mund.

»Du bist der Lichtblick«, rief Sophie und lehnte sich in ihrem Sessel zurück, die Beine übereinandergeschlagen, ein Glas Gin in der Hand. Sie trug ein schlichtes beiges Kostüm mit langer Jacke, und eine neue Spange steckte in ihrem dunklen Haar. Unter den Künstlern, die Valentine in ihr Haus einlud, gehörte sie zum familiären Kreis.

»Schau dir diesen Abschaum an.« Sophie wischte mit dem Arm durch die Luft, als wollte sie alle Anwesenden wegfegen.

Jennifer kannte die plaudernden Gäste gut. Zilla, die Schauspielerin, hing am Arm ihres Regisseurs, grell geschminkt, und lachte laut. Bonnet zupfte ihr onkelhaft am Kinn. Quentin Nidal, der Philosoph in seidenem Jackett, bot seinem Freund Oskar eine Zigarette an. Das goldene Etui beeindruckte den Dichter offenbar, denn er errötete, während Quentin ihm mit aufreizender Langsamkeit Feuer gab. Marie brachte ein Silbertablett mit Canapés herein und stellte es neben einem Teller Blätterteigtaschen, gefüllt mit Forelle und Schinken, ab.

Jennifer zuckte mit den Schultern. »Wieso Abschaum? Es ist doch alles wie immer.«

Sophie zündete sich ein Zigarillo an und hielt es wie ein Mann zwischen Daumen und Zeigefinger. »Sie nennen sich Künstler, aber statt sich ihrer Leidenschaft zu widmen, rennen sie hinter Geld, Liebe und Anerkennung her. Diese Kriecher brauchen das Publikum, und das Publikum braucht sie. Und sie hassen sich gegenseitig.«

»Sie hassen sich? Wie kommst du darauf?«

Sophie drehte das Glas zwischen den Händen und Jennifer beobachtete ihre schmalen Finger. Finger, die die blonde Frau streichelten.

»Es ist doch so, die Künstler meinen, sie bräuchten das Publikum, damit es applaudiert. Dabei merken sie gar nicht, dass der Applaus keine Nahrung ist, sondern dass sie selbst Futter waren für die Zuschauer. Zuschauer sind das gefräßigste Monster, das es gibt. Wollen nur Genuss. Wollen ergötzt werden. Oder auch verstört.«

Sie nickte, als Jennifer fragend die Augenbrauen hob. »Ja, ja, doch. Gefühle wollen sie konsumieren. Sie gieren danach, dass ihr Blut in Wallung gebracht wird. Wehe, du gibst ihnen das nicht. Dann zerreißen sie dich.« Sophie gestikulierte, sodass der Gin herausschwappte. Sie leckte die Flüssigkeit vom Handrücken. Ihre Wangen zeigten rote Flecken.

Valentine betrat den Salon, breitete die Arme aus und lachte den freudigen Ausrufen ihrer Gäste entgegen. Sie umarmte einen nach dem anderen. Der Baron saugte unterdessen mit mürrischem Gesichtsausdruck an seiner Zigarre.

»Mein Stiefvater mag es nicht, wenn Maman im Mittelpunkt steht. Er hasst Künstler.«

»Er hat einfach keine Ahnung.« Sophie zuckte mit den Schultern. »Aber da ist er nicht der Einzige. Wer würdigt schon die Kunst an sich? Hm? Ist es nicht ekelhaft, ein Künstler zu sein?«

Valentine kam strahlend herbeigerauscht. Sophie erhob sich, um sie zu begrüßen. Sie wechselten ein paar Worte, die Jennifer nicht verstand, dann wandte sich Valentine dem Baron zu, der sofort begann, auf sie einzureden.

Als Sophie sich gesetzt hatte, nahm Jennifer das Gespräch wieder auf. »Wieso ist es ekelhaft? Sie sind doch alle mit Leib und Seele dabei. Und ich auch.«

Sophie klopfte auf die Sessellehne. »Ach sie verkaufen sich doch nur! Gib acht, dass du nicht auch so wirst.« Sie hob einen Zeigefinger, doch dann fiel ihre Hand gleich wieder schlaff in ihren Schoß. »Es ist so mühselig, ein Werk zu erschaffen. Du gräbst in dir. Bemühst dich, die Nebel zu lichten und Töne für Unsagbares zu finden. Und wer weiß es zu schätzen?«

»Ja, es ist oft schwer, aber doch auch Seligkeit. Wenn ich tanze, vergesse ich die Welt.«

»Genau deshalb sollte ein Künstler sein Werk für sich behalten. Es keinem zeigen, niemanden hören lassen oder vorlesen. Denn wenn du dein Werk an die Welt gibst, wird es zu Dreck, die Masse macht sich darüber her. Echte, edle Kunst kann nicht für ein Publikum sein. Sie ist immer nur ein Teil der Person, die sie geschaffen hat. Eine erweiterte Form des Wesens.«

»Es hat doch keinen Sinn zu tanzen, wenn ich anderen meine Tänze nicht zeige!«

Sophie hob die Augenbrauen. »Aber wer, frage ich dich, wer will dich *wirklich* sehen? Gibt es eine solche Person, dann kannst du dich glücklich schätzen. Eine Person, die dich nicht dazu benutzt, sich selbst zu füllen.«

»Zilla sagt, sie macht das, was die Leute sehen wollen. Und sie ist berühmt. Ihre Filme werden in Varietés und in Jahrmarktzelten gezeigt. Ich weiß, viele sagen, gute Schauspielerinnen gibt es nur im Theater, Lichtspiele dagegen seien Tingeltangel und keine Kunst. Aber gibt ihr der Erfolg nicht recht?«

»Du meinst, wenn du dem Publikum gibst, was es haben will, wirst du zufrieden sein?« Sophie strich auf ihrem Oberschenkel eine Falte aus dem Kleid. »Sei sicher, du wirst unbefriedigt nach Hause gehen, wenn du die Massen gefüttert hast.« Sie hob in gespieltem Bedauern die Schultern. »Du weißt auch, dass sie dich sofort vergessen werden. Die Meute ist niemals länger zufrieden als einen Augenblick. Und du bleibst krank und leer zurück, weil du dich verraten hast.« Sie hielt einen Moment inne. »Du siehst, die Welt ist ganz und gar sinnlos, weil wir uns nicht sehen können. Weil wir uns nicht zuhören und uns nicht berühren.«

»Ich begreife nicht, wie du mit solchen düsteren Gedanken leben kannst. Ich glaube daran, dass es Menschen gibt, die meinen Tanz wirklich verstehen.« Jennifer sah auf Sophies Mund. »Und deine Musik ist wundervoll!«

Sophie spreizte die Finger und nickte. »Manchmal schaffe ich ein Kunstwerk im Bewusstsein, dass es nie jemand verstehen wird. Ach, ich bin der Welt so überdrüssig.«

»Das hört sich an, als wolltest du lieber tot sein.«

»Wenn das Sterben nur nicht so geschmacklos wäre. Für eine Krankheit bin ich zu jung, also bleibt nur Erschießen oder Vergiften. Oder ich könnte mich vor einen Zug stürzen, aber das alles ist doch zu schmutzig. Wenn man in den Armen einer Frau sterben könnte.« Sie lächelte vor sich hin.

»Sophie!«

»Keine Sorge, ich werde nichts dergleichen tun. Das nennt man Tragik, ma chère.«

»Warum bist du denn heute so düster? Hat dich die blonde Frau enttäuscht?«

Sophie lächelte. »Welche blonde Frau? Weißt du, ich erlebe kurze rauschartige Momente der Begegnung. Vielleicht bin ich auch keinen Deut besser und fresse die anderen, damit ich mich nicht so leer fühle.«

Jennifer spürte Unruhe in sich aufsteigen. Sie hing in Sophies Blick fest. Graue Untiefen. Eine endlose Sekunde verstrich.

Dann sagte Sophie leise: »Willst du mir einen Kuss geben? Es könnte mein Leben für einen Moment lebendig machen.«

Jennifer beugte sich zu ihr, küsste sachte Sophies Mund.

»Ich werde für dich tanzen, das muntert dich vielleicht auf. Was meinst du?«

Sophie streichelte Jennifers Wange. »Aber sicher.«

»Mach nicht so ein Gesicht. Ich möchte dich lachen sehen.« Jennifer nahm Sophies Hand und fuhr über die Innenfläche. »Spiel dazu.«

»Was soll ich tun?«

»Komm, ich will nicht zu einer Grammofonplatte tanzen. Spiel einen Walzer.«

»Ach nein. Du weißt doch, dass ich das Publikum hasse.«

»Spiel nur für mich, nicht für die andern, nur für mich. Ich höre genau hin, was du spielst, und tanze. Komm.«

Sophies Augen blitzten auf, als sie am Zigarillo zog, ihn schließlich weglegte und aufstand. »Also, du willst es so.«

Sie nahm am Flügel Platz und spielte einen schnellen Lauf von den tiefen zu den hohen Tönen.

Erwartungsvoll sahen die Gäste auf, die Gespräche verebbten. Jennifer nickte Valentine zu, worauf sie in die Hände klatschte.

»Aufgepasst, eine Darbietung meiner Tochter!«

Meist machte Jennifer den Anfang, schon als kleines Mädchen war sie herumgehopst und hatte die Gäste zum Lachen gebracht, anschließend rezitierte Oskar Summer eins seiner Gedichte oder Quentin las aus einem Essay vor, Zilla deklamierte eine Passage aus einem ihrer Stücke, und hin und wieder ließ sich Sophie dazu überreden, ein wenig zu improvisieren. Gemeinsam waren sie jedoch noch nie aufgetreten. Jennifer knickste, hob die Arme und wartete auf Sophies Einsatz.

Sie spielte einen Ländler. Ein Lied von der Donau. Es war ein alberner Folkloretanz mit kleinen Hüpfern und schnellen Drehungen, den Jennifer mit ihrer Ballettlehrerin eingeübt und schon oft vorgeführt hatte. Ohne nachzudenken konnte sie die Schrittfolge neu zusammensetzen. Statt sich den Gästen zu präsentieren, die in einem Halbkreis um sie herumstanden, machte sie Sophie zum Mittelpunkt ihres Tanzes. Sie beugte sich zu ihr, tippte auf ihre Schultern und strich ihr über das Haar. Das Publikum lachte, und Sophie demonstrierte dramatisch, wie gut ihr das gefiel, indem sie den Ländler langsamer und schmachtender werden ließ und mit geschlossenen Augen spielte. Jennifer passte ihre Bewegungen an, wurde zu einer Maid, die sich in den Armen eines Burschen wiegte. Lehnte sich zur Seite, als würde sie ihren Kopf auf seine Schulter legen, und streichelte von ihrer Wange, über den Hals und die ganze Seite hinunter bis zu ihrer Hüfte.

Plötzlich riss Sophie die Augen auf und sah Jennifer unverwandt an. Graue, klare Augen. Sie lächelte nicht und Jennifer konnte nicht wegsehen. Der Ländler wandelte sich in eine Polka, geradlinig, hart jagte der Rhythmus in ihre Füße. Und Sophie schaute sie an. Abwechselnd stieß Jennifer mit Ferse und Schuhspitze auf, rechts und links, drehte die Füße nach außen und schwenkte ihr Kleid, als trüge sie die Schürze einer Bäuerin, als tanzte sie mit den Mädchen des Dorfes an den Ufern der Donau.

Sophies Augen und ein kleines Lächeln und Jennifer ahnte, dass sie noch einmal den Rhythmus steigern würde. Und da begann es schon, das Tempo zog an und zwang Jennifer, schneller zu springen. Immer schneller und schneller wurde die Melodie, bis sie glaubte, sie müsse sich überschlagen. Sophies Augen schmaler, die Lippen zusammengepresst, ihre Finger liefen über die Tasten wie die Beine der Mädchen um das Feuer in einer Mainacht.

Schaffst du das, feixten Sophies Augen, du bist keine Bäuerin.

Doch Jennifer stieß einen Jauchzer aus, wirbelte einmal herum, und die Zuschauer jubelten, begannen, im Takt mitzuklatschen und sie anzufeuern. Sophies Lächeln wurde immer breiter, während sie mit dem Oberkörper zu ihrem rasanten Spiel auf und ab wippte.

Wie ist es damit?, fragte ihr Blick.

Jennifer versuchte ihr ein Zeichen zu geben, dass sie langsamer werden sollte, doch Sophie reagierte nicht, zwang sie, mit den Mädchen um den Maibaum zu wirbeln, die Röcke fliegen zu lassen und immer wieder den Burschen zuzuwinken. Hier, seht her, welche wollt ihr wählen?

Jennifer wollte nicht ausgewählt werden, sie wollte nicht gejagt werden, sie riss sich aus Sophies grauen Untiefen los, rannte einmal am Halbkreis der Zuschauer vorbei, deren Gesichter verschwammen, nahm Anlauf und sprang in die Höhe. Sie setzte einen Fuß neben

Sophies Hüfte auf den Klavierhocker und schwang sich in eine elegante Sitzposition auf den Flügel, breitete die Arme aus und zeigte damit an, dass sie der Pianistin die Bühne überließ.

Sophies Augen wurden riesengroß, so nah, so wild.

Hatte sie Jennifer wirklich herausgefordert? Oder einfach nur drauflosgespielt? Sophie senkte den Blick auf die Tasten und trieb mit ihrem Spiel davon.

Heiraten und Kinderkriegen

Am Sonntagnachmittag zog Robin das feine Kleid über. Sie hasste die Rüschen, die weiten Puffärmel und den großen Spitzenkragen. Missmutig flocht sie ihre Zöpfe neu und zog die Schleifen fest. Ein weißes Kleid mochte für Paula das Richtige sein, aber nicht für sie. Sie hatte keine Lust, sich im Spiegel anzusehen, und noch weniger Lust, Martha und ihre Schwestern zu besuchen. Am liebsten hätte sie sich mit einem dicken Buch verkrochen und für ein paar Stunden die Welt vergessen. In der Diele traf sie auf Gustav, der gerade seinen Jackenkragen abbürstete, damit kein dunkles Haar darauf lag. Er betrachtete sich im Spiegel.

»Na, Schwesterchen, bist du auf dem Kriegspfad?«

»Halt den Mund, du Alleswisser.«

Gustav legte die Kleiderbürste auf die Spiegelablage. Ein Lächeln breitete sich in seinem Gesicht aus.

»Oh, Verzeihung. Aus dem Indianermädchen ist eine Dame geworden. Ich vergaß, du bist dreizehneinhalb.«

Er öffnete die Haustür und verbeugte sich galant. »Bring einen Bräutigam mit nach Hause«, sagte er.

»Ich bin keine Dame!«

Sie rannte davon. Gustav rief etwas hinter ihr her, aber sie wollte nichts hören. Er konnte mit seinen Freunden auf dem Neckar rudern und Spaß haben. Sie bog in eine Seitenstraße ein und verlangsamte ihren Schritt, viel zu schnell erreichte sie Tante Ernas Haus in der Küblergasse. Eigentlich war es das Haus ihres Mannes, dessen Vorfahren seit Jahrhunderten Weinbauern gewesen waren, aber so herrschsüchtig, wie sie sich aufführte, glaubte man, alles gehöre ihr. Robin ging am Zaun entlang und zögerte das Betreten des Gartens hinaus. Wicken in allen Rosatönen rankten an den Zaunpfählen.

Martha riss plötzlich das Gartentor auf. »Was drückst du dich da herum, komm herein. Ich habe schon auf dich gewartet, ich hatte nämlich einen wunderbaren Einfall.«

Langsam gingen sie zwischen blühenden Kürbispflanzen und Erdbeerstauden entlang.

Ihre Cousine strahlte. »Meine Mutter hat gestern gesagt, dass sie denkt, dass du bald nicht mehr aufs Gymnasium gehen wirst …«

»Was? Wie kommt sie darauf? Nein!« Robin blieb stehen und sah von Martha zum Haus, wo sie Tante Erna vermutete.

»Jetzt lass mich ausreden. Ich weiß doch, dass du aus Cannstatt nicht weg willst, und möchte dir helfen. Sieh mal, bald wird meine Verlobung sein, und vor der Hochzeit habe ich noch so viel vorzubereiten. Meine

Aussteuerwäsche ist noch nicht komplett bestickt, und dabei kannst du mir helfen.«

»Was hat denn das mit dem Gymnasium zu tun?«

»Du musst dich nützlich machen. Verstehst du nicht? Meine Mutter meint, dass du die Zeit vertrödelst und es später ordentlich schwer haben wirst.«

»Schwer haben?«

»Ja, du lernst nicht, wie man einen Haushalt führt. Wärst du auf die höhere Töchterschule gegangen, könntest du das alles.«

»Martha, ich will nicht heiraten.«

Marthas Augen wurden riesig. »Ja, was denn sonst?«

Robin drehte sich um. »Ich gehe nach Hause.«

»Jetzt reg dich doch nicht auf. Bleib hier. Robin! Meine Mutter …«

»Was?«

»Sie merkt das doch. Komm mit. Du wirst sehen, so schlimm ist es gar nicht.«

Ihre Schwestern, Else und Gertrud, waren schon da. Die drei ähnelten einander sehr. Sie trugen das aschblonde Haar in einem Mittelscheitel geteilt und zu einem schlichten Knoten zusammengesteckt.

Gertrud hatte drei Kinder. Das Jüngste lag im Kinderwagen und schrie.

»Es ist müde«, sagte sie und wirkte selbst sehr erschöpft. Sie schaukelte den Kinderwagen ein wenig hin und her. Über ihrer Schulter lag eine zusammengefaltete Windel – das Spucktuch für das Baby. Zwei Kinder sausten im Garten herum. Robin konnte sich ihre Namen nicht merken. Im Stillen nannte sie die beiden nur den Bub und das Mädchen. Beide trugen Matrosenkleidchen und waren kaum voneinander zu unterscheiden. Sie rannten im Kreis und kreischten, Robin wusste nicht, ob das ein Spiel sein sollte. Eines der Kinder stürzte auf sie zu und versteckte sich hinter ihr. Das andere zog sie an der Hand zum gedeckten Gartentisch mit dem weißblauen Geschirr, der Kaffeekanne unter einer wattierten Haube und dem Streuselkuchen.

Martha reichte ihr eine Gabel und einen Teller mit Kuchen. »Den habe ich gebacken.«

Nach Essen war Robin nicht zumute.

Gertrud schrie die Kinder an, sie sollten leise sein, was diese völlig ignorierten. Schließlich erwischte sie eines am Arm und schlug ihm ordentlich auf das Hinterteil. Heulend setzte sich das Kind auf den Rasen und zog die Nase hoch. Das andere Kind hockte sich daneben und weinte mit.

Else saß im Schatten und stöhnte, die Hände über den Bauch gelegt. Sie war schwanger und schwitzte unter den vielen Falten ihres Kleides. Mit einem Fächer wedelte sie sich Luft zu.

»Bald hast du es hinter dir.« Martha tätschelte mitfühlend die Hand ihrer Schwester.

»Zwei Monate dauert es noch«, sagte Else. »Ich werde zu Hause noch verrückt.«

»Tja, beim ersten Kind ist es am schlimmsten.« Gertrud schlug den Ton der Erfahrenen an. »Aber es geht nun mal nicht, dass du in der Stadt herumläufst. Nutze die Zeit, die du jetzt noch hast, um Kinderkleidchen zu nähen. Wenn das Erste da ist, kommst du zu gar nichts mehr.«

»Warum soll sie nicht in die Stadt gehen?«, fragte Robin.

Die drei Schwestern starrten sie an. Marthas Wangen färbten sich rot.

»Nun sagt schon!«

»Es geht nun mal nicht, sich so unförmig zu zeigen«, antwortete Gertrud.

»Weil sie ein Kind bekommt?«

Martha nahm das schreiende Baby aus dem Wagen. Es war sofort still und gluckste fröhlich.

»Willst du es mal halten? Bestimmt kommt Mama gleich.« Sie wartete keine Antwort ab, sondern drückte Robin das weiße Bündel in den Arm.

Mit zitternden Armen hielt Robin das Kind fest und schaute zum Haus. Doch hinter den Gardinen rührte sich nichts. Allmählich beruhigte sich ihr Herzschlag, und sie versuchte, das verrutsche Häubchen aus dem Gesicht des Säuglings zu ziehen, damit das Kleine etwas sehen konnte. Sie getraute sich nicht zu fragen, ob es ein Junge oder ein Mädchen war, denn sie hätte es eigentlich wissen müssen.

»Na, du«, sagte sie zu dem rosigen Gesicht. Das Baby steckte die Faust in den Mund und begann daran zu nuckeln.

Jetzt erst bekam sie mit, dass Martha hektisch über ihre bevorstehende Verlobung sprach, die schon zweimal verschoben worden war. Ihr Bräutigam war für ein Jahr in die Kolonien geschickt worden, danach war er lange krank gewesen, und sie wurde immer nervöser. Vom Beistelltisch nahm die Cousine eine Frauenzeitschrift und schlug sie auf.

»Schau mal, Robin, dieses Haarteil, das ist entzückend. Es würde so schön zu meinem Kleid passen.« Robin nickte, und Martha blätterte die nächste Zeitschrift auf. »Und hier, ein hübscher Unterrock. Nach der Vorlage könnte man ihn selbst nähen.«

Robin schaukelte das Baby, das zu quengeln begann, und brummte: »Mhm.«

Martha blätterte weiter und hielt ihr eine neue Seite unter die Nase. »Dieses Modell wäre doch entzückend für dich als meine Brautjungfer.«

»Brautjungfer?«

Das Baby begann zu weinen.

»Jetzt hast du sie erschreckt. Gib sie mir.« Martha nahm ihr das Kind ab und legte ihr die Zeitschrift auf den Schoß.

Robin stieß laut den Atem aus und betrachtete mit gerunzelter Stirn die Zeichnung eines rosa Tüllkleides.

Gertrud sagte: »Du wirst ja immer länger, das muss dein englisches Blut sein.«

Else nickte und rümpfte die Nase. »Du wirst es nicht leicht haben, einen Mann zu finden, jetzt, wo du aufs Mädchengymnasium gehst.«

»Lasst sie doch in Ruhe. Vielleicht will sie Lehrerin werden oder Ärztin«, sagte Martha und ging mit dem schreienden Baby auf und ab.

»Dabei könntest du eine wirklich gute Partie machen und einen Apothekersohn heiraten«, warf Gertrud ein. »Dann wärst du wenigstens jemand! Diese Lernerei verdreht dir doch nur den Kopf.«

»Man kann froh sein, wenn man nicht arbeiten muss. Alleinstehende Frauen sind nirgends gerne gesehen.« Else strich sich über den dicken Bauch. »Sie haben nichts, worauf sie stolz sein können.«

Gertruds Kinder drängelten sich an den Gartentisch und versuchten, Kuchenstücke herunterzuangeln. Dabei stießen sie sich gegenseitig beiseite. Beiden lief der Rotz aus der Nase. Gertrud schimpfte und putzte ihnen die Nasen mit der Spuckwindel des Babys.

»Immerhin verdienen die Frauen ihr eigenes Geld«, warf Robin ein.

»Viel ist das aber nicht.« Martha schien Bescheid zu wissen. »Wenn mein Verlobter eine Pfarrstelle bekommt, dann will ich zwei Hausmädchen haben.«

»Lehrerinnen können sich mit dem bisschen Geld, das sie verdienen, nichts leisten. Ich möchte mir schon ab und zu einen neuen Hut kaufen können.« Gertrud strich ihre Haare über der Stirn glatt. »Nicht, dass ich verschwenderisch wäre, aber diese Lehrerinnenfräulein können ja gar keine feinen Kleider anziehen.«

Das stimmte. Alle Lehrerinnen, die Robin kannte, trugen unscheinbare Kleider, denn sie mussten besonders viel Wert darauf legen, ehrbar zu wirken.

Die Kinder begannen, das Gras herauszureißen und sich mit Erde zu bewerfen. Gertrud schrie, sie sollten aufhören, aber die Kleinen balgten fröhlich weiter. Schließlich schlug sie einem Kind auf die Finger und gab dem anderen eine Kopfnuss. Das musste wohl der Junge sein, denn sie schüttelte ihn am Arm und sagte streng: »Lass deine Schwester in Ruhe und heule nicht.«

Doch beide Kinder weinten und rieben sich die Augen.

»Wenn ihr jetzt nicht sofort artig seid, dann sag ich es eurem Vater.«

Die Drohung wirkte, sie verstummten unmittelbar. Gertrud putze ihnen die Nase und schickte sie ins

Haus. »Seid schön brav und wascht euch in der Küche die Hände.«

Kinder. Robin mochte sie genauso wenig wie Hausarbeit.

»Was werdet ihr anziehen?«, fragte Martha ihre Schwestern, die sofort ausführlich ihre Garderobe zu beschreiben begannen.

Robin widmete sich ihrem Kuchenstück. Ganz bestimmt würde sie kein rosa Tüllkleid tragen. Marthas Einfall, bei der Aussteuer zu helfen, mochte Tante Erna beruhigen, aber sie selbst brachte das nicht weiter. Sie musste das Gymnasium beenden und danach einen Beruf erlernen. Das war die einzige Möglichkeit für sie, einer Heirat zu entgehen! Doch welchen Beruf? Sie konnte keine Lehrerin werden, denn sie mochte keine Kinder. Ärztin? Krankheiten machten ihr Angst. Vater und Bruno sprachen dauernd über die entsetzlichsten Leiden, und das erinnerte sie immer daran, dass ihre Mutter gestorben war. Alle arbeitenden Frauen, die sie kannte, taten dies im Betrieb ihres Mannes, wie die Bäckersfrau oder Schuhmacherfrau. Auch die Frau des Pfarrers, wie Martha eine werden würde, arbeitete in der Gemeinde ihres Mannes.

Bestimmt gab es für eine Frau noch andere Berufe. Aber Robin wusste es nicht so genau.

Da sah sie, dass Tante Erna mit den Kindern an der Hand in den Garten stapfte.

Robin nahm die Zeitschrift zur Hand und sagte: »Zeig mir doch noch mal den Unterrock.«

1902
Cinematografie

»Wohin gehen wir? Sophie, verrate es mir doch endlich.« Jennifer sah sich unruhig um. »In dieser Gegend war ich noch nie.«

Sophie ließ die Augenbrauen nach oben zucken. »Es wird Zeit, dass du die richtige Welt kennenlernst, ma chère. Du bist sechzehn, alt genug.«

Sie nahm Jennifer am Arm und ging weiter, als sei das Pflaster nicht beschädigt und voller Unrat und die Gasse genauso gut beleuchtet wie der Boulevard vor Valentines Haus. Eine Droschke rumpelte hinter ihnen heran und zwang sie, in einen dunklen Hauseingang auszuweichen. Pferdegeruch drang in Jennifers Nase, und sie drückte sich enger an Sophie.

»Alt genug für was?«

Sophie küsste sie auf die Wange. »Paris ist wie eine Frau. Sie hat tausend Seiten, und nie wirst du alle erlebt haben.«

Eine Menge Menschen strömte lachend und plaudernd in die gleiche Richtung wie sie. Es war Herbst und die Abendluft kalt. Jennifer schlug ihren Fellkragen enger zusammen und sprang über eine Pfütze.

Vor einem hell erleuchteten, schlichten Gebäude blieb Sophie stehen. »Na, was sagst du?«

»Ein Lichtspielhaus? Wir gehen in ein Lichtspiel?«

Sophie zeigte auf ein gemaltes Plakat neben dem Eingang.

»Aber das ist ja Zilla!« Jennifer lachte auf.

Drinnen setzten sie sich in enge Stuhlreihen. Das Ganze erinnerte Jennifer an ein heruntergekommenes

Theater. Gaslampen flackerten an Wänden mit dunkelrotem Brokatstoff, in dem da und dort ein Riss klaffte. Vor einem Bühnenvorhang stand ein altes Klavier. Ein Mann mit Hosenträgern über einem grauen Hemd ohne Kragen, mit einer Zigarette im Mundwinkel, klimperte eine Melodie, die kaum zu hören war, weil das Publikum laut schwatzte.

Jennifer fand ihren Mantel mit Pelzkragen unpassend für diesen Ort, aber die Damen in der Reihe vor ihr trugen prächtige Hüte, die Herren feine Anzüge. Offenbar waren Lichtspielvorführungen nicht mehr länger billige Veranstaltungen, und Zilla hatte recht, Cinema war das Theater der Zukunft.

Von einem Tusch begleitet trat ein Mann im Frack vor den Vorhang.

»Sehr geehrtes Publikum. Sehr verehrte Damen und Herren!«, schrie er wie ein Jahrmarktsverkäufer. »Ich begrüße Sie im ersten Lichtspielhaus von Paris zu einer Aufführung der besonderen Klasse. Das dramatische Stück des Regisseurs Henri Bonnet dauert volle zehn Minuten. Aber nun Vorhang auf für Zilla, Jacques Ponti und den großen Frederic Lambert.«

Das Publikum applaudierte und schrie: »Bravo!«

Sophie drückte ihre Hand. »Jetzt lernst du etwas über das wahre Leben.«

Der Musiker schlug in die Tasten, und Jennifer zuckte zusammen. Sein Eröffnungsspiel hatte nichts von einer Ouvertüre im Theater, sondern war schauderhaftes Geklimper auf einem verstimmten Klavier. Der Vorhang öffnete sich unterdessen und gab eine weiße Leinwand frei, auf der es grau und schwarz flimmerte.

Das Geratter des Cinematografen im hinteren Teil des Saals war deutlich zu hören. Jennifer drehte sich kurz um und wurde von einem Lichtpunkt geblendet.

Der Schriftzug erschien.

»Ein Recht auf Liebe«, raunte Sophie an ihrem Ohr.

Der Film begann.

Eine Tür ist zu sehen, sie erbebt. Von außen wird dagegengeschlagen. Nun Zillas Gesicht, bleich mit riesigen Augen. Ihre Augenbrauen sind in einem schmalen Bogen gezeichnet, die sich in ihrem Schrecken nach oben schieben. Sie zittert und hebt die Hände vor den Mund.

Das Holz der Tür splittert, Stücke brechen heraus. Eine haarige Hand greift durch das Loch und tastet nach dem Riegel, um ihn zurückzuschieben. Zilla reißt den Mund weit auf. Ihre Haare stehen zu Berge. Sie krallt die Hände ineinander und presst sie an die Brust.

Der Klavierspieler hämmerte in die Tasten und erzeugte eine schauerliche Tonfolge. Das Publikum im Saal schrie auf. Jennifer quetschte Sophies Finger.

Die grobe Hand findet den Riegel und öffnet die Tür. Ein wüstes Gesicht mit struppigen Augenbrauen, dunkel unterlaufenen Augen und verzerrtem Mund erscheint. Ein alter Mann in zerknitterter Kleidung. Er füllt mit seinen Schultern den Türrahmen.

Auf der Leinwand erschien: »Graf Orlonski will seine Tochter mit einem Mann seiner Wahl verheiraten.«

Zilla weicht zurück. Sie stößt gegen einen Tisch. Die Petroleumlampe darauf fällt herunter. Sie versucht danach zu greifen, aber vergeblich.

Der alte Mann kommt mit schwankendem Schritt langsam näher. Sein Gesicht ist wutverzerrt.

Das Klavierspiel steigerte sich zu einem Gedonner aus dunklen Tönen. »Auf der Treppe sind Schritte zu hören.«

Jennifer begann vor Aufregung zu schwitzen und knöpfte ihren Mantel auf.

Zilla fasst sich ein wenig. Erwartungsvoll schaut sie zur Tür, ob von dort Rettung naht. Auch ihr Vater wendet sich halb um. Irritiert von der Störung kneift er den Mund zusammen. Nun stehen Vater und Tochter sehr nahe beieinander. Der böse Vater ergreift Zilla und schüttelt sie. Im nächsten Bild ist die umgekippte Lampe zu sehen, kleine Flammen erfassen die bodenlange Gardine und werden schnell zu einem rauchenden Feuer. Zilla wehrt sich mit aller Kraft. Der Vater zerrt an ihr. Hinter ihnen lodern die Flammen auf.

»Sei gefügig. Du musst gehorchen.« – »Lieber sterbe ich. Meine Liebe gehört einem anderen Mann.«

Über Jennifers Haut huschte ein Schauer.

Herein stürmt nun ein Jüngling. Seine Augen leuchten. Er erfasst blitzschnell die Lage. Mit einem Satz ist er beim Vater. Die beiden Männer ringen miteinander, zerren sich gegenseitig an den Kleidern und schlagen mit den Fäusten zu. Das Feuer weitet sich indessen aus. Das Mädchen beißt sich in die Fingerknöchel.

Das Klavierspiel überschlug sich jetzt geradezu.

Der Vater stößt mit aller Wucht den Liebhaber seiner Tochter zurück. Dabei gerät er selbst ins Taumeln. Er rudert mit den Armen, kann aber das Gleichgewicht nicht finden. Er stolpert über den umgestürzten Tisch und fällt in die Flammen. Sein Gesicht ist verzerrt, Augen und Mund weit aufgerissen. Er greift nach dem brennenden Stoff der Gardinen. Windet sich unter Qualen, fällt nach hinten, durch die Fensterscheiben – hinaus.

Die Musik wandelte sich zu einer wehmütigen Klage.

Zilla stürzt in die Arme ihres Retters. Sie halten sich eng umschlungen, pressen die Wangen aneinander.

»Meine Geliebte, ich sterbe, wenn du einen anderen heiratest.« – »Geliebter, niemand kann uns jetzt noch voneinander trennen. Ich bin dein. Immer.«

Der junge Mann legt einen Arm um Zilla. Sie küssen sich.

Die Zuschauer raunten. Unter einem unsauberen Schlussakkord begleitete der Klavierspieler die letzte Schrifteinblendung: »Ende.«

Lauter Beifall und Bravorufe erfüllten den Raum. Auch Jennifer war aufgesprungen und klatschte in die Hände. Sie flog um Sophies Hals und küsste sie stürmisch. »Ein wunderbares Geschenk!«

Sophie tätschelte ihren Rücken und schob sie von sich. »Dir fehlt der kritische Abstand, ma chère.«

»Was? Es war eine romantische Liebesgeschichte,

das gefällt mir. Verdirb mir doch nicht den Abend.« Jennifer wandte sich irritiert zum Ausgang.

Sophie folgte ihr. Im Gedränge flüsterte sie Jennifer von hinten ins Ohr: »Die Liebe ist eine Illusion, das wirst du schon noch erfahren!«

Jennifer zwängte sich zwischen den Zuschauern hindurch und drehte sich erst um, als sie sich ein Stück vom Lichtspielhaus entfernt hatte. Um Sophies Mund lag ein bitterer Zug. Der Weltschmerz.

»Die Liebe ist das Einzige, für das es sich zu leben lohnt. Davon bin ich zutiefst überzeugt«, sagte Jennifer.

»Ha! Du bist eine Träumerin. Als adeliges Fräulein wirst du eine gute Partie machen müssen, keiner wird danach fragen, was dein Herz will.«

»Aber Zilla wurde von ihrem Geliebten gerettet. Verdirb mir nicht die Freude an der Kunst.«

»Abgesehen davon, dass ein Film kein Kunstwerk sein kann, hast du die Aussage völlig falsch verstanden. Er zeigt nur, dass die Frauen von einer Abhängigkeit in die nächste stürzen.«

Jennifer schüttelte den Kopf. »Nun hör schon auf, du bereitest mir schlechte Laune. Wir sind frei, jung und schön. Und da draußen wartet die Liebe auf uns, nichts als die Liebe.« Sie unterstrich ihre Worte mit einer weit ausholenden Armbewegung.

Sophie lächelte wehmütig, aber in ihren Augen blitzte etwas, das Jennifer nicht deuten konnte.

Sie legte ihre Hand auf Jennifers Wange. »Genau, genießen wir die Zeit, die uns bleibt.«

»So ist es richtig. Schieb deinen Weltschmerz beiseite.«

»Gehen wir noch aus? Ich weiß ein feines Café.«

»Auf keinen Fall! Ich muss nach Hause, es ist schon viel zu spät!«

»Ach komm, nur ein Glas Wein, dann bringe ich dich wieder in deinen goldenen Palast.«

An der nächsten Straßenkreuzung standen Droschken bereit, und kurz darauf erreichten sie ein Café in der Nähe des Jardin du Luxembourg, wo Jennifer sich nicht mehr fremd fühlte. Sophie rauchte viel, lachte und schaute ihr unentwegt in die Augen. Wie zufällig strich sie beim Sprechen über ihre Hand, unter dem Tisch schob sie die Wade an Jennifers Bein, und als Jennifer zwei Stunden später Valentines Haus betrat, wusste sie nicht mehr genau, worüber sie gesprochen hatten. Musik, Tanz und Cinema? Sie spürte Sophies Gegenwart immer noch um sich herum, ja, in jeder Pore ihres Körpers glühten Sophies Blicke und Berührungen.

»Marie, Marie, was für ein wunderschöner Abend«, sagte sie zum Hausmädchen, das ihr den Mantel abnahm. »Sie sollten nicht so traurig schauen.«

Marie knickste und senkte den Kopf. Irgendetwas krachte hinter der Tür des Salons.

Der Boden bestand plötzlich aus Watte, und Jennifer hielt sich am Treppengeländer fest.

»Ist es meinetwegen?«, fragte sie.

»Gehen Sie schlafen. Bitte.« Marie nahm sie am Arm.

Jennifer zögerte nach ein paar Stufen. Sie hörte Stimmen. Ihre Mutter und der Baron. Wieder krachte es, Valentine heulte auf und schrie etwas. Der Baron dröhnte dazwischen, als würde er jede Silbe betonen und Valentines überstürzt herausgeschriene Worte in Stücke schlagen. Dann wurde es still.

Jennifer zitterte, kalter Schweiß rann in einem Rinnsal ihren Rücken hinab. Ihre Lippen bebten, als sie fragte: »Jetzt haben sie aufgehört, nicht wahr? Es ist vorbei?«

Marie nickte und streichelte ihren Arm. »Kommen Sie, Mademoiselle. Kommen Sie.«

Jennifer stolperte, ihre Knie gaben nach, ihr Kopf schmerzte. Sie zitterte auch noch, als sie endlich im Bett lag.

»Marie, öffnen Sie die Badezimmertür.«

Sie wollte mitbekommen, wenn ihre Mutter hineinging. Wollte sich einreden, dass alles in Ordnung war, sie nur gehört hatte, wie die beiden ein wenig lauter miteinander gesprochen hatten. Kam das nicht öfter vor? Alle Eheleute stritten sich hin und wieder. Und gleich würde Valentine summend ihr Haar kämmen und in ihrem duftenden Seidenkimono hereinkommen und Jennifer eine gute Nacht wünschen.

Frauenrechte

Fräulein Maurer war sehr daran interessiert, den Schülerinnen das Gleiche beizubringen, was auch in einem humanistischen Gymnasium für Jungen unterrichtet wurde.

»Viele belächeln unsere Schule und halten sie für eine vorübergehende Erscheinung, nur weil es in Preußen noch keine Gymnasien für Mädchen gibt«, sagte sie. »Aber Württemberg ist ein fortschrittliches Land. Und

Sie können in Tübingen studieren und müssen dazu nicht mehr nach Zürich gehen.« Sie hob die Stimme, als die Mädchen lachten und klatschten. »Aber um Physik kommen Sie nicht herum. Ab in die Küche.«

Physik und Chemie unterrichtete Fräulein Maurer in der Küche der ehemaligen Wohnung. Die Schülerinnen standen um das Spülbecken oder den Tisch herum, und die Lehrerin erklärte und demonstrierte die Lichtbrechung von Prismen. Robin horchte auf, als sie erwähnte, wie durch die Lichtbrechung in der Linse eine Fotografie aufgenommen werden konnte. Dann schweifte sie mit den Gedanken ab. Fotografin – das könnte ein wundervoller Beruf für sie sein!

Nach der Unterrichtsstunde drückte sie sich vor dem Zimmer herum, in dem die Lehrerinnen eine Bibliothek eingerichtet hatten. Robin gab sich einen Ruck und sprach Fräulein Maurer an, als sie den Gang entlangkam. Mit Büchern und einem langen Lineal unter dem Arm war sie offensichtlich auf dem Weg ins Büro der Lehrerinnen.

»Bitte, Fräulein Maurer, darf ich mir ein Buch über Fotografie ausleihen?«

»Ja, ja, sehen Sie sich um. Ich habe zu tun. Wenn Sie ein Buch gefunden haben, sagen Sie mir Bescheid.« Sie schloss die Tür auf und ging weiter.

Der winzige Raum hatte früher vielleicht als Abstellkammer gedient. Ein schmales Fenster ließ wenig Licht herein. In den Regalen stapelten sich die Bücher bis zur Decke, manche Bände waren quer über den Buchreihen hineingeschoben. Auf einem Tisch in der Mitte des Raumes stapelten sich weitere Bücher,

Zeitschriften und Papiere. Robin suchte die Reihen ab und fand eine Ausgabe über Fotografie. Um die Zeichnungen vom Inneren eines Fotoapparates und der Linsen besser sehen zu können, stellte sie sich unter das Fenster, das sehr weit oben, fast unter der Decke, angebracht war. Sie neigte sich vor und stieß mit dem Ellenbogen einen Stapel Zeitschriften vom Tisch. Schnell bückte sie sich und sammelte die Papiere ein. Ihr Blick fiel auf eine Überschrift: *Die Frauenbewegung.* Neugierig begann sie darin zu blättern. Auf den ersten Seiten ging es um das Verhältnis der Frauen zu den einzelnen Parteien, weiter hinten um Frauen, die ins Ausland reisten, und dann blieb ihr Blick an einer Fotografie hängen. Eine Frau – mit kurzen Haaren. Anita Augspurg. Selbstbewusst zeigte sie sich im Profil. Keines ihrer Haare war länger als vier Finger breit. Eindeutig eine Männerfrisur.

Fräulein Maurer kam herein und erfasste mit einem Blick die Unordnung. »Was haben Sie denn veranstaltet? Herrje!«

Verstohlen schob Robin die Zeitschrift in ihre Mappe, raffte die restlichen Journale zusammen und legte sie ordentlich in einem Stapel zurück auf den Tisch. Sie spürte Hitze in ihrem Gesicht.

»Nun gehen Sie schon«, sagte die Lehrerin streng und fügte, mit einem Blick auf das Buch über Fotografie, etwas milder hinzu: »Bringen Sie das Buch am Montag zurück.«

Die Mappe mit der Zeitschrift an sich gedrückt, hastete Robin davon und spürte das Gestohlene wie eine Hitze durch das Leder hindurch.

Den halben Nachmittag verbrachte Robin damit, in ihrem Zimmer zu sitzen und das Foto anzustarren und immer wieder den Artikel zu lesen. Was sie nie für möglich gehalten hatte, lag vor ihren Augen: Eine Frau kleidete und frisierte sich, wie es ihr gefiel. Anita Augspurg war Präsidentin des *Deutschen Verbands für Frauenstimmrecht*. Ihre Lebensdaten verblüfften Robin noch mehr: Die Juristin hatte in München mit einer Freundin, Sophie Goudstikker, das fotografische Atelier *Elvira* betrieben, das einen ausgezeichneten Ruf hatte. Seit 1899 lebte sie in Berlin und gab mit Minna Cauer *Die Frauenbewegung* heraus und war publizistisch für die *Zeitschrift für Frauenstimmrecht* tätig.

Robins Handflächen wurden feucht vor Aufregung, sie umklammerte das Blatt wie einen Schatz, das Papier begann sich zu wellen. Sie starrte aus dem Fenster, ohne etwas zu sehen, schaute zurück auf die Zeitschrift. Frauen, die als Fotografinnen arbeiteten, zusammenlebten und einen Männerberuf ausübten – wenn das alles möglich war, dann gab es auch für sie ein Ziel. Was mochte wohl publizistisch tätig heißen?

Als zum Abendessen gerufen wurde, stellte sie mit Schrecken fest, dass Stunden vergangen waren. Sie hatte ihre Hausaufgaben vergessen.

»Munter siehst du aus, mein Kind.« Vater nickte ihr wohlwollend zu. »Hast du etwas Schönes gelernt?« Er nahm sich eine Scheibe Brot und bestrich sie dick mit Butter.

»O ja.« Robins inbrünstige Antwort reizte die Brüder zum Lachen.

»Wenn alle Mädchen so begeistert zur Schule gingen,

da wäre es bald schlecht um unsere gesellschaftliche Ordnung bestellt«, sagte Bruno.

»Deine zukünftige Frau wird sicher mit Begeisterung deine Hemden waschen.« Robin konnte sich einen spitzen Unterton nicht verkneifen.

»Na, na«, ermahnte Vater sie. »Du genießt große Freiheiten, mein Fräulein. Das berechtigt dich nicht zu ungehörigen Bemerkungen.«

»Ich bin dafür, dass Frauen die gleichen Berufe ausüben dürfen wie die Männer«, sagte Robin.

»Freiheit, Gleichheit, Brüderlichkeit – bist du etwa eine Anhängerin der Französischen Revolution?« Gustav lachte. »Willst du womöglich Ingenieur werden?« Er tupfte das Ende eines Würstchens in Senf und biss hinein.

»Ich könnte publizistisch tätig werden.«

»Märchenbücher oder Rezepte für Frauenjournale?« Jetzt begann auch noch Bruno damit, sie zu necken, aber wenigstens wusste sie jetzt, was eine Publizistin tat.

»Ich werde über Freiheit, Gleichheit und Schwesterlichkeit schreiben.«

Die Brüder lachten, der Vater lächelte nachsichtig.

»Hört, hört, das Fräulein strebt eine Karriere an«, sagte Gustav.

Warum nicht schreiben? Sollten ihre Brüder lachen. Robin biss in ihr Wurstbrot und überlegte, ob sie von Anita Augspurg erzählen sollte. Aber die Männer wandten sich schon ihren eigenen Themen zu.

Gustav sagte: »In der kleinen Werkstatt von Robert Bosch wurde der Achtstundentag eingeführt. Stellt euch das mal vor. Wir arbeiten zehn Stunden.«

Anton Korber schüttelte den Kopf. »Das sind sozialistische Ideen. Das passt nicht zu uns. Eine der größten schwäbischen Tugenden ist die Arbeitsmoral.«

»Er stellt sogar Bolschewisten ein«, sagte Bruno. »Die SPD mit ihren marxistischen Gedanken breitet sich beängstigend schnell unter den Arbeitern aus.«

Gustav fiel ihm ins Wort. »Sie leben aber auch unter den schlimmsten Umständen, werden ausgebeutet, schlecht bezahlt, und ihre Unterkünfte sind erbärmlich. Eigentlich ist es für sie nicht anders als unter der Leibeigenschaft.«

»In den Arbeitervierteln nimmt die Schwindsucht zu.« Vater nickte seinem Sohn zu. »Der Mensch braucht reine Luft und Licht. Auch der Lärm wirkt schädlich.« Damit war er bei seinem Hauptanliegen. Er sah zu seinem automobilbegeisterten Sohn, der sofort seine Arbeit zu verteidigen begann.

Zu viele Worte wurden hier gewechselt, die Robin nicht verstand: SPD, Marxisten, Sozialisten. Sie aß schnell ihr Brot und bat darum, aufstehen zu dürfen. Die Männer waren in eine hitzige Debatte vertieft, und Vater nickte bereitwillig. Bevor sie in ihr Zimmer ging, schlich sie in sein Arbeitszimmer und suchte die Vitrinen mit den Büchern ab. Über was schrieben Frauen? Mit klopfendem Herzen las Robin die Titel auf den Buchrücken. Neben einem Werk über Hygiene fand sie ein Buch über Säuglingsheilkunde, mehr nicht.

Gleich morgen wollte sie die Leihbibliothek aufsuchen.

Verführung

Als Valentine am nächsten Morgen nach Aspirin und einem kalten Tuch für ihre Stirn verlangte, begann der Tag wie viele andere zuvor, und Jennifer beschloss, die Geräusche zu vergessen, die sie im Salon gehört hatte. Wahrscheinlich hatte Zillas dramatische Filmgeschichte in ihrer Fantasie Bilder erzeugt, die gar nichts mit den Geschehnissen zu tun hatten.

Valentine ließ sich von Marie frisieren, bevor sie das neue Nachmittagskleid anzog und Handschuhe überstreifte.

»Was lungerst du noch hier herum?«, fragte sie Jennifer freundlich. »Ab in den Salon, Sophie kommt dich besuchen.«

»Sie hat mir ...«, nichts gesagt, wollte Jennifer ausrufen. »Ich meine, ich wusste nicht, dass sie kommen will.«

»Ich bin doch sonst die Zerstreute.« Valentine lachte. »Das haben wir schon vor Tagen besprochen, als deine Tanzlehrerin kündigte.« Sie gab Jennifer einen Kuss auf die Wange. »Weil du dich nicht beherrschen kannst.«

»Maman, so war es nicht!«

»Ich habe jetzt keine Zeit, mein Schatz, mache dir keine Gedanken. Wir finden eine andere. Marie, holen Sie bitte meine Schuhe beim Schuhmacher ab.«

»Jawohl Madame.« Marie säuberte die Bürste mit dem Kamm.

»Ich will aber keine neue Tanzlehrerin, Maman!«

»Amüsiere dich, mein Kind!«

Valentine war schon zur Tür hinaus, und nur noch ihr Parfümduft schwebte im Zimmer. Marie hatte inzwischen die Fenster geöffnet und begann das Bett zu machen.

Jennifer eilte über den Flur bis zum ersten Treppenabsatz. Unten in der Eingangshalle war ein Diener eben dabei, dem Baron in den Mantel zu helfen. Sie wollte sich umwenden, verschwinden, nicht bemerkt werden, doch da nahm der Baron die Zigarre aus dem Mund, schaute zu ihr hinauf, und sie konnte sich nicht mehr von der Stelle rühren. Seine Augen wurden ein bisschen größer, der Mund ein wenig straffer, und seine Brust blähte sich. Ohne den Blick von ihr zu lassen, nahm er Valentine am Oberarm und riss sie zu sich her. Er küsste sie grob auf den Mund, sah dann wieder zu Jennifer, setzte seinen Zylinder auf und schob Valentine vor sich her zur Tür. Seine dicke Hand lag auf ihrem Rücken, zwischen Zeigefinger und Mittelfinger glühte die Zigarre.

Der Diener schloss die Tür hinter ihnen, und erst das Klacken des Holzes auf dem Türrahmen erlöste Jennifer aus ihrer Erstarrung.

Im Salon setzte sie sich mit angezogenen Knien auf das breite Fenstersims, drückte ihre Stirn an die Scheibe und beobachtete, wie das Glas von ihrem Atem beschlug.

Nach einer Weile klopfte es an der Tür, und der Diener meldete Sophie an.

»Komm herein, wenn du dich traust«, rief Jennifer.

Mit ungerührtem Gesicht knöpfte Sophie ihre Handschuhe auf und setzte sich an den Flügel. Sie schlug einige tiefe Töne an.

»Wie geht es meinem Kolibri im goldenen Palast?«, fragte sie beiläufig.

»Aus dem Kolibri soll ein Papagei werden. Hat Maman es dir erzählt? Die Tanzlehrerin hat mich im Stich gelassen, weil ich mich nicht an ihre Regeln gehalten habe.«

Sophie begann eine unbeschwerte Melodie zu spielen.

Jennifer lehnte den Kopf zurück und schloss die Augen. »Was machst du hier?«

»Deine Mutter bat mich, sie zu vertreten.«

»Du hast doch keine Ahnung vom Tanzen.«

Sophie spielte weiter und lächelte dabei.

»Bist du auch eine Vogelfängerin und willst mich einsperren?«, fragte Jennifer scharf.

»Ich öffne die Türchen der Vogelbauer und entlasse die Vögel in die blauen Lüfte.«

Jennifer zuckte mit den Schultern und malte mit dem Finger auf der Scheibe. »Mir ist heute nicht nach Spaßen.«

»Wer sagt, dass du das tun sollst? Tanze deinen Tanz für diesen Moment.« Sophie legte die Hände in den Schoß.

»Das wird grässlich. Gar nicht schön anzusehen.«

»Zeige es mir. Na los, steh auf und tanze. Ich will sehen, wie grässlich dir zumute ist.« Sophies graue Augen waren groß und klar.

Langsam schob sich Jennifer vom ihrem Sitzplatz und zog die Schuhe aus, streifte die Strümpfe ab und warf sie beiseite. Noch einmal sah sie in Sophies erwartungsvolle Augen, dann betrat sie den Teppich vor dem Flügel und schloss die Lider.

Zuerst war nichts in ihrem Innern zu spüren, nur Schwärze hing über ihrem Scheitel, wurde immer dichter und drückte ihren Nacken nach unten. Sie senkte den Kopf. Das Dunkel ballte sich in ihrer Brust zu einem Stein, und Atmen wurde schwer. Plötzlich hörte sie das Krachen, das am Abend zuvor hier aus dem Salon gekommen war, und sie zuckte zusammen, schlang die Arme um ihren Oberkörper und krümmte den Rücken. Zu einem Bogen wurde sie, der sich schmerzhaft spannte, und als Valentines Schreien wieder in ihren Ohren gellte, riss sie die Augen auf und warf sich hin und her. Immer noch umklammerten ihre Arme ihren Oberkörper. Sie konnte sich nicht befreien, jagte durch den Raum, der Teppich zerkratzte ihre Sohlen, die Schläge des Barons trommelten auf ihrem Rücken, ihr Blick fand keinen Ort zum Festhalten. Töne, tiefe, schwere Töne begleiteten ihre hoffnungslosen Fluchtversuche. War das Sophie am Klavier? Weg, weg, weit fort. Sie bäumte den Rücken auf, warf den Kopf nach hinten und wand sich gleich darauf, krümmte sich wieder zusammen. Doch das war nicht Valentines Erleben, das war ihre eigene Flucht. Jennifer erstarrte, verharrte sekundenlang gebeugt, keuchend. Stille, kein Ton, kein Klavier. Sie hatte sich getäuscht. Mit baumelnden Armen ging sie weiter, bucklig wie ein Unwesen aus einem Märchen, ein Kobold, der in engen Gängen im Berg nach Gold gegraben hatte und nun das Tageslicht suchte. Schwere Schritte, die wieder von Tönen verstärkt wurden. Jetzt erkannte sie, dass es Sophie war, die spielte. Es wurde heller um sie herum, als hätte sie tatsächlich den Höhlenausgang erreicht. Sie richtete sich mit der leichter werdenden Musik auf, streckte sich dem Himmel entgegen, der Weite versprach. Doch irgendetwas zerrte an ihren Fesseln, hielt sie auf dem Boden, obwohl sie so gerne springen und fliegen wollte. Ja, da war ein Misston, eine zweite Folge von Klängen, die die Leichtigkeit störte. Der Himmel lockte, der Untergrund zerrte, und Jennifer fühlte, wie sie auseinandergerissen wurde. In der Mitte ihres Leibes. Sie sah, wie sich die harten Lippen des Barons auf Valentines Mund pressten, wie seine Hand ihren Rücken in Besitz nahm. Die Musik um sie herum schoss in ihren Leib, dorthin, wo das Chaos am größten war, und es war, als würde ihr Becken, ihre Hüften, ja ihre ganze Mitte von der Musik berührt werden. Sie drehte sich um sich selbst wie die böse Königin im Märchen, die verhext in glühenden Schuhen tanzen musste, bis sie tot umfiel. Ihre aufgesteckten Haare lösten sich und flogen um ihr Gesicht. Jennifer stieß einen Schrei aus, hörte Sophie in die Tasten hämmern, wusste nicht mehr, ob es Töne oder Berührungen waren, die sie spürte. Lag eine Hand auf ihrem Bauch?

Jennifer blieb abrupt stehen und sah sich um. Sophie saß auf dem Klavierhocker, das Haar zerzaust, die Augen glühten. Ihre Hände lagen im Schoß.

Jennifer rannte zur Tür hinaus. Erst die Fliesen des Badezimmerbodens unter ihren Füßen brachten sie zur Besinnung. Kühles Wasser, sie brauchte jetzt kühles Wasser! Sie drehte die Hähne der Dusche auf, warf Kleid und Wäsche zu Boden und stieg in die Wanne. Das Wasser prasselte auf sie herab, doch das Chaos in ihrem Bauch verschwand nicht.

Jennifer hörte, wie sich die Tür öffnete und wieder schloss.

Sophie. Mit regloser Miene schlüpfte sie aus ihren Schuhen, knöpfte ihr Kleid auf und ließ es von den Schultern rutschen. Der Unterrock folgte, die Wäsche mit dem Spitzenbesatz, und zum Schluss rollte sie langsam die Strümpfe hinunter. Sie stieg über den Kleiderhaufen.

Jennifer trat einen Schritt beiseite und machte unter dem Wasserstrahl Platz.

Später streckten sie sich auf Jennifers breitem Bett aus. Es dunkelte bereits, aber das Licht reichte noch, um Sophies Silhouette zu erkennen. Sie berührten sich nicht – nur mit den Blicken.

»Mein Tanz war grauenhaft, nicht wahr?«

»Grauenhaft, wahrhaftig.«

»Was war das für ein Stück, das du gespielt hast? Ich kann gar nicht glauben, dass du eins gefunden hast, das so perfekt passt.«

»Ich habe gespielt, was du getanzt hast.«

»Du hast nach meinem Tanz Musik gemacht?«

Sophie nickte. Jennifer nahm ihre Hände und küsste die weichen Innenflächen.

»Du bist wunderschön«, flüsterte sie und strich über Sophies Hüfte und Oberschenkel, wo die Haut wie Elfenbein schimmerte.

»Es ist die Schönheit des Augenblicks«, sagte Sophie. »Mehr nicht.«

Jennifer wollte Sophie beweisen, dass ihre gemeinsame Kunst eine unendliche Reihe von Augenblicken erschaffen konnte, die schön waren. Immer wieder trafen sie sich und improvisierten. Jennifer tanzte, und Sophie spielte, was ihre Bewegungen vorgaben.

An einem heißen Sommertag schob Jennifer im Salon die Gardinen auf und zu, strich mit der Hand über die Sofalehne und warf dazwischen ungeduldige Blicke auf Valentine, die eine Brosche am Kragen feststeckte und den Sitz ihres Hutes vor dem Spiegel kontrollierte.

Sophie klimperte auf dem Flügel.

Sobald der Baron auf Reisen war, blühte Valentine auf. Sie besuchte Kunstausstellungen, und Jennifer wusste, dass sie den einen oder anderen Maler und Bildhauer unterstütze, indem sie Kontakte zu potenziellen Käufern herstellte. Sie hatte ein Gespür für unentdeckte Talente.

»Auf Wiedersehen, meine zwei Hübschen.« Valentine küsste Jennifer auf die Wange. »Die Welt sollte nur aus Schönheit bestehen.«

Kaum hatte sie den Raum verlassen, zog Jennifer Schuhe und Strümpfe aus und öffnete die Fensterflügel. Wärme und Licht des Abends fluteten herein.

»Sie hat recht, Schönheit ist die eine Wahrheit. Aber Liebe die einzige.«

»Du philosophierst schon wie Quentin und dichtest fast wie Oskar.« Sophie lachte. »Liebe gibt es nicht, nur Fleischeslust, ma chère.«

»Ich glaube dir kein Wort. Du musst so reden, um wie ein Dandy zu wirken. Dabei weiß ich genau, wie zärtlich du sein kannst.«

Sie trat hinter Sophie, die den Klavierhocker zurechtrückte und die Ärmel hochschob.

»Ist dir auch so warm?« Sie berührte Sophies Wange mit dem Handrücken. Sophie drehte blitzschnell den Kopf, schnappte mit den Zähnen nach ihren Fingern und fauchte dabei. »Für Löwen kann es gar nicht zu heiß sein.«

»Zum Glück fressen Löwen keine Vögel.« Lachend brachte Jennifer ihre Hand in Sicherheit.

»Weißt du das genau?« Sophies Stimme bekam einen seltsamen Unterton, und ihre grauen Augen schienen dunkler zu werden. Jennifer wandte sich ab und suchte Sicherheit in einer vertrauten Bewegung. Mit geschlossenen Augen begann sie sich zu wiegen. Sofort nahm Sophie die Schwünge auf und verwandelte sie in eine Walzermelodie, die sich träge dahinschleppte.

In den letzten Monaten hatte Jennifer ausprobiert, wie sie ihre momentane Stimmung in einer Bewegungsabfolge ausdrücken konnte. Die Regeln ihrer Tanzlehrerinnen hatte sie hinter sich gelassen, neue Variationen waren aufgetaucht und erweiterten ihren Spielraum. Die Ideen wuchsen, je mehr sie wagte. Gewöhnlich spürte sie Impulse aufsteigen wie Wasserströme und verwandelte sie in Bewegungsfontänen. Sophie fing diese Sprache in ihrem Klavierspiel auf und schuf daraus eine Melodie.

Doch heute war es anders. Die Walzermelodie wurde immer träger und hielt Jennifer gefangen. Ihr war heiß, sie schwitzte, sie konnte sich nicht auf ihre inneren Regungen konzentrieren, stattdessen wanderte jeder Ton, den Sophie anschlug, über ihre Haut. Sie beschloss, im Unterrock zu tanzen. Schnell streifte sie das Kleid über den Kopf und warf es beiseite, ohne mit dem Tanzen innezuhalten. Mit der nächsten Bewegung zog sie die Kämme aus dem Haar und fächerte es auf. Eine kurze Dissonanz in Sophies Spiel ließ sie aufhorchen. Sie lächelte.

So, ab jetzt bestimmte sie wieder den Tanz! Was fühlte sie heute? Jennifer versuchte, in sich hineinzuhorchen, doch Sophie spielte einen leisen Triller, der höher und höher wurde, und Jennifer spürte, wie es in ihrem Körper vibrierte. Im Hals, in der Brust, im Bauch. Sehr dicht sogar. Sie fuhr mit den Händen über ihr Gesicht, wollte die Unruhe beruhigen. Jeder Ton, den Sophie auf den Tasten anschlug, war eine Hand auf ihrer Haut. Sie spürte sie im Nacken, auf den Wangen und Armen. Dann wurde es ein Streicheln den Rücken hinab, und sie meinte, sich dagegenlehnen zu können.

Sophie bestimmte mit ihrem Spiel, was sie fühlte! Mit geschlossenen Augen stand Jennifer mitten im Raum und hatte den Eindruck, Sophie hielte ihre Taille umfasst, so eng und fest, so warm und nah umrundete sie die Melodie. Sie atmete schwer und rührte sich nicht mehr vom Fleck.

Sie hatte gedacht, dass sie es sei, die ihr Zusammenspiel anführte, dass Sophie ihr folgte und sich ihren Bewegungen unterordnete. Dass sie es sei, die Sophie aus ihrem Weltschmerz erlöste, ihr zeigte, wie schön die Kunst sein konnte.

Schweiß lief in einem kalten Rinnsal ihren Rücken hinab, und ein Schauder huschte über ihre Arme, als Sophie eine abschließende Tonleiter hinuntersauste und mit einem Crescendo endete, das Jennifer in der tiefsten Höhle ihres Beckens erschütterte.

Die Töne hallten noch im Raum wider, als Sophie ihr Gesicht in beide Hände nahm und sie küsste.

Sie verfügt über meinen Körper, wie sie will, dachte Jennifer.

1903
Das Korsett

Im Morgengrauen wurde Robin von Bauchschmerzen geweckt. Sie ging zum Abort, blieb lange dort sitzen und starrte zum kleinen Fenster, dessen Scheiben trüb waren. Hinaussehen konnte man nicht. Auch wenn sie den Blick auf ihre verschmierten Schenkel mied, konnte sie doch das Blut riechen, das aus ihr heraustropfte. Es hörte nicht auf. In ihrem Zimmer legte sie mehrere Taschentücher in ihre Unterhose, klemmte die Beine zusammen und legte sich wieder ins Bett. Sie hatte keine Ahnung, von welchem Leiden sie befallen war, denn sie hörte nicht zu, wenn Vater und Bruno über Krankheiten und deren Behandlung sprachen. Angst und Ekel befielen sie dann.

Mit geschlossenen Augen lauschte sie den Geräuschen des erwachenden Hauses. Als Erste trampelte Lise in die Küche und feuerte den Herd an. Etwas später hörte sie Vater die Treppe heruntersteigen. Die Brüder folgten kurz darauf. Kaffeetassen klirrten, Stimmen drangen zu ihr herauf. Schließlich klapperten Lises Absätze die Treppe nach oben. Ohne zu klopfen riss sie die Tür auf.

»Schlafmütze, brauchst du eine Extraeinladung?«

»Ich glaube, ich bin sehr, sehr krank.«

»Auwei, auwei, ist es jetzt so weit?« Lise tätschelte ihren Haarschopf.

»Du lachst ja über mich!«

Lise schnaubte. »Du bist alt genug, und daran sterben tut man nicht.«

Robin hob den Kopf. »Was? Wofür alt genug?«

»Das besprichst du besser mit Tante Erna, Schätzle.«

»Nein! Sage ihr bitte nichts!« Robin setzte sich auf und zog die Decke um sich. »Was habe ich denn?«

»Ich muss es ihr sagen. Sie hat schon gefragt.«

»Tante Erna hat gewusst, dass ich krank werde?«

»So schwierig ist das nicht. Aber das soll sie dir selber erklären.« Lise erhob sich. »Ich bringe dir eine heiße Schokolade, heute brauchst du nicht in die Schule zu gehen.«

»Aber was wird Vater sagen, wenn er das merkt?«

»Nichts. Über so was redet man nicht.« Lise schlurfte aus dem Zimmer.

Später trank Robin die Schokolade und spürte schon fast keine Schmerzen mehr. Eine seltsame Krankheit hatte sie befallen. Eigentlich fühlte sie sich gar nicht leidend. Lise hatte zwar gemeint, dass Tante Erna ihr alles erklären würde, aber sie bezweifelte das. Da die Tante erst am Nachmittag kommen würde, beschloss Robin, die ungewohnte Freizeit im Bett zu genießen. Sie holte sich den dicken Band von Winnetou II und tauchte ab in die Abenteuer von Old Shatterhand. Als Tante Ernas Stimme später im Hausflur ertönte, dauerte es nicht lange, bis sie mit einem Packen weißer Stoffbahnen neben ihrem Bett auftauchte.

»Hat das Betttuch auch etwas abbekommen?«, fragte sie mit verkniffenem Mund. Robin schüttelte den Kopf. Nach Tante Ernas Gesicht zu urteilen, schien sie eher etwas verbrochen zu haben, als krank zu sein.

»Du darfst nicht baden, deine Haare nicht waschen und keine Sahne und kein Eiweiß schlagen.«

»Das mache ich sowieso nie.«

»Sei nicht frech. Du bist jetzt eine Frau, fünfzehn Jahre alt, und deine Faxen müssen endlich aufhören.« Tante Erna legte die Stoffstreifen und einen seltsamen Gürtel auf den Nachttisch. »Die Binden musst du in kaltes Wasser legen und Lise jeden Tag zum Waschen geben.«

»Wann bin ich wieder gesund?«

»In einer Woche ist es vorbei.«

»Wie heißt meine Krankheit?«

»Unpässlichkeit. Aber sprich nicht darüber.«

»Wann kann ich wieder in die Schule gehen? Morgen?« Robin wollte keinesfalls Paula eine Woche nicht sehen. »Es tut nicht mehr weh«, fügte sie schnell hinzu.

»Dann hast du Glück.«

»Ist es wie Ziegenpeter oder wie eine Grippe, die man öfter bekommen kann?« Sie hoffte, dass sie nun gegen diese Unpässlichkeit immun wäre.

»Das kommt einmal im Monat. Gewöhne dich daran. So, nun ist genug geschwätzt. Wasch dich und zieh dich an, wir gehen zum Bleyle.« Tante Erna war schon zur Tür hinaus.

Eine Sekunde später begriff Robin.

»Ich will … kein … Korsett!« Sie trommelte auf die Bettdecke, warf sie beiseite und sprang aus dem Bett. Voller Wut versetzte sie ihrer Schultasche, die neben dem Nachttisch lehnte, einen Tritt. »Kein Korsett. Nein! Das ziehe ich nicht an!«

Der gesamte Inhalt verteilte sich auf dem Fußboden: Federkiel, Tafel, Bücher, Hefte – und die Zeitschrift mit Anita Augspurgs Foto. Robin hielt inne.

Sie horchte, bis die Schritte der Tante auf der Treppe verklungen waren und die Küchentür zuschlug, dann rannte sie in die Kammer ihrer Brüder. Sie wühlte in Brunos Schrank. Bruno war nur ein klein wenig größer als sie. Sie fand ein Jackett, eine pludrige Kniehose, die einer Zeichnung von Radlerhosen für Damen in Marthas Modezeitschrift sehr ähnelte, und ein Paar Gamaschen. Eine ihrer Blusen dazu und sie war perfekt angezogen! Zurück in ihrem Zimmer schlüpfte sie in die Kleidungsstücke und jubelte innerlich, doch dann fiel ihr Blick auf die Stoffbinden.

»Verflixt!« Sie knöpfte die Hose wieder auf und stopfte einen der dicken Stoffstreifen zwischen die Beine.

Danach betrachtete sie sich im Schrankspiegel. Gut. Sie zögerte einen Moment.

»Anita Augspurg«, flüsterte sie und nahm entschlossen eine Schere in die Hand. Sie schnitt hier, schnippelte dort. Es dauerte eine Weile, und schließlich war sie zufrieden, auch wenn es nicht ganz so aussah wie auf dem Foto. Schon hörte sie Schritte auf der Treppe. Hastig fegte sie die abgeschnittenen Haare mit dem Fuß unter das Bett.

Die Hände in die Seiten gestemmt, stellte sie sich mitten ins Zimmer. Das Kinn nach oben gereckt, erwartete sie ihre Tante.

»Roberta! Wird's bald, ich will endlich losgehen.« Tante Ernas riss die Tür auf. Als sie Robin erblickte, ruckte sie mit dem Kopf, als wollte sie Wasser aus den Ohren schütteln. Dann stieß sie einen Schrei aus, verdrehte die Augen und sank nieder. Mit einem Rums schlug sie auf den Dielen auf.

Lise kam aus der Küche gestürzt und begann aus Leibeskräften nach dem Apotheker zu schreien. »Herr Korber! Die gnädige Frau!«

Vater erschien sofort, Bruno direkt hinter ihm. Lise nahm Tante Ernas Kopf auf den Schoß und fächelte ihr mit der Schürze Luft zu.

Robin hatte sich nicht von der Stelle gerührt. Was für ein Tumult! Vater warf einen Blick auf sie und stutzte kurz, dann kniete er sich neben seine Schwägerin, fühlte ihren Puls, zog das Augenlid auf und nickte schließlich.

»Legen wir sie auf das Bett.«

Gemeinsam hoben sie die Frau auf und legten sie vorsichtig auf Robins Matratze.

»Lise, lockere ihr Korsett, sie wird gleich wieder zu sich kommen.« Er wandte sich an Robin. »Roberta, komm mit.«

Sie zögerte. Roberta nannte er sie sonst nie. Bruno nickte ihr ernst zu, und sie hob die Zeitschrift mit Anita Augspurgs Fotografie vom Boden auf und folgte Vater in sein Arbeitszimmer.

Es war der größte Raum im Obergeschoss. Vor den Fenstern, die zur Marktstraße hinausgingen, stand ein wuchtiger Schreibtisch mit vielen Schubfächern. Er setzte sich auf seinen Stuhl und legte die Arme auf die Lehnen. Robin blieb stehen. Sie beobachtete, wie Vater die Brille abnahm, sie umständlich putzte und auf der Tischplatte ablegte. Er rückte den Briefbeschwerer, eine Pyramide aus Marmor, zurecht. Auf dem Schreibtisch lag alles an seinem Platz: die Zeitungen des Apothekervereins links auf einem Stapel, die Post rechts. Er besaß einen der modernen Füllfederhalter. Den nahm er jetzt zur Hand und drehte ihn zwischen den Fingern hin und her.

Robin starrte auf die kleinen antiken Figuren, die dicht an der Tischkante standen und einen Zaun bildeten zwischen ihm und ihr. Als kleines Mädchen hatte sie auf seinem Schoß gesessen und den Geschichten gelauscht, die er zu jeder der Figuren erzählte. Da war Merkur der Götterbote mit den Flügeln an den Fersen, der Obelisk von Alexandria, die Maske von Tutanchamun, eine griechische Amphore mit Tänzerinnen, und Gott Shiva aus Indien tanzte in einem Rad aus Feuerzungen.

Innerlich flehte sie alle diese Götter um Hilfe an. Vaters Blick wanderte an ihr vorbei zur Wand, wo eine Fotografie ihrer Mutter hing. Sie holte tief Luft – ein lautes Geräusch in diesem Zimmer voller Anspannung. Er drehte den Kopf und schaute mit ausdrucksloser Miene auf das Foto von Anita Augspurg, das Robin gegen den Bauch gedrückt hielt.

»Was hast du da für ein Blatt, zeig mal.« Er nahm die Zeitschrift entgegen und wendete die Seiten um. »*Die Gleichheit.* So, so. Wo hast du das her?« Seine Stimme klang nicht böse, aber auch nicht freundlich.

»Ich habe es in der Schulbibliothek gefunden.«

Es klopfte an der Tür. Ohne ein Herein abzuwarten, stürmte Tante Erna auf ihren Schwager zu. Sie wedelte mit einem Riechfläschchen unter ihrer Nase herum.

»Ich habe es ja gewusst! Du bist viel zu weich mit ihr. Was werden jetzt die Leute über uns sagen? Es ist eine Schande, Anton! Sie sieht aus wie ein … ein Bub!«

Vater senkte den Kopf und schob den Briefbeschwerer ein Stück weiter nach hinten.

»Ein hübscher Junge.« Bruno stand in der geöffneten Tür.

Tante Erna fuhr herum. »Was fällt dir ein! Sei du ruhig«, sie beugte sich zu ihrem Schwager, »Anton, wenn du jetzt kein Machtwort sprichst, bin ich nicht mehr bereit, dir den Haushalt zu führen. Es gibt Grenzen!«

»Du hast ja recht«, sagte Vater. »Robin, du musst lernen, dich wie eine Dame zu benehmen, die Kinderzeit ist vorbei.«

»Eine Dame wird sie so sicher nicht werden.« Tante Erna stapfte davon.

Vater schraubte den Füllfederhalter auf und zog ein Blatt Papier aus der Schublade. »Jetzt geht hinaus, ich habe zu tun. Und du«, er streckte Robin *Die Gleichheit* hin, »ziehst dich wieder ordentlich an.«

Sie riss ihm die Zeitschrift aus der Hand und presste die Lippen zusammen.

An der Tür flüsterte Bruno in ihr Ohr: »Eine Dame wie Anita Augspurg?«

»Ja, genau wie sie!«

»Dann kämpfe.«

Robin zog ihr Matrosenkleid an, den seltsamen Gürtel von Tante Erna ließ sie auf dem Nachttisch liegen. Bei jedem Schritt spürte sie die Stoffbahn zwischen ihren Schenkeln. Oben an der Treppe blieb sie stehen, starrte auf das von ihr gewienerte Holz. Steil nach unten führte die Treppe. Zwölf Stufen. Das Schachbrettmuster in der Diele verschwamm vor ihren Augen.

»Um Gottes willen, du siehst aus, als hättest du Läuse gehabt.« Martha stand plötzlich auf den Fliesen. »Auf was wartest du denn? Komm. Du kannst mir beim Sticken helfen.«

Robin hielt sich am Geländer fest und ging langsam hinunter.

Martha nahm sie am Arm. »Was ist los mit dir? Du siehst krank aus.« Sie führte Robin in die gute Stube, wo Tante Erna auf dem Sofa thronte und gerade ein Stopfei in einer Socke zurechtrückte.

»Läuse! Schön wär's«, sagte sie. »Sie ist völlig verrückt geworden.« Tante Erna befeuchtete einen Faden zwischen den Lippen. »Glaub bloß nicht, dass ich mich mit dir auf der Straße zeige. Man wird über uns reden, das ist dir ja wohl klar?«

Als sich Robin auf einen Stuhl am Tisch setzte, spürte sie sofort wieder die Stoffbahn. Sie biss die Zähne zusammen und nahm eine der Aussteuerservietten zur Hand, die Martha ausgebreitet hatte.

»Warum hast du das gemacht?«, fragte Martha. »Alle werden denken, dass es bei uns nicht sauber ist. Und das bei einer Apothekertochter!«

Robin biss einen weißen Zwirn ab und betrachtete das Monogramm, das Martha ihr auf einem Stück

Papier hinschob. Zwei verschlungene M, die aussahen, als würden sie sich an den Händen halten. Martha Michels würde sie heißen.

»Du hast ja eine Schulmütze, darunter kann man sicher das Schlimmste verbergen«, sagte Martha.

Robins Augen füllten sich mit Tränen, die sie wegblinzeln musste, damit sie die Nadel sehen konnte.

Eine Weile herrschte Schweigen, dann sagte Tante Erna in beiläufigem Ton: »In meiner Frauenzeitschrift habe ich gelesen, dass Engländerinnen zu Wahnsinn neigen, mehr als deutsche Frauen. Zum Glück gibt es dafür Sanatorien.«

Martha beugte sich zu Robin. »Das sieht sehr schön aus. Du bist mir eine große Hilfe. Mama, sie macht das sehr gut.«

Mehr als ein halbes M hatte Robin noch nicht gestickt. Sie lächelte Martha dankbar zu.

Die Cousine lächelte zurück. »Die Nachbarin von Margot Hegelmeier ist auch in ein Sanatorium gekommen, aber wegen was ganz anderem. Sie ist weggelaufen und hat ihren Mann und ihre vier Kinder im Stich gelassen. Schrecklich, nicht wahr? Zwei Wochen lang wussten sie nicht, wo sie steckt, bis sich herausgestellt hat, dass sie mit einer Frau nach Italien gereist ist. Sie haben dort zusammengelebt wie ein Ehepaar. Das muss man sich mal vorstellen. Wie Mann und Frau!«

»Wie Mann und Frau?«, fragte Tante Erna. »Wer erzählt so einen Mumpitz?«

»Doch. Sie hat geschworen, dass sie die andere Frau *liebt*! Margot hat erzählt, dass sie furchtbar geschrien hat, als man sie abholte.«

Robin ließ die Garnrolle fallen und bückte sich schnell, um sie wieder aufzuheben.

»Das ist doch nicht normal. Die gehört wirklich in ein Sanatorium«, sagte Tante Erna und hob den Kopf von ihrer Stopfarbeit, weil die Tür aufging und Bruno hereinkam.

»Wer gehört ins Sanatorium?«, fragte er scharf.

»Die Nachbarin der Hegelmeier. Sie meint, sie liebt eine andere Frau«, antwortete Martha.

»Ach so.« Bruno reichte Robin eine Zeitschrift. »Hier, lies das mal durch.«

»Eine Apothekerzeitung?« Robin nahm sie mit zitternden Fingern.

»Ja, das wird dich interessieren.« Er wandte sich wieder zur Tür. »Übrigens könnte es sein, dass diese Frauen unter Homosexualismus leiden und Urninden sind.«

»Bruno!«, rief Tante Erna. »Das ist ja ganz und gar abscheulich!«

Der Neue Tanz

Jennifer stapfte durch den Salon. Die Augen öffnete sie nur so weit, dass sie nirgends anstieß. Für einen Moment nahm sie ihre Mutter wahr, die im Kimono auf der Chaiselongue lag, an einem Likör nippte und ihr zusah. Sie konzentrierte sich wieder auf ihre Bewegungen, suchte danach, in welchem Körperteil sie ihre Kraft am stärksten spüren konnte.

Sophie würde irgendwann wieder auftauchen, und

sie musste vorbereitet sein. Tagelang blieb die Pianistin fort, und wenn sie erschien, ging entweder ein Leuchten von ihr aus oder der Weltschmerz machte sie schwer. Nie verriet sie, was sie getan hatte. Sie sprach über den Abscheu, den sie empfand, weil die Menschheit in ihren Augen so jämmerlich war, und dann begannen sie zu improvisieren, und es wurde immer öfter ein Kampf.

Obwohl Sophie groß und kantig gebaut war, ging ihre Kraft nicht von ihren muskulösen Armen und Beinen aus. Auch nicht von ihrem geraden Rücken. Mit ihren klaren grauen Augen übte sie Macht über Jennifer aus, mit ihren flinken Fingern, die Tonfolgen erzeugten, die im Nu Jennifers Absichten zunichtemachen konnten. Wappnen musste sie sich, um nicht wieder zu unterliegen.

Ihre eigene Kraft lag nicht in den Augen, das wusste Jennifer. Doch wo dann?

Sie ging am Flügel vorbei auf die Wand zu, wo ein goldgerahmtes Gemälde hing. In duftigen, bauschigen Röckchen tanzten Mädchen, gemalt in Pastelltönen.

Sie versteifte ihren Rücken, bis er schmerzte, presste die Oberarme an den Rumpf und bohrte die Fingernägel in die Handflächen. Nein, so ging das nicht. Vor lauter Anspannung konnte sie nicht mehr atmen. Sie schüttelte ihre Arme aus und ging weiter im Raum umher. Fest auftreten fühlte sich stark an. Sie hielt den Kopf aufrecht, hob das Kinn an und öffnete die Augen.

Geradeaus musste sie schauen, die Augen wie ein Pfeil auf das Ziel richten, den Mund leicht zusammenpressen und die Brust weiten. Ja, ja, wunderbar. So konnte nichts sie umwerfen! Sie drehte sich mit einem Ruck um und marschierte auf die Chaiselongue zu. Valentine hatte sich gegen mehrere Kissen gelehnt, ihre blasse Hand nestelte am Seidengürtel ihres Kimonos, und ihr Gesicht war weich und offen. Jennifer stapfte weiter. Näher, näher, mit ungerührtem Gesicht. Valentine, klein, verletzlich, unter ihr. Wie ein Dorn bohrte sich der Schreck in Jennifer: Sie ging wie ihr Stiefvater!

Sie ließ sich auf den chinesischen Teppich plumpsen, drehte sich mit hämmerndem Herzschlag auf den Bauch und fuhr mit der Hand über die Fransen. Das Tintenblau fand sich in den Seidenvorhängen wieder. Weiße Tüllgardinen bauschten sich bei jedem Windhauch. Das alles war Mamans Werk, ihre Freude, ihre Liebe zur Schönheit.

Warum fand sie diese Hingabe nicht in sich? Wie hatte der Baron mit seiner Gewalt in ihrem Körper Spuren hinterlassen können, er war nicht ihr Vater, sie hatte ihn nie ausstehen können. Jennifer fror.

Die Flügeltüren standen weit offen, Sonnenlicht fiel ins Zimmer, und unter den zierlichen Lackbeinen des Flügels tanzten Staubpunkte über dem Parkett. Sie tanzen, wie sie wollen, dachte Jennifer und sah dann hinauf zu einem goldgerahmten Bild. Die Mädchen trippelten im Kreis. Durchsichtig, unirdisch. So wollte sie nicht sein!

Valentines Unterrock raschelte. Eine Flüssigkeit gluckerte in ein Glas.

»Was war denn das für eine Kreation? Man kann es kaum mehr einen Tanz nennen, und doch hat es mich sehr beeindruckt.« Valentine klopfte auf das Polster und rückte ein Stück zur Seite, damit Jennifer sich setzen konnte. Sie strich ihr das verschwitzte Haar aus der Stirn, und Jennifer senkte die Augen.

»Ach Maman. Meine Tanzlehrerinnen wären entsetzt, wenn sie mich so sehen würden. Bei ihnen gab es klare Regeln, wie man sich zu bewegen hatte.« Sie wies mit dem Kopf zu den elfenhaften Tanzmädchen. »Sie zählten sogar die Bewegungen. Un, deux, trois. Ich bin froh, dass sie weg sind.«

Valentine nippte an ihrem Likörglas.

»Wenn Madame auf dem Klavier spielte, bewegte ich mich wie eine Puppe, ganz ohne Freude.«

»Du brauchst eine neue Tanzlehrerin.«

»Sie sind doch alle gleich. Wir hatten schon so viele. Un, deux, trois.«

Valentine lachte. »Also brauchst du eine ganz andere Lehrerin.«

»Was meinst du damit?«

»Eine junge Frau aus Deutschland …«

»Eine Deutsche?«

»Lass mich ausreden. Ich habe sie in einem kleinen Theater gesehen. Clothilde Unger heißt sie, und sie tanzt den *Neuen Tanz*. Du könntest bei ihr studieren.«

»*Neuer Tanz*?«

Valentine nickte. »Ich werde ihr eine Nachricht zukommen lassen, sie soll uns heute Abend besuchen.«

Jennifer schluckte, sah überall hin, nur nicht in das Gesicht ihrer Mutter.

»Was ist? Freust du dich nicht?«

»Doch Maman, doch.«

Jennifer hatte so lange geduscht, dass Wassertropfen die gefliesten Wände hinunterliefen, als sie die Hähne zudrehte und nach dem Handtuch tastete. Sie versuchte, mit einem Zipfel den Spiegel freizuwischen, doch weil er sofort wieder beschlug, musste sie das Fenster öffnen, um sich betrachten zu können. Kalte Luft strömte herein, und ihre Brustwarzen wurden hart. Sophie hatte hineingebissen; nur so wenig, dass die Lust nicht verschwunden war, und doch hatte sie ihr wehgetan. Während die große Spiegelfläche langsam klar wurde, kämmte sie ihre langen Haare durch. Sophie hatte beide Hände hineingegraben und daran gezogen.

Sophie, Sophie, Sophie! Sie konnte an nichts anderes mehr denken! An die grauen Augen, die mal heller, mal dunkler wurden, an die Kämpfe, die sie beim Tanzen verloren hatte, wenn Sophie ihren Körper mit Tonfolgen zu dirigieren begann und anschließend mit den Fingern unter ihrer Haut die Stellen suchte, wo der Puls am schnellsten schlug. Wann hatte sie zuletzt Regungen und Gefühle aus ihrem Körper in Improvisationen verwandelt, die nicht besessen waren von Sophie? Sie hatte die Sehnsucht getanzt, die sie zerfetzte, wenn Sophie sie tagelang warten ließ, die Ohnmacht, die sie befiel, wenn Sophie sie mit Augen und Händen dirigierte, und auch die Lust, die sie unruhig im Zimmer herumrennen ließ und die sie dumm machte. Jennifer schleuderte den Kamm ins Waschbecken. Ja, dumm war sie, weil sie sich von Sophie so beherrschen ließ. Ob diese kleine Tänzerin, die Valentine gesehen hatte, ihr etwas beibringen konnte, das ihr half, sich von Sophie zu befreien, ohne dass sie den Baron in sich hervorholen musste? Sie wollte endlich wieder ihren eigenen Tanz tanzen!

»Da bist du ja endlich, mein Schatz. Dein Vater wartet schon auf dich«, rief Valentine mit einer Hektik in der Stimme, die sie sonst nur zeigte, wenn sie Angst hatte, dass ihre Soiree nicht so verlaufen könnte, wie sie es geplant hatte.

»Wer?« Jennifer sah umher und fuhr zusammen.

Der Baron kam vom Balkon herein und schloss die doppelflügelige Fenstertür. Er wollte doch erst in einer Woche wieder hier sein!

»Da bin ich, wie du siehst, mein liebes Kind!« Er hängte die Daumen in die Westentaschen und streckte den Bauch heraus.

Jennifers Nacken verspannte sich. *Vater. Liebes Kind.* Sonst nannte Valentine ihn »Baron«, und ihr Stiefvater sprach sie selten direkt an, schon gar nicht mit *liebes Kind.* Als er das Kinn hob und sie von oben herab betrachtete, wurde ihr schwindelig. Sie ging einen kleinen Schritt zurück, dann seitwärts und suchte Halt an einer Stuhllehne.

»Deine Mutter hat mir soeben erzählt, dass sie eine neue Tanzlehrerin engagiert hat, die uns gleich besuchen wird. Ich begrüße das sehr, muss ich dir sagen, denn es wird Zeit, dass du ordentlich in die Gesellschaft eingeführt wirst.«

Der Baron schritt während des Sprechens durch den Raum, und Jennifer spürte ihre Hände nicht mehr. Sie drückte die Innenflächen gegen die Kanten der Stuhllehne.

Es klopfte, der Diener meldete mit einer knappen Verbeugung Clothilde Unger an.

Valentine saß mit bleichem Gesicht stocksteif auf dem Sofa; die Hände im Schoß zusammengepresst lächelte sie Jennifer zu.

»So kommen Sie doch herein, nicht so zögerlich, kommen Sie, kommen Sie. Sie sind doch Deutsche, darauf können Sie stolz sein.« Der Baron tätschelte Clothilde Unger die Schulter.

Die junge Frau knickste. »Guten Tag, gnädiger Herr. Vielen Dank für die Einladung.«

»Ah, nicht so schüchtern. Sprechen Sie laut und deutlich, mein Fräulein.« Der Baron zwickte sie in die Wange. »Sie haben doch nichts zu verbergen, nicht wahr?«

Clothilde lächelte schwach. Valentine winkte sie zu sich. Clothilde nahm auf dem Sofa Platz und zog ihren Rock über den Knien zurecht. Sie trug ein schlichtes graues Kleid, dessen Säume abgestoßen waren, ihre aschblonden Haare hatte sie zu einer einfachen Frisur aufgesteckt. Sie roch zwar nach Armut, wirkte aber energiegeladen und fröhlich. Und sie hatte hübsche braune Augen mit langen Wimpern.

Marie schob einen Servierwagen mit Kaffee und Petit Fours herein. Während sie bediente, sprach nur der Baron. Jennifer klammerte sich immer noch an die Stuhllehne und spürte, wie sie zu schwitzen begann.

»Sie sind ja noch reichlich jung, wie mir scheint. Aber das kann ja als Tanzlehrerin gar nicht anders sein. Haha, verzeihen Sie mir meine Einfalt. Wenn Sie verheiratet wären, würden Sie nicht arbeiten müssen. Also, welche Tänze werden Sie Jennifer als Erstes beibringen?« Eine Antwort wartete er nicht ab, sondern fuhr fort: »Den Rheinländer natürlich, das ist ja immer noch der eleganteste Tanz, nach dem Walzer, übrigens mein Lieblingstanz.« Er schlürfte im Stehen aus seiner Tasse. »Auf keinen Fall einen Schieber. So etwas Unanständiges will ich in meinem Haus nicht sehen. Eine gediegene, anständige Ausbildung soll sie bekommen. Kennen Sie sich auch mit Benimmregeln aus? Das hoffe ich doch!«

Valentine nickte und berührte kurz Clothildes Arm. »Die Einzelheiten müssen wir nachher noch in Ruhe besprechen. Wir werden das alles schön arrangieren, da können Sie ganz beruhigt sein, mein Lieber.«

Clothilde sah aus, als würde sie sich ein Lächeln verkneifen. Sie schwieg. Jennifer bewunderte ihre Haltung und ihren Scharfsinn. Offenbar hatte sie gleich begriffen, dass hier ein doppeltes Spiel gespielt wurde.

»Wie oft soll ich herkommen?«, fragte sie Valentine.

»Zweimal die Woche? Was meinst du, Jennifer?«

Jennifer ließ die Stuhllehne los und versuchte, die Schultern zu entspannen.

»Mindestens. Ich fürchte, ich habe viel nachzuholen.«

»Ja, das fürchte ich auch«, sagte der Baron. »Die Spinnereien haben dich hoffentlich nicht völlig verdorben. Eigentlich ist so ein Walzer ja nicht schwer zu tanzen.«

Er stellte die Kaffeetasse ab, begann mit beiden Händen zu dirigieren und ging näher auf Jennifer zu, als wäre sie begriffsstutzig. »Tam, ta, tam. Tam, ta, tam. Siehst du, so.«

Er schnappte sie um die Taille und drückte sie eng an sich. Seine dicken Finger hielten ihre Hand, und er zerrte sie im Tanzschritt herum.

So nah war sie ihm noch nie gewesen. Nie hatte er sie auf den Arm genommen oder auf seinen Schoß gesetzt, als sie ein kleines Mädchen gewesen war. Nichts hatte er ihr gegeben, weder eine zärtliche Berührung noch ein Streicheln über den Kopf oder gar eine Umarmung. Er hatte Valentine angewiesen, wie sie mit »dem Kind« zu verfahren hatte: *Schicken Sie sie hinaus, sie stört, erziehen Sie sie strenger, machen Sie nicht so ein Gewese um sie.*

Und nun roch sie seinen Tabakatem, den er stoßweise auf ihre Wange blies, spürte seine raue Haut an ihrer Hand, ein Fussel lag auf seinem Kragen, ein gekrümmter kleiner Faden, der nicht dorthin gehörte, weiß auf schwarz, sein Bauch an ihrem, seine Hand an ihrem Rücken und dazwischen eine Hitze, ein Reiben, sein Bein an ihrem Schenkel, was trug er in der Hosentasche, der Fussel, er gehörte nicht hier hin. Abrupt ließ er sie los, und sie stolperte zurück.

Er leckte sich über die Lippen. »Reichlich steif bist du. Na, du wirst es schon noch lernen. Und dann darfst du auf einem Fest mit mir tanzen.« Eine knappe Verbeugung in Valentines und Clothildes Richtung. »Meine Damen. Ich verlasse Sie jetzt, ich habe zu tun.«

Valentine sprang auf, sobald er die Tür hinter sich geschlossen hatte, schenkte sich Likör ein, stürzte das Glas hinunter und füllte es erneut.

»Das ist ja gerade noch mal gut gegangen. Meine Güte!« Sie wedelte mit der Hand. »Also er braucht nicht zu wissen, was ihr miteinander übt. Männer verstehen so etwas nicht.«

Clothilde lächelte. »Meinetwegen. Mir ist das gleich.«

»Nun setz dich doch endlich mal hin«, sagte Valentine zu Jennifer. »Fräulein Unger ist extra wegen dir gekommen, und du benimmst dich wie ein Stockfisch.«

Jennifer rückte ihr Kleid zurecht, sie hatte das Gefühl, es würde an ihrer Haut kleben und die Hitze des Barons noch darüber liegen. Am liebsten wäre sie unter die

Dusche gestürzt. Was hatte er in der Hosentasche gehabt? Ihr wurde übel.

»Du bist ja ganz bleich.« Valentine legte eine Hand auf ihre Stirn. »Soll ich dir ein Aspirin kommen lassen? Hast du Kopfschmerzen?«

»Ein wenig, ja.« Jennifer lehnte sich neben Clothilde in die Sofakissen und starrte auf die Kaffeetasse, die der Baron so hastig neben der Untertasse auf dem Servierwagen abgestellt hatte.

Valentine zog an der Klingelschnur, und als Marie sofort erschien, gab sie ihr Anweisungen, danach beschäftigte sie sich wieder mit der Likörkaraffe.

»Weißt du, Jennifer«, sagte Clothilde, »die alten Säcke in den Tingeltangeltheatern, wo ich auftrete, sind widerlich. Sie kratzen dir mit ihren Schnurrbärten die Haut auf, begrapschen dich, wo sie nur hingreifen können, aber wenigstens sitzt ihnen der Franc locker.«

Ein Stein drückte in Jennifers Magen. »Ich fürchte, der *Neue Tanz* ist doch nichts für mich.«

Clothilde lachte auf. »Aber ich tanze dort doch andere Sachen, den Can-Can zum Beispiel. Er bringt das meiste Geld ein.« Sie tat so, als würde sie sich Geldscheine in den Ausschnitt stecken.

»Du hüpfst mit zwanzig Mädchen auf der Bühne und zeigst alten Herren deine … Unterröcke?«

»Genau, und die Musik ist wild und die Luft voller Zigarrenrauch, die alten Männer werfen bündelweise Geld auf die Bühne. Davon können wir uns Pasteten kaufen. Tänzerinnen sind immer hungrig, weißt du.«

»Hast du keine Angst vor ihnen? Den alten Herren, meine ich.«

»Ach wo! Wenn man weiß, wie man sie um den Finger wickeln kann, tanzen sie nach deiner Pfeife.«

»Das ist aber nicht das, was meine Tochter von Ihnen lernen soll, Fräulein Unger«, sagte Valentine. Mit einem Likörglas in der Hand setzte sie sich zu ihnen. »Der *Neue Tanz* ist eine Kunstform mit hoher Ästhetik und wird sicher die Bühnen der Welt erobern.«

»Es freut mich, dass Sie das so sehen, und ich wünsche es mir natürlich von Herzen, denn der *Neue Tanz* lässt einem viel mehr Freiheiten als das klassische Ballett. Die Ausdrucksmöglichkeiten sind so vielfältig.«

»Maman hat gesagt, sie hat dich in einem kleinen Theater gesehen. Wo trittst du auf?«

»Ich habe jeden Abend einen kurzen Auftritt in einem Varieté. Ein schäbiger Ort, aber immerhin ein Anfang.« Clothilde zuckte bedauernd mit den Schultern. »Ich träume von einem eigenen Tanzabend. Aber ich konnte noch keinen Direktor finden, der mir einen ganzen Abend gibt. Das Publikum ist noch nicht so weit, den *Neuen Tanz* zu verstehen.«

»Ich glaube, von dir könnte ich eine Menge lernen. Wie heißt das Varieté?«, fragte Jennifer und bemühte sich um einen harmlosen Gesichtsausdruck.

Radlerkleidung

Hast du es gelesen?«, fragte Bruno ein paar Tage später.

Samstagnachmittags um fünf, nachdem die Apotheke geschlossen und die Putzarbeit erledigt worden war, tranken sie gemeinsam Kaffee. Vater hatte noch in der Offizin zu tun, würde sich aber gleich zu ihnen gesellen. Gustav war in den Daimlerwerken, er kam selten vor sieben Uhr nach Hause. Durch das offene Küchenfenster hörten sie das Gegacker der Hühner und Lises *Puttputtputt*, mit dem sie das Futter verteilte.

»Ach, die Zeitschrift habe ich ganz vergessen.« Robin stand am Tisch und schnitt Brotscheiben ab.

»Dann hole sie jetzt!« Bruno zog sein Jackett aus, krempelte die Ärmel hoch und setzte sich.

»Du weißt doch, dass mich das Medizinische nicht interessiert.« Robin konzentrierte sich aufs Butterstreichen und den Honigfaden, den sie auf ihr Brot schlängeln ließ.

Tatsächlich hatte sie die letzten Tage nichts anderes im Sinn gehabt als Marthas Bericht über die Frau, die in eine Anstalt gesteckt worden war, und Brunos erklärenden Satz: *Übrigens könnte es sein, dass diese Frauen unter Homosexualismus leiden und Urninden sind.* Nie hatte sie daran gedacht, dass andere Menschen auch so empfinden könnten wie sie. Die Gefühle, die Paula in ihr auslöste, hatten plötzlich einen Namen bekommen, waren zu einer Krankheit erklärt worden. Doch was war das für eine Krankheit? Es musste ein Nervenleiden sein, wenn man in ein Sanatorium gebracht wurde. Robin quälte sich mit Gedanken an Räume voller schreiender Frauen, die man in kalte Bäder tauchte, danach in Zwangsjacken steckte und mit Laudanum in sabbernde, willenlose Wesen verwandelte.

In der Volksbibliothek der Stadt Stuttgart hatte sie kein Buch über Homosexualismus gefunden. Allerdings überwachte das Fräulein an der Ausleihe, welche Bücher sie herausnahm. Sobald sie sich den medizinischen näherte, wurde sie mit der Bemerkung weggeschickt, dass das nicht das Richtige für sie sei. Auch in der kleinen Schulbibliothek hatte sie nichts gefunden, was ihre Frage beantworten konnte: War sie erkrankt?

»Hast du etwa aufgegeben?«, fragte Bruno.

»Was? Was meinst du?«

»Jetzt hol schon die Zeitschrift! Ich dachte, du willst für deine Rechte kämpfen.«

»Ja, schon. Aber das hat doch nichts mit Krankheit zu tun, oder?«

Er zog die Augenbrauen hoch und hielt den Kopf schräg. Robin legte das Honigbrot, in das sie gerade hatte beißen wollen, auf den Teller, rannte in ihr Zimmer und nahm die Apothekerzeitschrift von ihrer Kommode. Im Gehen blätterte sie die Seiten durch und fragte sich, was Bruno wohl so wichtig fand. Sie schob die angelehnte Küchentür mit dem Fuß auf und prallte gegen Tante Ernas Rücken.

»Was rennst du denn so?«

»Ich wusste nicht, dass du selber kommst.« Erst jetzt fiel ihr wieder ein, dass Tante Erna vor einer Stunde angerufen und Vater zu sprechen verlangt hatte. Üblicherweise kam sie samstags nicht, trug Lise und Robin schon freitags auf, was zu putzen sei, und kümmerte sich um ihr eigenes Haus. Aber sie litt häufig unter Schmerzen und Unwohlsein und verlangte dann nach Medizin. Sicher bereitete Vater gerade ein Pulver für sie vor.

»Liest du schon wieder?« Tante Erna riss ihr das Blatt aus der Hand und warf es auf den Tisch. »Wo bleibt denn Anton? Mir tut der Bauch so weh. Hier.« Sie legte die Hand auf die Seite und begann Bruno zu erklären, was sie plagte.

Robin hörte nicht zu, sondern setzte sich und las den Artikel. Eine Seite weiter entdeckte sie zwei Zeichnungen und spürte, wie ihr Herz schneller zu schlagen begann. Bruno warf sie einen kurzen Blick zu, doch er rührte keine Miene, nickte zu Tante Ernas dramatischer Schilderung.

»Ich kann nicht durchatmen. Es sticht, und sauer aufstoßen muss ich unentwegt. Ah, endlich. Danke.« Sie nahm von Vater, der gerade hereinkam, eine Tüte entgegen.

»Nimm zwei Löffel davon vor dem Essen«, sagte Vater. Er ging zum Schüttstein und wusch sich die Hände.

»*Das Korsett verformt die Rippenbögen, weicht das Rückgrat auf und verursacht Beschwerden der inneren Bauchorgane*«, las Robin laut vor. »Das wird es sein. Du bist zu eng geschnürt.«

Tante Erna stieß einen Schrei aus. »Darüber spricht man nicht vor Männern, auch nicht in der Familie! Was liest du da überhaupt?« Sie betrachtete die Abbildung eines Frauenkörpers ohne Kopf und Beine – nur der Leib mit den Rippen und den inneren Organen war dargestellt.

Sie fuhr zurück. »Das schickt sich nicht, einem Kind solche Bilder zu zeigen! Anton! Kaum verlasse ich das Haus, geht es hier drunter und drüber.«

Vater kam an den Tisch.

»Hier steht es, das Korsett schadet der Gesundheit und gefährdet die Entwicklung.« Robin sah ihn erwartungsvoll an.

»Unsinn. Das ist neumodischer Unsinn. Keine anständige Frau geht ohne Korsett. Es sorgt für eine gute Haltung.« Tante Erna gab der Zeitung einen Stoß, sodass sie zu Boden flatterte.

»Aber deine Ohnmacht neulich.« Robin erhob sich und stellte sich dicht neben ihren Bruder.

»Du hast die doch verursacht! Schneidest dir die Haare ab und ziehst Hosen an! Anton, nun sprich endlich ein Machtwort.«

Vater nickte, setzte sich und rückte den Stuhl zurecht. Er begann, ein Brot mit Butter zu bestreichen.

»Für die Reformkleider gibt es ein gestricktes Leibchen.« Bruno hob die Zeitung auf und blätterte darin, bis er die entsprechende Seite fand, und hielt sie Tante Erna hin.

»Das will ich gar nicht sehen!«

Robin wippte auf den Zehenspitzen. Vater nahm die Zeitschrift und schob gleichzeitig seine Brille auf die Stirn, damit er besser lesen konnte. Kurz sah er über die Seite, dann schlug er das Heft zu und suchte offenbar nach dem Erscheinungsdatum.

»Mhm. Ja, das ist mir bekannt.«

Bruno legte Robin eine Hand auf die Schulter und sagte: »Wisst ihr, sie ist eben ein Backfisch. Das geht vorbei. Und in der Zwischenzeit braucht sie einfach ein paar Reformkleider.«

»Anton!«, rief Tante Erna.

»Gesundheit ist wichtig. Gerade für junge Frauen.« Vater schenkte sich Kaffee ein.

»Reformkleider sind nicht besser als Säcke. Dann sieht sie hässlich aus, und ich muss mich schämen.«

»Erna, am besten kümmerst du dich darum, dass die Kleider aus ordentlichem Stoff gefertigt werden. Dann muss sich niemand schämen. Und jetzt gebt Ruhe, alle miteinander.«

Bruno sagte leise zu Robin: »Siehst du, so kämpft man mit Worten und Argumenten.«

Clothilde

Jennifer brauchte zwei Wochen, um Sophie zu überreden.

»Dein Stiefvater bringt mich um, wenn er erfährt, dass ich mit dir im *Harlekin* war.« Sophie rutschte unruhig in der Droschke herum.

»Bestimmt lässt er dich ins Gefängnis werfen«, bestätigte Jennifer. »Aber ich schicke dir einen Kuchen mit einer Feile, dann kannst du ausbrechen.«

»Du bist sicher, dass sie nicht vor ein Uhr nach Hause kommen?«

»Sie kommen nie früher nach Hause.« Jennifer legte die Stirn an die Fensterscheibe und freute sich an den Lichtern der Nacht. »Sie werden schon nichts merken.«

Als sie aus der Droschke stiegen, legte Sophie einen Arm um Jennifers Schultern und sah sich unruhig um.

Jennifer lachte. »Ich wusste gar nicht, dass du dich zur Gouvernante eignest.«

»Mach keine Witze. Komm aus dem Licht, weg von den vielen Menschen, bevor uns jemand erkennt.«

Sie zog Jennifer in eine schmale Seitenstraße. Neben

Getränkekisten und Mülleimern schnurrte eine Katze. Das Kopfsteinpflaster war schmierig vom Abfall und undefinierbaren Flüssigkeiten. Es stank nach Urin und Kohlsuppe. Über ihren Köpfen baumelte Wäsche an einer Leine vor einem erleuchteten Fenster, wo jemand einen Gassenhauer sang.

»Hier muss der Bühneneingang sein. Hat sie nicht gesagt, sie holt uns ab? Ich gehe nicht mit dir durch den offiziellen Eingang, das ist mir zu gefährlich.« Nervös starrte Sophie auf den Lichtstrahl, der unter der Tür hervordrang. »Wo bleibt sie denn? Wir können ja schlecht anklopfen. Himmel, bringst du mich in Situationen.«

»Es ist doch aufregend.« Jennifer drückte die Klinke herunter.

Im selben Moment wurde die Tür von innen aufgestoßen. Ein Junge winkte sie herein. Seine mageren Arme und Beine lugten aus einem Anzug, der ihm etwas zu kurz war. »Sie ist gleich dran. Schnell.«

Sie folgten ihm einen engen Flur entlang, der mit Requisiten und Bühnenbildern vollgestellt war. Fröhliche Musik und Stimmengewirr wurden lauter, je näher sie der Bühne kamen. Es roch nach Schweiß und süßem Parfüm. Irgendetwas lag in der Luft, das Jennifer erhitzte. Sie sah weder Sophie noch den Jungen, sondern saugte mit allen Sinnen die Eindrücke auf.

Der Junge wies auf einen Platz zwischen den Seitenvorhängen und verschwand mit einem Grinsen. Sophie stand dicht hinter ihr. »Siehst du gut?«

Vor ihr lagen die abgewetzten Bretter der Bühne. Die Spuren erzählten von den Füßen, die darübergegangen waren. In der Mitte ein hellerer Fleck. Der

Startpunkt des Auftritts. Von der anderen Bühnenseite musste Clothilde hereinkommen. Die Vorhänge bewegten sich, Männer und Frauen huschten vorbei, Clothilde war nicht darunter.

Gelächter überschlug sich im Zuschauerraum. An kleinen runden Tischen saßen grellbunt gekleidete Frauen mit Federn an ihren Hüten und Männer in Anzügen mit steifen Krägen. Zigarrendunst waberte zwischen den Zuschauern und verdichtete sich über ihren Köpfen zu dicken Schwaden. Über die Wände spannte sich ein lila Stoff in dichten Falten. Gaslampen flackerten. Die Kellner balancierten Silbertabletts voller Sektgläser zwischen den Tischen hindurch. Überall wurde getrunken, gegrölt, Männer und Frauen lachten und poussierten miteinander. Die Stimmung schien Jennifer unpassend für Clothildes Tanzauftritt. Ein Mann in kariertem Frack trat auf die Bühne und fuchtelte mit den Armen, um sich Gehör zu verschaffen, doch der Geräuschpegel sank nur geringfügig.

Bruchstücke drangen an ihr Ohr. »… *Neue Tanz* … *Die Schäferin* von Clothilde Unger.«

Die Gäste klatschten. Als Clothilde die Bühne betrat, schwoll der Applaus an, und Pfiffe flogen durch den Raum.

»Hast du deine Schuhe vergessen?«, schrie eine männliche Stimme. »Hei, hei, her mit den Beinchen.«

Jennifer zuckte zusammen.

Barfüßig stand Clothilde in einem knielangen gefältelten Kleid auf dem hellen Fleck in der Mitte der Bühne. Unter ihrer Brust kreuzten sich Satinbänder wie bei Göttinnen auf antiken Fresken. Auch ihr Haar glich einer hellenischen Frisur. Sie legte die Handflächen vor der Brust zusammen. Der Junge, der sie hereingeführt hatte, hockte im Schneidersitz am Rand der Bühne und blies eine schlichte Melodie auf einer Flöte; endlich verstummte das Publikum, und Jennifer hielt den Atem an, als Clothilde zu tanzen begann. Zuerst fiel ihr auf, was fehlte: Keine gemalte Kulisse und kein Orchester, Clothilde stellte sich nicht auf die Spitzen wie Ballett-Tänzerinnen, sie trippelte nicht, sie neigte nicht anmutig Arm und Kopf. Da war nur der schwarze Vorhang hinter ihr, die Bretter unter ihren Füßen, und doch führte sie Jennifer auf eine Wiese auf dem Berg Ida, wo das Schäfermädchen sich am hellen Licht der griechischen Sonne erfreute, mit dem Wind tanzte und ihre Geschichte erzählte. Jennifer nahm nichts mehr wahr von der Schäbigkeit des Theaters. Sie spürte die Freude der Schäferin über die Liebe zu einem Jungen, die Trauer beim Abschied und den Kampf mit dem Monster Einsamkeit, der in einem Sieg über die trostlosen Gefühle endete.

Clothilde verneigte sich, als die letzten Töne verklungen waren, und lief leichtfüßig hinaus.

Jennifer hörte kaum den Applaus und die Pfiffe, alles war weit entfernt. Sie sah mit Tränen in den Augen in Sophies Gesicht. Die Freundin schien zu leuchten, ihre Augen glühten in einem seltsamen Feuer.

»So will ich ebenfalls tanzen«, flüsterte Jennifer.

Sophies Mundwinkel zuckten. »Ja, sie ist wundervoll.«

Das Publikum war unbeeindruckt wieder zum lärmenden Feiern übergegangen. Ein Possenreißer trat auf den hellen Fleck in der Mitte der Bühne.

Sophie berührte sie an der Schulter, und als sie sich umwandte, stand Clothilde in einen Mantel gewickelt vor ihnen. Ihre Wangen waren gerötet, sie strahlte.

»Die meisten verstehen nichts von meinem Tanz, aber manchmal ist einer darunter, der sieht, dass hier die Zukunft des Bühnentanzes ist. Ist das deine Freundin?«

Jennifer beeilte sich, die Frauen einander vorzustellen. Sie gaben sich die Hand, und beide wirkten seltsam befangen.

Jennifer umarmte Clothilde zum Abschied.

»Morgen müssen wir gleich anfangen, miteinander zu üben.«

1904-1905
Mummenschanz

Die Schneiderin kam ins Haus und nahm Maß. Sie befand Robin für zu groß und zu eckig und das Reformkleid wenig anspruchsvoll zu nähen. Doch Robin war glücklich, als sie zwei Tage später ihre neue Garderobe anprobieren durfte. Drei Trägerkleider mit einem breiten Band als Taille direkt unter dem Busen. Aus schlichten braunen und grauen Stoffen gefertigt, reichten sie ihr bis zu den Waden. Unter dem Trägerkleid trug sie eine Bluse mit langen Puffärmeln und ein paar Rüschen am Handgelenk und am Stehkragen. Nachdem sie ein paar Mal nachmittags in Brunos Radlerkleidung erwischt worden war, befahl Vater, dass eine Damenradlerhose genäht werden sollte, passend dazu ein Jackett mit doppelter Knopfreihe.

Weil Paula an Masern erkrankt war und mehrere Wochen nicht zur Schule kam, konnte Robin ihr weder von den Kniebundhosen erzählen, noch überprüfen – hier stockten Robins Gedanken jedes Mal. Was wollte sie herausfinden? Allen Frauen, denen sie auf dem Schulweg oder bei Besorgungen begegnete, sah sie forschend ins Gesicht. War sie auch eine Erkrankte? Woran konnte man es erkennen? Was wollte sie in Paulas Gesicht erkennen? Doch dann sagte sie sich, dass alle Mädchen freundschaftliche Gefühle füreinander hegten und sie sich unnötig sorgte.

An einem Samstagnachmittag im Juli war es endlich so weit, Paula ging es besser, und sie durfte einen Spaziergang mit ihr machen. Sie promenierten, in Begleitung von Agathe, dem Kinderfräulein, die Neckarauen entlang.

»Ein Mädle in Hosen! Was denkt sich deine Mutter nur dabei?«, schimpfte die Alte vor sich hin, als sie Robin erblickte. Sie war schwerhörig, und Paulas Hinweis, dass Robins Mutter nicht mehr lebte, kam nicht bei ihr an. Agathe trug schwarze Kleider und ein kleines Häubchen mit vielen Rüschen und schnaufte beim Gehen, bald schmerzten ihre Beine, und sie setzte sich auf eine Bank am Ufer.

Auf diesen Moment hatte Robin gewartet, jetzt konnte sie Paula zum Steg des Bootsverleihs führen. Vor einem vertäuten Boot verbeugte sie sich theatralisch. »Steigt ein, verehrte Dame.«

Paula spielte sofort mit. Sie kicherte und knickste artig. »Mein Herr, bitte seid mir behilflich.«

Sie umklammerte Robins Hand und stieg in den Kahn. Geziert setzte sie sich auf die Holzbank und kreischte, als Robin hinterhersprang und das Boot zum Schwanken brachte. Ein alter Mann mit Schildmütze kassierte zwanzig Pfennige. Er band das Tau los und gab dem Boot einen Schubs.

»Woher hast du das Geld?«, fragte Paula.

»Meine Dame, lasst das meine Sorge sein, ich stehe zu Eurer Verfügung«, antwortete Robin und packte die Paddel mit festem Griff. Breitbeinig hockte sie auf der Planke und ruderte mit aller Kraft den Neckar hinauf. Sie stemmte die Füße gegen den Bretterboden und spürte bei jeder Bewegung die Muskeln in ihren Schultern – und fühlte sich fantastisch. Ein anderes Boot zog vorüber. Eine junge Frau hielt einen gerüschten Sonnenschirm, und ihr weißes Kleid schimmerte im hellen Licht des Nachmittags. Anmutig glitt sie mit ihrer Hand durch das Wasser, hob sie dann an ihre Lippen und warf ihrem Gegenüber eine Kusshand zu. Ihr Begleiter verneigte sich dankend. Als ihr Boot näher kam, lüftete der Mann den Strohhut und grüßte. Robin riss sich die Mütze vom Kopf und tat es ihm gleich, Paula winkte.

»Nennt mir das Ziel Eurer Wünsche, meine Dame«, sagte Robin.

»Oh, bitte, das andere Ufer.« Paula deutete mit dem Finger zu einer Stelle, wo die Zweige der Trauerweiden wie ein grüner Vorhang ins Wasser hingen.

Robin kam ordentlich ins Schwitzen, und ihre Handflächen schmerzten, aber bald hatten sie die Bäume erreicht. Sie glitten mit angehobenen Paddeln zwischen den schmalen Blättern hindurch. Sanfte Wellen schlugen gegen das Ufer. Robin packte den Ast eines Busches und hielt das Boot, bis es ruhig lag. Der Stamm einer

Weide wölbte sich wie ein Knie über das Wasser, und sie drehte den Bug so, dass das Boot sich verkeilte und nicht abgetrieben wurde. Eine angenehme Kühle umgab sie. Eingehüllt vom hellen Grün der Weidenblätter saßen sie wie unter einer Kuppel. In glitzernden Streifen drang das Sonnenlicht durch die Zweige, und das Wasser schimmerte samtig grau, kleine Mücken tanzten darüber. Lichtbilder entstanden auf den Wellen. Paula träumte mit geschlossenen Augen. Robin wusch sich das verschwitzte Gesicht und kühlte die Hände im Wasser. Die Welt war verschwunden, und sie wünschte, der Moment würde sich ewig ausdehnen. Die Ellenbogen auf die Knie gestützt, saß sie da und wollte nichts anderes als Paula betrachten.

Paula sagte träge, ohne die Augen zu öffnen: »Ihr müsst mich zurückfahren, der schwarze Drache wartet.«

»Ohne Fährgeld rühre ich mich nicht von der Stelle.«

»Egal, was es kostet, ich bin bereit.« Paula öffnete blinzelnd die Augen.

Robin zögerte einen Moment, dann richtete sie sich gerade auf. »Einen Kuss«, stieß sie hervor und hielt den Atem an.

Paula lachte und warf ihr übermütig eine Kusshand zu. Als sie Robins verblüfftes Gesicht bemerkte, tauchte sie die Hand ins Wasser und bespritzte sie. »Nun fahrt schon, mein Herr!«

Robin wischte sich das nasse Gesicht mit dem Ärmel ab, befreite schließlich das Boot und lenkte es zurück in die Strömung.

»Da, seht, der schwarze Drache.« Paula zeigte auf Agathe, die wild fuchtelnd am Ufer stand.

Gereizt ging Robin an diesem Nachmittag nach Hause. In ihr brannte die Sehnsucht nach Paula, sie wollte ihr nahe sein, sie berühren. Abends im Bett schwelgte sie in erdachten Geschichten, in denen sie Paula an sich zog und umarmte. Sie litt unter Homosexualismus, daran hatte sie keinen Zweifel mehr, und es beschlich sie der Verdacht, dass sie sich in die Krankheit hineinsteigerte, doch sie konnte nicht damit aufhören.

An Heiligabend kochten Tante Erna und Martha den ganzen Tag. Robin und Lise mussten Kartoffeln schälen, das Feuer in Gang halten und Töpfe schrubben.

Nach dem Gottesdienst versammelte sich die Familie im Apothekerhaus. Nur Gertrud besuchte die Eltern ihres Mannes in Schorndorf. Else kam mit Mann und Kindern; die Kleinen wurden sofort in die Küche verfrachtet und von Lise betreut. Robin gehörte schon lange nicht mehr an den Kindertisch, wenn Verwandtschaft zu Besuch kam.

»Was wird denn nun mit deiner Anstellung, wenn das Daimlerwerk aufgelöst wird?« Tante Erna wandte sich an Gustav. Robin hörte einen seltsamen Unterton in ihrer Stimme.

Er antwortete geduldig. »Das Werk wird nicht aufgelöst. Wir haben in Untertürkheim neue Fertigungshallen gebaut.« Robin wunderte sich über seinen sanften Ton. »Nach dem Brand müssen wir dort früher mit der Produktion beginnen, als geplant war.«

»Was heißt hier *wir*, bist du etwa der Geschäftsführer?« Tante Erna spitzte die Lippen.

Robin legte ihre Gabel auf dem Teller ab und sagte: »Gustav ist Ingenieur, Tante Erna. Er ist an der

Entwicklung der Benzinmotoren beteiligt. Sie brauchen ihn dort.«

Plötzlich begann Martha zu schniefen. Sie betupfte ihre Augen mit dem Taschentuch und schluchzte: »Ach, sei du doch still. Er hat einfach mehr Glück gehabt.«

»Mehr Glück als wer?«

Martha antwortete nicht. Betretenes Schweigen breitete sich im Raum aus. Die Gesichter der anderen versteinerten, angestrengt widmeten sie sich dem Essen. Nur das Klappern des Bestecks auf dem Porzellan war zu hören.

Endlich ergriff Tante Erna das Wort. »Mit Gottes Güte wird sich alles finden, und du bist bald verheiratet, Martha, Schatz.«

Alle nickten, und Martha zeigte ein tapferes Lächeln. Robin schoss Hitze ins Gesicht. Wie konnte sie das vergessen und so taktlos sein? Marthas Hochzeit war schon wieder verschoben worden. Ihr Verlobter hatte keine eigene Pfarrei bekommen, weil er kränkelte, seit er aus Afrika zurück war, und ohne ordentliches Einkommen konnte er keine Familie gründen. Robin begriff, dass die Tante eifersüchtig auf Gustavs Erfolg reagierte.

Martha stieß Robin mit dem Ellenbogen an. »Else bekommt schon wieder ein Kind«, sagte sie mit zusammengebissenen Zähnen, damit die Männer es nicht hörten. »Und ich warte schon vier Jahre auf meine Hochzeit.«

Tante Erna beschwerte sich über die hohen Fleischpreise, die überfüllten Straßenbahnen und die schlechte Luft. »Es ist erschreckend, wie viele Fabriken in Cannstatt gebaut werden. Sie schießen aus dem Boden wie die Pilze.«

»Das ist der Fortschritt, Erna, der lässt sich nicht aufhalten«, erwiderte Vater. Robin fand, er sprach mit seiner Schwägerin wie mit einem kleinen Kind: geduldig, aber auch versöhnlich.

»Die Industriellen sind Kapitalisten und machen die Arbeiter zu Lohnsklaven«, erklärte Robin mit Blick auf Tante Erna.

Gustav verschluckte sich an seinem Bissen und begann heftig zu husten. Bruno grinste.

Vater legte das Besteck weg. »Roberta, merke dir eins: Politik ist bei Tisch kein Thema!«

»Aber sonst sagst du doch auch immer …«

»Kein aber. Geh in die Küche und sag Lise, sie kann abräumen und den Nachtisch bringen.« Vater wandte sich an Else und ihren Mann. »Ihr habt ein Familienfoto machen lassen? Wie ist der neue Fotograf?«

Robin schob den Stuhl zurück und stand zögernd auf.

Tante Erna wies mit dem Finger auf die Fleischplatte. »Die kannst du gleich mitnehmen und bekleckere nicht dein … Kleid.« Wenn Vater nicht in der Nähe war, bezeichnete sie Robins Reformkleider als *Kittel*.

»Ich helfe dir«, sagte Martha und nahm die Soßenterrine. In der Diele lächelte sie Robin an. »Hast du gesehen, wie fesch Wilhelm aussah? Das sollte man von einem Pfarrer während des Gottesdienstes ja eigentlich nicht sagen.« Sie lachte. »Aber es geht ihm schon so viel besser. Einen Brief hat er mir geschrieben, willst du ihn lesen?«

Nach dem Essen wurden die Geschenke verteilt. Robin bekam von ihrem Vater einen Füllfederhalter und ein ledergebundenes Notizbuch.

Martha strich bewundernd darüber. »Wie schön! Darin kannst du Gedichte aufschreiben und gepresste Blumenblüten hineinlegen.« Sie beugte sich zu ihr und flüsterte: »Vielleicht bekommst du ja auch mal ein Briefchen oder eine Postkarte.«

Robin biss sich auf die Lippen. Früher hätte sie gefragt, von wem sie denn Post bekommen solle. Ein Schmerz durchzuckte ihre Brust, als sie an den Rosenabrieb dachte, den Gustav für Paula gemacht hatte. Gustav war kräftiger geworden, sein Gesicht markanter, sicher dachte er nicht mehr an Paula, das war Jahre her.

Abends, in ihrer Kammer, legte Robin die Fotografie von Anita Augspurg zwischen die Blätter des neuen Notizbuches. Mit dem Füller schrieb sie in schwungvoller Schrift auf die erste Seite: Gleichheit, Freiheit, Schwesterlichkeit.

1905 war einer der kältesten Winter, den Robin je erlebt hatte, und er brachte ein aufregendes Ereignis mit sich: Mummenschanz auf dem Feuersee. An allen Litfaßsäulen hingen große Plakate, die ankündigten, dass man bei elektrischer Beleuchtung eislaufen konnte.

»Was wirst du anziehen?«, fragte Paula, als sie sich in der Volksbibliothek trafen, dem einzigen Ort, den sie unbeaufsichtigt aufsuchen durften.

»Keine Ahnung, ich muss mir noch was ausdenken.«

»Wie werden wir uns erkennen?«

»Wir treffen uns neben dem Haupteingang der Kirche.«

Paula rutschte näher und erzählte flüsternd vom Besuch der zwei Vettern aus London, die sie so unglaublich fesch fand. Robin wollte nichts davon hören, dass sie Soldaten waren, eine Uniform trugen und einen Schnurrbart hatten.

»Jetzt sind sie ja wieder abgereist«, erinnerte sie Paula.

Doch Paula demonstrierte ihre erworbenen Englischkenntnisse. Das Fräulein an der Ausleihtheke sah immer wieder missbilligend zu ihnen herüber, wenn das Getuschel zu laut wurde. Paula senkte die Stimme, und Robin blätterte in einem der Bücher, die sie aus dem Regal genommen hatten, damit es so wirkte, als wären sie beschäftigt.

»Sie heißen Smi-th«, raunte Paula. »Sehr schwer auszusprechen. Kein ›t‹, sondern ein ›th‹. Probiere es.«

Robin beobachtete Paulas Mund. Die schmale Kerbe in der Oberlippe vertiefte sich, wenn sie die Lippen spitzte. Sie sind so rot wie Blut – Robin suchte nach einem Begriff. Nein, das klang nach Märchen. Rot wie Kirschen, wie Mohnblüten, wie … Paulas Zunge erschien für einen kurzen Moment, »th«. Ein rosa Blitz. Ein seltsam heißes Gefühl breitete sich in Robin aus.

Paula stieß sie an. »Du hörst mir ja gar nicht zu. Wovon träumst du denn?«

»Ich weiß jetzt, was ich anziehen werde.«

Robin sah aus ihrem Fenster in den Hinterhof zu Gustavs erleuchteter Werkstatt. Warum blieb Tante Erna heute so lange? Was hatte sie mit ihm zu bereden? Endlich erschien ihre rundliche Gestalt an der Tür. Sie rief: »Ade. Gute Nacht.«

»Ja, ja, nun verschwinde schon.« Robin eilte zum hundertsten Mal an den Spiegel. Niemand durfte sie in dieser Aufmachung erwischen! Der Teufel wäre los. Sie lauschte auf die Stimmen und Schritte im Haus. Bruno und Vater sprachen miteinander, während sie durch die Diele gingen. Sie besuchten eine Versammlung der Apotheker und Mediziner. Kaum waren ihre Stimmen verklungen, schlich Robin nach unten. Sie blieb einen Moment im dunkelsten Eck neben der Seitentür stehen und lauschte auf die Marktstraße hinaus. Als sie keine Passanten hörte, ging sie mit zügigem Schritt Richtung Straßenbahnhaltestelle. Mit jedem Meter, den sie sich entfernte, wurde sie beschwingter. Ihr Gang federte über den festgetretenen Schnee.

»So hat mich die Welt noch nicht gesehen«, flüsterte sie.

Die Bäckersfrau erwiderte ihren Gruß, aber erkannte sie nicht. Am liebsten hätte Robin ihr eine Kusshand zugeworfen, so glücklich fühlte sie sich. In der Straßenbahn gab sie ihren Sitzplatz mit einer galanten Handbewegung für eine Dame frei, die eine Katzenmaske trug. Ganz Cannstatt schien nach Stuttgart zu fahren, um an dem Mummenschanz teilzunehmen. Die Fahrgäste schwatzten ausgelassen.

Am Feuersee angekommen, umrundete Robin die Johanniskirche, die von innen leuchtete wie ein Kristall. Die gotische Rosette glühte in vielen Farben. Budenbesitzer lockten mit duftendem Glühwein und gebratenen Würsten. Feuerspucker und Akrobaten traten auf, und über allem lag Musik und Lachen.

Robin zupfte noch einmal Manschetten und Kragen zurecht, während sie zum Haupteingang der Kirche ging. Sie entdeckte Paula unter dem Portal, die Hände in einem Muff, ihr riesiger Hut war geschmückt mit

Federn, die im Lufthauch wippten. Eine Maske verdeckte die obere Hälfte ihres Gesichts, aber der anmutige Schwung ihrer Lippen war Robin nur zu vertraut. Mehr brauchte sie nicht zu sehen.

Sie verneigte sich. »Guten Abend, Paula.«

»Mein Gott, du siehst aus wie ein Mann! Wie ein richtiger Soldat.« Paula presste die Hände zusammen. »Woher hast du die Uniform?«

Robin lächelte und legte den Zeigefinger auf Paulas Lippen. »Schsch. Kein Wort. Komm.«

Doch Paula musterte sie nur. Die lange Hose, die Jacke mit dem roten Kragen, die blaurote Mütze und die blinkenden Knöpfe.

Robin streckte sich noch gerader und hob das Kinn an. »Wie gefällt es dir?«

»Ist die von deinem Vater? Offizier war er wohl nicht?«

»Es erkennt uns niemand, beruhige dich.« Sie hielt Paula den Arm hin, und endlich hängte die Freundin sich ein.

In einer Ecke spielte eine Kapelle auf. Die Töne lockten.

»Was hast du vor? Tanzen? Du kannst es doch gar nicht.« Paula blieb stehen.

»Lass es uns versuchen.«

»Das wird eine Blamage.«

»Was hast du denn? Es ist doch so ein schöner Abend.«

»Bleib aber am Rand, da, wo es dunkler ist.« Immer wieder sah sich Paula um, als sie zwischen den lachenden und rutschenden Menschen hindurchgingen.

Sie erreichten den Rand der Eisfläche. Robin umfasste Paulas Taille und begann zu tanzen, sie fand, sie glitten so geschmeidig über das Eis, als hätten sie nie etwas anderes miteinander gemacht. Merkte Paula nicht, wie gut sie führen konnte? Sie spürte Paulas Haut heiß an ihrer Wange, roch den zarten Lavendelduft, und ihr wurde leicht schwindelig.

Ein paar kleine Jungen rannten grölend an ihnen vorbei und fuchtelten mit Holzschwertern durch die Luft.

Paula stolperte und schrie auf. »Diese Bengel! Gehen wir lieber wieder ins Licht.«

»Warte.«

»Worauf denn? Dass ich hinfalle?«

Robin hielt sie fest, atmete schwer. Sie wollte nicht, sie wollte lieber … Aber die Jungen umkreisten sie und begannen sie anzurempeln.

»Jetzt komm schon.« Paula ging voran in Richtung Kapelle. »Haut ab, ihr Lümmel!« Die Jungen flohen mit wieherndem Gelächter.

Als Robin ihren Arm nehmen wollte, wehrte sie ihn ab. »Es geht schon. Danke.«

Eine Weile standen sie vor den Musikern, doch Robin hörte nicht hin, was gespielt wurde. Paula schien immer weiter von ihr wegzurücken, wandte sich plötzlich einer Nachbarin zu und begann mit ihr zu plaudern – ohne Robin vorzustellen.

Endlich sprach Paula wieder mit ihr. »Mir ist kalt, begleitest du mich nach Hause?«

Schweigend gingen sie die Johannesstraße entlang. Menschen lachten, drängelten vorbei, und der Abstand zwischen ihnen vergrößerte sich immer mehr. Viel zu schnell erreichten sie das Haus. Gerade als Robin den Mund öffnete, um etwas zu sagen, zog Paula an der Glocke.

Agathe öffnete unmittelbar, es schien, als hätte sie hinter der Tür gewartet.

»Guten Abend, Fräulein Korber«, sagte sie. »Das ist ja eine absurde Verkleidung.«

Später in ihrer Kammer saß Robin beim Schein einer Kerze am Tisch. Sie drehte den Füller zwischen den Fingern und las, was sie in ihr Notizbuch geschrieben hatte.

»Ich bin versengt von einem Gefühl. Bin ich verrückt?«

Energisch strich sie die Worte durch, bis sie nicht mehr zu lesen waren.

1905
Zilla

Es war der erste laue Frühlingstag nach einem verregneten Winter. Vor der Villa wartete der Baron in einem schwarzen Anzug mit dunkelblauer Weste und einem Zylinder in der Hand. Ungeduldig klopfte er mit seinem Gehstock auf den Boden.

»Schnell, schnell, meine Rehe, eine rechts, eine links an meine Seite gehuscht!«

Er setzte den Hut auf und hielt Valentine und Jennifer seine angewinkelten Arme hin. Valentine trat an seine Seite, tat, was er verlangte, und grüßte Nachbarn, die vorübergingen.

Jennifer wich zurück. »Ich habe es mir anders überlegt, ich komme nicht mit.«

»Du überlegst dir gar nichts, komm sofort her«, sagte der Baron leise.

»Meine Kopfschmerzen sind schlimmer geworden, es tut mir leid, ich kann nicht.«

Der Baron strich sich über den Bauch, die goldenen Knöpfe blinkten in der Sonne. »Augenblicklich wirst du gehorchen, oder deine Tanzstunden sind gestrichen.«

»Aber …«

»Ich will keine Widerworte mehr hören. Hast du mich verstanden?«

Jennifer schluckte. Er war ihr viel zu nah, als sie miteinander das Trottoir entlanggingen.

Unter gestreiften Markisen standen vor den Caféhäusern die Stühle und Tische im Freien. Ganz Paris traf sich dort. Valentine hatte sich darauf gefreut, ihren neuesten Hut auszuführen. Mit Vergnügen hatte sie sich den ganzen Vormittag damit beschäftigt, die Garderobe für sich und Jennifer auszusuchen. Früher hatte Jennifer es genossen, wenn sie Aufsehen mit ihren Kleidern erregten, die leuchteten wie das Grün der gerade aufgesprungen Knospen und das Blau des Himmels, und die Leute sie mit langen Blicken bedachten. Heute stolperte sie auf den Pflastersteinen.

Der Baron presste seinen Arm und damit ihre Hand noch enger an seinen Leib.

»Hoppla, meine Kleine. Sind die Beinchen schon müde?«

Im Café rückte er die Stühle für sie zurecht und winkte dem Garçon. Jennifer hielt Ausschau nach vertrauten Gesichtern und versuchte, ihn zu übersehen. Aber seine Stimme dröhnte in ihren Ohren.

»Quentin liegt mit einer Influenza zu Bett. Er grämt sich, weil er dem Wirt eines seiner Gemälde überlassen musste. Er konnte die Zeche nicht begleichen.«

Jennifer verachtete ihn wegen des hämischen Gelächters, mit dem er diesen Klatsch zum Besten gab.

»Er wird sich doch wieder erholen? Sollen wir ihm einen Arzt schicken?«, fragte sie besorgt.

»Das würde ihn nur beschämen. Es ist der Stolz, der ihn ans Bett fesselt«, sagte Valentine voller Mitgefühl. Jennifer wusste, dass sie Quentin des Öfteren mit kleineren Summen aushalf. Aber er schien niemals genug Geld zu haben.

»Ein Earl sollte sich eben nicht der Philosophie widmen, dann hätten seine Eltern ihn nicht enterbt.« Wieder Gelächter vom Baron.

Der Garçon servierte Kaffee und Wasser und für Valentine ein Glas Rotwein.

Jennifer rührte in ihrer Tasse. Die meisten Menschen besaßen sehr viel weniger als sie und Valentine. Aber Jennifer wusste nicht, wie reich sie wirklich waren. Ihre Börse wurde immer wieder mit Centimes und Francstücken gefüllt, mit denen sie eine Droschke bezahlte, wenn sie mit Sophie oder Clothilde zum Museum fuhr. Sie konnte sich in der Patisserie Petit Fours leisten, und für alle größeren Ausgaben aus der Galerie Lafayette wurde eine Rechnung in die Villa geschickt. Valentines Eltern lebten in einem Schloss auf der schwäbischen

Alb, mehr wusste Jennifer nicht. Wenn sie nachfragte, warum Valentine von dort weggegangen war, hieß es, das habe keine Bedeutung.

Jennifer nippte an ihrem Kaffee, als Zilla plötzlich neben ihr auf den Stuhl plumpste. Ihre Pupillen waren riesengroß, sie wirkte aufgeschwemmt, der Puder in ihrem Gesicht war zu dick aufgetragen und der Lippenstift ein wenig verschmiert.

»Bonjour allerseits.« Sie winkte dem Garçon, der offenbar sofort wusste, was er bringen sollte. Sie stürzte den Anisschnaps in einem Zug hinunter und verlangte gleich den nächsten.

»Geht es dir gut?« Valentine beugte sich besorgt zu Zilla und hielt deren Hand fest, bevor diese den nächsten Absinth kippen konnte.

»Oh, wunderbar. Fantastisch«, flötete Zilla. »Wirklich. Ich muss nur eine kleine Unpässlichkeit überwinden.« Ihre Stimme bekam einen Riss. Sie schluchzte auf, und dicke Tränen verklumpten den Puder auf ihren Wangen.

Der Baron reichte ihr ein Taschentuch und starrte sie so neugierig an, dass Jennifer wünschte, Zilla würde den Mund halten. Was sie jetzt erzählte, würde in allen Pariser Salons die Runde machen. Zilla tupfte sich die Augen und schnäuzte ganz undamenhaft laut in ein Taschentuch.

»Er ist nach Genf gereist. Er hat gesagt, ich soll es wegmachen lassen.« Sie bekam einen Schluckauf und langte nach ihrem Glas.

Valentine schüttelte entsetzt den Kopf. »Warum bist du nicht zu mir gekommen? Diese Engelmacherinnen sind gefährlich. Ich hätte dir einen Arzt besorgt.«

»Er meinte, ich solle es keinem sagen.« Zilla hickste und brach erneut in Tränen aus. »Ich habe nicht gedacht, dass er wegfahren und mich danach alleine lassen würde.«

Sie sprach von Bonnet, ihrem Regisseur. Seine Frau lebte in Genf, und vermutlich hatte Zilla gehofft, dass er sich scheiden lassen würde. Arme kleine Gans, sie ahnte nicht, das Bonnet jedes Jahr eine andere Schauspielerin mitbrachte. Jennifer hatte sie all die Jahre gesehen.

»Was hast du denn für eine Krankheit?« Tröstend strich sie über Zillas Arm.

»Krankheit? Oh, mein Gott. Eine Syphilis hätte es auch sein können. Aber es war ein Kind. Und jetzt ist es tot.« Sie weinte in das Taschentuch.

Der Baron schnaubte. »Dummheit bestraft der liebe Gott sofort.« Er zündet seine Pfeife an und ließ sich eine Zeitung bringen.

Jennifer hatte nicht gewusst, dass man ein Kind vor der Geburt töten konnte.

Valentine machte »Schsch«. Und wartete ab, bis sich Zilla ein wenig erholt hatte. »Es ist hart, ich weiß, meine Kleine«, sagte sie, als Zilla ruhiger geworden war.

»Wenn meine Mutter das wüsste. Ein gefallenes Mädchen bin ich. Eine Schande. Sie hat immer gesagt, ich solle nicht nach Paris gehen. Dieses Sündenbabel, hat sie gesagt.«

Der Baron grunzte und blätterte laut raschelnd die Zeitung um.

Jennifer versuchte, Zilla zu trösten. »Denk an deinen nächsten Film, den willst du doch machen.«

»Er gibt mir keine Rolle mehr, hat er gesagt. Dieser gemeine Hund!«

»Maman, das kann er doch nicht machen! Du musst mit ihm sprechen!«

Valentine lehnte sich zurück. »Du weißt, dass du damit aufhören musst«, sagte sie in strengem Ton zu Zilla. »Ich kenne einen anderen Regisseur, aber der will auch keine Schauspielerin, die Opium nimmt.«

Zilla hörte nicht zu. Sie ließ sich vom Baron eine Zigarette anzünden, inhalierte tief und säuselte mit verschleiertem Blick: »Er wird zu mir zurückkommen. Er liebt mich. Das hat er gesagt.«

Der Baron sah sie mit erhobenem Kinn verächtlich an. Jennifer war sich sicher, dass er in Zillas Ausschnitt starrte.

Ein freudiger Ruf ertönte. Sophie trat zu ihnen an den Tisch und begrüßte sie.

»Wie schön, wie schön, setz dich zu uns!«, rief Zilla überschwänglich, sie lachte laut und begann von ihrem neuen Engagement im Kabarett zu plappern, als hätte sie nicht gerade eben geweint.

Der Garçon brachte einen weiteren Stuhl für Sophie, den er neben Jennifers stellte. Wenn Sophie nicht einen Rock getragen hätte, dann hätte man ihr streng geschnittenes Kostüm für einen Herrenanzug halten können. Sogar die Schleife um ihren Kragen wirkte eher wie eine Krawatte. Sie nestelte ein Zigarillo aus einem silbernen Etui, zündete es aber nicht an, sondern tippte damit auf ihrem Knie herum. Jennifer lächelte sie an, doch Sophie sah immer wieder die Straße entlang, als erwartete sie jemanden. Da ging ein kleiner Ruck durch ihren Körper, ein winziges Zucken, sie nahm das Feuerzeug des Barons, das dieser auf die Tischdecke gelegt hatte, und zündete ihr Zigarillo an. Sie tat das nicht beiläufig wie sonst, sondern mit großer Konzentration, die Straße war plötzlich nicht mehr interessant. Und Jennifer verstand sogleich, warum. Clothilde! Sie hatte die Straßenseite gewechselt und war im Begriff, am Café vorbeizugehen.

»Ist das nicht deine Tanzlehrerin?«, rief Zilla so laut, dass Clothilde sie bemerkte.

Während sie näher kam, zupfte sie verlegen am Revers ihres abgetragenen Mantels herum. Sie begrüßte Valentine und den Baron mit einem Knicks; Valentines Aufforderung, sich zu ihnen zu gesellen, wollte sie nicht nachkommen, sie sei auf dem Weg zu einer Probe. Zuletzt wandte sie sich Sophie zu und errötete, als sie »Bonjour« sagte.

Sophie lächelte kaum, blies den Rauch aus und nickte. Nachdem Clothilde gegangen war, legte sie unter dem Tisch die Hand auf Jennifers Knie und streichelte ihren Oberschenkel hinauf. Der Baron legte seine Zeitung zusammen, warf Sophie einen langen Blick zu und nickte dabei anerkennend.

Aufbruch

An den Nachmittagen, wenn Tante Erna gegangen war, drängte es Robin hinaus, sie wollte nach Stuttgart, wo sie Menschen beobachten konnte. In einem Kleid, auch in einem Reformkleid, wäre das unmöglich; Mädchen gingen nicht allein durch Straßen, die nicht in der Nähe ihres Elternhauses lagen. Nur morgens, mit dem Ranzen, nahm niemand Anstoß daran, dass sie mit der Straßenbahn fuhr.

Ihre neue Radlerkleidung bot also die beste Voraussetzung dafür, sich frei zu bewegen, denn sie unterschied sich wenig von der eines Mannes. Da Robin groß und eckig war, wie die Schneiderin bekrittelt hatte, konnte sie vorgeben, ein Junge zu sein. Sie studierte die Bewegungen ihrer Brüder, ahmte ihre Gesten nach und perfektionierte damit ihre Tarnung. In ihrem Zimmer trampelte sie umher. Vor dem Spiegel übte sie, den Kopf hochzuhalten und mit einer abfälligen Bewegung die Finger unter ihrer Nase zu reiben. Am besten gefiel sie sich mit den Händen in den Hosentaschen, das Gewicht auf ein Bein verlagert.

Ihr eigenes Fahrrad ließ sie stehen, benutzte stattdessen Brunos, und sobald sie außer Sichtweite des Hauses war, holte sie eine flache Schirmmütze aus der Tasche und zog sie über. So ausgestattet, sauste sie den ganzen Sommer und weit in den Herbst hinein weite Strecken in Stuttgart umher. Sie wollte nicht daran denken, dass sie krank sein könnte, hoffte, dass ihre Rastlosigkeit verschwinden würde, wenn sie sich bewegte und Eindrücke aufsaugte. Was taten andere Frauen? Wie lebten sie?

Die meisten Frauen auf der Straße waren Hausfrauen, die Kinder an der Hand hielten, Einkaufskörbe trugen oder mit Nachbarinnen sprachen.

Sie beobachtete, wie die jungen Schreibkräfte des Allgemeinen deutschen Versicherungsvereins in der Reinsburgstraße nach Büroschluss aus dem Gebäude strömten. Eine Viertelstunde später hatten die männlichen Angestellten Feierabend und verließen das Gebäude durch einen anderen Ausgang. Nicht weit davon entfernt trödelten die Mädchen, die kaum älter waren als Robin, an einer Hausecke herum, um mit den jungen Herren ein paar Worte zu wechseln. Hastig steckten sie sich Zettelchen zu und tauschten lange Blicke. In diesen Blicken lag eine Glut, die Robin unruhig machte.

An einem anderen Abend lümmelte Robin im Schlosspark auf einer Bank herum und übte, breitbeinig zu sitzen. Es erregte sie, dass sie in aller Öffentlichkeit ein Verhalten zeigte, das für ein Mädchen als ungehörig galt. Sie legte einen Arm auf die Lehne, schob die Mütze in den Nacken und beobachtete die Spaziergänger.

Eine Frau weinte unterdrückt in ein Taschentuch, und Robin konnte hören, wie sie den Mann an ihrer Seite anzischte: »Wenn ich dich heirate, verliere ich meine Stelle. Das will ich nicht. Ich habe so viel dafür getan, Lehrerin zu werden.«

»Du wirst Kinder haben und eine wundervolle Mutter sein«, sagte er und nahm ihren Arm.

Robin kratze sich am Kopf. Die Lehrerin und ihr Verlobter kamen nach einer Weile wieder an ihrer Bank vorbei. Die Frau lächelte ihn jetzt an und wirkte zufriedener. Robin malte sich aus, er hätte ihr versprochen, sie nicht mehr mit einer Heirat zu bedrängen. Sie wusste, wie unwahrscheinlich das war und dass es ihren eigenen Wunsch widerspiegelte: Sie wollte nicht heiraten.

An einer Litfaßsäule studierte sie die Anschläge der Vereine. Es schien unendlich viele davon zu geben. Gesangs- und Turnvereine, sogar einen Lesesalon für Frauen. Zu gerne wäre sie dort hingegangen, aber sie war noch zu jung dafür. Ein Plakat warb für die Villen-Kolonie des Industriellen Eduard Pfeiffer, und sie erinnerte sich daran, dass Gustav davon geschwärmt hatte. Also schob sie bei der nächsten Gelegenheit ihr Fahrrad auf der Baustelle in Ostheim herum und musterte alles genau. Die Anlage unterschied sich sehr von der Altstadt Cannstatts, in der das Apothekerhaus stand. Im Rohbau besichtigte sie die Zwei- und Drei-Zimmer-Wohnungen in zweigeschossigen Häusern. Zweckmäßig sollte alles sein. Von der Kinderkrippe, die schon in Betrieb genommen worden war, holten Fabrikarbeiterinnen, völlig erschöpft von der Arbeit, ihre Kinder ab. Diese Frauen arbeiteten, obwohl sie verheiratet waren. Aber sie wirkten weder glücklich noch gesund.

Auch die Elendsviertel von Stuttgart nahe der Stiftskirche wollte Robin schließlich sehen. In der Geißstraße stank es nach Kot und Urin, nach kalter Kohlsuppe und fauligem Fisch. Der ganze Unrat floss zwischen den Häusern, wo kleine Kinder auf Treppenstufen saßen. Hier spielte niemand. Zwei Frauen, beladen mit Bündeln, drängten an ihr vorbei. Es mussten Wäscherinnen sein. Blutig gekratzter Schorf am Hals der einen und Löcher im Kleid der anderen. Die Frauen scheuchten mit keifenden Stimmen die Kinder aus dem Weg. Die Männer in diesem Stadtviertel sahen hart aus, viele gingen gebeugt. Vielleicht schleppten sie frühmorgens am Hafen Kohle.

Eine Horde barfüßiger Kinder bewarf Robin mit Steinen.

»Hau ab, du feiner Pinkel«, schrien sie.

Langsam fuhr Robin davon.

Über die Krankheit, von der Bruno gesprochen hatte, fand sie nichts heraus, nur sie selbst schien davon befallen zu sein.

Eines Abends, Ende November, saß Robin mit Vater und Gustav in der guten Stube, die Standuhr schlug halb neun. Sie hatten das Abendessen ohne Bruno beendet, und Robin horchte auf Schritte in der Diele.

»Soll ich abräumen?« Es war Lise, die hereinkam.

Vater nickte, und als sie die Teller aufeinandergestapelt hatte und hinausging, rief er ihr hinterher: »Lass einen Teller für Bruno in der Küche stehen.«

»Eigentlich war sein Dienst um zwölf Uhr aus. Was macht er nur so lange?«, fragte Robin.

Gustav zuckte mit den Schultern. »Wahrscheinlich ein Notfall. So ist das eben, wenn er freiwillig Sanitätsdienst übernimmt.«

Die Haustür wurde geöffnet und schlug zu.

»Da ist er!«

Bruno betrat mit Mantel und Hut die Stube, ließ sich auf einen Stuhl plumpsen und rieb seine Stirn.

»Was ist passiert? Du siehst schrecklich aus.« Robin rüttelte an seinem Arm.

Gustav goss ihm ein Glas Bier ein, und Bruno stürzte es in einem Zug herunter. Mit einem seltsam leeren Blick sah er von einem zum anderen.

»Eine Mutter hat ihr Kind getötet.« Er schluckte und wischte mit dem Handrücken über seinen Mund. »Am Hauptbahnhof. Sie warf es auf die Gleise, als der Zug einfuhr.«

»Warst du dabei? Hast du das mit ansehen müssen?«

Robins Stimme wurde dünn.

Vater nahm die Brille ab und legte ihm die Hand auf die Schulter.

Bruno nickte. »Das Kind war sofort tot.«

Robin starrte ihn an. Eine lange Weile sprach niemand, nur Brunos Atem war zu hören.

Vater fasste sich als Erster. »Weiß man etwas über die Umstände?«

»Eine ledige Mutter, völlig verzweifelt, weil sie ihre Arbeit verloren hat.« Bruno schlug mit der Hand auf den Tisch und erhob sich. »Schuld sind diese Missstände überall, das führt zu solchen Taten! Die Armut der Menschen ist unvorstellbar.« Er warf seinen Hut auf den Stuhl und den Mantel über die Lehne. »Vater, ich bin stundenlang herumgelaufen. Ich habe nachgedacht und eine Entscheidung getroffen.« Er zögerte kurz, stieß dann aber hervor: »Ich werde fortgehen.«

»Was? Wo willst du denn hin?«, rief Robin. Ihr wurde ganz flau im Magen.

»Nun beruhige dich erst mal. Du hast einen Schock, mein Junge.« Vater runzelte die Stirn.

Bruno schüttelte den Kopf. »Ich habe keinen Schock. Ich sehe so klar wie noch nie in meinem Leben. Ich will mich auch gar nicht beruhigen. Ruhig zu werden, hieße für mich, alles hinnehmen. Aber das will ich nicht mehr!«

»Du kannst doch nicht weggehen!« Robin stand auf und hielt Brunos Ärmel fest. Er legte den Arm um sie.

»Was hast du denn für Pläne gemacht?«, fragte Gustav.

»Ich denke schon seit längerer Zeit darüber nach.« Bruno setzte sich wieder und zog Robin auf den Stuhl neben sich, tätschelte ihre Wange. Er trank einen Schluck Bier, dann strich er mit dem Daumen über den Henkel des Glases. Robin starrte ihren Bruder mit angehaltenem Atem an.

»Ich gehe zu den Naturmenschen in die Schweiz.«

»Nein!« Robin musste sich beherrschen, nicht zu schreien.

»So ein Unsinn«, rief Gustav.

Vater hob die Hand. »Lasst ihn ausreden.«

»Ich bin jetzt schon lange genug Apotheker«, sagte Bruno, »um zu wissen, dass die herkömmliche Medizin nichts für mich ist. Ich will nicht immer wieder versuchen, einen Menschen zu heilen, der gar nicht hätte krank werden müssen.«

»Das ist es aber, was wir tun können.« Vater faltete die Hände und rieb die Daumen aneinander.

»Nein, die Umstände müssen geändert werden! Schau dich doch um.« Bruno machte eine ausholende Bewegung mit der Hand. »Die Fabriken, die Industrie, die Städte, das alles macht die Menschen krank.«

Robin hatte die müden Frauen gesehen, die ihre dünnen und armselig gekleideten Kinder aus der Krippe abholten, die Männer, die gebeugt gingen, obwohl sie noch gar nicht alt waren, die stinkenden Gassen, wo die Jungen Unrat nach ihr geworfen hatten. Robin sah zu Vater, auch er betonte immer, wie wichtig Licht und Luft für die Gesundheit seien.

Aber es war Gustav, der das Wort ergriff. »Ist ja schön und gut. Du marschierst mit deiner Wandervogelgruppe durch den Schwarzwald, und ihr singt Lieder am Lagerfeuer. Dieses Zurück zur Natur ist die falsche

Richtung, mein Lieber. Die Entwicklung geht nach vorne, in die Zukunft.«

»Und was soll die Zukunft sein? Wenn wir die Natur mit Kaminen zubauen, dann werden alle krank, und es gibt keine Zukunft.« Brunos Gesicht wurde dunkelrot.

»Die Industrie verbessert die Lebensbedingungen der Menschen. Es dauert nicht mehr lange, bis alle Häuser mit Strom versorgt sind. Wasserleitungen werden verlegt, neue Häuser gebaut. Und es werden Maschinen entworfen, die das Leben erleichtern: elektrische Mühlen, Zentrifugen, Druckpressen und …« Gustav sprach immer lauter, zählte die Errungenschaften an den Fingern ab. Ihr Bruder war so durch und durch Ingenieur, dass er die Ölreste an seinen Fingern nicht mehr abwaschen konnte.

Vater lenkte die Aufmerksamkeit auf sich, indem er mit dem Knöchel auf den Tisch klopfte. »Jetzt mal halblang, ihr Wirrköpfe. Vergesst nicht die Traditionen, nach denen wir leben. Sie sind in Jahrhunderten gewachsen. Sie haben sich bewährt und werden auch in Zukunft Bestand haben.«

Bruno schüttelte den Kopf. »Das mag für dich richtig sein. Aber Traditionen können auch schaden, wenn sie an alten Zöpfen festhalten. Ich will zu einer neuen, gesunden Lebensform finden.«

»Du redest, als würde ich nie etwas Neues tun! Apotheker entwickeln neue Medikamente. Das Aspirin zum Beispiel und Impfstoffe. Und ich bin durchaus für eine gesunde Lebensform.«

Doch Bruno schaute finster. »Genau, man findet neue Arzneien für neu entstandene Krankheiten. Besser ist es doch, eine Lebensweise zu finden, die nicht krank macht, sondern gesund.«

Robin hielt die Luft an. Nie würde sie wagen, Vater so anzugreifen.

»Wenn alle mit langen Haaren und in Sandalen herumliefen, wo kämen wir da hin?« Gustav sah dramatisch zur Decke. »Es ist einfach lächerlich. Gemüse selber anbauen und kein Fleisch mehr essen. Die Stoffe bei stinkendem Talglicht selber weben – das ist finsteres Mittelalter, wie diese Naturmenschen leben. Warum willst du auf Maschinen verzichten, wenn sie das Leben erleichtern?«

»Es ist gesünder.«

»Du verfällst dem Rückschritt!«

Robin verkrampfte die Hände. Vater räusperte sich. Augenblicklich verstummten die Brüder, funkelten sich aber aufgebracht an.

»Die Welt ist nicht mehr die gleiche wie noch vor fünfzig Jahren. Und es ist wichtig, die Traditionen zu bewahren, die wertvoll sind«, sagte er mit einem Nicken zu Gustav und Bruno. »Aber ich möchte, dass meine Kinder selbstständig denken lernen. Ihr seid Männer geworden, die in Freiheit entscheiden können.«

Robin wurde ganz heiß.

»Bruno, du sollst nichts ungeprüft übernehmen. Dein Idealismus ist groß. Deshalb ist es gut, wenn du gehst und dir das Leben der Naturmenschen ansiehst. Teile es mit ihnen, und finde deine eigene Wahrheit.«

Bruno strahlte über das ganze Gesicht. Er wirkte, als wollte er sofort losrennen. Robin rutschte näher zu ihm hin.

»Das Frühjahr musst du noch abwarten.« Vaters Ton duldete keinen Widerspruch.

Robin spürte einen Kloß im Hals und krampfte die Finger umeinander. »Meinst du das ernst? Was soll ich denn ohne dich machen?«

Bruno zog sie an sich und fuhr ihr über das Haar. »Ich mache mir um dich keine Sorgen, du kannst inzwischen sehr gut allein für deine Rechte kämpfen.«

Robin presste ihr Gesicht an seine Brust, spürte den rauen Stoff seiner Jacke. »Und wenn ich verrückt werde?«

Doch das hörte Bruno schon nicht mehr, er begann zu erzählen, was er über die Naturmenschen wusste.

Arier

Ihre Nasen berührten sich fast, so dicht lagen sie beieinander. Jennifer entdeckte winzige blaue Sprenkel in Sophies grauer Iris.

»Du solltest deinem Stiefvater nicht mehr aus dem Weg gehen«, sagte Sophie und strich ihr das feuchte Haar aus der Stirn.

Jennifer stöhnte und drehte sich auf den Rücken. »Welch passender Moment, um von ihm zu sprechen.«

Sophie stützte sich auf den Arm und küsste sie auf den Mund. »Der Baron wird mir unheimlich«, sagte sie.

»Du willst wirklich über ihn reden?« Jennifer setzte sich auf und schob sich ein Kissen hinter den Rücken.

»Er hat seltsame Freunde, die palavern von ›Neuer

Ethik‹.«

»Mir ist es recht, wenn er etwas gefunden hat, das ihn beschäftigt. Dann lässt er mich hoffentlich in Ruhe.«

»Ich fürchte viel eher, dass es jetzt noch schlimmer wird.«

»Wie kommst du darauf?«

»Das wirst du gleich hören, mach dich auf was gefasst.« Sophie sprang aus dem Bett und zog ihr die Decke weg. »Los, komm mit runter, heute ist Mittwoch, die anderen werden auch da sein.«

Jennifer stand auf und ging in Richtung Badezimmer.

Sophie hielt sie am Ellenbogen zurück. »Wo willst du hin?«

»Ohne eine Dusche trage ich doch deinen Duft durch das ganze Haus. Das geht nun wirklich nicht.«

Im Salon stand eine Gruppe junger Männer in Uniform beieinander, ein paar ältere in dunklen Gehröcken saßen an einem Tisch, rauchten Zigarren und redeten laut. Jennifer kannte keinen von ihnen. Oskar Summer und Zilla wirkten wie bunte Farbtupfer an ihrem kleinen Tisch in der Ecke. Oskar sprang sofort auf und ließ Jennifer auf seinem Stuhl Platz nehmen.

»Wie schön, euch zu sehen«, rief er.

Bleich wie immer trug er eine karierte Weste unter einem weißen Jackett mit Uhrenkette. In der Hand hielt er eine Zigarettenspitze, die sonst nur Frauen benutzten. Er holte zwei weitere Stühle herbei und verbeugte sich manieriert vor Sophie.

»Wo ist dein Galan?«, fragte Sophie, während sie sich setzte.

»Quentin Nidal verdient es nicht, so abschätzig bezeichnet zu werden. Aber da ich weiß, dass du, beste Sophie, ihn liebst, werde ich dir verzeihen und mitteilen, dass er heute mit einem Verwandten diniert.«

»Wie gut du mich doch kennst, lieber Oskar.« Sophie nahm von Marie eine Tasse Tee entgegen.

Zilla zog die übertrieben gezupften Augenbrauen hoch. Ihr Dekolleté war tiefer, als es für einen Fünf-Uhr-Tee schicklich gewesen wäre, und ihre Haut schimmerte von rosa Puder überzogen.

»Endlich lässt du dich auch mal wieder blicken! Jennifer, du verpasst etwas, die Mittwochabende sind doch recht aufregend geworden«, rief sie und sah zu den Uniformierten. Sie wirkte nicht betrunken, aber doch aufgedreht. Ihre Pupillen waren riesig.

»Eure Gesellschaft hat mir gefehlt. Aber was sind das für Leute?«

»Deutsche Männer«, sagte Zilla schwärmerisch.

Oskar nippte mit abgespreiztem kleinem Finger an seinem Tee. »Die Teutonen bringen große Köpfe hervor, aber allesamt zu ernst, zu ernst.« Er nickte zur Bekräftigung seiner Worte in Richtung der Männer in steifen Gehröcken.

»Aber sie sind wirklich stattlich.« Zilla drehte sich mit einem Lächeln zu einem der Herren, der vorüberging, sie aber gar nicht beachtete.

»So, da bin ich«, rief der Baron, als er eintrat. Er begrüßte seine neuen Freunde mit Handschlag.

Oskar, Sophie und Zilla nickte er nur kurz zu. Bevor er weiterging, sagte er: »Ich hoffe, es kommen noch ein paar Besucher, die sich nicht vom kapriziösen Verhalten deiner Mutter abschrecken lassen.«

Jennifer rührte Zucker in ihren Tee und sah ihn nicht an. Valentine trank in letzter Zeit so viel, dass sie sich häufig nicht in der Lage fühlte, nach unten zu kommen und ihre Rolle als Gastgeberin einzunehmen.

Alle schwatzten durcheinander, und nach einer Weile stellte sich ein junger Offizier vor, der anscheinend Gefallen an Zilla gefunden hatte. Er sei aus Berlin und ein Mitglied der Gesellschaft für Rassenhygiene.

»Otto Eichner«, rief Zilla, »was für ein schöner Name.« Sie bat den schlaksigen Mann, auf einem Stuhl neben sich Platz zu nehmen, und unterhielt sich mit ihm über Berlin und welche Neuigkeiten er mitbrachte.

»All dieses Gerede von Teilchen und Atomen«, sagte Eichner zu niemand Bestimmtem. »Was für ein fürchterlicher Gedanke! Alles, was wir seither für fest hielten, zerfließt nun. Die Naturwissenschaften sind eine Gefahr, weil sie zu sehr das Irrationale betonen. Der Halt geht uns dabei verloren.«

»Ein gottesfürchtiger Soldat!«, rief Sophie.

»Das missverstehen Sie, Verehrteste. Wir brauchen keinen Gott, sondern ein Genie.« Er beugte sich über den Tisch, als wollte er ein Geheimnis verraten, und rückte seine runde Brille zurecht. »Die Splitter, in die unsere Welt zerfällt, die muss ein starker Mann wieder vereinen.«

»Natürlich ein Mann!«, rief Sophie. »Wer sonst?«

Der Baron war zu ihnen getreten und nickte zu den Worten des Offiziers.

»Einen Führer, genau. Die Deutschen haben das erkannt.« Er streckte seinen Bauch heraus. »Wir haben großartige Vorträge in Berlin gehört. Hugo von Hoffmannsthal zum Beispiel.«

»Ja, lesen Sie ihn!«, sagte Eichner zu Zilla, die nur kicherte.

Der Baron nickte. »Er ist ein großer Denker. Er sagt, wir brauchen einen Mann mit moralischer Instanz. Die arische Rasse, zu der ich übrigens auch gehöre, bringt die dominanten Männer hervor. Sie sind die Lösung für die neue Welt.«

»Sind das völkische Gedanken? Die reine Rasse und so etwas?« Oskar ließ die Augenlider halb herunterhängen und wirkte überaus blasiert.

»Alle großen Leistungen werden vom männlichen Geist hervorgebracht. Die arische Rasse verkörpert das männliche Ordnungsprinzip. Ich fürchte nur, dass Sie, Monsieur Summer, zu der Sorte gehören, die zu viel Weibisches in sich tragen.«

»Das mag sein, verehrter Baron«, gab Oskar zurück. »Aber keinen stört es. Außer natürlich Otto Weininger. Von diesem Denker haben Sie das doch, nicht wahr?«

»Ist das auch ein großer Herr?«, fragte Zilla und neigte sich zu dem jungen Offizier. Eichner warf einen Blick in ihr Dekolleté.

Der Baron schnaubte. »Ein großer Herr, wie Sie ihn dringend brauchen, liebe Zilla.«

»Ja, nicht wahr?« Sie nickte Eichner begeistert zu, der sie daraufhin einlud, auf dem Balkon frische Luft zu schnappen.

»Meine Güte, sie ist ja völlig hinüber«, sagte Jennifer.

Sophie nickte. »Das ist inzwischen ihre normale Verfassung. Aber grauenhaft ist, was diese neue Gesellschaft da von sich gibt.« Sie sah den Baron herausfordernd an. »Das stinkt vor männlichem Größenwahn, Willen zur Macht und Übermenschenideen. Friedrich Nietzsche ist zwar tot, aber mit seinen Gedanken war er nicht allein. Ernst Haeckel denkt genauso.«

Jennifer wusste nicht, wovon Sophie sprach.

»Ernst Haeckel ist der Schlimmste«, wiederholte sie auf gut Glück.

Der Baron hüstelte. »So kann nur eine dumme Frau reden. Du verkennst die Bedeutung der Erblichkeit von Merkmalen. Nicht umsonst wurde die deutsche Gesellschaft für Rassenhygiene gegründet. Die Arier sind dazu aufgerufen, einen Krieg gegen die unterlegenen Rassen zu führen. Das ist für den menschlichen Fortschritt unvermeidlich.«

»Den Krieg führen natürlich die genialen Männer, nicht die dummen Frauen!«, sagte Sophie.

»Frauen sind von Natur aus schwächer und bedürfen des männlichen Schutzes, denn sie sind zu sehr von ihrer Emotivität gesteuert. So, ich denke, es ist an der Zeit, mich anderer Gesellschaft zuzuwenden.« Er stapfte zum Fenster, wo einige Männer laut lachten.

»Den sauberen Ariern«, antwortete Sophie. »Ist es nicht furchtbar?«

Jennifer zuckte mit den Schultern. »Er gibt an mit seiner neuen Bildung. Mir ist es recht, wenn er sich einen anderen Umgang sucht und Maman und mich in Ruhe lässt.«

»Aber versteh doch. Es geht darum, dass immer mehr Menschen so denken, und das ist gefährlich.«

Oskar nickte. »Dieses Kampfgerede. Sie werden noch

aus überschäumendem Männlichkeitsdrang einen Krieg anzetteln, nur um zu beweisen, dass sie die Übermenschen sind.«

»Sie teilen ein, in Rassen und Klassen und richtig und falsch. Was glaubst du wohl, was sie mit uns tun werden?«, sagte Sophie.

»Nichts Gutes, fürchte ich«, sagte Oskar. »Man sollte beginnen, über eine Lösung nachzudenken.«

»Was meinst du? Was für eine Lösung?« Jennifer merkte, wie ernst Oskar und Sophie geworden waren.

»Brasilien oder die Schweiz«, sagte Oskar.

»Du willst auswandern?«

»Von wollen kann keine Rede sein. Ich verlasse ungerne das kommode Leben, das ich hier führe. Aber wenn es Krieg gibt, dann bin ich als Engländer eindeutig auf der falschen Seite des Kanals. Und was, meinst du, machen sie mit einem wie mir in der Armee?«

Jennifer wusste, dass andere Männer sich oft über ihn und Quentin lustig machten, sie wurden auf der Straße angepöbelt und hatten auch schon einmal Prügel bezogen. Oskar und sein Freund mieden die »Gossenviertel«, wie sie es nannten. Nur die Boulevards und die Viertel um St. Germain waren sicher für sie, besonders bei Nacht. Sie fröstelte bei der Vorstellung, wie einfache Soldaten in der Armee wohl auf einen feinsinnigen Mann wie Oskar reagieren würden.

»Quentin geht doch mit dir?«

»Worauf du dich verlassen kannst«, sagte Oskar übertrieben fröhlich, »ich verabschiede mich für heute, meine Lieben.«

Als er gegangen war, bemerkte Jennifer den Weltschmerz in Sophies Gesicht.

»Vergiss diese Arier«, sagte sie zu ihr. »Das sind Männersachen, die gehen uns doch gar nichts an.«

1906
Fragen

Bruno sprach den ganzen Winter über fast nichts anderes als über gesunde Lebensformen. Aus den Apothekerzeitschriften suchte er Artikel heraus, die seine Überzeugung stützten, trug beim Essen eine Zusammenfassung vor und führte seine Gedanken weiter. Vater diskutierte mit ihm und hatte Freude daran. Gustav trug kritische Fragen dazu bei, und Robin hatte den Eindruck, er vertrat die Gegenposition nur, damit die Diskussion neuen Zündstoff bekam. Robin saß still dabei, zwang sich, zuzuhören, obwohl sie sonst alle Themen mied, die mit Krankheit zu tun hatten – hoffte sie doch, dass die Sprache auf Homosexualismus und Urninden kommen würde. Immer wieder formulierte sie im Geiste Fragen, die sie jedoch nie stellte, denn schreiende Frauen warnten sie in ihren Träumen. Sie schrien die Fragen heraus, während sie in Wannen mit eiskaltem Wasser lagen, die mit Holzdeckeln verschlossen waren, sodass nur ihre Köpfe herausschauten. Robins Kiefer schmerzten, weil sie die Zähne zusammenbiss, Tag und Nacht.

Sie versuchte, ihre Krankheit zu unterdrücken. Doch eine zufällige Berührung Paulas, ein langer Blick, ihr Geruch, alles versetzte sie in Aufregung, und wenn sie nach einem Albtraum nicht weiterschlafen konnte, verfiel sie in Fantasien, von denen sie wusste, sie sollte sie nicht haben. Jeden Morgen beim Aufstehen nahm sie sich vor, ihre Gedanken in Zukunft zu kontrollieren, doch in der nächsten Nacht konnte sie wieder nichts anderes tun, als die Hand zwischen ihre Schenkel zu pressen, um die Unruhe dort abzustellen.

Nach einem Vormittag, an dem Paula sie besonders verrückt gemacht hatte, grübelte sie auf der Heimfahrt in der Straßenbahn, wie sie Bruno ausfragen könnte. Seine Abreise rückte näher, viel Zeit blieb nicht mehr.

Vater bediente Kunden im Verkaufsraum der Apotheke, Bruno arbeitete in der Offizin. Vergnügt wirkte er, wie meistens, seit er seinen Entschluss verkündet hatte. Den weißen Kittel hatte er nur nachlässig mit einem Knopf über der Anzugjacke geschlossen.

»Du kommst gerade richtig, reich mir bitte die Flasche mir dem Mandelöl«, sagte er, als er Robin erblickte.

Sie ging am dunklen Eichenschrank entlang, der sich über drei Seiten des Raumes erstreckte. Unten die Schubfächer, beschriftet mit den Namen der Rohstoffe, die darin aufbewahrt wurden, oben offene Regalbretter mit aufgereihten Flaschen und Emailgefäßen. Sie fand die braune Mandelölflasche und brachte sie zum wuchtigen Rezepturtisch, wo Bruno eine Salbe herstellte. Er goss das Öl in einen Messbecher, prüfte die Menge und schüttete es dann in einen gläsernen Behälter auf einem Gasbrenner. Lanolin stand auf einer anderen Flasche, aus der er mit einem Messlöffel eine zähe Substanz entnahm und dem Öl hinzufügte. Er rührte mit einem Glasstab um.

»Das Wasser muss die gleiche Temperatur haben, sieh doch bitte auf dem Thermometer nach.« Er wies mit dem Kinn zu einem Topf auf einem weiteren Brenner.

»Vierzig Grad«, las Robin.

»Sehr gut. Stell den Brenner ab, und gieße das Wasser langsam ins Öl, während ich rühre.« Er hatte das warme Öl in ein Gefäß mit kaltem Wasser gestellt und begann, kräftig mit einem Schneebesen zu schlagen. Zusammen mit dem Wasser verfärbte und verdickte sich das Öl sofort und wurde zu einer weißen Creme. Bruno rührte weiter. »Man darf erst aufhören, wenn die Salbe auf Handwärme abgekühlt ist. Was machst du für ein Gesicht?«

Robin legte kleine Bleigewichte auf die Waage, die auf dem Tisch stand, und ließ sie dadurch hin- und herwippen. »Nimmst du die Salbe mit? Für was ist sie gut?«

»Sie enthält Glyzerin und Harnstoff, das hilft bei jukkenden Ausschlägen.«

Robin steckte das Thermometer in die Salbe. »Fünfundzwanzig Grad. Du kannst aufhören.«

Bruno füllte die Salbe in einen gläsernen Tiegel, den er fest zuschraubte und mit einem beschrifteten Etikett beklebte.

»Meinst du, die Naturmenschen haben andere Krankheiten als wir?«, fragte Robin, während sie einen Stößel im Mörser herumrieb. Es roch nach Zimt.

»Ich denke, sie sind insgesamt gesünder, aber sicher kommen dort die gleichen Erkrankungen vor wie bei uns.«

Vater kam herein und reichte Bruno einen Bestellzettel.

»Machst du dich nützlich, das ist ja schön«, sagte er zu Robin. »Dort drüben stehen leere Arzneiflaschen, von denen kannst du die Etiketten ablösen.«

Robin nickte und holte eine Blechwanne, um heißes Wasser hineinzugießen. Sie stellte sie auf einen zweiten Tisch in der Ecke des Raumes. Bruno maß Zutaten für eine weitere Salbe ab und murmelte dabei die Mengeneinheiten vor sich hin.

»Sag mal, gibt es eigentlich Krankheiten, die nur Frauen bekommen, dort in Ascona zum Beispiel?«, fragte Robin.

Bruno sah erstaunt auf.

Robin beugte sich tiefer über die Wanne und fuhr so beiläufig wie möglich fort: »Ich meine keine speziellen Frauenleiden. Andere … andere Sachen …«

»Ich weiß doch, dass dich das gar nicht interessiert, also was ist los?«

»Nein. Doch. Das will ich schon wissen. Schließlich gehst du jetzt so lange weg, und dann kann ich dich gar nichts mehr fragen.« Robin kratzte mit dem Fingernagel an einem eingeweichten Schildchen herum. *Lebertinktur.*

»Ich werde dich auch vermissen, Schwesterlein. Ganz schrecklich. Aber weißt du, wir werden uns schreiben.«

Robin nickte und nahm das nächste Glas in die Hand. *Laudanum.* »Hoffentlich werde ich nicht krank, denn dann bist du so weit weg, und ein Brief ist sicher Tage unterwegs, bis er bei dir ankommt.«

Bruno lachte. »Du bist nie krank! Auf was für Ideen kommst du nur?«

»Es gibt doch auch Leiden, die nicht körperlicher Natur sind, wer weiß, ob ich nicht daran erkranke.«

»Unsinn.«

»Aber woher will man es wissen? Welche Anzeichen gibt es für … für eine Verrücktheit?«

»Bei dir gar keine! Und jetzt hör auf damit. Sag mir lieber, was du nach der Reifeprüfung tun willst.«

»Ich will einen Beruf erlernen.« Robin fischte eine weitere Flasche aus dem heißen Wasser. »Nur kann ich mich nicht recht entscheiden, welcher es sein soll.«

»Du bist doch ein kluges Köpfchen und könntest zum Studium nach Tübingen gehen.«

»Meinst du, Vater erlaubt das?« Robin stellte die saubere Flasche auf den Tisch.

»Streng dich an, ein guter Abschluss wird ihn überzeugen.«

Sie tunkte eine Flasche, deren Etikett sich nicht ablösen wollte, zurück ins seifige Wasser. *Herzgespann.* In Klammern stand darunter: *Lindert Schwermut, 15 Tropfen drei Mal täglich.*

»Jetzt guck nicht so trübselig. Deine Zensuren sind gut, wenn du weiterhin fleißig lernst, dann wird nichts schiefgehen.«

»Weißt du, die Zukunft macht mir Angst. Man weiß doch gar nicht, was aus einem werden wird, ob alles gut wird.«

»Oh, oh, hört sich so eine Frauenrechtlerin an? Wo ist dein Kampfgeist hin? Warte nur ab, in Tübingen wirst du sicher noch mehr Frauen von deinem Schlag treffen.«

»Von meinem Schlag?« Robin wurde heiß.

»Ich denke doch, Heiraten und Kinderkriegen stehen nicht an oberster Stelle deiner Wunschliste. Habe ich recht?«

»Findest du das schlimm?«

»Schlimm finde ich, dass du eine Leichenbittermiene aufsetzt. Ich wandere nicht nach Amerika aus, du kannst mich sicher eines Tages besuchen kommen.«

»Das würde ich furchtbar gerne.« Robin versuchte zu lächeln.

»Jetzt rück schon raus, was hast du auf dem Herzen?« Bruno trat neben den Tisch, wo Robin arbeitete, und musterte sie.

»Gibt es bei den Naturmenschen auch Frauen … von meinem Schlag? Was meinst du?«

»Bestimmt, denn alle, die dort hingehen, wollen ja die Welt verändern.«

»Und was wird aus ihnen? Ich meine, wie leben sie?«

Bruno lachte auf. Er fasste Robin um die Taille und drehte sich mit ihr im Kreis. »Sie tanzen und lachen und freuen sich des Lebens. Das solltest du auch tun! Na, auf geht's. Lach mal wieder.«

Doch Robins Knie blieben steif, ungelenk hopste sie Bruno zuliebe herum.

»Hört auf mit dem Unfug, man kann euch in der ganzen Apotheke hören!« Tante Erna war in die Offizin gekommen. Sie streckte Bruno ein Rezept entgegen. »Mach das für mich fertig. Doktor Ellinger hat es mir wegen meiner entzündeten Augen aufgeschrieben. Er sagt, das kommt von der Zugluft.« Sie schob Robin beiseite, um näher an Bruno herantreten zu können. »Siehst du, sie sind ganz rot.«

Bruno besah sich Tante Ernas Augen. »Ich kümmere mich gleich um dein Rezept.«

Sie nickte mehrmals, dann wandte sie sich an Robin. »Was lungerst du hier herum?«

»Sie hat mir geholfen«, sagte Bruno.

»Hast du nichts zu tun?« Tante Erna wies mit der Hand in Richtung Wohnbereich.

»Doch, ich muss Lateinvokabeln lernen.« Robin ging zur Tür.

»Das habe ich nicht gemeint. Den Teppich hast du wohl vergessen.«

»Ich klopfe ihn später aus.«

»Nein, das machst du zuerst. Lateinisch ist nicht so wichtig.«

»Latein ist für meine Zukunft überaus wichtig«, sagte Robin. »Nicht wahr, Bruno?«

»Ja! Und vergiss das Lachen nicht!«

Ein dicker Kloß steckte in Robins Hals. Sie verließ die Offizin und hörte, wie Tante Erna sagte: »Ich glaube ja nicht, dass sie eine normale Frau wird. Mit ihr stimmt doch etwas nicht. Aber mach dir keine Sorgen, ich habe ein Auge auf sie.«

Brunos Antwort hörte sie nicht mehr.

Drei Tage später war es so weit. Bruno hatte sich im Apothekerhaus strahlend von Vater, Gustav und Lise verabschiedet und marschierte nun in Kniebundhose und Sandalen, mit einem zerknautschten Hut auf dem Kopf neben Robin und Paula her durch das Bahnhofsgebäude.

»Ich würde mich fürchten, so weit wegzufahren.« Paula hakte sich bei Robin unter und musterte die anderen Reisenden in der Bahnhofshalle. Bruno hatte nur Augen für die Lokomotive und eilte ihnen voraus den Bahnsteig entlang.

»Schaut euch dieses technische Wunderwerk an! Ah, hier ist die zweite Klasse.« Er sprang die Stufen hinauf, und Robin konnte von draußen sehen, wie er seinen Rucksack auf den Sitz warf und den Koffer in die Gepäckablage wuchtete. Er kam noch einmal heraus, schüttelte Paula zum Abschied die Hand und drückte danach Robin fest an sich.

»Schwesterlein, bleib tapfer!«, flüsterte er.

Ein Pfiff schrillte.

»Lernt fleißig, dann könnt ihr irgendwann nachkommen!« Übermütig winkte er mit dem Hut zum Fenster heraus. Wie glücklich er war. Ein weiteres Pfeifen ertönte, gleich darauf begann die Maschine zu dröhnen. Paula wich zurück. Qualm füllte die Bahnhofshalle, die Räder setzten sich in Bewegung, lautes Stampfen übertönte die Abschiedsrufe der Menschen. Langsam verließ der Zug den Bahnhof. Der zurückbleibende Rauch hing zwischen den Pfeilern. Es roch nach Kohle und Schmieröl.

»Ich würde auch gerne einmal mit der Eisenbahn fahren.« Robin winkte weiter.

»Es stinkt.« Paula zog sie in Richtung Ausgang.

»Nächsten Monat schreiben wir unsere Abschlussprüfungen, und im Herbst suchen wir uns in Tübingen ein gemeinsames Zimmer«, sagte Robin.

Paula fiel ihr ins Wort. »Ich bekomme eine Anstellung als Telefonfräulein, sie sagen, ich habe eine hübsche Stimme.«

Robin blieb abrupt stehen. »Du darfst nicht studieren?«

Paula verzog das Gesicht. »Ich will gar nicht. Wozu auch? Gebildete Mädchen mit ordentlicher Aussprache werden bei der Telefongesellschaft sehr gesucht.«

»Dein Vater hat dir nicht erlaubt zu studieren! So ist es doch!«

Paula sah sich um. »Was schreist du so? Warum soll ich ein langes Studium beginnen? Ich arbeite ja nur, bis ich heirate. Danach darf ich es ohnehin nicht mehr.«

Robin hätte Paula im liebsten geschüttelt. »Als Telefonistin verdienst du nur ein paar lächerliche Pfennige.«

»Ich muss ja auch kein Geld verdienen. Das wird mein Zukünftiger tun.«

»Warum willst du heiraten? Das musst du doch gar nicht.«

»Natürlich. Alle heiraten. Jedenfalls fast alle. Ich will schließlich keine schrullige Jungfer werden. Ich wundere mich sehr über dich. Freust du dich nicht mit mir?«

»Wir hätten in Tübingen eine schöne Zeit haben können.«

»Ach schau nicht so traurig.« Paula legte eine Hand auf Robins Wange. »Ich bleibe doch weiterhin deine beste Freundin.«

Robin hielt Paulas Hand fest, spürte das weiche Wildleder auf ihrer Haut. Sie suchte in Paulas Augen. Blau und weit offen sahen sie Robin an.

»Versprichst du es?«

»Du Dummerchen. Komm, wir kaufen uns eine Tüte gebrannte Mandeln. Ich habe am Eingang einen

Stand gesehen. Das wird dich hoffentlich ein bisschen darüber hinwegtrösten, dass dein Bruder weggefahren ist. Ich kann sauertöpfische Mienen nämlich nicht gebrauchen.«

»Also gut, ich lade dich ein.«

Robin bezahlte die Mandeln und hielt Paula die offene Tüte hin. Sie spazierten bis zur nächsten Straßenbahnhaltestelle. Robin sammelte mit jedem Schritt mehr Mut zusammen. Jetzt musste sie Paula endlich alles sagen.

»Erinnerst du dich, wie wir früher gespielt haben, ich sei der Herr und du die Dame?«

Paula knickste lachend. »Du warst so entzückend höflich zu mir.«

»Wir haben uns ausgemalt, wir würden zusammen in einem Haus wohnen und alles gemeinsam tun, weißt du noch?«

»Ja, natürlich. Es ist seltsam mit dir. Eigentlich hast du dich gar nicht verändert, du verhältst dich immer noch wie ein höflicher junger Herr.«

»Das will ich auch sein. Ich meine«, fügte Robin schnell hinzu, »das hast du doch verdient.«

Paula steckte ihr lächelnd eine Mandel in den Mund. »Du bist mir wirklich die Liebste«, sagte sie zärtlich.

Robin wurde ganz heiß unter Paulas Blick. Schweigend gingen sie weiter, und Robins Herz pochte wild.

»Ich habe nachgedacht.« Sie schluckte. »Überall heißt es, moderne Zeiten seien angebrochen, und es stimmt, so viele Dinge sind möglich, die Frauen früher nicht tun konnten. Studieren und arbeiten und … und wir könnten zusammen in einer Wohnung leben. Wenn du willst, hier in Stuttgart, dann kannst du deine Eltern jederzeit besuchen.«

»Das sind ja wirklich moderne Einfälle, die du da hast. Ich habe von Mädchen gehört, die das tun.«

Robin wurde rot, sie war sich nicht sicher, wie Paula das meinte. »Würde dir das gefallen?«

»Studieren und arbeiten finde ich nicht so wichtig.«

»Aber Bildung ist die einzige Rettung für Frauen, verstehst du das nicht?«

Paula drückte Robins Arm. »Manchmal bist du ganz schön melodramatisch. Wovor willst du dich denn retten? Du kannst die Welt nicht ändern.«

Robin schloss einen Moment die Augen. »Versprich mir, dass du es dir überlegst, ja?«

»Es klingt ein bisschen wie ein Heiratsantrag.« Paula lachte. »Aber du musst noch üben.«

Hexentanz

Clothilde kam eine halbe Stunde zu spät zum vereinbarten Unterricht. Sie brachte eine große Tasche mit und wirkte aufgelöst.

»Endlich! Ich vergehe hier vor Langeweile, wenn du mich warten lässt«, sagte Jennifer.

Sophie war seit vier Wochen nicht mehr aufgetaucht, und auch Clothilde hatte bereits etliche Unterrichtsstunden abgesagt. Jennifer musste jeden Abend Valentine und den Baron begleiten. Früher hatte er sie nie dabei haben wollen, aber nun bestand er darauf, dass sie mit in Konzerte und Theatervorführungen ging. Besonders wichtig geworden waren ihm Empfänge bei seinen neuen Freunden. Sie sollte mit jungen Offizieren und Adeligen parlieren, tanzen und sich deren Galanterien gefallen lassen.

»Was machst du für ein geheimnisvolles Gesicht?«, fragte Jennifer.

Clothilde holte eine Maske hervor.

»Jede Tänzerin des Neuen Tanzes entwickelt ihre Version des Hexentanzes. Es ist wie eine Abschlussprüfung für die Ausbildung. Willst du es auch versuchen und deine eigene Interpretation des Themas entwickeln?«

Sie saßen im Salon auf dem blauen Teppich. Das Wetter war grau und trüb, im Kamin prasselte ein Feuer. Jennifer fühlte sich nicht stark genug, die Maske zu halten. Tote Augenlöcher in altem Holz, ein schwarzes Gesicht mit dicken Augenbrauen und Falten um die heruntergezogenen Mundwinkel.

»Sie ist scheußlich.«

»Ja, scheußlich und machtvoll.«

»Wozu soll das gut sein?«

»Ich habe dir gezeigt, wie du deine eigenen Tänze entwickeln kannst. Einige große Lebensgefühle hast du schon zu Bühnenstücken ausgebaut. Und der Hexentanz gehört dazu, wie der Tanz der Freude, der Liebe und der Sehnsucht.«

»Ich habe den Tanz der Kriegerin, reicht das nicht?«

Clothilde schüttelte den Kopf. »Die Kriegerin ist mutig, stark und wehrhaft, das ist was anderes.«

»Eine Hexe ist böse, scheußlich und gemein.«

»Genau. Du musst das Hässlichste in dir kennen, sonst wirst du nie eine wirklich gute Tänzerin sein.«

»Aber so will ich doch nicht sein!«

»Jeder kann so sein, und du beherrschst den Neuen Tanz erst dann ganz und gar, wenn du dich vor der Hässlichkeit nicht mehr fürchtest.« Clothilde schob ihr die Maske auf den Schoß. »Es wird dich stark machen.«

»Ich fühle mich heute so stark wie ein nasser Lappen.«

Clothilde lachte. »Ich helfe dir. Fass sie an, taste sie ab, alle Falten und Öffnungen. Ja, auch den schrecklichen Mund.«

Altes eingeöltes Holz, glatt bis auf einige Risse und Kratzer. Trotzdem kamen ihr die schwarzen Runzeln wie Abgründe vor, in die sie hineinrutschen könnte. Die Innenseite der verzerrten Lippenwülste fühlte sich rau an, und Jennifer malte sich aus, wie sie zuschnappten. Sie schauderte.

»Sprich mir nach.« Mit halblauter Stimme sagte Clothilde langsam einzelne Wörter. »Böse. Böse. Böse.«

Jennifer fiel mit ein und spürte, wie ihre Augen sich zu Schlitzen zusammenzogen, der Ton rau wurde und die Laute zischten.

»Böse«, fauchte sie.

Clothilde band die Maske mit breiten Stoffstreifen an Jennifers Kopf fest.

Dumpfer klang jetzt ihre Stimme, tiefer und fremd. Das Holz roch muffig und lag eng an ihren Wangen, eine raue Stelle kratzte an ihrer Stirn. Durch die engen Augenschlitze konnte sie jeweils nur einen Ausschnitt von der Welt draußen sehen, und so wurde der unsichtbare Rest unwichtig. Sie ging auf die Knie und warf den Kopf hin und her. Wie schwer er war! Aber sie fühlte sich auch geschützt hinter der Fratze, als wäre nicht nur ihr Gesicht verborgen, sondern auch ihr Körper ein anderer.

»Verborgen. Heimlich«, raunte sie, stemmte sich an Clothildes Schultern hoch und richtete sich weiter auf.

Wo hockte das Böse und Gemeine in ihrem Leib? Ein Grollen stieg in ihrer Kehle auf, und ihre Hände formten sich zu Klauen. Sie zerriss in ihrer Fantasie ein feines Kleid, trampelte auf Blumen herum und schleuderte kostbares Porzellan an die Wände.

»Wild bist du«, rief Clothilde. »Wild. Stark. Groß.«

Mit gebeugtem Oberkörper stampfte Jennifer mit platten Füßen, sodass der Parkettboden dröhnte und Kraft in ihren Beinen hochstieg. Sie trat um sich. Immer wieder. Trat Gegenstände und Menschen beiseite. Wildheit fuhr in sie hinein und aus ihr heraus, als sie durch den Raum fegte und mit ihren Armen imaginäre Widerstände fortwischte. Rücksichtslos. Weg! Platz! Mein Raum! Mein Raum!

»Hässlich. Hässlich.« Sie hörte Clothilde neben sich rufen.

Ihre Leibesmitte zog sich zusammen, sie zeigte Klauen, sie fauchte. Keine Gedanken im Kopf, nur Gefühle, ihr Körper bewegte sich von allein, ohne Musik, ohne Rhythmus. In der Scheußlichkeit und Gemeinheit steckte eine Kraft, die über ihre eigene hinausging. Was war es für eine Lust, sich zu bewegen, nicht an Schönheit und Anmut zu denken, weder gefallen zu wollen noch auf Beifall zu warten. Sie stieß, rempelte, schubste, bewegte sich mal eckig und gebeugt, mal stocksteif und spitz. Nahm den Raum ein, wie sie wollte. Ihr Körper begann zu vibrieren, sie spürte die Hexe in ihrem Blut. Es kochte.

Mit einem lauten »Ha!« beendete sie breitbeinig stehend in der Mitte des Salons ihren Tanz und streckte die Arme zur Decke. Ihr Herz schlug wie eine Trommel.

»Du wirst einmal eine ganz Große«, sagte Clothilde, als sie ihr die Maske abnahm.

Jennifer fuhr über ihr feuchtes Gesicht. Ihre Hände stanken nach dem alten Holz.

»Hast du Sophie getroffen?«, fragte sie. »War sie bei dir im Theater?«

Clothilde packte ihre Sachen ein und sah sie nicht an. »Kann sein, dass sie hin und wieder vorbeikommt.«

Am nächsten Morgen, es ging schon auf Mittag zu, hörte Jennifer laute Stimmen aus dem Salon ihrer Mutter. Sie rannte über den Flur und trat ohne anzuklopfen ein. Valentine stand mit hochrotem Kopf neben dem Flügel. Der Baron saß auf der Sofakante. Mäntel und Hüte der beiden hingen über einer Sessellehne, sie waren offenbar gerade zurückgekommen. Die Mutter trug noch Stiefel mit schmutzigen Spitzen. Sie schenkte sich Likör ein.

»Komm her«, sagte sie zu Jennifer und legte den Arm um ihre Schultern. »Wir müssen mit dir reden.«

»Hier wird nicht geredet, es wird gemacht, was ich sage. Diese Hopserei muss aufhören.« Der Baron lehnte sich zurück, schlug die Beine übereinander.

Jennifer spürte, wie sich ihre Schultern anspannten.

»Zeigen Sie Herz, ich bitte Sie.« Valentine ging ein paar Schritte auf und ab und trank große Schlucke.

»Wir gehören einem gewissen Stand an, da schickt es sich ganz und gar nicht, dass meine Tochter wilde Tänze aufführt.«

»Ja, ja, natürlich, aber es ist doch nur ein harmloses Vergnügen. Sie beherrscht alle Gesellschaftstänze und macht auf den Empfängen großen Eindruck. Ich schlage vor, dass wir ihr das hin und wieder erlauben.«

»Tanzen ist mein Leben«, fiel Jennifer ihrer Mutter ins Wort.

»Papperlapapp«, rief der Baron. »Was weißt du schon. Du wirst bald heiraten und einen Gatten haben, der dir sagt, wo es langgeht. Das ist dein Leben!«

»Aber ich will nicht heiraten.«

Er zeigte mit dem Finger auf sie. »Das ist also das Ergebnis Ihrer sogenannten Erziehung!«

Valentine strich sich verwirrt über die Stirn. »Welches Ergebnis?«

»Sie hat keinen Sinn für Pflicht. Ich hätte die Erziehung niemals Ihnen überlassen sollen.«

»Maman, sag etwas!« Jennifer fröstelte.

Valentine sah überallhin, nur nicht zu ihr.

»Liebes Kind«, der Baron hob die Augenbrauen, »du hast kein Bewusstsein dafür, dass es einem moralischen Verfall gleichkommt, wenn du dich mit diesem degenerierten Tanz beschäftigst.« Er stand auf. »Ich werde mich um die Arrangements kümmern.« Mit steifem Schritt verschwand er durch die Tür.

»Was für Arrangements?«

»Er will eine große Feier veranstalten, zu deinem achtzehnten Geburtstag in zwei Monaten.«

»Diese Feier ist mir völlig einerlei.«

Valentine klingelte nach Marie. »Jennifer, das wird sehr schön, es werden viele wichtige Leute eingeladen.«

»Wichtige Leute für dich und ihn! Für mich ist Clothilde wichtig und nicht irgend so ein Graf, den ich heiraten soll.«

Sie stritten die nächsten Tage, sobald das Gespräch auf die Vorbereitungen kam, und Jennifer setzte schließlich durch, dass sie heimlich Tanzstunden nehmen durfte, wenn der Baron auf Reisen war. Erst danach konnte sie sich über das neue Ballkleid freuen, das für sie geschneidert wurde.

1906-1910
Tübingen

In Tübingen wirst du sicher noch mehr Frauen von deinem Schlag treffen. Robin wusste zwar nicht, auf was Bruno angespielt hatte, aber dieser Satz wuchs wie ein Hoffnungskeim in ihr.

Die acht Studentinnen, die gleichzeitig mit ihr in Germanistik und Literatur eingeschrieben waren, wirkten strebsam, verhielten sich still, trugen keine Reformkleider, und nur eine von ihnen schien nicht die Nase zu rümpfen, als sie Robin begrüßte. Mathilde. In jeder Vorlesung saß sie neben ihr, und es ergab sich wie selbstverständlich, dass sie zusammen in die Bibliothek gingen. Mathilde war so groß wie Robin, doch ihre Bewegungen waren weich und anmutig, und selbst mit einer Kurzhaarfrisur hätte sie niemand für einen jungen

Mann gehalten. Robin konnte sie sich sehr gut auf einer Rednerbühne vorstellen. Mittelhochdeutsch, Grammatik und klassische Literatur wurden erträglicher, weil Mathilde mit Vorliebe das Gespräch auf die Rechte der Frauen brachte. Sie wusste gut Bescheid über die Ziele von Anita Augspurg und Lida Gustava Heymann und würzte jeden trockenen Stoff mit Neuigkeiten vom Verein für Frauenstimmrecht.

»Lida Heymann gleicht Fräulein Langenstein, meiner Deutschlehrerin.« Mathilde senkte den Blick nach diesem Satz, und Robin wusste, was das bedeutete.

Von da an wagte sie es, von Paula zu sprechen, von ihrem Liebreiz, ihrer Lebendigkeit und auch von der Verwirrung, in die sie Robin stürzte.

Mathilde hörte aufmerksam zu. »Du schwärmst für sie«, sagte sie eines Tages. »Nur verstehe ich nicht recht, warum. Fräulein Langenstein ist mir ein Vorbild, und wir brauchen Ideale, denen wir nacheifern können, Schwärmerei halte ich für falsch.«

»Paula ist doch kein Vorbild für mich. Ich liebe sie!«

»Das meine ich, sei um Gottes willen vorsichtig mit solchen Aussprüchen! Vor allem darfst du es niemandem erzählen. Bei mir ist dein Geheimnis sicher, aber kämpfe dagegen an. Das konträre Sexualempfinden ist eine schwere Nervenkrankheit, die in Anstalten behandelt werden muss. Es ist eine Art von Missbildung, eine Erbkrankheit, die dich dazu bringt, einem Laster anzuhängen.«

Mathildes Vater war Arzt, sie musste also Bescheid wissen.

»Du hast gut reden! Als ob es so leicht wäre, wie oft versuche ich, mir die Gefühle zu verbieten, aber es gelingt mir nicht«, sagte Robin.

»Ich habe es auch geschafft. Wandle deine Zuneigung in Begeisterung für eine Sache, dann vergehen die sehnsüchtigen Geschichten, die du dir ausspinnst.«

Robin glaubte ihr nicht, denn Mathilde schrieb ihrer früheren Lehrerin jeden Tag, und die Antworten, die sie Robin vorlas, enthielten so viel Zärtlichkeit.

Saß Robin nicht im Hörsaal oder mit Mathilde in der Bibliothek, gliederte sich ihr Tag in vier Hoffnungspunkte. Im Haushalt des Apothekers Katz, einem Bekannten ihres Vaters, bewohnte sie ein Zimmer, von dessen Fenster aus sie die Haustür beobachten konnte, und sie rannte die Treppe hinunter, sobald sie die Uniform des Briefträgers erblickte.

»Da wird sich die Busenfreundin aber freuen«, sagte der Beamte, der viermal täglich vorbeikam. Er verzog inzwischen amüsiert die Mundwinkel, wenn Robin ihm wieder einen Umschlag mitgab.

Paulas Briefe, die längst nicht so häufig eintrafen, wie Robin es sich ersehnte, berichteten von Abendgesellschaften, potenziellen Heiratskandidaten und aufwendiger Garderobe, sie erzeugten in Robin Fantasien von männlichen Händen auf Paulas Taille, Küssen auf ihrem Handrücken und anzüglichen Blicken.

An einem Sonntag, der noch qualvoller war als ein Wochentag, weil keine Post ausgetragen wurde, hielt sie es nicht mehr in ihrem Zimmer aus und beschloss, Mathilde zu besuchen. Der Apotheker hatte fünf kleine

Kinder, die den ganzen Tag schrien, und seine Frau war eine jüngere Ausgabe von Tante Erna.

»Für ein anständiges Fräulein gehört es sich nicht, herumzurennen und in Gaststätten zu sitzen. Du schadest dem guten Ruf meines Hauses«, rief sie, als sie Robin mit Mantel und Hut im Hausflur erblickte. Sie bekam alles mit, trotz des Geschreis ihrer Kinder.

»Ich gehe nur mit einer Freundin spazieren.«

»Spazieren! Hast du nichts zu tun? Meine anderen Studentinnen waren hilfsbereiter als du.«

Robin beeilte sich, die Tür zu schließen.

Mit Mathilde schlenderte sie durch die Gassen der Stadt, vertieft in ein Gespräch über Paula und Fräulein Langenstein, als ihnen Therese, eine ihrer Kommilitoninnen, entgegenkam. Als sie Robin und Mathilde erblickte, setzte sie sofort eine hochmütige Miene auf. Sie steckte beide Hände in den Muff und blieb aufrecht vor ihnen stehen.

»Gut, dass ich euch treffe«, sagte Therese. »Wir haben über euch geredet.« Mit *wir* meinte sie sich und die anderen Studentinnen der Universität. Einmal in der Woche trafen sie sich im *Verein für Frauenbildung und Frauenstudien.*

»Also, was musst du loswerden?«, fragte Mathilde. »Wir haben nicht den ganzen Tag Zeit, hier herumzustehen.«

»Es muss euch doch klar sein, dass es ein besonderes Privileg ist, dass wir Mädchen studieren dürfen. Ihr solltet euch dankbarer zeigen und nicht mit eurem Verhalten …«

»Was für ein Verhalten?«, fiel Mathilde ihr ins Wort.

»Ihr sondert euch ab, steckt dauernd die Köpfe zusammen, und ich weiß nicht, was ihr miteinander zu schaffen habt.« Therese registrierte mit einem Stirnrunzeln, dass Robin ihre Hände in die Manteltaschen steckte.

»Wir kämpfen eben weiter für die Rechte der Frauen«, sagte Robin, »und nehmen nicht nur die Errungenschaften anderer gemütlich entgegen. Anders als ihr geben wir uns noch nicht mit der Lage der Frau zufrieden.«

»Du plapperst doch nur wieder Worte nach, die du bei Anita Augspurg gelesen hast. Wann kapierst du endlich, dass uns ihre Ansichten zu radikal sind? Außerdem blamierst du uns ständig. Dein unweibliches Auftreten ist eine Schande für alle Studentinnen. Halte dich besser von uns fern. Und du«, sagte sie an Mathilde gewandt, »gleich mit.«

»Mit der Schwesterlichkeit ist es also nicht weit her«, sagte Robin.

»Was soll das nun wieder heißen?«

»Wir haben schon verstanden. Auf Wiedersehen, Therese. Komm Mathilde.«

»Das lasse ich nicht auf mir sitzen. So eine Unverschämtheit.« Mathilde drehte sich immer wieder zu der davoneilenden Kommilitonin um. »Wir müssen das unbedingt richtigstellen.«

»Was willst du ihnen erklären? Es ist aussichtslos.«

Eine Gruppe Studenten umringte sie plötzlich. Robin hatte sie gar nicht herankommen sehen.

Die Männer lachten. »Zwei vortreffliche Fräuleins und so allein unterwegs?«

Einer hielt Mathilde den angewinkelten Arm hin. »Mein schönes Fräulein, darf ich wagen, meinen Arm und Geleit ihr anzutragen?«

»Lasst uns in Ruhe!« Mathilde nahm Robins Hand, um sie weiterzuziehen.

»Warum so spröde?«, rief ein anderer hinter ihnen her.

»Das sind Tribadinnen!«, brüllte der Erste. »Die muss man zu ihrem Glück zwingen.«

Lautes Gejohle tönte über den Holzmarkt.

»Oh, die sapphische Liebe lässt mich ein Lied singen!«

»Komm an meinen Busen!«

»Los, gehen wir in die Kirche«, zischte Mathilde, und sie eilten die Stufen hinauf.

Am Portal stieß Sankt Georg seinen Stab in das Maul eines Drachen. Robin drückte die schwere Tür auf und ließ Mathilde vorangehen. Sie waren allein im Kirchenschiff, und allmählich gewöhnten sich ihre Augen an das Halbdunkel.

Unter der Kanzel setzte sich Mathilde in eine der Bänke, nervös strich sie mit der Hand über die Lehne vor sich. »Verstehst du jetzt, warum ich dich immerzu warne? Wenn sich das herumspricht … ein Gerücht kann fürchterliche Folgen haben. Erst Therese und jetzt auch noch die Kerle.«

Robin sah zum Gewölbe hinauf. »Fasse dich. Sie wissen nichts, das war nur ein geschmackloser Scherz.«

»Das darfst du auf keinen Fall auf die leichte Schulter nehmen.« Mit ernstem Gesicht, leise und schnell, sprach Mathilde weiter. »Hast du jemals von Helene von Druskowitz gehört? Nein? Sie ist eine kluge Frau, die Philosophie studiert hat und sogar mit Nietzsche in einen Wettstreit getreten ist. Mein Vater bekam die Gelegenheit, sie in der Nervenheilsanstalt Mauer-Oehling, das ist in Österreich, zu untersuchen. Eine furchtbare Geschichte. Sie posaunte überall herum, dass sie … dass sie ihre Freundin liebe. Sie brachte sich damit in eine unhaltbare Situation, denn ihre Freundin ist eine berühmte Sopranistin der Dresdner Oper! Und … und als die Sopranistin sie verließ, wurde die Druskowitz Trinkerin und endete in einer Nervenkrise.« Mathilde sah Robin flehentlich an. »Es wäre wirklich besser für sie, anders über ihre Freundschaft zu dieser Frau zu sprechen, aber sie hört nicht auf damit, bis heute nicht. Man musste sie entmündigen.«

Robin betrachtete die Steinreliefs an der Wand, rechts und links des Altars. Ritter sahen hochmütig von den Löwen herab, auf denen sie standen. Die kurzen Rüstungen sparten das Geschlecht aus; es stach, wie ein Tannenzapfen geformt, hervor. Maria, die einzige Frau in diesem Pantheon, richtete den Blick grimmig quer durch das Kirchenschiff aus dem Fenster.

»Was ist, wenn einer zum Dekan geht?« Mathilde zog ihre Handschuhe aus und rieb sich die Schläfen. »Wir müssen vorsichtiger sein!«

»Mathilde, wir haben gar nichts getan, wir waren nur gemeinsam spazieren. Niemand weiß, über was wir sprechen.«

»Vielleicht hat uns jemand belauscht.«

»Ich glaube eher, dass sie uns kleinhalten wollen. Ist dir noch nicht aufgefallen, dass nie eine der Frauen die beste Note bekommt, egal, wie gut ihre Arbeit war? Die Eins wird grundsätzlich einem der Männer gegeben.«

»Ja, das kann schon sein.« Mathilde runzelte die Stirn.

»Diskutieren kann man auch nicht mit ihnen. Auf meine Wortmeldungen wird nicht reagiert, und wenn ich dennoch einen Kommentar einwerfe, ernte ich Schweigen. Die Männer reden mit dem Professor weiter, als hätte ich gar nichts gesagt.«

»Aber was ist mit Therese und dem Verein?«

Robin zuckte mit den Schultern. »Das kenne ich schon, alle Frauen regen sich auf, wenn man anders ist. Ich habe mir angewöhnt, es zu ignorieren.«

Mathilde stand auf und zog ihre Handschuhe wieder an. »Es tut mir leid, aber mir passiert das erst, seit ich mit dir … befreundet bin. Vielleicht sollten wir uns nicht mehr so häufig treffen.«

Nach dem Abendessen mit Familie Katz kletterte Robin aus ihrem Dachfenster. Trotz der Kälte wollte sie hinaus, die Enge ihres Zimmers war unerträglich. Der Giebel des Apothekerhauses stieß hier gegen den des Nachbarhauses, und dazwischen gab es eine schmale, gerade Fläche, auf der sie sitzen konnte.

Ich sitze dazwischen, dachte sie. Ich gehöre nicht zu den Frauen, aber auch nicht zu den Männern. Mathilde würde ihr fehlen.

Steinluft, weißt du, wie sie riecht?, schrieb sie an Paula.

Sie nahm sich vor, mit äußerster Disziplin zu lernen, denn nur dann konnte sie einen Beruf ergreifen, bei dem sie genug Geld verdiente. Nur ihr Ziel war wichtig: Ein Leben mit Paula, und dafür musste sie alles einsetzen.

Eines Abends nach Abschluss ihres Studiums saß Robin in Cannstatt in der Stube und betrachtete die letzte

Postkarte, die ihr Bruder aus der Schweiz geschickte hatte. Ein zweistöckiges Haus mit geschwungenem Aufgang, umgeben von Palmen war darauf abgebildet. Vater setzte sich mit einer Apothekerzeitung zu ihr an den Tisch.

»Monte Verità, das klingt famos, nicht wahr? Schade, dass er keine langen Briefe schreibt«, sagte Robin. »Ich wüsste gerne mehr über das Sanatorium und seine Arbeit dort.«

Vater nickte und sein Schnurrbart wippte ein klein wenig. »Bruno hat viel zu tun, besonders im Sommer, da betreut er nicht nur die Menschen, die dort leben, sondern auch noch unzählige Besucher.«

»Ich kann mir einfach nicht vorstellen, dass sie alle Luft- und Sonnenbäder nehmen. Stell dir vor, das würde man hier in Cannstatt tun.« Sie schüttelte den Kopf. »Aber am schlimmsten finde ich die vegetarische Ernährung. Ohne Fleisch wird man doch nicht satt.«

»Sie nennen sich Lebensreformer und nehmen das sehr ernst, wie mir scheint.« Er blätterte die Zeitung auf.

»Ich möchte auch verreisen«, sagte Robin so inbrünstig, dass Vater den Kopf hob und einen wachsamen Blick auf sie richtete.

»So, so. Du willst verreisen. Gut. Du könntest Gertrud in Schorndorf besuchen.«

»Ach, Vater. Erstens liegt das nur fünfundzwanzig Kilometer entfernt, das ist doch keine Reise und …«

»Und zweitens?« Fragend hob er die Augenbrauen.

»Die Kinder, weißt du, es sind …« Rotznasen, dachte sie.

Er faltete die Zeitung zusammen. »Sie sind lebhaft.« Er nickte mit einem kleinen Lächeln in den

Mundwinkeln. »Was hast du dir also vorgestellt?«

»Paula soll ein paar Wochen bei ihrer Tante in Urach verbringen. Die alte Dame lebt dort ganz allein, und das wäre für Paula doch sehr öde. Also hat sie angefragt, ob ich sie begleiten darf.«

Die Tante war uralt und würde ihnen kaum Vorschriften machen. Den ganzen Tag könnten sie miteinander verbringen, Ausflüge in die Umgebung unternehmen, und Robin wollte Paula endlich ihre Pläne für die Zukunft unterbreiten.

»Und wie wollt ihr jungen Damen dorthin kommen?«

»Paulas Vater besitzt ein Automobil!« Robin versuchte, die Aufregung in ihrer Stimme zu beherrschen. Mit dieser Frage, das wusste sie, hatte er ihr bereits die Erlaubnis gegeben.

»Eine Autofahrt, das gefällt dir, hm? Ich spreche mit Herrn Liebermann.«

Der letzte Tanz

Liebe Jennifer, überraschend ist mir ein Engagement in Berlin in einem Theater angeboten worden. Du weißt, wie sehr ich mir immer eine eigene kleine Show gewünscht habe und verstehst sicher, dass ich umgehend zugesagt habe. Ich kann außerdem an einer Tanzschule unterrichten, und somit erfüllen sich alle meine Träume. Ich werde unsere Tanzstunden sehr vermissen. Aber ich weiß auch, dass ich dich guten Gewissens aus meinem Unterricht entlassen kann. Du hast sehr viel gelernt und bist mir inzwischen ebenbürtig geworden. Erinnere dich immer daran: Du wirst einmal eine ganz große Tänzerin. Ich glaube fest daran! Wenn du diesen Brief erhältst, werde ich schon abgereist sein. Ich umarme dich, deine Clothilde.

Jennifer senkte den Briefbogen und sah ihre Mutter an.

»Hast du ihr gesagt, dass ich keinen Unterricht mehr bei ihr nehmen darf?«

»Nein, vermutlich war es dein Stiefvater.«

»Warum ist sie nicht vorbeigekommen, um sich persönlich zu verabschieden?«

»Ich weiß es nicht, vielleicht wäre es zu schmerzhaft für sie gewesen.« Valentine fuhr ihr durchs Haar. »Sei nicht traurig, denke an deine Feier morgen Abend und wie die Gäste dich in dem herrlichen Kleid bestaunen werden.«

Jennifer bemerkte kaum, wie Valentine das Zimmer verließ. Es war kein Zufall, dass Clothilde genau dann ein Engagement bekam, wenn der Baron ihr verbat, sie zu unterrichten! Clothilde musste das alles seit Längerem geplant haben. Doch warum hatte sie nichts davon erzählt?

Jennifer wurde mit einem Schlag klar, was sich die ganze Zeit vor ihren Augen abgespielt hatte. Clothilde konnte ihr nicht mehr in die Augen sehen, und Sophie war der Grund dafür! Es hatte an dem Abend begonnen, als sie Clothilde zum ersten Mal tanzen gesehen hatten, in dem heruntergekommenen Theater. Damals hatte sie sich gar nichts dabei gedacht, dass Clothilde errötet war, als sie Sophies Hand geschüttelt hatte. Und nach dem Hexentanz hatte Clothilde zugegeben, dass

Sophie bei ihr im Theater gewesen war. So war sie, Sophie, die Pianistin, die das Leben wie eine einzige Nusstorte betrachtete, von der sie unablässig naschen wollte. Sie sorgte sich nicht um ein Stück Schale, an dem sie sich einen Zahn ausbeißen könnte. Nein, Sophie war überzeugt davon, dass sie das Leben verschlingen konnte, ohne jemals Bauchschmerzen zu bekommen. Ihre Haltlosigkeit kippte zwar zuweilen in Melancholie, aber dann überschwemmte sie Jennifer mit ihrem Weltschmerz und erhoffte sich dadurch Erleichterung. In jeder Hinsicht war Sophie maßlos, im Schmerz und im Verschlingen der Welt.

Jennifer lachte bitter auf. Und sie hatte sich um Sophie gesorgt! Und um Clothilde, die ihren Lebensunterhalt mit Tanzunterricht verdienen musste, die ihr Talent auf Varietébühnen verschleuderte. Sie hatte mit ihr gelitten, weil der Neue Tanz verlacht wurde und die Welt nicht reif für eine Tänzerin ihres Formats war.

Sophie verstand den Neuen Tanz. War es das, was die beiden einander näher gebracht hatte?

Ach was! Sophie war nichts als eine Verführerin! Das war der Grund, warum Clothilde ihr nicht Lebewohl sagte.

Mit verschränkten Armen erwartete sie Sophie, die telefonisch angekündigt hatte, dass sie zur Teestunde vorbeikommen wollte.

»Was hast du getan? Was hast du mit ihr gemacht?«, sagte Jennifer wütend, als Sophie hereinkam und sich neben ihr auf das Sofa warf, heiter und gelassen.

Sophie zog die Augenbrauen hoch und schlug die Beine übereinander. »Sie wollte nach Berlin.«

»Das weiß ich. Aber du bist der Grund!«

»Was sollen diese Vorwürfe, ma chère?«

»Mach mir nichts vor. Was ist passiert?«

»Sie wird Erfolg haben, das sollten wir ihr gönnen.«

Jennifer stieß empört den Atem aus. Sie stand auf und ging durch den Salon.

»Du wirfst sie alle weg, nicht wahr?«

Bedauern überzog Sophies Gesicht. Sie streckte die Hand aus. »Ma chère …«

Jennifer stampfte mit dem Fuß auf und ärgerte sich im selben Moment darüber. Sie wollte, dass Sophie sie ernst nahm. Ihre Unterlippe bebte, und sie biss hinein, um nicht loszuweinen.

»Hast du sie auch so genannt?«

Sophie runzelte die Brauen. »Das wird jetzt aber keine Eifersuchtsszene?«

»Das ist dir lästig, nicht wahr?« Jennifer beugte sich zu Sophie hinunter. »Du willst nur den Spaß, bis du dich vollgefressen hast. War sie gut?«

Sophie rutschte ein Stück beiseite. »Das ist geschmacklos.

»Nein, du bist geschmacklos. Ich dachte, ich dachte …«

»Was dachtest du? Ich gehöre dir allein?«

Jennifer wandte sich ab, ging an den Flügel und strich mit dem Handrücken über die Tasten. Sie starrte auf den blauen Chinateppich und dachte an die vielen Stunden, die sie darauf geübt hatte.

»Sie ist gegangen«, sagte sie. Und dann weinte sie doch.

Sophie erhob sich sofort, legte die Arme um sie und streichelte ihr Haar.

»Die Welt ist viel größer, als du weißt. Du musst sie alle freilassen.« Sophie reichte ihr ein Taschentuch.

»Der Baron hat mir das Tanzen verboten.«

Sophie lachte auf. »Siehst du, du denkst nur an dein Glück. Du willst, dass Clothilde deine Tanzlehrerin bleibt. Was ist mit ihrem Glück?«

Jennifer schluckte und hörte auf zu weinen.

»Du wirst weiter tanzen«, sagte Sophie. »Du kannst nicht anders. Du wirst eine Große werden. Auch ohne Clothilde.«

»Du willst nur davon ablenken, welchen Anteil du daran hast.«

»Lass sie gehen«, sagte Sophie.

»Aber sie ist doch schon längst weg.«

»Du musst sie auch aus deinem Herzen freilassen.«

»Warum? Es tut so weh.«

»Weil du sonst nicht weitergehen kannst.«

»Ich will gar nirgendwo hingehen, ich will, dass alles so bleibt, wie es war.« Und als Sophie lachte, sagte sie: »Ich habe nicht nur Clothilde verloren, sondern auch dich. Weil du mich so getäuscht hast.«

»Deshalb kann ich nun nicht mehr deine Freundin sein?«

»Nein. Ich habe euch beide verloren.«

»Wie du meinst.« Sophie wandte sich ab.

»Nein! Geh nicht!«

Jennifer sah sie an. Lange. Sie betrachtete Sophies hochmütige Miene, ihre stolze Haltung und die Trauer, die immer in ihren Augen lag – und nahm ihre Hand.

Als Erstes spürte sie seinen Atem an ihrem Hals, das heiße, dumpfe Schnauben, das sie so gut kannte. Jennifer schreckte herum. Wann hatte er Quentin abgelöst? Er lächelte nicht, er packte ihre Hände und zwang sie, im Takt der Musik weiterzugehen. Nur kurz hatte sie in seine Augen gesehen, bevor sie so tat, als sei alles in Ordnung. Als wäre es selbstverständlich mit ihrem Stiefvater den Rheinländer zu tanzen, vor ihm herzuschreiten, den Kopf aufrecht zu halten, als würden ihre Nackenmuskeln nicht vor Anspannung schreien. Als würde sie nicht innerlich flehen: Geh weg, lass mich los! Sie spürte die Knöpfe seiner Uniformjacke über ihre nackte Rückenpartie reiben. Kalt oder heiß? Sie wusste es nicht, sein Oberschenkel berührte bei jedem Schritt ihr Gesäß, und zum ersten Mal in ihrem Leben wünschte sie sich, kein dünnes Reformkleid zu tragen, sondern vier Unterröcke.

Sie strauchelte ein wenig, doch seine Hände hielten sie wie Schraubstöcke an den Handgelenken umfasst.

Dicht an ihrem Ohr zischte er: »Für was zahle ich die ganzen Tanzstunden? Sei nicht so steif!«

Er gab ihr einen Stoß, und sie drehte sich unter seinem Arm hindurch, wie eine Porzellanpuppe auf einer Spieluhr.

Jennifers Herz wummerte so stark, dass sie meinte, die Akkordeonklänge nicht mehr hören zu können. Wenn sie sich abwechselnd rechts und links zu ihm drehen musste, vermied sie es, in seine Augen zu sehen. Dennoch spürte sie seinen gierigen Blick. Ihre Wangen brannten, und ihre Knie fühlten sich steif an.

Vor ihr wirbelte Zilla herum, Oskars buntes Jackett leuchtete auf, und sicher tanzte irgendwo ihre Mutter. Maman. Wo war sie? War sie es, die lachte und ihr Glas gegen ein anderes klirren ließ?

Jennifer merkte gar nicht, dass der Tanz zu Ende war, plötzlich zog der Baron sie an der Taille zu sich her und drückte ihr einen Kuss in die Halsbeuge.

»Auf meine Tochter!«, schrie er. »Stoßen wir auf ihren Geburtstag an. Achtzehn Jahre, wir müssen achtzehn Mal jubeln!«

Irgendwer drücke Jennifer ein Champagnerglas in die Hand, und sie hörte die Freunde Glückwünsche rufen. Dabei hatten sie doch alle schon gratuliert. Dirigierte der Baron die Gäste, wie ein Jahrmarktschreier? War sie seine Attraktion?

Ja, er hielt sie fest in seinem Arm, bis der Mann herbeigekommen war, mit dem sie als Nächstes tanzen sollte. Auch er trug eine Uniform, die sie nicht kannte, vermutlich eine deutsche, denn er hatte einen deutschen Namen, den sie jedoch sofort wieder vergaß. Der Baron schubste sie in seine Arme, und schon begann ein Wiener Walzer. Der schlaksige junge Mann stolzierte mehr, als dass er tanzte, und doch konnte sich Jennifer ein wenig fangen.

Weitere stramme Herren wurden ihr vom Baron zugesandt, sie kam nicht zum Luftholen, machte höfliche Konversation, wenn ihre Tanzpartner das Wort an sie richteten und der Tanz es zuließ. Aber die meiste Zeit ertrug sie nur die großen Hände, den steifen Arm auf ihrem Rücken, starrte auf den Kehlkopf oder die rasierten Wangen der Männer und spürte, wie sie innerlich taub wurde.

Die Kapelle spielte einen Tusch, und sie wusste, das läutete den letzten Tanz ein. Den Galopp. Um sie herum wurde gelacht, und aufgeregt drängten sich noch einmal viele Tänzer in die Eingangshalle.

Jennifer versuchte sich zwischen den Leibern durchzuzwängen und zu verschwinden, doch der Baron stand direkt vor ihr. Ein zufriedenes Lächeln quoll unter seinem Schnurrbart hervor, seine Brust hob sich, um ihr zu verkünden, dass er mit ihr den letzten Tanz … da spürte sie zwei Hände, die sie an den Schultern fassten und mit Schwung umdrehten.

Sophie! Sie legte einen Arm um Jennifers Taille, hielt ihre Hand, und schon sprangen sie los, quer durch den Raum. Mit der kreischenden Meute um sie herum stieß Jennifer auch einen Schrei aus. Ja! Endlich war es vorbei, das furchtbare Geburtstagsfest.

Selten hatte sie Sophie so ausgelassen lachen sehen. Ihre Augen strahlten, und das Haar rutschte aus ihrer Spange und flog um ihr Gesicht. Mit Leichtigkeit jagten sie durch den Raum, hüpften und tobten umher. Jennifer war es, als trampelte sie alle Steifheiten des Abends nieder und verjagte mit ihren Juchzern ihren Stiefvater.

Im Gedränge der Verabschiedungen flüsterte sie Sophie ins Ohr: »Bleib bei mir heute Nacht, bitte.«

Jennifer hörte, wie sich die Tür öffnete und schloss, und lächelte. Das Badezimmer war voller Dampf. Sie ließ das heiße Wasser auf ihr Gesicht prasseln, und als Sophie nicht zu ihr in die Dusche stieg, drehte sie die Hähne ab und drückte das Wasser aus den Haaren.

Sie zog schwungvoll den Vorhang beiseite. »Da hast du deine wasserglitzernde Geliebte!«

Vor ihr stand der Baron. Breitbeinig, die Uniformjacke geöffnet, das Hemd hing halb aus der Hose. Er stemmte die Hände in die Hüften.

»Dachte ich es mir doch«, sagt er.

Jennifer keuchte vor Schreck und versuchte, nach dem Handtuch zu greifen, doch er war schneller, riss es vom Haken und warf es zu Boden. Mit Blick auf die Tür, wo Valentines Kimono hing, stolperte sie aus der Duschwanne, hielt einen Arm über die Brüste und eine Hand vor die Scham. Sie zitterte so sehr, dass sie mit den nassen Füßen ausrutschte. Er fing ihren taumelnden Gang auf und presste ihr Gesicht gegen seine Brust. Sie riss den Mund auf, um zu schreien, doch nur ein kläglicher Ton drang hervor. Sie spürte das steife Leinen seines Hemdes an den Lippen.

»Kein Ton! Du bist jetzt ganz still, sonst kannst du was erleben«, flüsterte er an ihrem Ohr. Ein heißer Atemstoß folgte.

Eine Hand fuhr über ihre Schulter den Rücken hinab. Jennifer wand sich, zappelte, rutschte zu Boden. Weil sie nass war, konnte er sie nicht festhalten, nur seine Finger verfingen sich in ihren Haaren. Es fühlte sich an, als würde er sie ihr ausreißen. Sofort kniete er nieder. Sie hätte nie gedacht, dass er so beweglich wäre, doch mit seiner Kraft rechnete sie und versuchte, vor ihm auf den Knien wegzurutschen. Er fing sie wie einen Fisch, eine Hand rutschte unter ihrem Bauch zu ihrer Brust, die andere zwischen ihren Beinen hindurch.

Sie schrie, strampelte und schlug nach ihm. Ihr Kopf

knallte auf den Boden, er lag halb auf ihr, sie roch ihn, Tabak und Alkohol, und seine stoppeligen Wangen kratzten über ihre Schulter.

Die Schlafzimmertür krachte gegen die Wand. Endlich! Sophie riss den Baron am Kragen zurück. Er setzte sich auf und lachte. Lachte, während Sophie das Handtuch um Jennifer wickelte und ihr aufhalf.

»Was für ein Schauspiel! Die heldenhafte Pianistin im Unterrock.« Keuchend vor Lachen und Grölen kam er auf die Knie. »Zieh das Hemd auch noch aus, Sophie, dann kann ich mich gleich zwischen euch zwei Nymphchen legen.«

Sophie schob Jennifer hinter sich ins Schlafzimmer und versuchte, die Tür zu schließen, doch plötzlich war der Baron wieder ganz flink. Er schnellte auf Sophie zu, drückte sie mit dem ganzen Schwung seines Sprungs gegen den Türrahmen. Die Hände seitlich neben ihrem Kopf, hielt er sie gefangen.

»Dir gilt doch mein Dank, du hast sie für mich vorbereitet.«

Sophie spuckte ihm ins Gesicht. Lachend wischte er seine Wange ab.

»Verschwinden Sie endlich!« Sie schubste ihn von sich weg.

Er wankte kaum, zog die Hose hinauf und rieb sich den Schritt.

»Sei vorsichtig, du! In meinem Haus gebe ich die Befehle. Du hast mit ihr geübt, ohne mich um Erlaubnis zu fragen. Das muss bestraft werden, das ist euch doch klar? Ja, da schaut ihr! Ihr Küken.«

Jennifer umklammerte das Handtuch, sie konnte

sich kaum damit bedecken. Sollte sie auf den Flur hinauslaufen? Sie wollte Sophie nicht mit ihm allein lassen. Er könnte die Tür verriegeln. Wo war Maman?

»Kommen Sie zu Sinnen, Baron Milan!«, schrie Sophie. »Was geht in Ihrem versoffenen Hirn vor? Sie werden doch nicht ihre kostbare Tochter schänden und wertlos machen?«

Er zuckte zurück und fasste nach seiner geöffneten Jacke, als wollte er sich daran aufrichten.

»Ich habe keineswegs vor, sie zu entwerten! Deine Techniken beherrsche ich nämlich auch, du verdammte Tribadin.«

»Ich könnte es aber herumerzählen!«

»Was?«

»Dass sie nichts mehr wert ist. Nicht mehr zu verheiraten!«

»Du Miststück!« Er schlug nach ihr, erwischte ihre Schulter.

Sophie hob schützend die Hände hoch, schrie ihn aber weiter an. »Dann ist es aus mit der guten Partie!«

Das Klatschen seiner Hände auf Sophies Haut brachte Jennifer in Bewegung. Sie riss die Tür zum Flur auf und schrie so laut sie konnte: »Maman! Maman! Hilfe! Marie! Kommt alle her! Schnell!«

Marie erschien als Erste, zwei Diener folgten, und auch Maman rannte herbei. Sophie hockte, die Hände schützend über den Kopf gelegt, auf dem Boden, in der Ecke zwischen Nachttisch und Wand. Der Baron trat mit den Stiefeln nach ihr.

Valentine zögerte nicht, sie zerrte an seinem Arm, warf sich auf ihn und brachte ihn aus dem

Gleichgewicht. Er schwankte, schlug um sich und hielt dann inne. Als wäre nichts Besonderes geschehen, hob er den Kopf und richtete seine Kleidung.

»Was soll der Aufruhr? Was wollt ihr hier? Haut ab! Und sorgt dafür, dass mir dieses Aas hier aus den Augen kommt.« Er zeigte auf Sophie. Sie blutete aus der Nase.

Die Generälin

Als das schwarze Automobil durch die Marktstraße ratterte, löste es Tumult aus. Kinder umringten das Fahrzeug, kaum dass es vor der Apotheke angehalten hatte. Sie betatschten das glänzende Blech, die Mütter riefen, sie sollten vorsichtig sein, wer wusste schon, an welchen Stellen das Gefährt heiß war?

Um einsteigen zu können, musste Robin die Kinder beiseitedrängen. Sie rutschte auf die Rückbank und konnte vor Aufregung kein Wort herausbringen. Paula band den Schal neu, der ihren Hut festhalten sollte, und strahlte sie an. Das Weiß ihres Musselinkleides blendete Robin.

Lise trat vorsichtig an den Wagen.

»Zieh lieber deine Handschuhe an«, flüsterte sie Robin zu und deutete mit dem Kinn auf Paulas Hände, die in weißem Leder steckten. Sie tat Lise den Gefallen, denn die alte Frau sorgte sich schon seit Tagen. Sie hatte Angst vor Maschinen, und eine Autofahrt schien ihr etwas Ungeheuerliches. Robin wäre gerne in Radlerkleidung gereist, aber das hatte Tante Erna nicht erlaubt. Also trug sie ein graues Reformkleid und einen schlichten Strohhut.

Männer kamen aus den umliegenden Werkstätten und Läden, standen nebeneinander und nickten wissend und anerkennend, auch wenn sie noch keine Autofahrt gemacht hatten. Jeder wollte beim Kofferanschnallen und Motoranwerfen helfen.

Lise rannte währenddessen ins Haus und holte noch eine Decke, die sie Robin und Paula um die Knie stopfte.

»Halt dich gut fest!« Lise sprang zurück, als der Fahrer seine Mütze zurechtrückte und sich hinter das Lenkrad schwang.

Vor der Apotheke standen Vater und Gustav und lachten. Tante Erna wirkte verkniffen, mehrfach hatte sie die letzten Tage gewarnt, dass Reisen einem Mädchen nur Flausen in den Kopf setzte.

»Benimm dich anständig, Roberta«, rief sie. »Wenn du zurückkommst, beginnt auch für dich der Ernst des Lebens.«

Unter der Decke packte Robin Paulas Hand und drückte sie. Alle winkten und die Wünsche für eine gute Fahrt gingen im Geknatter des Motors unter.

Auf der Steige nach Degerloch wurde das Automobil so langsam, dass man hätte nebenhergehen können. Unter ihnen im Kessel wirkte Stuttgart, in bewaldete Hügel eingebettet, wie ein Dorf. Oben auf der Filderhöhe streckten sich die Felder bis zum Horizont. In den Dörfern wurde das Automobil von Horden barfüßiger Kinder verfolgt. Die Straße, nach dem Winter voller Löcher, ließ sie nur mühsam vorankommen.

Nach zwei Stunden erreichten sie die Vulkanberge. Grün in allen Schattierungen flirrte im Sonnenlicht.

Auf einer Anhöhe lehnte Robin sich hinaus. »Es ist wundervoll! Man kann kilometerweit sehen, schau dir das an! Am liebsten möchte ich die ganze Welt bereisen, mit der Eisenbahn fahren und den Ozean überqueren!«

Paula zog die Decke über den Knien zurecht.

»Sitz doch still, dein Gezappel macht mich verrückt. Also ich hätte Angst, auf ein Schiff zu steigen. Mir reicht es, die fremdländischen Dinge im Haus meiner Tante anzuschauen. Ich sag dir, wenn man die Masken sieht, dann will man nicht mehr in Länder reisen, wo diese Barbaren leben.«

Robin lehnte sich in die Ecke der Rückbank, damit sie Paula anschauen konnte.

»Großtante …«

»Nennst du sie tatsächlich so?«

»Nein, ich muss Madame und ›Sie‹ zu ihr sagen. Im Stillen nenne ich sie die Generälin.«

Robin lachte. »Welchen Namen gibst du eigentlich mir? Im Stillen?«

Paula errötete. »Sie ist Fabrikantenwitwe. Seit ihr Mann vor ein paar Jahren gestorben ist, führt sie das Regiment. So etwas hast du noch nicht erlebt. Ihr gehören eine Leinweberei und eine Druckerei.«

Robin fing das Ende von Paulas flatterndem Schal ein und hielt ihn vor ihr Gesicht, bis Paula ihn wegzog.

»Du hörst ja gar nicht zu. Ihre Fabrik heißt Privilegierte Leinwandhandels-Compagnie, und sie macht Geschäfte mit Westindien. Unvorstellbar, wie weit das wegliegt.«

»Jetzt verrate mir endlich meinen Spitznamen.« Den Arm auf die Rückenlehne gelegt, kitzelte Robin Paula im Nacken.

Paula rückte zur Seite. »Gleich sind wir da.«

Sie durchquerten das Dorf in wenigen Minuten und erreichten eine Straße, die sich zwischen üppigem Baumbewuchs den Berg hinaufwand. Eine Mauer kam in Sicht.

»Hier beginnt das Land der Generälin.«

Zwei Pfeiler mit steinernen Kugeln markierten die Einfahrt, die Tore standen offen. Der Chauffeur fuhr die Kiesauffahrt entlang und hielt vor dem Eingang. Ein parkähnlicher Garten umgab das Anwesen. Gepflegte Rosenbeete und gestutzte Buchsbaumhecken bildeten ein geschwungenes Muster in einem Rondell.

»Das ist ja ein Schloss.« Zögernd stieg Robin aus und sah an der dreistöckigen Fassade hinauf, die weiß im Sonnenlicht glänzte. Zahllose Fensterscheiben funkelten.

Ein Diener stand mit ungerührter Miene neben der offenen Eingangstür. »Grüß Gott, gnädiges Fräulein.«

»Grüß Gott, Friedhelm«, antwortete Paula fröhlich.

Der Diener verneigte sich leicht. »Grüß Gott, Fräulein Korber.«

Robin nickte zum Gruß, weil sie sich nicht traute, den Mann mit dem Vornamen anzusprechen. Unsicher folgte sie Paula ins Haus.

Die Welt wurde auf einmal schwarz-weiß. Mehrere doppelflügelige Türen gingen von der Eingangshalle ab, und eine breite Treppe führte in die Obergeschosse. Der Marmorboden war in einem schwarz-weißen

Schachbrettmuster gefliest, die Wände weiß getäfelt und die Türen schwarz lackiert, in einer schwarzen Steinvase duftete ein Strauß weißer Lilien. Nirgendwo entdeckte Robin eine andere Farbe.

Ein Hausmädchen mit Häubchen erschien. Sie knickste und grüßte höflich. »Die Zimmer sind vorbereitet, gnädiges Fräulein.«

»Das ist Kathi«, sagte Paula.

Kathi ging auf der Treppe voran. Der Diener trug die Koffer hinter ihnen her. In der ersten Etage lagen weiße Wollteppiche, und zwischen zwei Türen stand jeweils ein kleiner Tisch mit exotischen Gegenständen darauf. Robin erkannte eine Nachbildung des Obelisken von Alexandria, für weitere Betrachtungen blieb keine Zeit.

Kathi wies auf zwei Türen. »Fräulein Liebermann wohnt hier, nebenan Fräulein Korber. Madame erwartet Sie in einer halben Stunde im Salon.«

Der Diener stellte die Koffer ab.

»Na, was sagst du?« Paula musterte Robin. »Du siehst ganz verzagt aus.«

»Das bin ich auch. So eine Pracht habe ich nicht erwartet. Ein Marmorkamin, ein Himmelbett.« Auch hier war alles in Schwarz und Weiß gehalten. Die Möbel streng, gerade, das Zimmer schien aus Linien zu bestehen. »Ich fühle mich wie ein Bauerntrampel.«

»Das sind nur Dinge, Robin.« Paula zog die Handschuhe aus. Dann öffnete sie den Schal, der ihren Hut hielt, und warf die Kleidungsstücke auf das Bett.

»Alle sind so steif und förmlich«, sagte Robin.

»Mir ist nichts aufgefallen.«

»Ich bin an Bedienstete nicht gewöhnt.« Das klang schärfer, als Robin beabsichtigt hatte.

»Jetzt leg erst einmal deine Reisekleidung ab. Siehst du, hier ist die Verbindungstür zu deinem Zimmer.« Paula öffnete und winkte Robin in den Nachbarraum. Er war genauso prächtig ausgestattet wie Paulas Schlafzimmer.

»So viele verschiedene Kleider besitze ich nicht. Welches ist für die Begrüßung deiner Tante angemessen?«

»Zieh dich an, wie es dir behagt. Und hör auf zu schmollen. Es tut dir niemand etwas an.« Paula ging zurück in ihr eigenes Zimmer.

Langsam zog Robin ihren Mantel aus und hängte ihn über einen Bügel. Sie hörte, wie es an Paulas Tür klopfte und Kathi hereinkam. Paula musste nach ihr geklingelt haben, denn sie befahl ihr, den Koffer auszuräumen.

Schnell verstaute Robin ihre Kleider im Schrank. Sie wollte nicht, dass eine fremde Person ihre Wäsche berührte. Als das Hausmädchen kam und feststellte, dass Robin schon fertig war, rümpfte sie die Nase und ging wortlos hinaus.

Robin setzte sich auf den Stuhl vor der Frisierkommode. Bürste, Kamm und Handspiegel mit Perlmutteinlagen lagen bereit. Sie spielte mit der Bürste und sah in den Spiegel. Ihre braunen Augen glänzten, das kurze Haar war vom Hut zerdrückt. Sie fuhr mit der Bürste hindurch. Sie kannte das Gefühl, anders zu sein, nun schon seit vielen Jahren. Manchmal war sie irritiert darüber, heimlich war sie stolz darauf und fühlte sich verwegen. Aber noch nie hatte sie sich geschämt. Sie rieb sich die Wangen. Dann legte sie sich aufs Bett und schloss die Augen. Sie hörte Paula im Nebenzimmer rumoren. Welten trennten sie. Sie kniff die Augen fester zusammen. So hatte sie sich den Urlaub mit Paula nicht vorgestellt.

Die Generälin war ebenfalls schwarz und weiß, stellte Robin mit Entsetzen fest, als sie im Salon vor ihr stand. Es war unmöglich, ihr Alter zu schätzen. Ihr Gesicht war weiß gepudert. Robin blieb dicht hinter Paula und beobachtete, wie sie ihre Tante begrüßte, damit sie es ihr gleichtun konnte. Paula knickste tief und küsste den Handrücken der Generälin.

»Bonjour, Madame«, sagte sie.

Die weißen Lippen der Tante bewegten sich kaum, als sie antwortete. Die Stimme war erstaunlich kräftig. »Bonjour, liebes Kind. Ich freue mich, dass du gekommen bist. Und das ist also deine Freundin.«

Ihre dürre Gestalt steckte in einem Reformkleid. Aber es war kein graues Trägerkleid, wie Robin selbst es gewöhnlich trug, sondern ein überaus kostbares, fließendes Gewand aus Seide. Schwarze und weiße Streifen wechselten sich ab, verbunden durch blütenartige Ranken. Ein schwarzes Samtband mit einem Brillanten hielt die Haare aus der Stirn.

Robin war inzwischen groß geworden, aber die Generälin war noch größer. Sie konnte nicht anders, als die alte Dame anzustrahlen. Sie nahm ihre Hand und schüttelte sie kräftig. »Vielen Dank, dass Sie mich eingeladen haben.«

Die Generälin lachte auf. »Wie ich sehe, sind Sie den modernen Zeiten gegenüber aufgeschlossen? Wie steht es mit Ihrer politischen Gesinnung?«

Vor Staunen zögerte Robin mit der Antwort.

»Junge Frau, Sie tragen ein Reformkleid und kurzes Haar. Damit demonstriert man doch etwas.«

»Nein, damit will ich nichts demonstrieren. Ich fühle mich damit einfach wohler.« Robin strich sich über den Nacken. »Noch lieber würde ich Hosen tragen. Politisch sehe ich mich auf der Seite der bürgerlich-radikalen Frauenbewegung.«

»Aha.« Die Tante nickte. »Ich glaube, wir haben noch viel miteinander zu besprechen.« Sie wandte sich an Paula. »Ich sehe, du hast eine echte Schwester im Geiste mitgebracht. Ich freue mich außerordentlich.« Sie winkte den beiden, ihr zu folgen.

Paula stieß Robin an und runzelte fragend die Augenbrauen. »Was redest du da eigentlich?«

Robin spürte, wie sich ein breites Lächeln über ihr Gesicht zog.

Auch das Esszimmer war ganz in Schwarz und Weiß gehalten. Der Tisch war für vier Personen gedeckt.

»Erwarten wir noch jemanden?«, fragte Paula.

Im selben Moment kam das Hausmädchen herein und sagte: »Madame, Monsieur Gert van Maart.«

»Bonsoir Madame.« Van Maart betrat das Zimmer. Er drückte dem Mädchen Stock und Hut in die Hand, nahm schwungvoll seinen Umhang ab und warf ihn über ihren Arm. »Sie sehen wie immer entzückend aus.« Er sprach mit einem Akzent, der Robin fremd war.

Die Generälin nahm seinen Handkuss entgegen. »Sie kommen zu spät. Wir gehen eben zu Tisch. Monsieur van Maart, das sind meine Nichte Paula Liebermann und ihre Freundin Robin Korber.«

Er war groß und rothaarig und trug keinen Bart. Er beugte sich über Paulas Hand und rief begeistert aus: »Je suis enchanté Mademoiselle!«

Als er sich Robin zuwandte, legte sie die Hände auf dem Rücken zusammen und sagte: »Guten Tag!«

Er sah sie verwirrt an.

»Nun aber Schluss, zu Tisch, zu Tisch«, rief die Generälin mit ihrer kräftigen Stimme.

Schnell drehte sich das Gespräch um van Maarts Besitztümer in Südafrika. Er sei Holländer, erklärte er an Paula gewandt, und betreibe in den Kolonien eine Farm. Paula reagierte mit Erröten und eifrigem Nicken. Sie kicherte, wie früher, wenn sie Gustav begegnet war, ihre Stimme stieg eine Oktave höher als sonst, und sie stocherte im Essen nur herum.

Robin beteiligte sich nicht an der Unterhaltung, und van Maart ignorierte sie, während er betonte, dass er den besten Tabak exportiere, die meisten Sklaven für ihn arbeiteten und er eine Menge Löwen auf seinen Safaris schießen würde. Der Holländer ereiferte sich immer mehr und nahm beide Hände zu Hilfe, um zu demonstrieren, wie er dem Löwenangriff entkommen war, heldenhaft seine Begleiter gerettet hatte und das Prachttier nun vor seinem Kamin lag.

Robin konzentrierte sich auf das Essen, das ihr vorgelegt wurde. Es war ein besonders gutes Mahl, und sie aß jeden Teller bis auf den letzten Rest leer. Sie trank mit großen Schlucken den Wein und merkte, wie der Alkohol durch ihr Blut schoss. In ihrem Kopf breitete sich ein angenehm dumpfes Gefühl aus, und während des Desserts war sie wieder in der Lage, den Kopf zu heben. Sie sah direkt in die schwarzen Augen der Generälin. Deren Blick wusste sie nicht zu deuten. Ungerührt schien sie Robin schon länger beobachtet zu haben, und Robin fiel auf, dass sie sich ebenfalls kaum am Gespräch beteiligt hatte.

Der Kaffee wurde serviert, und Robin fühlte sich betrunken wie nie zuvor in ihrem Leben.

Van Maart versuchte weiter, Paula zu beeindrucken. »Meine Neger sind erstaunlich lernfähig. Man muss sie ein wenig herannehmen, aber dann lernen sie schon, worauf es ankommt. Sie wären erstaunt zu sehen, wertes Fräulein Liebermann, wie reinlich diese Neger sein können. Mein Haushalt kann jedem deutschen standhalten.«

»Das glaube ich gerne«, flötete Paula. »Sie sind sicherlich ein wundervoller Gutsherr.« Sie kicherte. »Sagt man so? Gutsherr?«

»Er ist ein Bauer im Busch«, sagte Robin und lächelte van Maart an.

»Haha«, machte der Holländer. »Fräulein, wie war doch gleich Ihr Name? Sie scherzen.«

»Wie-war-doch-gleich-Ihr-Name scherzt nicht. Sie ist betrunken und benimmt sich daneben, weil der, wie war noch gleich der Name des Negerbauern, angibt wie ein Gockel im Hühnerstall.«

»Robin!« Paula legte die Hand auf den Mund.

Van Maart gab einen keuchenden Laut von sich.

Die Generälin verzog kein bisschen das Gesicht. »An meinem Tisch ist es Damen gestattet, ihre Ansichten zu äußern. Allerdings erwarte ich ein Mindestmaß an Respekt.« Sie rührte in ihrem Kaffee.

»Ich bitte um Verzeihung, gnädige Frau. Van Maart.

Ich bin nicht mehr in der Lage, die Balzspiele der Gesellschaft zu genießen. Ich gehe schlafen.«

Sie stand auf, trat schwankend einen Schritt zurück, stieß dabei mit den Kniekehlen gegen ihren Stuhl und plumpste darauf. Sofort schoss sie wieder hoch und suchte Halt an der Tischdecke. Als sie sich umdrehte und den Raum verlassen wollte, vergaß sie, das Tuch wieder loszulassen – Tassen und Likörgläser und eine Karaffe stürzten um. Paula kreischte. Die Generälin verzog keine Miene, obwohl ein riesiger Portweinfleck auf ihrem kostbaren Kleid prangte.

Van Maart verbeugte sich, als wäre nichts Ungewöhnliches geschehen. »Eine gute Nacht, gnädiges Fräulein. Ich bedauere außerordentlich, sollte ich Sie mit einer Unbedachtsamkeit brüskiert haben, und möchte Ihnen sagen …«

»Nein! Sie haben schon genug gesagt, und Sie können mich gar nicht …« Robin merkte, dass sie undeutlich sprach. »Sie Negerbesitzer.« Vorsichtig ging sie weiter.

Kathi, die neben der Tür gestanden hatte, kam herbeigeeilt und führte sie hinaus.

Man darf eben nicht reizen

Man darf ihn eben nicht reizen«, sagte Valentine. Sie half Jennifer, ein Nachthemd anzuziehen, während Marie das Blut von Sophies Gesicht tupfte. Als es klopfte, fuhr Jennifer zusammen und klammerte sich an ihre Mutter.

»Beruhige dich, heute kommt er nicht mehr.«

Es war einer der Diener, der eine Wärmflasche brachte. Marie nahm sie an der Tür entgegen und legte sie unter der Bettdecke an Jennifers Füße.

»Schließt bitte ab.« Jennifer bebte am ganzen Körper und fühlte sich sehr schwach.

»Werde nicht hysterisch«, sagte Sophie. Sie hatte das Kleid schon angezogen, Marie knöpfte ihr die Stiefel zu.

»Du kannst doch jetzt nicht gehen«, sagte Jennifer. »Er ist da draußen. Es ist mitten in der Nacht.«

»Valentine, dein Chauffeur kann mich doch sicher nach Hause fahren?«

»Aber ja. Marie, sagen Sie ihm Bescheid. Und bringen Sie vorher etwas zu trinken aus meinem Schlafzimmer herüber. Sophie?«

Sophie nickte, warf sich in einen Sessel, schlug die Beine übereinander und zündete ein Zigarillo an.

Jennifer setzte sich auf, stopfte dabei die Bettdecke fest um sich.

»Ihr tut so, als wäre nichts geschehen.«

»Es *ist* nichts geschehen«, sagte Sophie.

»Er hat dich verprügelt!«

»Das kommt vor.« Sie zuckte mit den Schultern und stieß den Rauch aus. »Es gibt Schlimmeres.«

Marie brachte ein Tablett mit Gläsern und einer Karaffe herein und begann einzuschenken.

»Ich mache das schon, danke«, sagte Sophie und nahm ihr die Karaffe ab. Marie knickste, bevor sie hinausging.

»Sehr gut, sie hat etwas Härteres als Likör gebracht.« Sophie reichte Valentine, die auf Jennifers Bettkante saß, ein Glas.

»Trink du auch einen Schluck, ab heute bist du erwachsen.« Sophie hielt Jennifer ein Glas hin. Als sie nicht reagierte, nur auf die Bettdecke starrte, kniete sich Sophie neben dem Bett nieder und nahm ihre Hand.

»Ma chère, er ist nur einer der vielen Widerlinge, die da draußen herumlaufen und es auf dich abgesehen haben. Gewöhne dich daran. Er ist nicht wichtig.«

Jennifer spürte eine Enge im Hals, sie schluckte und schluchzte los. Ihre Zähne schlugen gegeneinander, und sie hielt beide Hände vors Gesicht. Wieder spürte sie seine Hände auf ihrem Bauch, ihrer Brust, und wie er zwischen ihren Beinen hindurchgefasst hatte. Ekel überfiel sie, und sie meinte, sie könnte nicht mehr aufhören zu weinen.

Valentine streichelte ihr über das noch feuchte Haar und reichte ihr ein Taschentuch.

Jennifer wischte sich das Gesicht ab und versuchte, sich zu fassen. »Ihr seid so stark. Wenn ich euch nicht hätte. Wie macht ihr das nur?«

Valentine stand auf und ging im Zimmer umher.

Sophie hob das Glas. »Vergessen und möglichst viel Spaß haben! Was sonst?«

Van Maart

Am nächsten Morgen erwachte Robin mit ausgedörrter Kehle. Vorsichtig bewegte sie ihren schmerzenden Kopf und legte stöhnend eine Hand auf die Stirn. Im nächsten Moment streckte sie den Arm in die Luft und atmete erleichtert aus. Sie trug immer noch die Kleidung vom Vorabend. Das Hausmädchen hatte ihr nur die Schuhe ausgezogen und sie zugedeckt. Die grässliche Begegnung mit van Maart fiel ihr wieder ein. Sie stöhnte noch einmal und schob sich in eine sitzende Position. Übelkeit stieg in ihr auf.

»Beherrsche dich«, hörte sie Paulas Stimme neben ihrem Bett. Robin atmete langsam, und die Übelkeit flaute ab.

»Das war ein widerliches Schauspiel, das du da abgegeben hast. Und du wirst das jetzt nicht noch übertreffen.«

»Bist du Tante Erna geworden? Du klingst so.«

»Ich habe genug von deinen seltsamen Scherzen. Ich finde sie nicht zum Lachen. Van Maart ist …«

»Oh, hör auf, ich will den Namen nicht hören.«

»Was ist nur in dich gefahren? Van Maart ist ein feiner Mann.«

»Was hast du nur mit diesem Holländer? Du bist ja völlig verblödet, seit du ihn kennengelernt hast.«

»Verblödet? Verblödet nennst du mich? Ich rede gleich überhaupt nicht mehr mit dir.« Paula wich zurück.

»Bleib hier.« Robin streckte die Hand aus. »Setz dich zu mir, bitte.«

Zögernd kam Paula näher.

»Du bist zum Ausgehen angezogen?«

»Ja.«

»Er wartet unten? Warum sagst du das nicht?«

»Du willst ja nicht, dass ich seinen Namen erwähne.« Paula faltete die Hände und tippte die Daumen aneinander.

»Und was ist mit mir?«

»Was soll mit dir sein? Du bist meine Freundin. Daran ändert sich doch nichts.«

»Du weißt, was ich meine.« Robin starrte Paula an, bis diese den Blick senkte.

Sie schwiegen. Paula zupfte an ihren Handschuhe herum, und Robins Brust wurde eng.

»Wir waren Kinder«, sagte Paula schließlich. »Mädchenspielereien. Das darfst du nicht so ernst nehmen. Sieh mal, wir werden doch weiterhin Freundinnen bleiben.«

Draußen ertönte das Dröhnen eines Automotors. Paula sah zum Fenster, und ihre Augen leuchteten auf. »Ich muss gehen. Er ist da. Du wirst sehen, es wird alles gut. Wir machen heute Nachmittag einen Spaziergang.«

Sie prüfte im Frisierspiegel den Sitz ihres Hutes, lief anschließend zurück zu Robin und legte ihr die Hand auf die Wange. »Nimm es nicht so schwer, bitte.«

Dann war sie draußen. Robin spürte noch das weiche Leder des Handschuhs auf der Wange.

»Nun renn doch nicht so.« Paula keuchte.

Robin ging noch schneller.

»Robin!«

»Ich habe leider kein Automobil, mit dem ich dich herumkutschieren kann.«

Sie wartete, bis Paula herangekommen war, dann drehte sie sich sofort wieder um und stieg zwischen Baumwurzeln den Pfad hinauf. Links rauschte die Urach in ihrem Bachbett. Die Bäume standen hier dicht. Ab und zu kamen ihnen Sommerfrischler mit Wanderstöcken und festen Schuhen entgegen, aber die meisten Leute hielten Wanderungen für überflüssigen Müßiggang. Tante Erna hätte gesagt: »Hast du nichts Besseres zu tun?« Aber Tante Erna war weit weg, und die Generälin habe in der Fabrik zu tun, hatte der Diener ausgerichtet, als sie sich mit Paula zum Mittagessen gesetzt hatte. Robin hatte sie nicht nach dem Ausflug mit van Maart gefragt, nur ihre geröteten Wangen registriert und sie mit Schweigen bestraft.

Der Weg wurde steiler, und das Wasser schoss schneller an ihnen vorbei. Paula fiel zurück, doch Robin stampfte zornig weiter auf dem Weg, der sich nahe am Bachbett den Berg hinaufwand und immer rutschiger wurde. An manchen Stellen sprühte die Gischt so stark, dass sie die feinen Wassertröpfchen im Gesicht spürte. Mächtige Felsbrocken türmten sich auf, Bäume umschlangen sie mit ihren Wurzeln. Als der Wasserfall in Sicht kam, blieb sie stehen und betrachtete das gewaltige Schauspiel. Überall waren Stufen entstanden, über die das Wasser sprang, sich teilte und wieder zusammenfloss. Robin hockte sich auf eine armdicke Baumwurzel und sah zu, wie das Wasser ihre Stiefel bespritzte. Nach einer Ewigkeit trat Paula neben sie.

»Was hat dich nur so verletzt?«, fragte sie. Ihr Atem ging ruhig.

»Ich habe geglaubt, wir gehören zusammen«, antwortete Robin.

»Das tun wir auch. Unsere Freundschaft kann uns keiner nehmen. Die musst du in deinem Herzen bewahren wie einen kostbaren Schatz. Es wird dir immer gehören.«

Robin sah erstaunt auf, und Paula fuhr eifrig fort: »Das Leben ist wie die Natur. Du musst loslassen, sterben lassen, und dann wird wieder etwas Neues entstehen. Eine neue Blüte.«

»Was hast du denn gelesen? Darwin?«

»Aber es ist wahr. Du wirst es schon noch erfahren.«

»Oh, bist du nun Philosophin geworden? Woher nimmst du diesen salbungsvollen Quatsch? Das tröstet mich nicht.«

Paula schwieg.

»Was willst du von ihm? Sag mir das!«

»So ist es vorgesehen, Robin. So war es immer.«

»Aber was war dann zwischen uns?«

»Freundschaft.«

»Das stimmt nicht, du weißt es.«

Paula hob die Hände und ließ sie wieder fallen. »Was hast du nur erwartet?«

Robin sah auf das herabstürzende Wasser. »Ich wollte mit dir ein gemeinsames Leben aufbauen.«

»Was für ein Leben? Um Gottes willen, Robin, das ist Wahnsinn.«

»Ich verlange nur Wahrhaftigkeit von dir und von mir.«

»Was für große Worte!«

»Du liebst ihn doch gar nicht.«

»Was weißt du denn von mir?«, schrie Paula plötzlich los. »Hast du einmal gefragt, ob ich das will? Mit dir leben?«

Robin sprang auf und trat dicht vor Paula. »Du hast einfach nur Angst.«

»Ja, ich habe Angst. Das sage ich doch die ganze Zeit. Ich kann dieses Leben, das du dir ausmalst, nicht führen. Ich würde alles verlieren. Verstehst du? Alles.«

Paula begann zu weinen. Robin streckte die Hand nach ihr aus, aber Paula stieß sie weg. »Eine anständige Frau kann nicht ohne Mann leben. Meine Eltern würden mich verstoßen, wir hätten kein Geld, willst du etwa, dass ich in der Fabrik arbeite?«

»Nein, natürlich nicht.«

»Wir können es nicht ausprobieren wie ein neues Kuchenrezept und wenn es misslingt, alles wegwerfen und von vorne anfangen. Ich würde meinen guten Ruf verlieren. Verstehst du das denn nicht?«

Robin nickte.

»Verstehst du es nicht?« Paula schrie weiter. »Ich liebe ihn.«

»Ist gut, ist gut. Beruhige dich doch. Ich habe es verstanden. Ich habe es verstanden. Du willst ihn lieben.« Sie bemühte sich um eine feste Stimme.

Endlich hörte Paula auf zu weinen. Sie zog ein Taschentuch heraus.

Robin spürte eine Kälte von den Fußsohlen aufsteigen und ihre Beine hinaufkriechen. »Komm, wir gehen zurück.«

Es war ein weiter Weg, den sie schweigend hintereinander hergingen, bis sie nach einer Stunde die Straße erreichten. Dort wartete der Chauffeur der Generälin wie verabredet. Sie stiegen ein und saßen die Fahrt über schweigend nebeneinander, sie betraten schweigend das Haus und schließlich ihre Zimmer. Die Verbindungstür blieb geschlossen.

Am nächsten Morgen erwachte Robin vom lauten Hupen eines Automobils. Sie schreckte im Bett hoch und sah mit einem Blick auf den Wecker, dass sie das Frühstück verschlafen hatte. Paulas Schritte klangen aus dem Nebenzimmer herüber, und sie hoffte einen Moment, dass die Freundin hereinkommen würde, doch eine Tür fiel ins Schloss, und sie vernahm, wie leichtfüßig Paula die Treppe hinuntersprang. Kurz darauf fuhr der Wagen davon.

Am Abend zuvor hatte sie Paulas Bemühungen, das Gespräch beim Essen auf Belanglosigkeiten wie das außergewöhnlich warme Wetter und die neueste Mode aus Paris zu lenken, mit Schweigen quittiert. Die Generälin hatte zwar unbefangen mit Paula geplaudert, aber Robin war sich sicher, dass ihr die Missstimmung nicht entgangen war.

Robin drehte sich im Bett hin und her. Musste sie während des Mittagessens Paulas glückliches Gesicht ertragen und womöglich van Maart begrüßen? Sollte sie sich erkundigen, wann die nächste Postkutsche zurück nach Stuttgart fuhr, oder kämpfen? Hatte sie zu früh aufgegeben, oder musste sie sich eingestehen, dass ihr Traum vorbei war? Fast hätte sie das Klopfen überhört, so sehr war sie in ihre Gedanken versunken.

Paulas Tante kam herein und sagte ohne Umschweife: »Stehen Sie auf. Ich bekomme Besuch und ich möchte, dass Sie uns Gesellschaft leisten.« Es klang nicht unfreundlich. Sie wandte sich wieder zur Tür, und Robin unterdrückte den Impuls, sich mit Unpässlichkeit herauszureden. Der Generälin widersprach man nicht.

Als sie kurz darauf angekleidet war, erschien Kathi, ums sie zum Lesesalon zu begleiten. Das Hausmädchen klopfte, trat ein und knickste, während sie Robin anmeldete. Am Fenster saß die Generälin mit zwei Damen auf steifen Stühlen an einem gedeckten Tisch.

»Ah, hier kommt meine junge Freundin«, sagte sie. »Darf ich Ihnen Fräulein Korber vorstellen. Fräulein Korber, das ist …« Sie wies auf eine Frau in einem hochgeschlossenen dunkelgrünen Kleid, die zwischen vierzig und fünfzig Jahre alt sein musste.

»Aber ich kenne Sie! Sie sind Mette Walter nicht wahr?« Robin stürzte zu ihr schüttelte ihr die Hand. »Ich kenne Ihr Gesicht aus Zeitschriften und habe einige Ihrer Artikel gelesen. Mit großer Bewunderung.«

Mette Walters Augen funkelten vergnügt. »Charlotte, ich verstehe, warum du uns Robin Korber vorstellen wolltest.«

Robin wandte sich der zweiten Besucherin zu, und sofort begann ihr Herz schneller zu schlagen.

»Franziska Overrath«, stellte die Frau sich vor und drückte kräftig Robins Hand. Sie hatte riesige Hände, ein kantiges Gesicht, und ihre Haare waren kurzgeschnitten. Ihr herbes Aussehen wurde durch das strenge Kostüm mit langem Jackett und die Krawatte, die sie trug, noch unterstrichen.

Robin errötete und setzte sich auf den freien Stuhl am Tisch. Noch nie war sie einer Frau begegnet, die so männlich aussah.

Franziskas Stimme tönte tief. »Da haben Sie uns aber eine echte Überraschung beschert, Charlotte.« Sie lachte laut.

Kathi schenkte Kaffee ein, doch Robin wagte nicht, ihre Tasse hochzuheben, so sehr zitterten ihre Hände. Als alle bedient waren, winkte die Generälin das

Hausmädchen hinaus. Es war offensichtlich, dass das Gespräch erst beginnen würde, wenn die Frauen unter sich waren.

»Wer sind also unsere Verbündeten?«, fragte die Generälin, und die beiden Besucherinnen zogen Papiere aus den Taschen, die neben ihren Stühlen standen.

Franziska Overrath fuhr sich während des Sprechens durch das kurzgeschnittene Haar. »Wir haben mit Helene Lange geredet. Gestritten muss man eigentlich sagen. Weder sie noch irgendwer aus ihrem Frauenverein will sich an unserer Aktion beteiligen. Sie betont ständig, dass man noch abwarten sollte.«

Die Generälin und Mette Walter lachten auf, doch sie klangen nicht belustigt.

»Helene Lange will immer abwarten«, erklärte Mette Robin, »sie glaubt, dass es für Deutschland zu früh sei, eine Änderung des Ehegesetzes zu verlangen, Berufe sollen Frauen auch nicht ergreifen und so weiter.«

Robin nickte. Sie dachte an Paula, noch war ihr Vater der Vormund, später würde es van Maart sein, der sie wie einen seiner Sklaven halten konnte, wenn er wollte. Er durfte ihr Geld ausgeben, sie verprügeln, und selbst wenn er geisteskrank wurde, war das kein Grund, sich von ihm scheiden zu lassen.

»Mit der Verstädterung gibt es immer weniger Familien, die eine Unverheiratete mit durchfüttern können. Auf dem Land ist das weiterhin gut möglich, aber in der Stadt nicht«, sagte die Generälin.

»Deswegen ist es ja so furchtbar, dass sogar Frauen behaupten, bei einer Berufstätigen würden eine Menge Gemütswerte verloren gehen!« Franziska Overrath klopfte auf ihr Papier. »Nur die Mutterschaft sei die Berufung der Frau!« Sie musste über fünfzig sein, und sie wirkte nicht wie eine Frau, die jemals das Bedürfnis verspürt hatte, einen Mann zu heiraten.

Die Kaffeetasse umklammernd glaubte Robin, ihren Ohren nicht zu trauen. Die Generälin lächelte ihr zu.

Mette Walter sagte: »Klara Zetkin und Rosa Luxemburg sehen da wesentlich klarer, was die Frauen wirklich brauchen. Sie schließen sich mit den Männern zusammen und kämpfen um gerechtere Arbeitsbedingungen und angemessenen Lohn. Aber das nützt uns wenig, solange sie mit uns nichts zu tun haben wollen.«

»Oh, erinnere mich nicht daran, wie sie sich aufgeführt hat«, rief Franziska, und ihre tiefe Stimme dröhnte durch den Salon.

Mit freundlichen Blicken bezogen die Frauen Robin in das Gespräch ein, und so wagte sie zu fragen: »Was hat sie denn gemacht?«

»Der Kongress der Sozialistinnen fand in Stuttgart statt, wahrscheinlich erinnern Sie sich noch daran? Es stand in den Zeitungen«, sagte Franziska. »Als wir ankamen, postierte sie sich an der Tür und kontrollierte, wer hinein darf und wer nicht. Bürgerliche wollte sie nicht dabeihaben!«

»Hinter jeder Frau, die sie einließ, schloss sie die Tür und drehte sogar den Schlüssel um, das war einfach lächerlich.« Mette schüttelte den Kopf.

»Sie profitieren von den Erfahrungen der Gewerkschaften«, sagte Franziska, »und das genügt ihnen. Sie greifen uns an, weil wir angeblich so privilegiert sind. Bürgerlich ist regelrecht ein Schimpfwort für sie.«

Die Generälin wandte sich an Robin. »Unsere Grundbedürfnisse sind zu verschieden. Die Arbeiterinnen kämpfen Seite an Seite mit den Männern. Wir dagegen kämpfen gegen die Vorherrschaft der Männer.«

»Manche werfen uns sogar vor, es ginge uns nur um Selbstverwirklichung. Als sei Arbeiten ein Luxus, den eine Frau nicht benötigt.« Mette schüttelte den Kopf. »Vielmehr geht es doch um Selbstbestimmung und ein würdiges Leben für alle Menschen. Und ich zähle die Frauen dazu, ob sie verheiratet sind oder nicht!«

»Was nicht alle so sehen«, rief Franziska übermütig, und die Frauen lachten.

Die Generälin räusperte sich. »Also zurück zum Thema, wir kämpfen für uns. Wer ist dabei?«

Franziska blätterte in ihren Notizen. »Wir konnten den Künstlerinnenverein für uns gewinnen«, sagte sie. »Den kaufmännischen Verein für Angestellte und die Abstinenzlerinnen.«

»Sehr gut.« Die Generälin nickte.

Mette rief: »Wir werden die Wahllokale stürmen!«

»Was wollen Sie dort tun?«, fragte Robin.

»Wählen natürlich!«

»Aber das dürfen Sie doch gar nicht.«

»Im Gesetz heißt es, dass jeder Deutsche über fünfundzwanzig Jahre wahlberechtigt ist. Und da wir Deutsche sind und über fünfundzwanzig, werden wir einen Wahlschein verlangen!«

Robin lachte. »Da würde ich gerne mitmachen, doch leider bin ich nächstes Jahr erst vierundzwanzig.«

»Ich brauche für meine Zeitung noch ein paar feurige Artikel«, sagte die Generälin, und die Frauen begannen zu beratschlagen, was darinstehen sollte.

Mit heißen Wangen saß Robin dabei, für einen Moment vergaß sie Paula und den Holländer.

Am Tag vor ihrer Rückreise nach Cannstatt erschien van Maart mit vollgepacktem Automobil. Robin beobachtete vom Fenster aus, wie er und ein weiterer Mann einige bizarre Gegenstände entluden und in die Eingangshalle schleppten. Robin erkannte einen Fotoapparat, und von Neugier getrieben trat sie hinaus auf den Treppenabsatz, von wo aus sie die Halle überblicken konnte. Der Diener eilte herbei und spannte mit dem Fotografen zusammen eine Leinwand auf. Davor drapierten sie ein Löwenfell. Van Maart rückte mehrmals einen Safaristuhl hin und her.

Paula rauschte in einem weißen Kleid an Robin vorbei. »Das wird fein, wir machen eine Aufnahme.«

»Das ist mir nicht entgangen.«

Paula zuckte mit den Schultern und trippelte die Stufen hinunter. Van Maart empfing sie mit einer Verbeugung und einem Handkuss, den sie mit züchtig gesenktem Blick entgegennahm.

Van Maart sah zu Robin hinauf. »Fräulein Korber, bitte machen Sie uns die Ehre, kommen Sie.«

»Ich eigne mich nicht für die Kulisse.«

»Sie werden bezaubernd aussehen, das verspreche ich Ihnen. Paula möchte Sie dabei haben.«

Das gab den Ausschlag. Robin fuhr herum und rannte in ihr Zimmer. Paula, er hatte sie Paula genannt! Diese Vertraulichkeit traf sie wie ein Schlag. So weit war ihre Beziehung schon gediehen. Wie weit noch? Was war geschehen auf den Ausflügen in die Umgebung?

»Dir werde ich eine Zierde sein«, fauchte Robin und riss ihre Radlerkleidung aus dem Schrank. Im Hinunterlaufen rückte sie die Krawatte zurecht.

In der Halle hatte der Fotograf seinen Apparat in Position gebracht. Van Maart saß auf dem Klappstuhl, der Löwe zeigte seinen toten Rachen, und Paula trug einen runden Tropenhelm mit Schleier. Das gleiche Modell reichte sie Robin.

»Wir verkleiden uns ein wenig«, sagte sie mit roten Wangen.

Van Maart runzelte die Augenbrauen. Sie hatte recht gehabt mit ihrer Vermutung, dass er keine Frau in Hosen auf seinem Bild haben wollte.

Beflissen eilte der Fotograf herbei und reichte ihr einen Strohhut. »Wenn sie einen Hut aufsetzt, dann wird man sie für einen jungen Mann halten.«

»Warum soll man nicht sehen, dass ich eine Frau bin?« Robin sah van Maart mit erhobenem Kinn an.

»Es ist doch etwas … außergewöhnlich.«

»Ich dachte, Sie mögen das Exotische? Ausgestopfte Löwen und Negersklaven. Ich könnte mein Gesicht mit Schuhcreme schwärzen und den Lakaien spielen, was halten Sie davon? Müsste ich dazu nackt sein?«

Paula schnappte hörbar nach Luft. »Bitte, bitte, machen wir ein schönes Bild. Bitte«, drängte sie.

Van Maart riss sich von Robins Blick los und bemühte sich um ein freundliches Lächeln für Paula. Galant nahm er ihre Hand, und Robin hätte sie ihm am liebsten entrissen. Er sollte ihre Haut nicht berühren, beide trugen keine Handschuhe. Sie malte sich aus, wie er über Paulas Körper streichelte. Sie sah nur noch die beiden.

Sie sah, wie sich ihre Münder bewegten, wie sie lachten und sprachen, aber in ihren Ohren rauschte es laut und sie hörte nichts. Die beiden schienen sich unendlich langsam zu bewegen, wie unter Wasser. Sie schwebten zum Safaristuhl, van Maart setzte sich mit übereinandergeschlagenen Beinen darauf, lehnte sich zurück und ließ eine Hand über die Stuhllehne hängen. Mit der anderen Hand zog er Paula heran. Er bat sie, hier und dort zu stehen, doch keine Position stellte ihn zufrieden. Schließlich brachte der Diener ein besticktes Kissen und platzierte es neben den blank polierten Stiefeln des Holländers. Anmutig sank Paula darauf. Robin hielt die Luft an. Paula hob den Kopf und lächelte van Maart an. Er legte seine Fingerspitzen unter ihr Kinn.

Mit einem Schlag waren alle Geräusche wieder da. Robin war in zwei Schritten bei Paula.

»Steh auf! Paula! Du wirst dich nicht so entwürdigen.« Die Empörung verlieh ihr unerwartete Kräfte. Sie riss an ihrem Arm, zerrte sie hoch und Paula stolperte zurück.

»Aber, aber!« Van Maart saß immer noch im Sessel. Seine Mundwinkel kräuselten sich spöttisch. In seinem Blick las Robin, dass er ihre Eifersucht erkannt hatte und sich seines Sieges gewiss war. Sie bückte sich blitzschnell zu dem Löwenkopf und zog daran. Der Stuhl, auf dem der Holländer saß, kippte, und er ruderte hilflos mit den Armen.

»A-Achtung«, ertönte es hinter ihnen.

Mit dem Löwenkopf in den Händen erstarrte Robin. Der Fotograf hob die Lampe, es blitzte auf. Sie warf den Löwen beiseite und fixierte Paula.

»Komm mit mir. Das willst du doch nicht.« Sie streckte ihr die Hand entgegen.

Paula beachtete sie nicht, sie eilte zu van Maart, der versuchte, sich aus dem halb zusammengeklappten Stuhl zu befreien, kniete sich neben ihn und legte besorgt eine Hand auf seinen Brustkorb.

»Paula«, sagte Robin noch einmal.

»Dieses Mädchen ist ja von Sinnen.« Van Maart saß auf dem Boden und strich sich die Haare glatt.

»Sie hat es nicht so gemeint«, sagte Paula.

Robin drehte sich um und rannte die Treppe hinauf. Auf dem Absatz blieb sie stehen. Sie schrie, dass es im Haus hallte: »Dieses Mädchen hat es genau so gemeint.« Bevor sie sich umwandte, sah sie noch den verschlagenen Gesichtsausdruck des Fotografen.

Auf der Straße

Geh sofort hinaus und warte dort auf mich«, hatte Sophie gesagt. Ihr Blick war so ernst gewesen, dass Jennifer sich beeilt und ohne ihren Mantel zu holen das Lokal verlassen hatte.

Draußen war es dunkel, nur die Laternen an den Häusern warfen helle Lichtflecke auf das Trottoir. Wie spät mochte es sein? Mitternacht? Oder später? Immer noch waren einige Passanten unterwegs, und aus den geöffneten Türen drang Gelächter und Musik, wenn jemand eines der Vergnügungslokale verließ oder betrat. Ein kalter Wind ließ die Rüschen an ihrem kurzen

Bolerojäckchen flattern und wehte eine Haarsträhne in ihr Gesicht. Wenigstens hatte sie die Handschuhe anbehalten. Während Jennifer die Schultern hochzog und ihre Ellenbogen umfasste, sah sie immer wieder zur Ausgangstür des *Chatte chaude*, doch nichts bewegte sich hinter den Scheibengardinen.

Ein Paar tauchte plötzlich vor ihr auf, der Mann lüftete den Zylinder und grüßte sie mit anzüglichem Blick, die Frau an seinem Arm musterte Jennifer unverhohlen. Sie gingen weiter. Drei Tänzerinnen, Jennifer erkannte sie an den weiten Röcken, unter denen der Saum von grellbunten Unterkleidern zu sehen war, schlenderten vorbei. Eine jammerte über ihre schmerzenden Füße, die andere über das geringe Trinkgeld, das sie bekommen hatte. Als eine Gruppe Männer sie anpöbelte und ihnen ihre Begleitung aufdrängen wollte, wiesen sie diese mit derben Sprüchen zurück. Kaum waren die Tänzerinnen weitergegangen, entdeckten die Männer Jennifer.

»Was haben wir denn da? Ein frierendes Gänschen?« Der Mann im Frack streckte die Hand nach ihrer Wange aus, und sie schreckte zurück.

»Wie benimmst du dich denn? Siehst du nicht, dass sie eine Dame ist?« Sein Kompagnon schnippte mit breitem Grinsen die Asche von seiner Zigarette. »Da musst du schon höflich sein. Nicht wahr, Mademoiselle? Sie sind Besseres gewöhnt?«

»Das mag sein«, sagte der Dritte, der plötzlich hinter ihr stand und in Jennifers Ohr flüsterte. Sie fuhr zusammen. »Aber diese Zeiten sind vorbei.«

Er lachte laut und Jennifer roch, dass er Zwiebeln gegessen hatte. Sie wollte zur Tür gehen, doch die

Männer standen direkt davor. »Wie wäre es mit einem netten, kleinen Glas Wein?«

»Entschuldigen Sie, aber ich bin nicht allein hier.«

»Nein, jetzt sind Sie nicht mehr allein, wir sind ja hier.« Sie lachten, laut, kehlig, sehr zufrieden.

Jennifers Herz schlug bis zum Hals. Hektisch sah sie von einem zum anderen und konnte doch nicht erkennen, wie die Männer aussahen. Zähne, Münder, Bärte, dunkle Anzüge, Zylinder. Und Gelächter, immer wieder Gelächter. Sie standen dicht um sie herum, sprachen, fragten. Und wieder Gelächter.

Sie musste wieder hineingehen, egal, was Sophie gewollt hatte. Vorsichtig versuchte sie sich zwischen den Händen, Armen, Schultern der Männer vorbeizuschieben. Doch kaum hatte sie einen Schritt getan, fasste sie einer am Arm und der andere an der Hand.

»Oh, mon petit chouchou, nicht so eilig. Der Abend ist noch so jung.«

»So jung wie wir!«, sang der andere.

»Meine Herren«, donnerte plötzlich eine befehlsgewohnte Stimme, »treten Sie beiseite.«

Jennifer atmete auf, als sie zwei Gendarmen erblickte. Die strengen Gesichter und Knüppel an ihren Gürteln schienen die Rettung zu sein.

»Was geht hier vor?« Der Ältere wippte auf den Zehen, als wollte er damit größer erscheinen. Tatsächlich war er kleiner als die Männer, die sie belästigt hatten. Über seine runden Wangen hinaus bog sich ein Schnurrbart, dessen spitze Enden auf und ab federten.

»Mademoiselle hat uns nach dem Weg gefragt«, antwortete der mit der Zigarette. »Aber wir konnten ihr nicht helfen, sie drückt sich ziemlich ungenau aus darüber, wohin sie will.«

»Ja, wir werden nicht recht schlau aus ihr.«

»Sie scheint betrunken zu sein.« Der Dritte warf ihr einen angewiderten Blick zu und suchte danach Zustimmung beim Gendarmen.

»Aber das ist nicht wahr! Ich habe nur hier gestanden und …«

»So, Sie stehen also hier vor diesem Lokal?« Der Gendarm wies mit dem Knüppel auf das bunte Schild, das von einer Laterne erhellt wurde. Der hochgerollte Schwanz der aufgemalten Katze leuchtete rot.

»Ich warte nur auf meine Freundin.«

Die Männer lachten, auch die beiden Beamten.

»Dafür sind Sie reichlich leicht angezogen«, sagte der mit dem Schnurrbart. Er wandte sich an seinen Kollegen. »Wir nehmen sie mit.«

Der jüngere Gendarm trat zu Jennifer und fasste sie am Arm. Die drei Männer verabschiedeten sich mit einem Kopfnicken und beeilten sich wegzukommen.

»Bitte, ich muss noch auf meine Freundin warten, und mein Mantel ist auch noch drinnen.« Jennifer hoffte, dass die Beamten sie nach Hause begleiten, sie vor den zudringlichen Männern beschützen würden, doch ihr Herz klopfte immer noch schnell.

Die Tür wurde von innen aufgedrückt und stieß den jüngeren Gendarmen in den Rücken. Er stolperte nach vorne, drehte sich aber auf dem Absatz um und riss den Knüppel aus der Halterung.

Sophie stand vor ihm, Jennifers Mantel über dem Arm. Sie wirkte etwas zerzaust, als hätte sie sich noch heftig mit der »Bekannten von früher« gestritten.

»Gott sei Dank, dass du da bist!« Jennifer stürzte zu ihr.

Und dann ging alles ganz schnell. Der ältere Beamte musste zwischenzeitlich den Wagen der Gendarmerie herbeigewinkt haben, der Türschlag wurde aufgerissen und Jennifer und Sophie hineingestoßen. Die Beamten drängten sich mit hinein, und der Kutscher trieb die Pferde an, noch bevor die Männer saßen.

In schneller Fahrt holperte die Kutsche über das Pflaster. Wenn Jennifer oder Sophie etwas erklären wollten, hieß es: »Mund halten.«

Man schubste sie die Treppe hinunter in einen langen Gang, wo es ebenso kalt war wie draußen. Erst als sich Jennifers Augen an die spärliche Beleuchtung gewöhnt hatten, bemerkte sie die anderen Frauen, die in einer Reihe an der Wand standen.

»Ausziehen«, schnauzte der jüngere Gendarm. »Kleider hier ablegen, los, los, schnell!« Mit verschränkten Armen pflanzte er sich vor ihnen auf.

Jennifer zitterte am ganzen Körper, sie hielt ihren Mantel vor die Brust und drückte sich eng an Sophie.

»Was wollen sie denn von uns? Ich will Maman anrufen, sie muss uns abholen.«

»Sei still. Tu, was er sagt. Mach keinen Aufruhr, sonst wird alles noch schlimmer«, zischte Sophie und schob sie von sich weg.

Die Frau auf Jennifers anderer Seite gähnte, ohne die Hand vor den Mund zu halten. Sie bedeckte ihre üppigen nackten Brüste mit beiden Armen. An ihren schlechten Zähnen, den rot bemalten Lippen und dem verschmierten Rouge auf den Wangen erkannte Jennifer, dass es sich um eine Dirne handeln musste. Sie roch nach Schweiß.

»Schätzchen, wo haben sie denn dich aufgegabelt? Meine Güte«, sagte sie zu der nächsten Frau an ihrer Seite, »die machen vor nichts mehr Halt. Diese Schweine.« Sie spuckte dem jungen Gendarmen vor die Füße.

Sofort bekam sie eine Ohrfeige. Doch das schien sie nicht zu beeindrucken. »Das sieht doch ein Blinder mit Krückstock, dass die aus einem guten Stall kommt.«

»Halt's Maul! Huren gibt es in jeder Fasson. Und ihr beeilt euch gefälligst. Der Doktor wartet nicht gerne.« Der Gendarm schubste Jennifer mit dem Knüppel in die Seiten, und sie schrie auf. Er marschierte den Gang hinunter zum Anfang der wartenden Frauen, wo ein lauter Streit ausgebrochen war.

Sophie begann ihre Kleider auszuziehen und hängte sie an einen Haken an der Wand.

»Ich zieh mich doch nicht aus! Was soll das denn? Sophie!«

»Sie halten uns für Prostituierte.« Sophie sah blass und ernst aus.

»Aber warum denn das? Wie kommen sie darauf?« Jennifer war kurz davor, in hysterisches Schreien auszubrechen.

»Reiß dich zusammen!« Sophie schüttelte sie am Arm. »Ich sage dir, es wird schlimmer, wenn du nicht tust, was sie verlangen.«

Bebend hängte Jennifer den Mantel an den Haken, strich mit der Hand über den Fellkragen und spürte, wie Tränen ihre Wangen hinunterliefen.

»Was tun sie mit uns?«, flüsterte sie.

»Sie sehen nach, ob wir … Verkehr hatten.«

»Was? Sie tun was?«

Sophie presste ihre Hand auf Jennifers Mund und erstickte ihr Schreien. Hektisch sah sie den Gang hinunter, doch der Gendarm war mit den anderen Frauen beschäftigt.

»Aber wir können es doch erklären, wir können ihnen doch sagen, wer ich bin, und Maman holt uns hier raus!«

»Ich fürchte, das interessiert sie nicht. Du hast auf der Straße gestanden. Los, zieh dich endlich aus, er kommt zurück.«

Jennifer begann, ihr Kleid aufzuknöpfen, sah dabei immer wieder verstohlen in Richtung des Gendarmen. Doch der ließ sich von einer der Frauen eine Zigarette geben und anzünden. Beide rauchten und unterhielten sich. Sie schienen sich zu kennen. Die nackte Frau lachte sogar.

»Du hast mich hinausgeschickt! Was hätte ich den tun sollen?«

»Es tut mir leid, ich habe nicht daran gedacht.«

»Es tut dir leid? Leid? Du bist wohl verrückt geworden? Erst streitest du mit dieser *Bekannten*, jagst mich hinaus, und jetzt tut es dir *leid*?«

Sophie kniff den Mund zusammen, doch dann sagte sie: »Du weißt einfach gar nichts von der Welt! Du darfst nicht auf der Straße herumstehen, das macht dich der Prostitution verdächtig.«

»Weil ich stehe?«

»Ja, hat dir das deine Mutter nicht beigebracht? An Ecken herumlungern …«

»Ich lungere doch nicht, ich habe gewartet, auf dich!«

»Ich weiß, aber so lautet das Gesetz. Langsames Gehen, mit Männern sprechen, das alles ist verdächtig. Du bist aufgegriffen worden, wie die anderen hier.« Sie wies mit dem Kinn auf die Frauen, die sich kratzten, husteten und leise miteinander sprachen. Ab und zu jammerte eine laut auf, und man hörte, dass sie betrunken war.

Jennifer stand im Hemd da und fror. »Ich schaffe das nicht.«

Sophie trug nur noch ihre Schuhe.

»Ich sage dir, du kannst das. Denn wenn nicht, dann tun sie es. Zu zweit oder zu dritt, und was sie sonst noch mit dir machen, wenn sie dich in ein separates Zimmer mitnehmen, das willst du nicht erleben.«

Jennifer wurde übel, ihre Knie zitterten, und sie wünschte sich, in Ohnmacht zu fallen.

Sophie klatschte mit der flachen Hand gegen ihre Wange. »Nicht! Jennifer! Bleib wach! Jennifer!«

Jennifer hob mühsam den Blick und hatte das Gefühl, an einem Kloß im Hals zu ersticken.

Die Frau neben ihr schob sich weiter.

»Voila, ein Schritt näher zur Erlösung«, sagte sie mit rauer Stimme.

Der Gendarm kam auf sie zu. »Braucht da jemand eine Extraeinladung?«

»Hier liegt ein Irrtum vor.« Jennifer richtete sich gerade auf und sah ihm in die Augen. »Mein … Vater«, stieß sie hervor, dann sprach sie mit fester Stimme weiter. »Mein Vater ist Baron Milan, rufen Sie ihn auf der Stelle an, damit er mich und meine Freundin abholen kann. Ich rate Ihnen dringend dazu, denn wenn er erfährt, dass ich hier festgehalten werde, könnten Sie und Ihre Vorgesetzten das sehr bereuen. Besonders Ihre Vorgesetzten.«

In den Augen des Gendarmen flackerte Unsicherheit.

»Baron Milan. In der Villa von Baronin von Waldenburg. Das ist meine Mutter. Gehen Sie. Gehen Sie sofort!«

Er trat von einem Bein auf das andere. Im Weggehen sagte er: »Da wird der Herr Papa sich aber freuen. Ts.«

Jennifer atmete tief durch und begann sich wieder anzuziehen. »Warum musstest du mich mit in dieses Lokal nehmen? Wusstest du nicht, dass deine *Bekannte* dort sein würde?«

Sophie zuckte mit den Schultern. »Das *Chatte chaude* war sonst nicht ihr Revier.«

Jennifer lachte bitter. »Das ist wohl der richtige Ausdruck. Wo ist das Opium? Hast du es etwa dabei?«

Sophie nickte und kramte ein zusammengeschnürtes Päckchen aus der Manteltasche. »Steck du es lieber ein.«

»Willst du dich nicht anziehen?«

Jennifer schlüpfte bereits in den Mantel. Er konnte sie nicht wärmen, sie spürte eine eisige Kälte bis in die Knochen.

»Dein Stiefvater wird mich nicht mitnehmen, da bin ich mir sicher. Und ich will das Risiko nicht eingehen, dass diese Hunde mich anfassen.«

»Was geschieht nach der … Untersuchung?« Jennifer schauderte. »Wirst du eingesperrt?«

»Vielleicht. Das kommt auf die Laune des Doktors an.«

Der ältere Gendarm erschien am Fuß der Treppe. »Mitkommen«, rief er und winkte Jennifer zu sich.

»Aber was kann er dir anhängen?«

»Ich bin keine Jungfrau mehr.«

Abartig

Am Sonntagmorgen nach ihrer Rückkehr aus Urach wollte Robin Lise ihr Herz ausschütten, aber sie war nicht in der Küche. Vermutlich war sie schon auf dem Markt. Robin wunderte sich, dass der Tisch nicht abgeräumt war. Das benutzte Geschirr stand herum, und die Cannstatter Zeitung lag quer über dem Brotkorb.

Wild gewordene Frauenrechtlerin attackiert Geschäftsmann, prangte auf der ersten Seite. Darunter eine Fotografie, auf der Robin den Löwenkopf in der Hand hielt und van Maart grimmig ansah. Weil der Holländer im Begriff war, vom Stuhl zu stürzen, war seine Gestalt verwackelt. Paula allerdings konnte man erkennen. Robin zitterte und musste sich setzen.

Häufig wird davon berichtet, dass Frauen Schaden nehmen, wenn sie sich männlichen Betätigungsfeldern zuwenden, denn ihr sanftes Gemüt ist von Natur aus nicht dafür geschaffen. Ein besonders eindrückliches Ereignis bestätigt dieses Wissen, das sich alle Mädchen zu Herzen nehmen sollten. Sie sollten sich davor schützen, mit Subjekten in Kontakt zu kommen, die schon von zu viel Lektüre und Studium verdorben worden sind …

Sie konnte nicht weiterlesen. Deutlich erinnerte sie sich an den verschlagenen Gesichtsausdruck des

Fotografen. Ihm verdankte sie das also. Robin faltete die Zeitung zusammen. Sie beschloss, sie im Küchenherd zu verbrennen. Aber so, wie sie das Blatt vorgefunden hatte, hatten Vater und Gustav es bereits gelesen. Und Tante Erna! War deshalb keiner zu sehen? Was würde nun mit ihr geschehen? Und mit Paula?

Sie sollte die Sache direkt angehen und alles richtigstellen. Allerdings wusste sie nicht, welche Erklärung sie dazu abgeben konnte. Es stimmte ja, sie hatte van Maart angegriffen. Robin atmete tief durch und hoffte, dass ihr die richtigen Worte schon einfallen würden. Sie suchte ihren Vater in der Apotheke, aber im Verkaufsraum war er nicht. Sie wollte sich gerade umwenden und zum Arbeitszimmer hinaufgehen, da klangen Stimmen aus der angrenzenden Offizin. Die Tür war nur angelehnt. Sie dachte kurz daran, dass sie nun aus dem Alter heraus war zu lauschen, doch dann hörte sie ihren Namen und ging näher an den Türspalt. Es war Tante Ernas keifender Ton.

»Das Kind läuft aus dem Ruder. Ganz Cannstatt redet inzwischen über sie. Es geht nicht, dass sie ständig in Hosen herumläuft. Und diese Fotografie ist eine Katastrophe. Der ganze Artikel ist eine Katastrophe!«

Vater erwiderte etwas. Robin konnte nicht verstehen, was er sagte. Es krachte, als hätte jemand einen schweren Gegenstand auf Holz geschlagen.

»Erna, beherrsche dich.«

»Ich? Anton, ich beherrsche mich seit Jahren. Das kann mir weiß Gott niemand vorwerfen. Seit Hedwig tot ist, mache ich nichts anderes.«

»Lass die Toten ruhen.«

»Das musst ausgerechnet du sagen! Du hast deiner Gattin keine Ehre erwiesen.«

»Fängst du nun wieder damit an?«

»Ich bin ihre Schwester, und ich sehe es als meine Pflicht an, dich auf deine Fehler hinzuweisen. Du bist zu weich und gibst deinen Leidenschaften nach.«

»Bin ich nicht genug gestraft? Musst du ständig daran rühren?«

»Das tu ich, weil du bei deiner Tochter Schwäche zeigst.«

»Wie kommst du denn darauf?« Vater klang entrüstet.

»Sie hat das gleiche unbändige Wesen. Du hättest diese Frau niemals ins Haus bringen dürfen.«

Sie sprach von Mutter! Robin hielt die Luft an. Wie eingefroren stand sie neben der angelehnten Tür.

»Ich habe sie aufrichtig geliebt.«

Als sie den Schmerz in Vaters Stimme vernahm, wurde Robins Kehle eng. Warum hörte Tante Erna nicht auf?

»Wer redet hier von Liebe? Es geht um Anstand. Du hast dich gehen lassen. Das sei einem Mann verziehen, aber du hättest sie doch nicht gleich heiraten müssen!«

»Sie war eine anständige Frau.«

»Ha! Was ist anständig daran, nicht mal ein Jahr zu warten? Hedwig war kaum unter der Erde. Allein deine Reputation als Apotheker hat dich gerettet.«

»Das ist Unsinn.« Vaters Stimme klang schwach.

Robin bekam zittrige Hände.

»Diesmal kannst du nichts vertuschen. Du musst sie in eine Anstalt stecken, das ist die einzig richtige Reaktion. Das weißt du genau.«

Robin ging vorsichtig rückwärts und stieß gegen den Ladentisch. Sie fasste mit der Hand nach hinten, um sich abzustützen, dabei riss sie ein Glas mit Veilchenpastillen herunter. Es klirrte laut, als es zu Boden krachte.

Tante Erna stand sofort im Raum. »Da ist ja das Monster!«

Vater trat nach ihr in den Verkaufsraum. »Ich bitte dich. Erna!«

»Jetzt ist Ende der Fahnenstange, endgültig. Es geht nicht nur um deinen Ruf, Anton, sondern um den der ganzen Familie.«

Die Verachtung in Tante Ernas Augen ließ Robin zusammenzucken. Sie spürte, wie Hitze in ihre Wangen stieg. »Was geht es dich an, was ich tue? Es ist mein Leben!«

»Es geht mich sehr wohl etwas an, wenn wir eine Irre in der Familie haben. Schau sie dir an, schon wieder diese Hosen, dass jeder denkt, sie wäre ein Bub!«

Vater stand schweigend dabei.

»Dieser Holländer ist ein furchtbarer Mensch, und Paula merkt das nicht und …«

Tante Erna begann zu lachen. »Paula weiß endlich, wo sie hingehört.«

»Ich muss sie retten, er ist …«

Tante Erna fiel ihr ins Wort. »Da hörst du es!« Sie drehte sich zu ihrem Schwager. »Was zögerst du denn noch?«

»Ich liebe sie.« Noch während Robin sprach, wusste sie, sie hatte einen Fehler gemacht.

Tante Ernas Augen blitzten auf. »Liebe? Du bist ja krank!«

Vater sah zu einem der Regale hoch, als gäbe es nichts Wichtigeres, als die Porzellangefäße zu studieren.

»Dein Verhalten ist ganz und gar unsittlich. Und deine Gedanken sind abartig, die arme Paula. Man hätte viel früher bemerken müssen, was du mit ihr gemacht hast.«

»Ich habe doch nichts mit ihr gemacht!« Abartig, rauschte es in Robins Kopf. Abartig.

Sie rutschte mit dem Rücken an der Verkaufstheke nach unten, bis sie auf dem Boden saß, legte den Kopf zurück und schloss die Augen. Abartig. Was hatte sie sich vorgemacht? Scham machte sich in ihr breit und trieb ihr den Schweiß aus allen Poren. Sie dachte daran, was sie von anderen Frauen unterschied: an den Wunsch, Hosen zu tragen, zu studieren, Paula zu küssen.

»Du bist irre geworden.« Tante Erna hörte nicht auf, und Vater ließ sie reden. »Es gibt Ärzte, und ich werde mich jetzt darum kümmern. Dein Vater ist ja nicht in der Lage zu sehen, was getan werden muss.«

Robin hielt sich die Ohren zu. Tante Erna schlug auf die Verkaufstheke. Robin zuckte zusammen und presste die Hände noch fester auf die Ohren.

Trotzdem drangen die Worte zu ihr. »In die Irrenanstalt, da gehören solche wie du nämlich hin.«

Robin sprang auf und stürzte aus dem Verkaufsraum. Sie durchquerte in zwei Schritten die Diele, riss die Haustür auf und rannte die Marktstraße entlang. Sie achtete nicht auf die Menschen, stieß einen Mann an, den sie nur als grauen Schatten wahrnahm. Ihre Augen standen voller Tränen.

»Na, na, mein Junge, nicht so stürmisch«, sagte er gutmütig und fasste ihren Ellenbogen.

»Entschuldigung.« Robin drehte den Kopf weg. Schnell ging sie weiter Richtung Neckar. Sie zwang sich zu langsameren Schritten, stieg die Stufen zur Uferpromenade nach unten, wo so früh am Morgen keine Menschen gingen. Sie wischte sich die Tränen aus den Augen.

Sie hatte Paula verführen wollen. Sie war abartig. Das grässliche Wort hämmerte in ihrem Kopf. Sie war ein Kind der Schande und abartig. Ihr Vater hatte sich seinen Lüsten hingegeben. Und sie? War sie wie er? Voller Lüste?

Sie hatte geglaubt, ihr Vater sei bekümmert über den Tod seiner ersten Frau nach London gereist, um sich abzulenken. Lise hatte ihr erzählt, dass er mit Mutter auf einem Ball getanzt hatte. Das war in Tante Ernas Augen vor Ablauf des Trauerjahres natürlich nicht schicklich gewesen. Robin hatte noch nie darüber nachgedacht, was es bedeutete, dass zwischen dem Tod von Vaters erster Frau und ihrer Geburt nur ein Jahr lag. Sie hatte immer angenommen, sie hätten sich auf diesem Erster-Mai-Ball kennengelernt. Aber nun bekam sie Zweifel. Robin zählte an den Fingern die Monate rückwärts.

»Drei Monate!«, rief sie laut. Hitze stieg in ihr Gesicht, sie blieb stehen und hielt die Hände an die Wangen. Ihre Mutter war am ersten Mai schon drei Monate schwanger gewesen. Waren sie da schon verheiratet gewesen? Wann hatten ihre Eltern geheiratet? Robin wusste es nicht. Wo hatten sie geheiratet? Lise hatte nie etwas davon erzählt.

»An Allerheiligen geboren«, hatte Martha gesagt, »du bist ein Unglück.« Robin hatte immer geglaubt, ihre Cousine hätte das gesagt, weil es der Tag der Toten ist. Sie hielt es für ausgeschlossen, dass sie eine Frühgeburt gewesen war. Dazu hatte Tante Erna zu oft betont, was für ein Brocken sie gewesen sei. Schon immer zu groß. Robin starrte auf das grüne Wasser des Flusses. Träge plätscherte es ans Ufer. Sie hockte sich unter eine Weide, warf ein Steinchen und beobachtete, wie sich in den Wellen Kreise ausbreiteten.

Bilder von Umarmungen tauchten vor ihr auf. Schnell nahm Robin einen weiteren Stein und schleuderte ihn in die Wasserkreise. Neue Wellen entstanden und vermischten sich mit den ersten, die langsam verebbten.

Sie konnte sich Vater nicht als leidenschaftlichen Menschen vorstellen. Er liebte still und litt dabei. Dieses Bild hatte sie von ihm. Und ihre Mutter war für sie sowieso ein ätherisches Wesen, voll Licht und Güte. Nicht getrieben von Sehnsüchten, von Begehren, wie sie es empfand, wenn sie an Paula dachte.

Was würde jetzt mit ihr geschehen, nachdem Vater wusste, dass sie krank war?

Valentine

Jennifer hatte alle möglichen Reaktionen von ihrem Stiefvater erwartet, als er sie von der Gendarmerie abholte. Beleidigungen, Beschimpfungen oder sogar

Anzüglichkeiten. Doch er hatte ernst neben ihr im Wagen gesessen und sie keines Blickes gewürdigt. Je näher sie der Villa kamen, desto größer wurde Jennifers Angst, dass der Baron nicht wegen des Chauffeurs schwieg, sondern weil er seine Wut an Valentine auslassen wollte.

Zu Hause angekommen verlangte er, dass Jennifer mit in den Salon kommen sollte. Dort stürzte ihnen Valentine, noch im Abendkleid, aufgeregt entgegen, umarmte Jennifer und drückte sie an sich.

Der Baron war in der Tür stehen geblieben. »Sie reisen morgen nach Deutschland«, sagte er.

Bis Jennifer sich zu ihm umgewandt hatte, war er verschwunden.

»Sophie ist noch dort! Maman, du musst etwas unternehmen! Es ist fürchterlich, was sie mit den Frauen machen!«

»Ich denke, es ist besser, wenn wir jetzt nichts tun, was deinen Stiefvater noch mehr aufbringen könnte.«

»Ruf Quentin an oder einen deiner Malerfreunde, irgendjemanden. Man muss ihr helfen. Ihre Familie lebt in Russland, sie ist ganz allein hier.« Jennifer schrie.

Valentine nahm sie an beiden Schultern und schüttelte sie. »Beherrsche dich augenblicklich! Oder willst du, dass er dich hört? Wir werden still und leise tun, was er verlangt. Du weißt, wozu er in der Lage ist.«

»Aber Sophie!«

»Sie wird das überstehen, sie ist nicht zum ersten Mal in einer derartigen Situation. Wir müssen jetzt an uns denken.«

»Eine schlimmere Strafe hätte er sich nicht ausdenken können. Wie lange sollen wir bei den Großeltern bleiben?« Jennifer fuhr mit dem Finger über die Scheibe des Zugfensters, an dessen Außenseite Rinnsale herabflossen. Es regnete schon, seit sie eingestiegen waren. Das Geratter auf den Schienen und das Stampfen der Maschine machten sie unruhig.

»Du machst deine Handschuhe schmutzig«, sagte Valentine. Sie lehnte gegen mehrere Kissen auf der mit rotem Samt bezogenen Bank und zog immer wieder den Kragen ihres Kleides nach oben. Jennifer hatte die blauen Flecken trotzdem gesehen, als Marie sie frisiert hatte. Die ganze Nacht hatte sie wach gelegen und voller Angst auf die Schritte des Barons gelauscht. Dass er bei Valentine gewesen war, hatte sie dennoch nicht gehört.

»Maman, es ist entsetzlich! Ich kenne meine Großeltern doch gar nicht.«

»Hör auf zu jammern. Es gibt schlimmere Orte.«

»Das sagst du nur, weil er dir gar keine Wahl gelassen hat. Du hast mir immer erzählt, dass deine Eltern dich verstoßen haben, wegen mir.«

»So habe ich das nie formuliert! Sie waren eben nicht sehr glücklich über die damaligen Umstände.« Valentine schloss die Augen.

Draußen war es dunkel geworden, und Jennifer betrachtete ihr eigenes Gesicht im Fenster.

»Sehe ich ihm eigentlich ähnlich?«, fragte sie.

»Wem?«

»Meinem Vater.«

»Du weißt selbst, dass du mir wie aus dem Gesicht geschnitten bist.« Valentine runzelte die Stirn. »Allenfalls deine Nase könnte von ihm stammen.«

»Wäre es dir unangenehm, an ihn erinnert zu werden, wenn du mich ansiehst?«

Valentine öffnete endlich die Augen. »Mein Schatz, ich sehe ihn immer vor mir, wenn du tanzt. Du hast seine Anmut und sein Talent geerbt.«

»Was glaubst du, wo er jetzt auftritt? In Russland? Dort sind Balletttänzer doch sehr gefragt. Clothilde hat das auch gesagt.«

»Vielleicht, wer weiß.« Valentine schloss wieder die Augen. Eine Weile war nur das monotone Geratter der Räder auf den Schienen zu hören, doch dann begann sie zu erzählen.

»Ich übernachtete mit meiner Freundin, die als Anstandsdame mitgekommen war, im Hotel Silber, dem besten Haus in Stuttgart. Wir hatten im Großen Haus, so heißt dort die Oper, eine Ballettvorführung besucht. Als wir abends beim Diner saßen, kam eine Künstlergruppe herein und setzte sich an den Nebentisch. So begann es.«

»Warum habt ihr nicht geheiratet?«

»Er war längst mit seiner Truppe weitergezogen, als ich bemerkte, dass ich schwanger war.«

»Keine Engelmacherin?«

»Das war damals so gefährlich wie heute.« Valentine schüttelte den Kopf.

»Deswegen hast du den Baron geheiratet, ich weiß. Das machen alle so, wenn sie in einer ähnlichen Situation sind. Deine Ehre ist durch die Heirat wiederhergestellt worden.«

Valentine zuckte bei diesen Worten zusammen.

»Entschuldige, Maman.«

Valentine nickte und sah aus dem Fenster.

In Stuttgart stiegen sie im Hotel Silber ab, und Valentine wurde immer fahriger, sie bemerkte manchmal gar nicht, dass Jennifer sie ansprach. Auf dem kleinen Sekretär in ihrem Schlafzimmer lag Briefpapier bereit, doch wenn sich Valentine daransetzte, um ihren Eltern zu schreiben, dass sie hier waren und ein Wagen sie abholen solle, drehte sie den Füllfederhalter auf und zu und lege ihn schließlich wieder weg. Eines Morgens war Valentine schon vorausgegangen, aber als Jennifer ihr folgte, fand sie sie nicht im Frühstücksraum, sondern im Restaurant, wo noch die Stühle auf den Tischen standen und ein Mädchen den Boden wischte. Sie lehnte an einem Holzpfeiler.

»Maman, was machst du hier?«

»Hier begann es.« Valentine ging auf einen Tisch zu, nahm die Stühle herunter, drehte sie um und setzte sich mit einer graziösen Bewegung, als trüge sie Abendgarderobe.

Die Flecken unterhalb ihres Ohres schillerten gelbgrün, sie wirkte müde.

»Damals war ich jung und schön«, sagte sie leise, »und glaubte an die Liebe. Auch wenn es hieß, dass Liebesheiraten nicht gut gehen und man auf seine Eltern hören sollte, träumte ich davon. Er war so leidenschaftlich, in allem, was er tat.« Sie sah auf ihre zitternden Hände. »Doch er hatte nur eine Liebe. Den Tanz.«

»Quäle dich nicht damit, du bist immer noch jung und schön, Maman. Und die Kunst bedeutet dir doch auch sehr viel.«

»Ich leide nicht, im Gegenteil, ich habe heute Nacht einen Entschluss gefasst. Ich werde nicht zurück zu meinen Eltern gehen.« Sie stand auf und schob den Stuhl energisch an den Tisch. »Wir fahren dorthin, wo die Kunst das Wichtigste im Leben ist.«

»Zurück nach Paris?«

»Nein, es gibt einen besseren Ort, wo der Baron uns nicht findet.«

Unwetter

Robin erwachte von einem lauten Geräusch. Erst nach einem Moment begriff sie, dass Regen aufs Dach trommelte. Vor den Fensterscheiben rauschte eine Wand aus Wasser herab. Sie konnte sich nicht erinnern, jemals so ein Unwetter erlebt zu haben.

Schnelle Schritte erklangen vor ihrer Zimmertür. Sie ging hinaus und stieß fast mit ihrem Vater zusammen, der einen alten Hut tief ins Gesicht zog.

»In den Weinbergen liegt zwanzig Zentimeter hoch der Hagel!«, rief Gustav. Er zerrte Wetterjacken aus dem Schrank, suchte Gummistiefel und riss alles heraus.

»Wo wollt ihr hin?«

»Ernas Knecht steht unten, unser Onkel ist in den Weinberg gefahren, als der Hagel einsetzte«, antwortete Gustav. »Er ist mit den Pferden draußen.«

Robin war mit einem Schlag hellwach.

»Er ist schon die ganze Nacht weg.« Vater sah sie nicht an. »Wir sind bald wieder zurück.«

Die Männer trampelten die Stufen nach unten. Robin folgte ihnen und schaute vom Stubenfenster aus auf die Straße. Aus dem Nachbarhaus schlossen sich ihnen und dem Knecht die Söhne des Bäckers an, alle schützten sich mit eingezogenen Köpfen vor dem Regen. Von den Pflastersteinen war nichts mehr zu sehen, der Neckar musste über die Ufer getreten sein und überspülte die Marktstraße mit einer dunklen Brühe, in der kaum erkennbare Gegenstände schwammen. Der Regen peitschte von allen Seiten herbei. Donner grollte über den Himmel, es klang, als rollten riesige Steine hin und her. Die Uhr auf der Anrichte schlug fünf. Die Sonne war noch nicht aufgegangen.

Lise rief von der Diele aus: »Ich gehe zur Korbmacherin rüber. Sie hat gestern gejammert, dass ihr Dach undicht ist, vielleicht braucht sie Hilfe.«

»Ja, mach das, ich ziehe mich schnell an und komme nach.«

Als Robin kurz darauf in Radlerkleidung die Eingangstür öffnete, fiel ihr eine vermummte Gestalt in die Arme. Martha. Sie half der Cousine ins Haus und drückte die Tür wieder zu.

»Du meine Güte, was machst du hier?«

Martha keuchte und tätschelte ihren dicken Bauch, als wollte sie sich und das Kind darin beruhigen.

»Mutter braucht Digitalistropfen.« Sie nahm ihr nasses Kopftuch ab und ließ es auf den Boden fallen.

»Deine Mutter hat einen Herzanfall?«

»Ja, hol sie, schnell! Ich muss zurück.«

Robin rannte in die Apotheke und suchte nach der richtigen Flasche. Sie fand sie im Regal mit der

Bezeichnung für gefährliche Medikamente. Zögernd nahm sie das braune Glasfläschchen vom Bord und ging zurück in die Diele, wo sich Martha am Pfosten des Treppengeländers festhielt.

»Deine Mutter hatte noch nie Herzprobleme. Wenn das kein Herzanfall ist, dann schaden ihr die Tropfen vielleicht.«

»Was? Sie hat es aber gesagt. Was ist es denn sonst?«

»Könnte ja auch ein hysterischer Anfall sein.«

»Einen Anfall hat sie auf jeden Fall. Seit heute Nachmittag ist sie außer sich. Sie redet dauernd davon, dass du in eine Anstalt gehörst. Was hast du denn angestellt?«

»Sie stirbt, wenn sie die falsche Medizin nimmt. So viel weiß ich über Krankheiten.«

»Jetzt gib schon her!« Martha versuchte, nach der Flasche in Robins Hand zu greifen.

Robin hob den Arm und trat einen Schritt zurück. Marthas Fuß verfing sich in dem Kopftuch auf dem Boden, sie stolperte, verlor das Gleichgewicht und stürzte mit einem Aufschrei zu Boden. Stöhnend legte sie die Arme um ihren Bauch.

Robin kniete neben ihr nieder und berührte sie an der Schulter. »Hast du dir wehgetan?«

»Hilf mir hoch. Ich muss zurück zu meiner Mutter.« Martha wollte einen Fuß aufstellen, doch plötzlich stieß sie einen spitzen Schrei aus und drückte beide Hände auf den Leib.

»O mein Gott. Ich glaube, ich habe ein Messer im Bauch.«

»Du bist genauso hysterisch wie deine Mutter.«

Marthas Kleid färbte sich vorne dunkel, und eine kleine Pfütze entstand auf den Fliesen.

»Fruchtwasser, das ist das Fruchtwasser! Das Kind kommt. O nein, das ist viel zu früh.« Martha ging vorsichtig ein paar Schritte.

»Du kannst jetzt nicht hinaus. Was ist, wenn es richtig losgeht?«

»Das kann noch Stunden dauern. Gib mir endlich die Tropfen.«

»Ich begleite dich. Warte.« Robin eilte zur Garderobe und zog ihren Mantel an.

Martha zuckte stöhnend an der Tür zusammen.

»Ich rufe jetzt Doktor Meyer an«, sagte Robin und wandte sich zum Telefon. »Am besten, er sieht auch bei deiner Mutter vorbei.«

Martha keuchte. »Nein, fass das Telefon nicht an, das ist doch gefährlich! Die Telefongesellschaft vermittelt sowieso nicht, wenn es blitzt.« Ihre Stimme steigerte sich unvermittelt in ein schrilles Kreischen. »Robin, Robin, schau!«

Blut, überall Blut, auf dem Kleid, auf dem Boden. Martha rutschte an der Tür herunter, kippte zur Seite, und Robin versuchte sie aufzufangen, doch sie konnte nichts anderes tun, als den Kopf der Cousine auf ihre Knie zu betten.

»Die Wehen kommen viel zu schnell. Robin!«

Immer mehr Blut breitete sich aus, Martha krümmte sich schreiend zusammen und umklammerte Robins Hand. Sie krallte die Finger so fest zusammen, dass Robin sie nicht lösen konnte.

Robin wollte hinauslaufen und nebenan klingeln,

Hilfe holen, doch sie konnte nicht aufstehen. Marthas sonst so stramme Frisur löste sich auf, während sie sich unter Schmerzen wand und nach ihrer Mutter schrie.

Robin hielt ihre Cousine fest, doch dann verschwamm alles vor ihren Augen in einem Nebel, das Schreien, das Blut, Martha. Es war Mutter, die in ihrem Schoß lag, in einem weißen Kleid mit vielen Rüschen, und ihr Gesicht schimmerte zart, fast durchsichtig unter den Haarsträhnen hervor. Robin schob sie beiseite und streichelte ihre Wangen.

»Stirb nicht, stirb nicht«, flehte sie. Aber die Augen starrten unheimlich still und blicklos.

War ihre Mutter genauso gestorben? So qualvoll, schreiend, während sie auf die Welt kam? Mit klappernden Zähnen lag Robin unter der Decke in ihrem Bett, wohin Lise sie gepackt hatte. War sie schuld an Marthas Tod? Doktor Meyer, den Lise geholt hatte, als sie zurückkam, sagte, das komme eben vor, sei das Schicksal der Frauen. Das Kind überlebte nicht. Robin hörte Tante Ernas Stimme im Untergeschoss und erwartete jeden Moment, dass sie heraufkäme, um sie anzuklagen. Stattdessen kam Gustav.

Er war durchnässt und hatte Ringe unter den Augen. Er trug immer noch die Wetterkleidung, mit der er vor Stunden in den Weinberg gegangen war. Auf seinem Handrücken bluteten mehrere Kratzer. Robin schloss schnell die Augen, sie wollte kein Blut mehr sehen.

Ein Schluchzen schreckte sie auf, und als sie die Augen wieder öffnete, sah sie Gustavs Schultern beben, Tränen liefen unter seiner Hand hervor.

»Es tut mir so leid, dass ich Martha nicht helfen konnte.« Robin streckte die Hand nach ihm aus.

»Vater«, sagte Gustav mit heiserer Stimme. »Vater ist tot.«

Robin erstarrte. »Vater?«, flüsterte sie. »Was? Nein … was ist passiert?« Sie setzte sich mit einem Ruck auf und zog Gustav die Hände vom Gesicht.

»Die Pferde sind auf der Altenbugstaffel durchgegangen. Der Wagen kippte den Hang hinunter. Robin … Vater ist tot.«

Wie ein Echo hallten die letzten Worte in Robins Kopf. Sie weinte nicht.

Die Betäubung hielt an. Tagelang. Vater wurde in der Stube aufgebahrt, die Nachbarinnen wuschen und richteten ihn. Der Bürgermeister und die Honoratioren von Cannstatt kondolierten, und Robin nickte mechanisch. Einen Tag später wurde Martha bestattet. Gefühllos und steif brachte Robin die Beerdigungen und den anschließenden Leichenschmaus hinter sich. Danach empfing Gustav viele Besucher in Vaters Arbeitszimmer, die Apotheke blieb geschlossen.

»Von Bruno?«, fragte sie, als Lise eine Depesche brachte. »Kommt er endlich nach Hause?«

Lise zuckte nur mit den Achseln, sie konnte nicht lesen.

Auf dem Papier stand: *Tiefstes Beileid. Ihr Bruder befindet sich auf Bergwanderung nach Italien. Nicht erreichbar. Ida Hofmann. Monte Verità.*

Lise führte sie in die Küche, schenkte ihr Tee ein und strich ihr über den Kopf.

»Eine weite Reise steht dir bevor«, sagte sie.

»Wo soll ich schon hingehen?« Robin trank einen Schluck. Sie glaubte nicht daran, dass Bruno zurückkommen und die Apotheke übernehmen würde, denn ihr Bruder hatte ein neues, aufregendes Leben in der Schweiz gefunden, wo er für seine Ideale lebte, die konnte er nicht in Cannstatt verwirklichen. Sollte sie mit Gustav zusammenwohnen? Doch dann müsste Robin sich um den Haushalt kümmern und hätte nur Lise als Hilfe. Und wo sollten sie leben, wenn die Apotheke verpachtet wurde?

Die Tage vergingen, während sie auf Nachricht von Bruno warteten. Sie verbrachte viel Zeit bei Lise in der Küche, wo sie Kartoffeln schälte, die gusseiserne Pfanne mit Sand sauberscheuerte, jeden Morgen die Asche aus dem Herd kehrte und anschließend das Feuer entfachte. Sie lernte, Wäsche einzuweichen, begleitete Lise auf den Markt und schleppte das Gemüse nach Hause. Es störte sie nicht, dass Tante Erna nicht mehr mit ihr sprach, doch die Blicke, die sie ihr zuwarf, machten Robin unruhig. Das Unwetter hatte beträchtliche Schäden verursacht, und die Aufmerksamkeit der Cannstatter war vom Skandal um Robin abgelenkt. Doch sie wusste, dass die Tante nur ins Apothekerhaus kam, weil sie auf einen Anlass lauerte, Robin in eine Anstalt zu bringen.

Robin öffnete den kleinen Briefumschlag, auf dem sie Paulas Handschrift erkannte. Vier Wochen waren vergangen, seit sie aus Urach zurückgekehrt war, und seitdem hatte sie nichts mehr von Paula gehört, zu den Beerdigungen war sie nicht gekommen, obwohl Robin ihr geschrieben hatte. Wenn sie bei Kaufmann Liebermann angerufen hatte, hieß es, Paula sei nicht zu sprechen.

Liebste Freundin, es bricht mir das Herz, weil ich weiß, wie sehr ich dir Schmerz zufüge mit dem, was ich dir schreibe. Sei gewiss, dass du immer einen Platz in meinem Herzen haben wirst. Unsere Freundschaft war das Schönste, was meine Kindertage zu bieten hatten. Aber nun werde ich den Weg als Frau weitergehen, als verheiratete Frau. Ich habe Gert geehelicht und schreibe dir heute, am Abend meiner Abreise nach Südafrika. Meine liebste Freundin, verzeih, dass ich so feige war und dir nicht früher davon berichtet habe. Meine Mutter hat mich überzeugt, dass es besser ist, nicht mit dir in Kontakt zu treten, mein Ruf und der meiner Familie konnte nur durch meine schnelle Heirat gerettet werden. Ich habe von deinem großen familiären Unglück erfahren und hätte nichts lieber getan, als sofort zu dir zu eilen. Aber du verstehst sicher, dass das unmöglich war, nach all dem, was vorgefallen ist. Ich hätte nie geglaubt, dass ich eines Tages eine so weite Reise unternehmen werde!

Deine Paula

Robin raufte sich die Haare, in ihrem Hals steckte ein Kloß, den sie nicht hinunterschlucken konnte. Sie zerknüllte den Brief, strich ihn auf ihren Knien wieder glatt, zerknüllte ihn erneut.

Es gab keinen Grund mehr aufzustehen, also blieb Robin im Bett liegen. Sie fühlte sich schuldig am Tod ihrer Mutter und an Marthas Tod. Sie klagte sich dafür an, dass sie nicht gleich mit ihrem Vater über das Foto in der Zeitung gesprochen hatte, jetzt war es zu spät. Ihre

Gedanken liefen ziellos durcheinander, und über allem lag das schreckliche Gefühl, krank zu sein. Hätte er sie in eine Anstalt eingewiesen?

Eines Tages stand Gustav neben ihrem Bett und trat von einem Fuß auf den anderen. Er trug noch seine Arbeitskleidung und drehte den Hut in den Händen. »Wann stehst du wieder auf?«

Sie zuckte mit den Achseln. »Es ist doch egal, was ich mache.«

»Doktor Meyer war jetzt schon zweimal hier. Er sagt, du leidest unter Melancholie. Du solltest zum Kurhaus spazieren und dort das Mineralwasser trinken. Das könnte helfen.«

»Melancholie? Aha.« Robin starrte auf die Wand gegenüber dem Bett.

»Willst du es nicht versuchen? Es ist schrecklich, wenn du so da liegst.«

»Ja, es ist schrecklich. Alles ist schrecklich.«

»Du musst dich endlich zusammenreißen, sonst weiß ich nicht, was ich tun soll. Tante Erna redet auf den Doktor ein.«

Robin setzte sich mit einem Ruck auf. »Was macht sie?«

»Sie meint, er sollte dich einweisen.«

»Das wird er nicht tun!«

»Er braucht dazu meine Einwilligung, weil ich jetzt dein Vormund bin.«

»Ich bin nicht krank, Gustav!«

»Dann steh endlich auf und schaffe was. Es ist nicht normal, im Bett herumzuliegen.«

»Du hast doch keine Ahnung von Krankheiten!«

Gustav wich zur Tür zurück. Die Klinke in der einen

Hand, schlug er mit der anderen den Hut auf seinen Oberschenkel.

»Rechnen kann ich aber und wenn man eins und eins zusammenzählt, dann sieht das Ergebnis für dich nicht gut aus.«

»Steckst du jetzt etwa mit ihr unter einer Decke?«

»Bruno kommt, er hat eine Depesche geschickt, dass er unterwegs ist. Mit ihm werde ich mich besprechen.«

Die Tür blieb offen, als er hinausging.

Bruno kam eine Woche später an. Er brachte einen Duft in seinen Kleidern mit, der Robin fremd war. Er drückte sie an sich, und sie strich über seinen Jackenärmel.

»Was hast du für einen wilden Bart!« Sie versuchte zu lächeln. Es war gut, ihn zu sehen. »Ich ziehe mich an, und dann setzen wir uns wie früher zum Essen in die Stube.«

Bruno nickte. Er hatte kleine Falten um die Augen, die sie noch nicht kannte.

Robin fühlte sich wackelig auf den Beinen, als sie die Treppe hinunterging. Vom Verkaufsraum der Apotheke schlug ihr der Geruch nach Kampfer und Lösungsmitteln entgegen, und ihr Magen verkrampfte sich.

Lise servierte mit roten Wangen. Sie aßen und Bruno erzählte von seiner Wandertour nach Italien. Es war gut, seine Stimme zu hören. Ab und zu lachten die Männer.

»Zur Feier des Tages gibt es einen Hefezopf.« Lise brachte dicke Scheiben mit Rosinen gespickt. Sie strichen Butter darauf und tranken Malzkaffee dazu.

Gustav zog schließlich seine Pfeife heraus und räusperte sich, nachdem er sie angesteckt hatte. »Wir müssen Entscheidungen treffen.«

Robin sah alarmiert von einem zum anderen.

Bruno nickte.

»Wirst du die Apotheke weiterführen?«, fragte Gustav.

»Ich habe es mir reiflich überlegt. Schon vor Vaters Tod stellte ich mir immer wieder die Frage. Ihr wisst, dass ich in die Schweiz gereist bin, um mir darüber klar zu werden, wie ich meine Zukunft gestalten will.« Er holte tief Luft.

»Du bleibst dort?«, fragte Robin.

Mit leuchtenden Augen sah Bruno seine Geschwister an. »Ihr macht euch keine Vorstellung von dem Leben auf dem Monte Verità. Es ist so … so … wahrhaftig. Ja, es ist natürlicher. Freier.«

Gustav unterbrach ihn. »Also müssen wir die Apotheke schließen oder verpachten?«

Als Bruno den Kopf senkte, legte Robin ihre Hand auf seinen Arm. »Vater wollte immer, dass du deinen eigenen Weg findest. Ich glaube nicht, dass er den Hintergedanken hatte, du solltest in der Ferne erkennen, dass du zurückkehren willst.«

Er lächelte sie dankbar an.

Gustav sagte: »Der zweite Sohn vom Apotheker Decker hätte Interesse. Sein Bruder, der Erstgeborene, führt die Apotheke in der Seelbergstraße. Ich habe mit Pachtverträgen keine Erfahrung, deshalb musst du zum Treffen der Ärzte und Apothekervereinigung gehen und Erkundigungen einholen, wie das zu bewerkstelligen ist.«

Bruno nickte. »Er wird hier wohnen müssen. Hat er Familie?«

»Ja, er ist verheiratet und hat zwei Kinder.«

»Aber wie soll das gehen?« rief Robin.

»Das ist der nächste Punkt, den wir klären müssen«, sagte Gustav. »Ich kann eine Wohnung in der Arbeitersiedlung bekommen. Viele Ingenieure leben dort. Es wäre auch Platz für eine kleine Familie.«

»Damit meinst du weder mich noch Lise! Sag es doch gleich. Was soll aus uns werden?«, rief Robin.

Gustav räusperte sich. »Deine Mutter hat etwas Geld mit in die Ehe gebracht. Sie hat Lise davon eine Pension zugesprochen, von der sie gut leben kann. Vater hat in seinem Testament zusätzlich verfügt, dass sie ein lebenslanges Wohnrecht hier im Haus bekommen soll. Wenn sie das annehmen möchte, dann kann sie für Decker arbeiten, aber sie muss es nicht. Sie kann in ihrer Kammer bleiben, und es ist gut für sie gesorgt.«

»Gut, und jetzt rück schon raus, was du dir für mich ausgedacht hast.« Robin schlug mit der flachen Hand auf den Tisch.

»Robin, was ist denn los?«

»So führt sie sich jetzt ständig auf, und es nimmt keine gute Entwicklung mit ihr.« Gustav zeigte mit der Pfeife auf sie. »Für sie ist zwar auch eine Apanage da und das Wohnrecht im Haus, das Problem ist nur, dass sie nicht hierbleiben kann, wenn Decker mit seiner Familie einzieht. Kannst du sie nicht mitnehmen in dein Sanatorium?«

»Nein! Nein! Was soll das denn?« Robin sprang auf.

Bruno hob beschwichtigend die Hand. »Monte Verià ist keine Nervenheilanstalt, man wird nicht eingesperrt, falls du das befürchtest.«

»Habt ihr euch etwa schon abgesprochen? Ich gehe nirgendwo hin!«

Bruno nickte. »Vater hat dich immer gefragt, was du willst. Also frage ich dich nun ebenfalls.«

»Hältst mich für krank?«

»Nein.«

Robin sah ihn lange an, bevor sie sich wieder setzte.

»Ich danke dir, Bruno. Ich weiß, dass andere Brüder in unserer Situation darauf drängen würden, dass ich mich verheirate. Ich schätze es sehr, dass du es nicht einmal andeutest.«

»Tante Erna hat es vehement gefordert.« Gustav zog an seiner Pfeife.

Robin runzelte die Stirn. Gustav war mit Leib und Seele Ingenieur und sah seine Zukunft in den Daimlerwerken. Brunos zotteliger Bart und sein braun gebranntes Gesicht sprachen von der Ferne, er hatte seine Bestimmung bei den Lebensreformern gefunden. Robins Blick wanderte über die Einrichtung der Stube. Vaters Pfeife und Brille lagen auf der Anrichte und erinnerten sie an die Stunden, die sie mit ihm in den Semesterferien hier gesessen hatte, er Zeitung lesend, sie fürs Studium lernend. Daneben stand die Fotografie ihrer Mutter, heute wirkte der Gesichtsausdruck traurig. Zum Bild, das sich Robin von ihrer Zukunft gemacht hatte, gehörte Paula, eine Wohnung, Arbeit. Einen anderen Plan hatte sie nicht.

»Versprichst du mir, dass Monte Verità keine Anstalt ist, wo ich eingesperrt werde?«

Bruno nickte.

»Dann gehe ich mit dir auf den Berg der Wahrheit.«

»Das ist gut«, sagte Bruno. »Ich brauche dringend jemand, der sich um meine Wäsche kümmert.«

»Das hättest du wohl gerne!« Sie lachte auf und warf ihm ihre zusammengeknüllte Serviette an die Brust. »Ich werde Lise fragen, ob sie mitgeht.«

»Ja, frag sie, Gustav und ich haben noch viel zu besprechen.«

»Einen alten Baum verpflanzt man nicht mehr.« Lise schüttelte den Kopf. »Ich werde auf das Wohnrecht verzichten und nach England zurückgehen. Weißt du, ich habe deiner Mutter versprochen, auf dich achtzugeben. Aber nun kannst du das allein.«

»Was willst du denn dort tun?«

»Ich habe eine Cousine, sie hat ein kleines Gästehaus. Ich kann bei ihr wohnen und mithelfen. Ich freue mich darauf, meine Heimat wiederzusehen.«

»Es ist grässlich, dass die Familie auseinanderfällt. Soll ich mit dir kommen?«

»Dein Glück liegt im Süden.«

»Hast du wieder Äpfel aufgeschnitten und hineingeguckt?«

»Nein, ich habe es im Feuer gesehen. Je schlechter meine Augen werden, desto besser sehe ich die Dinge, die nicht sichtbar sind.«

»Was ist es für ein Glück?«

»Du wirst es erleben. Aber erst musst du wieder zu Kräften kommen, denn es ist eine weite Reise.« Lise legte die Hände in den Schoß. Die Sommersprossen auf ihren Handrücken hatte Robin als kleines Mädchen gezählt, bis der Schmerz verging. Heute verschwammen sie, unzählbar, zu großen Flecken.

»Du willst nur, dass ich hinausgehe, wie der Doktor gesagt hat, damit meine Melancholie weggeht.«

»Melancholie.« Lise schnaubte. »Die Doktoren machen aus allem gleich eine Krankheit. Dein Herz ist weh, das braucht Zeit, das braucht Pflege. Das Herz kann nicht gejagt werden. Du bist nicht krank, mein Kind. Du trauerst, das ist normal und richtig.«

Robin senkte den Kopf und sagte leise: »Du kannst nicht lesen.«

»Nein, Lesen habe ich nie gelernt. Das weißt du.«

»Es wird viel geschrieben über Frauen, wie ich eine bin. Es ist eine Krankheit.«

Lise schnalzte mit der Zunge. »Ach was.«

»Ich meine nicht die Melancholie«, fuhr Robin fort.

Lise schüttelte den Kopf. »Mit dir ist alles richtig. Ich weiß das. Wer kennt dich so gut wie ich? Hm?«

»Niemand.«

»Ach, Schätzle, es wird zu viel gedacht und gewusst. Die Schreiberei ist nicht immer gut. Da steht etwas, die Leute lesen es und denken dann sofort, dass es auch stimmt, nur weil man es nicht wegwischen kann.«

»Aber sie machen Untersuchungen.«

»Sie sehen nur, was sie sehen wollen. Die Doktoren mit ihren Untersuchungen. Ich weiß, was ich sehen kann!«

Robin überkam jeden Morgen ein beklemmendes Gefühl, wenn sie ihre Brüder in der Küche antraf. Zwar aßen sie wie früher Butterbrote und tranken Kaffee, doch planten sie dabei die nächsten Schritte zur Auflösung des Haushalts. Wenn Gustav mit der Straßenbahn in die Daimlerwerke nach Untertürkheim fuhr und Bruno mit Notaren und Advokaten Termine vereinbarte, zog Robin ihren Strohhut auf und verließ das Haus. Immer noch drückte sie die Traurigkeit, aber es war besser, sich zu bewegen, als im Bett zu liegen. Sie ging zum Brunnen vor dem Kurhaus, wo kaltes Wasser heraussprudelte und der Stein des Beckens von den Mineralien rostig verfärbt war. Blechbecher standen bereit, und Robin zwang sich, einen leer zu trinken. Danach wanderte sie entweder am Neckarufer entlang oder stieg den Berg hinter dem Kurhaus in den Park hinauf.

Sie besichtigte Gustavs neue Wohnung und half ihm beim Einrichten, nachdem die Brüder einige der Möbelstücke aus dem Apothekerhaus hertransportiert hatten. Wäsche und Geschirr wurden aufgeteilt und in Körbe und Kisten verpackt. Robin und Bruno wollten sie mit nach Ascona nehmen.

»Alles ist dort sehr schlicht«, sagte er, und wenn sie mit ihm dort leben wolle, bräuchten sie mehr Hausrat. Der Mai ging vorüber, bis sie mit den Vorbereitungen fertig waren. Lise hatte auch ihre Koffer gepackt und wartete nur noch, bis die Geschwister abreisten, dann würde sie sich auf den Weg nach England machen.

Am letzten Abend vor der langen Zugreise gingen die Brüder nach dem Abendessen ins Wirtshaus, um sich von den Freunden zu verabschieden.

Lise und Robin tranken in der Küche Tee. Die Glut im Ofen wechselte zwischen hellrot und schwarz. Robin spürte die Hitze in ihrem Gesicht und auf ihren Knien. Die Flammen tanzten wie ein helles Wesen über die Scheite. Es drehte sich, und immer wieder glaubte Robin, fliegende Haare zu sehen, ein flatterndes Kleid und einen wirbelnden Tanz. Es knisterte und knackte.

Sie nahm Lises Hand und strich über die Sommersprossen.

»Ich werde dich sehr, sehr vermissen. Ich schicke dir Postkarten, dann kannst du die Bilder ansehen.«

»Ja, schreib mir, Robin. Ich finde schon jemanden, der es mir vorliest.«

Ascona

Von Locarno aus brachte sie ein Einspänner nach Ascona. In dem Städtchen lebten nur etwa eintausend Menschen, doch ihre temperamentvolle Art ließ die Gassen widerhallen von Geschrei und Geschäftigkeit; alle Arbeiten schienen auf der Straße durchgeführt zu werden.

Die ersten Tage verbrachten Jennifer und Valentine in einem Hotel. Während ihre Mutter mit allen möglichen Leuten Kontakt aufnahm und nach einem Haus suchte, das sie beziehen konnten, flüchtete Jennifer hinaus. Sie spazierte in den Straßen der Altstadt Borgo umher und staunte über die Schlichtheit der Bruchsteinhäuser mit ihren zierlichen Balkonen. Überall standen Kübel mit Blumen, die sie noch nie gesehen hatte, Bogengänge und Mauern waren mit Wein bewachsen. Hinter den Häusern erhoben sich grüne Hänge, im Tal wechselte der Lago Maggiore je nach Tageszeit die Farbe von tiefem Blau zu Smaragdgrün.

Schließlich bezogen sie eine Villa auf halber Höhe über dem Dorf. Durch die großen Fenster zum See sprang die Natur geradezu ins Zimmer und brachte Jennifer ein Gefühl der Weite. Das Gelände gehörte nicht zum Monte Verità, denn die Reformgemeinschaft lebte in einer Schlichtheit, mit der sich Valentine nicht anfreunden konnte. Sie mochte zwar das Künstlerleben des Ortes, aber auf ihren Luxus wollte sie nicht verzichten.

Jennifer vermisste Sophie und das leichte Leben in Paris. Sie quälte sich mit dem Gedanken, dass die Pianistin Clothilde nach Berlin hinterhergereist sein könnte.

Ida Hofmann veranstaltete regelmäßig gesellige Abende in ihrem Haus und lud dazu die Bewohner des Monte Verità ein, aber auch Urlauber aus der Umgebung waren willkommen. Sie bedrängte Jennifer damit, aufzutreten. Aber mit Ida war es nicht das Gleiche wie mit Sophie. Sie musste der Musik folgen und ihre Choreografien auf das abstimmen, was Ida spielen konnte. Aber weil sie unruhig war und kaum wusste, was sie mit ihrer Zeit anfangen sollte, trat sie regelmäßig auf, auch wenn es sie nicht glücklich machte.

Valentine schrieb Briefe nach Paris und erfuhr von Quentin, dass Sophie verschwunden sei. Der Baron war nach Bulgarien gereist, wo er sein heruntergekommenes Anwesen wieder in Schuss bringen wollte.

»Das ist gut«, sagte Valentine. »So findet er nicht so bald heraus, dass wir nie bei meinen Eltern angekommen sind.«

»Was will er mit diesem Landgut im Nirgendwo?«

Valentine zuckte mit den Schultern. »In den Zeitungen steht, dass ein paar Staaten sich zu einem Balkanbund zusammengeschlossen haben. Vielleicht denkt er, dort entsteht eine neue Großmacht.«

»Ich fürchte eher, dass er uns dort einsperren will, sobald es bewohnbar ist.«

»Mach dir keine Sorgen, kaum jemand kennt unseren Aufenthaltsort, und die wenigen, die Bescheid wissen, werden ihm sicher nichts sagen. Übrigens wird Quentin mit Oskar hierher kommen. Er schreibt, die Luft in Paris sei ungenießbar geworden.«

Bald trafen die beiden Männer ein.

»Ich kann es kaum erwarten, die Naturmenschen zu sehen«, sagte Quentin. »Wie ist es auf dem Monte Verità?«

»Ida Hofmann ist eine reizende Frau und eine hervorragende Pianistin. Ihr Haus ist gut besucht«, antwortete Valentine.

»Euch werden ihre geselligen Abende gefallen, überall Literaten, Maler, Musiker und Philosophen«, ergänzte Jennifer.

Quentin drängte darauf, im Reformladen handgewebte Leinenhemden und Knickerbockerhosen zu kaufen, ließ seine Haare wachsen und den Bart wuchern. Er verwandelte sich in eine urwüchsige Gestalt, wie es viele auf dem Berg gab, renovierte ein verfallenes Häuschen und übte sich in Bedürfnislosigkeit. Oskar folgte ihm natürlich und schwor, dass die vegetarische Ernährung seinen künstlerischen Geist anrege. Er dichtete so viel wie noch nie in seinem Leben.

Jennifer gewöhnte sich nur schwer an das Leben am Lago Maggiore. Im November, wenn die Urlauber abgereist waren, wurde es sehr still in Ascona. Ida fuhr mit ihrem Lebensgefährten nach Italien und besuchte andere Reformgemeinschaften, brachte neue Ideen mit, und ab März wurden Wiesen für Luft- und Sonnenbäder mit Lattenzäunen eingegrenzt, Innenwände mit großen Wandbildern bemalt und Straßen befestigt. Im April strömten die ersten Gäste herbei, die entweder als Patienten im Sanatorium mit vegetarischer Kost behandelt wurden oder als Künstler ihre Entfaltung in der Schlichtheit suchten. Die Cooperative wurde so bekannt, dass man begann, am Sonntag Eintrittsgelder von den Ausflüglern zu verlangen, die kamen, um die Naturmenschen zu bestaunen.

Valentine lebte auf. Sie schloss Kontakte mit Malern, veranstaltete Abendessen in ihrem neuen Haus und führte wieder einen Jour fixe ein, an dem jeder kommen sollte, der Lust auf einen künstlerischen Austausch hatte.

Jennifer konnte sich für nichts davon begeistern, sie ließ sich treiben, tanzte mittwochs bei ihrer Mutter, samstags bei Ida und zu allen anderen Festivitäten auf dem Monte Verità, aber ohne die Leidenschaft, mit der sie mit Sophie und Clothilde neue Tänze entwickelt hatte.

Nach ihren Auftritten sprach sie am liebsten mit Quentin und Oskar über deren Versuche zu gärtnern und zu meditieren. Nicht weil die Themen sie interessierten, sondern weil der Kontakt mit ihnen das familiäre Gefühl herstellte, das sie vermisste.

»Die Kunst muss die Welt retten«, sagte Oskar eines Abends zu Jennifer, die sich nach einem Auftritt auf der Dachterrasse von Idas Haus vom Trubel erholte. Zu Valentine in die Villa wollte sie nicht gehen, denn dort saß in letzter Zeit viel zu oft Roger McLinn, ein Amerikaner, an dem Valentine Gefallen gefunden hatte.

»Ich tanze nur so, die Langeweile hier ist unerträglich.«

»Du brauchst eine Botschaft, sonst ist deine Kunst sinnlos.«

»Das ganze Leben ist doch sinnlos. Zumindest ist das Sophies Ansicht.«

»Sie hat dir das Herz gebrochen«, stellte Oskar fest.

»Meinst du diesen grässlichen Zustand, in dem ich mich befinde?« Jennifer lächelte ihn wehmütig an.

Oskar nickte. »Niemand kann Sophie halten. Sie läuft davon, sobald sie ernsthaft werden soll.«

»Ich wusste gar nicht, dass ihr euch so gut kennt.«

»Diesen Typ kenne ich und weiß, was er anrichtet.«

»Jedenfalls habe ich meine Lektion gelernt. Ich werde mein Herz hüten.«

Oskar lachte auf. »Und wie willst du das schaffen? Die Liebe erwischt dich, und dann bist du verloren.«

»Ich will es so machen wie Sophie, die Liebe leicht nehmen und das Leben genießen wie ein heiteres Spiel.«

»Ach Herzchen, solange es leicht ist, ist es nicht die Liebe.«

»Oskar, das ist nur sentimentales Dichtergerede.«

Jennifer verabschiedete sich von ihm und machte sich auf den Weg zu Valentines Abendgesellschaft. Vielleicht sollte sie mit dem Amerikaner ein wenig warm werden? Es wäre zumindest einen Versuch wert. Alles war besser als diese Öde in ihrem Inneren.

1911
Monte Verità

»Unser neues Heim«, rief Bruno und zügelte das Pferd. Üppiges Grün umgab das Haus wie einen Dschungel, und Robin konnte ein paar Meter oberhalb des Weges nur eine graue Bruchsteinmauer erkennen. Oleander, Gummibäume, Hibiskussträucher und dazwischen reckten Dattelpalmen ihre spitzen Blätter und warfen flirrende Schatten auf den Stein. Weit und breit war kein anderes Gebäude zu sehen. Vielleicht lag hinter dem nächsten Hügel ein weiteres Häuschen. Auf der Herfahrt hatte Robin ein paar verstreute in den Hügeln gesehen. Sie stieg mit steifen Gliedern vom Wagen, streckte sich. Unten schimmerte der Lago Maggiore in tiefem Blau, am Horizont erhoben sich Berge.

»Unfassbar, mitten im Sommer liegt noch Schnee.« Robin zeigte zu den Gipfeln. »Was für eine wundervolle Luft. Es riecht nach Blüten und … und … Grün. Bruno, es ist wundervoll.«

Er lächelte. Sie folgte ihm über Steinstufen den Berg hinauf, und nach einer scharfen Biegung des Weges erreichten sie das Haus, das in den Hang hineingebaut war. Das Dach war mit Steinschindeln gedeckt, die Fensterrahmen blau gestrichen. Auf einer kleinen Holzveranda stand eine schlichte Holzbank.

»Und jetzt zeige ich dir, wie komfortabel die Lebensreformer wohnen.« Bruno schloss die Haustür auf und bat Robin mit einer großen Geste herein. Kaum war sie an ihm vorbeigegangen, drängte er sie beiseite, rannte zum Fenster und riss es auf.

»Entschuldige, ich bin wohl etwas überstürzt abgereist.« Er nahm den Abfalleimer und trug ihn mit angewidertem Gesicht nach draußen. In der gemauerten Spüle stapelte sich schmutziges Geschirr, dem ein aufdringlicher Geruch entstieg.

Robin öffnete den Wasserhahn und rief: »Fließendes Wasser! Das ist ja famos!«

Bruno drehte am Wandschalter. »Wir haben sogar elektrisches Licht.«

Die Küche diente zugleich als Wohnraum. Wandschränke und Regale befanden sich in jeder Ecke, denn viel Platz blieb nicht übrig neben den Korbstühlen und einem Tisch in der Mitte. Vor dem gusseisernen Ofen stand ein überfüllter Ascheeimer neben einem leeren Holzkorb.

»Tante Erna wäre entsetzt. Keine Gardinen, keine Teppiche, keine Waschküche. Wo werden wir uns überhaupt waschen?«

»Im Badezimmer natürlich.« Bruno klappte einen Paravent zusammen und zeigte ihr eine Waschschüssel auf einem Holzständer.

Robin fuhr mit dem Finger über den staubigen Spiegel. »Da hast du schon lange nicht mehr hineingeschaut, oder?«

Bruno rieb sich vergnügt den Bart und zeigte ihr das zweite Zimmer. »Du kannst hier wohnen. Ich werde meinen Schlafplatz oben in der Dachkammer einrichten.«

Auf dem ungemachten Bett lag Brunos Schlafanzug. Kleider, Bücher und Werkzeuge quollen aus den halb offenen Schubladen einer Kommode. Weitere Möbelstücke gab es nicht.

Robin öffnete das Fenster und lehnte sich hinaus.

»Besonders gut gefällt mir, dass die Fenster riesengroß sind und der Wald fast ins Haus hineinwächst. So etwas gibt es in Cannstatt nicht.«

Gemeinsam schleppten sie die Kisten und Körbe mit Hausrat herein und begannen auszupacken.

»Endlich habe ich richtige Töpfe und Teller. Bettwäsche zum Wechseln ist auch nicht schlecht«, sagte Bruno. »Nachher zeige ich dir das Sanatorium.«

Robin verschränkte die Arme. »Das hat ja noch Zeit.«

»Traust du mir nicht? Willst du meinen Arbeitsplatz nicht kennenlernen?«

»Doch. Nur bei dem Wort Sanatorium zucke ich zusammen.«

»Es ist ganz anders, als du es dir vorstellst.« Bruno lachte. »Erst bringe ich das Pferd ins Dorf zurück, und dann machen wir in der Nachmittagshitze Siesta. Mittagsruhe«, fügte er hinzu, als er Robins fragenden Blick sah.

Sie runzelte die Stirn. »Sind wir über das Alter nicht hinaus?«

»Du wirst es schon noch zu schätzen wissen. Die Hitze macht müde. Und die Abende sind hier viel länger und reger als in Cannstatt.«

Robin räumte Brunos Sachen aus ihrem neuen Zimmer und stellte sie in einer Kiste vor die Leiter, die zu Brunos Schlafplatz führte. Die mitgebrachten Bücher stapelte sie auf die Kommode, breitete neue Laken auf dem Bett aus und nagelte einen Vorhang vor das kleine Fenster, das sie weit offenstehen ließ, damit Luft hereinwehen konnte. Vom Bett aus beobachtete sie, wie der Stoff sich vor dem Fenster sachte bewegte, und nach einer Weile schlief sie ein.

Bruno polterte ins Zimmer, und Robin schreckte hoch. Mit einem Ruck setzte sie sich auf.

»Ich bin eingeschlafen.« Verwundert rieb sie sich die Augen. »Wie siehst du denn aus?«

Ein grobes Leinenhemd ohne Kragen hing lose über seiner Kniebundhose.

»Du gehst tatsächlich ohne Strümpfe in Sandalen aus dem Haus?« Sie sah auf Brunos nackte Zehen.

»Hast du geglaubt, ich erzähle Lügengeschichten?« Er lachte. »Na, los, gehen wir. Lass die Jacke hier, du wirst schwitzen.«

»Bruno, ich bin noch nie ohne Jacke aus dem Haus gegangen! Meine Radlerhosen sind schon verwegen genug.« Sie zupfte Bruno am Bart.

Er lachte wieder. »Hier ist einiges anders als in Cannstatt.«

Sie durchquerten den verwilderten Garten hinter dem Haus.

»Hast du etwas angebaut?«

»Ja, aber es ist alles von Unkraut überwuchert, weil ich zu lange weg war.«

Mein Bruder, ein Bauer! Robin biss sich auf die Lippen. Sofort fielen ihr Paula und van Maart ein. Es schmerzte immer noch. Doch Bruno hatte nichts bemerkt, er stapfte einen schmalen Weg entlang, der den Hügel hinaufführte. Sie folgt ihm. Seine behaarten Waden erschienen ihr seltsam schamlos, so viel Nacktheit war sie nicht gewohnt.

Über viele Steine und Wurzeln, durch dichtes Grün und an rötlichen Pinienstämmen entlang gelangten sie zu einem breiteren Weg. Der gleiche zottelige Gaul, den sie im Dorf ausgeliehen hatten, trottete ihnen entgegen, er zog einen Karren, beladen mit Brettern. Der Wagenlenker schwenkte grüßend den Arm. Verblüfft blieb Robin stehen. Das Haar des Mannes hing in blonden Strähnen bis weit über seine Schultern herab. Er war bärtig wie Rübezahl und trug die gleiche schlichte Kleidung wie Bruno.

»Meine Güte, was war das?«

»Professor Quentin Nidal, er renoviert sein Haus auf der anderen Seite des Hügels.«

»Ist er Arzt?«

»Nein, Doktor der Philosophie.«

Robin dachte an die Professoren in Tübingen, die in steifen Hemdkragen, mit geschorenen Haaren, akkuraten Scheiteln und gestutzten Backenbärten doziert hatten.

»Komm weiter«, sagte Bruno. »Überall werden kleine Häuser gebaut oder, je nach finanziellen Möglichkeiten, auch kleine Villen. Der Boden hier eignet sich eigentlich nicht zum Anbau, und die Einheimischen halten uns alle für verrückt, weil wir es mit dem steinigen Grund aufnehmen. Aber es lohnt sich, in diesem Klima wächst einfach alles, du hast es ja gesehen. Schubkarrenweise habe ich schon Steine aus meinem Garten geschafft.«

Trotz der abendlichen Stunde begann Robin zu schwitzen und öffnete verstohlen die Knöpfe ihrer Jacke. Immer wieder blieb sie stehen, atmete tief ein und spürte, wie die Anspannung von ihr wich. Nach Thymian und Nadelholz roch die Luft, Zikaden zirpten laut, und aus der Ferne war Hämmern zu hören. Das Licht der Abendsonne färbte alles Grün kräftiger und ließ den weißen Putz des Hauses, das in Sicht kam, leuchten. Eine schwungvolle Treppe führte von beiden Seiten zu einer überdachten Veranda hinauf.

»Das ist die Naturheilanstalt«, sagte Bruno.

Auf der Brüstung saß eine Frau um die vierzig, deren offenes Haar von einem Band aus der Stirn gehalten wurde. Erwachsene Frauen kannte Robin nur mit aufgesteckten Haaren, wenige trugen es abgeschnitten wie sie selbst, aber keine lief mit flatterndem Haar herum, nicht einmal kleine Mädchen. Als sie näher kamen, winkte die Frau und sprang die Treppe herunter, sie war barfuß, und das Kleid, das sie trug, erinnerte Robin an ein Nachthemd. Vielleicht eine der Kranken, die aus dem Bett entflohen war? Robin warf einen schnellen Blick zu ihrem Bruder.

Doch Bruno strahlte über das ganze Gesicht und umarmte die Frau. »Ida! Das ist meine Schwester Robin. Sie wird bei mir leben. Robin, das ist Ida Hofmann, die zusammen mit ihrem Lebensgefährten die Naturheilanstalt gegründet hat.«

Ida schüttelte Robin die Hand. »Mein Beileid zum Tod Ihres Vaters. Ich bin froh, dass Sie Ihren Bruder wieder hergebracht haben, wir brauchen nämlich fähige Leute. Wenn Sie nichts dagegen haben, dann sagen Sie bitte Ida und du. Wir bemühen uns hier, die Klassenschranken zu überwinden.«

»Gerne, Ida. Es ist wundervoll hier.«

»Kommt mit auf die hintere Terrasse.« Mit großer Selbstverständlichkeit schritt sie ihnen voraus durchs Gras.

»Sie hat einen Lebensgefährten?«, fragte Robin leise. »Keinen Ehemann?«

Bruno lächelte. »Da staunst du, was? Sie versuchen wirklich, ein neues Lebenskonzept zu verwirklichen, denn die Gesellschaft muss auch politisch gesunden. Autoritäten werden hier vehement abgelehnt.«

Berg der Wahrheit – ein großes Wort für einen kleinen Hügel, dachte Robin. Dennoch spürte sie die besondere Atmosphäre des Ortes bei jedem Schritt. Haus und Natur verbanden sich harmonisch miteinander, Oleander- und Hibiskusblüten verströmten einen süßen Duft und tupften das Grün der Büsche und unteren Äste mit allen Rot- und Rosatönen.

Auf der Terrasse erkannte Robin den langhaarigen Professor Quentin Nidal wieder, der sie und Bruno zwar freudig begrüßte, es aber nicht für nötig hielt, sich aus seinem Korbstuhl zu erheben. Keine Förmlichkeiten, keine Handküsse. Tee wurde eingeschenkt, und die drei Freunde begannen sofort angeregt, Neuigkeiten auszutauschen.

Über die sanft abfallende Wiese mit Sommerblumen konnte Robin bis hinunter ins Tal sehen, bis zur schwarzen Wasserfläche des Lago Maggiore, bis zum Horizont, wo die Sonne ihr Abendrot über die schneebedeckten Spitzen der Berge hauchte.

»Lass hören, was bringst du noch Schönes aus Deutschland mit?«, fragte Ida. »Außer deiner hübschen Schwester.« Sie zwinkerte Robin zu.

Robin lächelte zurück. Sie staunte immer noch über die verwilderte Erscheinung des Professors, und Idas saloppes Geplänkel schüchterte sie ein.

Bruno überlegte einen Moment, aber er schien die Frage erwartet zu haben. »Du wirst nicht schön finden, was in den Zeitungen steht. Es wird viel über die Relativitätstheorie geschrieben. Die Atome beschäftigen die Welt.«

»Ich finde die Vorstellung entsetzlich, dass sich alles in immer kleinere Teile aufspalten lässt. Wo bleibt da die Substanz?«

»Und die Seele?«, fragte Quentin.

»Wir müssen uns bemühen, in dieser Auflösung nicht verloren zu gehen.« Ida schüttelte den Kopf.

Bruno blickte in die Runde. »Darum sind wir hier, um die Welt neu zu definieren. Ist es nicht so?«

»Ja, wir suchen nach Antworten.« Quentin nickte und strich sich den langen Bart.

Ida zündete eine Petroleumlampe an, sofort schwirrten kleine Motten um den Lampenschirm. Als Bruno beide Arme über den Kopf streckte und voller Inbrunst ausrief, wie sehr er alles vermisst habe, strubbelte sie ihm durch das Haar. »Unser kleiner Apotheker ist wieder da.«

Solche Vertraulichkeiten wären in einer gemischten Gesellschaft in Cannstatt undenkbar. Quentin kratzte sich ungeniert den Bauch und gähnte dabei. Ida setzte sich wieder in ihren Korbstuhl, hängte ein Bein über die Armlehne und zupfte nachlässig ihr nachthemdartiges Gewand zurecht.

»Wir müssen uns auf die Zwischenräume besinnen, die zwischen den Atomen, wisst ihr?«, sagte sie.

»Ja, ja, die Zwischenräume.« Quentin nickte. »Dort finden wir uns wieder und die unbewusste Seele, wie Doktor Freud sie beschreibt.«

»Aber was fangen wir mit ihr an?« Bruno breitete theatralisch die Arme aus.

»Wir erschaffen Kunst. Das ist das Einzige, das die Welt zusammenhält.« Ida hob einen Zeigefinger. »Kunst aus unserer tiefsten Seele!«

»Nur die Kunst kann die Welt wirklich verändern«, pflichtete ihr Quentin bei.

»Und was mache ich?«, fragte Bruno. »Ich bin kein Künstler.«

»Jeder Mensch ist ein Künstler. Wenn du dein Leben im Einklang mit deiner Seele gestaltest, ist das Kunst.«

Bruno überlegte einen Moment. »Es ist meine Bestimmung, hier zu sein, das spüre ich genau. Es erfüllt mich mit Zufriedenheit, dass ich so lebe und arbeite, wie es mir gefällt.«

Ida nickte eifrig. »Wunderbar! Dann bist du ein Lebenskünstler.«

»Was ist mit dir, Robin? Was beschäftigt dich?«, fragte Quentin.

Robin zog ihre Jacke aus und hängte sie über die Sessellehne. Während sie die Ärmel ihrer Bluse hochkrempelte, sagte sie langsam: »Ich lasse mir einen hellen Leinenanzug schneidern.«

Als sie die verdutzten Gesichter von Ida und Quentin sah, lachte sie.

Bruno klopfte auf ihre Schulter und stimmte in ihr Lachen ein. »Genau, einen ordentlichen Anzug soll sie haben.«

»Einen neuen Anzug für Robin!« Quentin hob seine Tasse.

»Auf Robins neuen Anzug«, rief Ida. »Es ist eine

wunderbare Kunst, sich selbst zu finden und auszudrücken.«

Robin fühlte sich beschwipst. Die Freiheit, das musste die Freiheit sein, die da so leicht durch ihre Adern floss. Sie drückte Bruno einen Kuss auf die Wange.

»Danke«, flüsterte sie. »Danke für das neue Leben.«

Am nächsten Morgen begleitete Quentin Robin ins Dorf, weil Bruno im Sanatorium gebraucht wurde. Der Schneider, bei dem sie Maß nehmen ließ, sagte kein Wort dazu, dass sie ihm einen Herrenschnitt in Auftrag gab.

»Die wundern sich über gar nichts, solange sie an uns Geld verdienen. Sind schlaue Leute, diese Asconer, sie stammen allesamt von Piraten ab, vielleicht zeigen sie deswegen nicht, dass sie uns nicht mögen«, sagte Quentin, als er sie in weitere Läden führte, damit sie Lebensmittel einkaufen konnte.

»Schnell sind sie hier auch nicht gerade«, fügte Robin hinzu. Der Schneider hatte versprochen, dass sie den Anzug in zwei Wochen abholen könne.

Robin stand mit Bruno zusammen sehr früh auf, und während er in der Naturheilanstalt die Gäste über gesunde Lebensweise aufklärte und Arzneien verschrieb, nachmittags bei den Bau- und Gartenarbeiten half, bewässerte sie das Gemüse und jätete Unkraut, erntete Kirschen und Erdbeeren, schrubbte den Holzboden und wusch ihre Kleidung in einem Zuber. Bevor Bruno abends zurückkehrte, hatte sie Kartoffeln geschält und gekocht. Anfangs erzeugte sie einen mächtigen Qualm im Häuschen, aber bald hatte sie heraus, wie der Herd funktionierte. In der Mittagshitze döste sie in ihrem Schlafzimmer und sah der Gardine beim Tanzen zu.

Als Bruno sich eines Abends verspätete und Robin schließlich allein zu essen begann, wurde ihr klar, wie sehnsüchtig sie ihren Bruder jeden Tag erwartete. Er war der Einzige, mit dem sie sich unterhalten konnte, und allmählich ging ihr der Gesprächsstoff aus, denn sie mochte ihm nicht andauernd von der erledigten Hausarbeit und Gartenpflege berichten, Tätigkeiten, die sie nie angestrebt hatte. Sollte sie in der Naturheilanstalt eine Aufgabe übernehmen? Doch Zäune errichten und Steine ausgraben wollte sie nicht. Vielleicht brauchte Ida Hilfe bei der Buchhaltung oder im Laden der Cooperative? Doch vorerst konnte sie nicht fragen, denn Ida war mit ihrem Lebensgefährten nach Locarno gefahren.

Sie stapelte das schmutzige Geschirr im Schüttstein und beschloss, es erst am nächsten Tag abzuspülen. Unruhig ging sie hin und her. Überall fielen ihr Arbeiten auf, die getan werden mussten, wozu sie sich aber nicht aufraffen konnte. Auf der Veranda sah sie dem Sonnenlicht beim Schwinden zu und bohrte mit dem Finger ein Loch in ihrem Blusenstoff zwischen Manschette und Ärmel größer. Brach die Schwermut wieder über sie herein? Würde der Leinenanzug sie wirklich glücklicher machen? In den letzten Tagen trug sie wieder ihre Reformkleider, weil sie in denen weniger schwitzte als in der Radlerhose, die sie nur mit Strümpfen tragen konnte. Sie brachte es nicht fertig, mit nackten Waden herumzulaufen. Sie hätte sich eine Arbeitshose schneidern lassen sollen! Müde ging sie ins Haus. Vor Brunos Rasierspiegel bürstete sie ihr kurzes

Haar und musterte ihr kantiges Gesicht. Sie blieb doch immer die Gleiche.

Tanz auf dem Berg

Am Morgen, als der Anzug abgeholt werden konnte, war sie doch aufgeregt. Sie weigerte sich, ihn beim Schneider anzuprobieren.

»Wenn etwas nicht sitzt, dann komme ich wieder.«

In ihrer Schlafkammer hängte sie den Kleiderbügel mit dem Anzug an einen Nagel am Türrahmen. Zuerst wollte sie sich waschen. Als könnte sie mit Wasser und Seife wegspülen, was noch düster in ihr spukte, und damit die Schwermut endlich hinter sich lassen. In Unterwäsche stand sie vor dem hellen Leinen und strich andächtig über den Stoff.

Langsam zog Robin die Hose mit weitem Schlag an, schloss die Knöpfe und zog einen Gürtel in die Schlaufen. Das Hemd saß perfekt über ihren Schultern. Sie knöpfte vor dem Spiegel den Kragen fest und schlüpfte in die Jacke. Die blank polierten Schuhe standen schon seit Tagen bereit.

Im Haus gab es keinen großen Spiegel, aber es war bereits dunkel, und so konnte sie sich beim Schein der Lampe im Glas des Fensters sehen. Sie kämmte die Haare mit Wasser nach hinten und musterte ihr Spiegelbild.

Während sie den Hügel hinaufstieg, langsam einen Schritt vor den anderen setzte und den Leinenstoff kühl und rau über die Haut ihrer Beine rutschen spürte, stieg eine prickelnde Erwartung in ihr hoch, als würde das Fest heute Abend ihr zu Ehren abgehalten. Schon seit Tagen hatte Bruno davon gesprochen, dass besonders viele Leute kommen würden. Hunderte Kerzen und Fackeln erleuchteten die Wiese vor dem Sanatorium, die von Besuchern wimmelte.

Niemand wusste von der feierlichen Stimmung, in der sie zwischen den Menschen und Lichtern hindurchging. Das war ihr besonderer Tag. Immer wieder zupfte sie die Manschetten ihres Hemdes zurecht, damit sie genau einen Zentimeter aus der Jacke hervorschauten, und strich die Haare aus der Stirn.

Am Rand der Wiese war ein Buffet aufgebaut: geschnittenes Obst mit Nüssen, Gemüse und Salate in Holzschüsseln, Obst- und Gemüsesäfte – das, was die Lebensreformer immer zu sich nahmen. Die Gäste saßen in Grüppchen auf Decken im Gras beieinander und aßen gemeinsam von Tellern, die sie in die Mitte gestellt hatten. Andere schlenderten umher. Robin wurde freundlich zugenickt, manche kannten sie schon mit Namen, aber auch Unbekannte grüßten sie. Jemand stand auf, trug ein Gedicht vor. In einer anderen Ecke des Gartens wurden Lieder gesungen und Musikstücke mit ungewöhnlichen Instrumenten dargebracht. Robin hörte zum ersten Mal eine griechische Lyra und das Trommeln auf einem ausgehöhlten Baumstamm.

Die Hände in den Hosentaschen, schlenderte sie mit erhobenem Kopf und einem Lächeln auf den Lippen umher. An diesem Abend schien ihr alles perfekt zu sein. Keiner sah sie schief an, niemand verzog kritisch das Gesicht. Zum ersten Mal in ihrem Leben fühlte sie sich wohl in ihrer Haut, weil sie in der richtigen Kleidung steckte.

»Robin«, rief Quentin. »Das ist Oskar Summer, mein Herzensbruder.«

Oskar verneigte sich und schüttelte Robin die Hand. »Sehr erfreut. Ich habe schon viel von dir gehört.«

Robin zuckte zusammen.

»Nur das Beste«, beeilte sich Oskar hinzuzufügen.

»Oskar schreibt Gedichte«, erklärte Quentin. »Und eines davon wird er jetzt vortragen. Möchtest du mitkommen und es dir anhören?«

Robin nickte. Sie ging neben den beiden Männern, die sich eingehakt hatten, und musterte sie unauffällig. Oskar trug das Haar zu einem Pferdeschwänzchen gebunden. Er wirkte wie ein mittelalterlicher Minnesänger mit Pluderhose und Weste. Auf dem Kopf trug er ein samtenes Barett. Auffallend liebevoll sahen die Männer sich in die Augen und berührten beim Sprechen die Hände des anderen.

Wer hätte gedacht, dass es einen Ort geben würde, der meine Toleranz herausfordert, dachte Robin. Gegen die Enge in Cannstatt hatte sie sich aufgelehnt, und nun schnappte sie selbst innerlich immer wieder nach Luft, so unglaublich erschienen ihr die Dinge, die sie hier erlebte.

Oskar deklamierte ein kleines Gedicht über die Liebe und die Blumen und sah dabei unentwegt Quentin an, der ungeniert strahlte. Keiner schien sich daran zu stören, dass die beiden ihre Zuneigung offen bekundeten.

Während die Zuhörer klatschten, ging Robin bis zum Rand der Wiese, wo es dunkler und ruhiger war. Im Nachthimmel blinkten vereinzelte Sterne. Sie dachte an Paula und spürte, wie sehr sie sich nach Vertrautheit und Nähe sehnte. Lise hatte gesagt, das Glück erwarte sie im Süden. Stumm schickte sie der Alten einen Gruß durch die Nacht und wandte sich dann wieder den Stimmen und dem Gelächter zu.

Alle versammelten sich auf einem Wiesenstück, und Robin hielt nach ihrem Bruder Ausschau.

»Da ist Jennifer«, flüsterte ein Mann, der neben Robin stand. »Die Tänzerin.«

Sie hatte noch nie eine Tanzvorführung unter freiem Himmel erlebt. Die Haare streng zurückgebunden, mit konzentrierter Miene, wartete eine zierliche Frau in der Mitte des Kreises, bis die Zuschauer verstummten. Sie trug ein fließendes Gewand, das ihr bis zu den Waden reichte. Weite Ärmel hingen bis über ihre Fingerspitzen.

Das war also Jennifer. Sie und ihre Vorführungen waren schon auf mehreren Plakaten im Dorf als »Die Tänzerin des *Neuen Tanzes*« angekündigt worden.

Als sie sich zu bewegen begann, erklang ein metallisches Klingeln und Scheppern von Bändern mit Schellen und kleinen Glöckchen, die sie um ihre Handgelenke und Fesseln gebunden hatte. Wie von einem Schrecken erfasst, streckte sie die Arme vor und erstarrte, zuckte dann zusammen. Ihre Leibesmitte wurde zu einer Welle, die sich aufbäumte und wieder abebbte, sodass die Bewegungen qualvoll und schmerzhaft wirkten, bis sie in einem Zusammenzucken endeten. Sie ballte sich zu einem Knäuel auf der Erde zusammen, rollte herum, schnellte ohne Atempause empor und überquerte mit riesigen Sätzen das Gras. Ihre bloßen Füße berührten kaum den Boden.

War Robin die Musik anfangs dürftig vorgekommen und hatte sie ein Orchester vermisst, so schien ihr jetzt das Scheppern der Schellen die richtige Begleitung für Jennifers Tanz durch die Nacht. Sie tastete mit den Händen die Luft ab, suchte oben, unten, hier und dort. Vergeblichkeit. Der klägliche Ton unterstrich ihre Bewegungen, während ihr Gesicht im Schein der Fackeln leuchtete. Schließlich stoppte sie knapp vor der ersten Zuschauerreihe, genau da, wo Robin stand, und als sie blitzschnell zurückwich, flatterten die Ärmel wie eine Fahne und erzeugten einen Lufthauch, der Robins Wange streifte.

Es sah aus, als wäre Jennifer gestürzt, und das Publikum schrie auf, doch sie rollte über das Gras, und in einer Wende über die Schulter kam sie wieder auf die Füße und suchte weiter, was immer ihr fehlen mochte, in trippelnden Schritten, dann wieder in schleppendem Gang. Und das leise Klingen der Glöckchen verstärkte das Gefühl der Sehnsucht, das sie anzutreiben schien und das mit einem Mal auch in Robins Brust zog. Jennifer tanzte weder schön noch anmutig, sie bewegte sich wild und forderte Gefühle heraus. Ein Frösteln überzog Robins Haut, als Jennifer auf Knien über das Gras kroch, als würden sie die Kräfte verlassen, als würde alle Hoffnung schwinden, das Gesuchte zu finden. Tastend streckte sie sich aus und blieb schließlich auf dem Rücken liegen. Ein letztes Zucken, dann verhallte der scheppernde Ton wie ein Scherbenklirren. Sie lag still, und auch niemand im Publikum rührte sich.

Robin hielt den Atem an, nichts geschah, sie hob den Kopf, um zu sehen, was Jennifer wohl anschauen mochte. Der volle Mond stand über ihnen. Robin spürte ihr Herz heftig schlagen.

Die Zuschauer um sie herum klatschten schließlich und zerstreuten sich. Jennifer war verschwunden.

Die Begegnung

Nur in Ascona war es möglich, ohne Begleitung im Café zu sitzen und auch noch die anderen Gäste zu mustern. Ein paar Tische entfernt entdeckte Jennifer eine Person, die sie auf den ersten Blick für einen Mann hielt. Doch da stimmte etwas nicht. Eckige Schultern unter dem hellen Leinenjackett. Das nach hinten gekämmte schwarze Haar berührte kaum den Kragen des Hemdes. Ein glattes Kinn, zu glatt. Gelegentlich hatte Jennifer schon Frauen in Hosen und mit kurzen Haaren gesehen, aber keine, die, den Knöchel ihres Fußes auf das Knie des anderen Beins gelegt, im Korbstuhl saß und Zeitung las.

Ein lauer Wind wehte durch den Innenhof der Osteria hinter der Kirche in Ascona und brachte die riesigen Blatthände einer Kastanie zum Winken. Sonne und Schatten huschten abwechselnd über das Gesicht der Frau, und Jennifer sah sie einmal deutlich, einmal im Zwielicht. In ihrem Kiefer zuckte ein Muskel, während sie die Zeitung umblätterte. Die Hände waren groß, ohne Ringe. Jetzt runzelte sie die Brauen und faltete sorgsam die Zeitung zusammen und erhob sich. Sie kam mit großen Schritten näher, und Jennifer hätte die

Augen senken sollen, doch sie starrte auf die Hüften und die kleine Wölbung ihres Bauches zwischen den Hüftknochen. Nur ein kleiner Hügel – aber eindeutig der einer Frau. Hitze schoss in Jennifers Gesicht, schnell beugte sie sich über ihre Tasche und suchte nach dem Portemonnaie.

Die Frau blieb neben dem Tisch stehen und streckte ihr die Hand entgegen. »Ich heiße Robin.«

»Jennifer.« Ihre Stimme war belegt.

»Ich weiß, ich habe dich tanzen sehen.«

»Entschuldige bitte, dass ich dich angestarrt habe.« Jennifer blieb mit ihrem Blick an Robins Schuhen hängen, die Spitzen glänzten.

Robin lachte. »Ich hatte ja gestern schon die Gelegenheit.«

Jennifer erhob sich hastig und warf ein paar Münzen auf den Tisch. Mit einer galanten Armbewegung deutete Robin an, dass sie ihr den Vortritt lassen wolle. Jennifer klemmte ihre Handtasche unter den Arm und ging mit unsicherem Schritt über den Kies. Sie spürte Robins Blick im Nacken. Nervös prüfte sie, ob eine Strähne aus ihrem aufgesteckten Haar herausgerutscht war. Kurz vor dem gemauerten Bogen am Ausgang überholte Robin sie ohne Eile, öffnete das Tor und ließ sie vorausgehen.

Sie schlenderten die Gasse hinunter zum Hafen. Nur dort war die Straße breit genug für ein Automobil. Jennifer hielt nach dem Chauffeur Ausschau.

»Du bist Deutsche?«, fragte Robin.

»Ja, aber ich bin in Paris aufgewachsen. Und du?«

»In Cannstatt, das gehört heute zu Stuttgart.«

»Aber ja! Das kenne ich von einem kurzen Aufenthalt.«

Immer wieder sah sie in Robins Gesicht und war fasziniert. Dann drehte sie schnell wieder den Kopf weg und schaute auf das Wasser des Lago Maggiore, das ihr heute besonders blau vorkam. Alle Farben schienen intensiver geworden zu sein. Sie lachte grundlos, und Robin lächelte.

Der Chauffeur hockte auf der Ufermauer und rauchte. Als er Jennifer kommen sah, erhob er sich, warf die Zigarette ins Wasser und rückte die Kappe zurecht. Er stand stramm neben dem Wagen, bereit, ihr die Tür zu öffnen.

Jennifer verlangsamte ihren Schritt, bevor sie in Hörweite kamen. Sie wollte sich nicht verabschieden, ohne zu wissen, wann sie Robin wiedersehen würde, auf keinen Fall konnte sie es dem Zufall überlassen, auch wenn die Gemeinschaft hier überschaubar war.

»Wo wohnst du? Darf ich dich besuchen kommen?«

»Ich … ja. Ich …«

»Entschuldige, ich wollte nicht …«

»Nein, nein, doch, ja. Ich … gerne.«

Sie lachten beide.

Robin sagte: »Ich bin die ungezwungene Art, die hier herrscht, noch nicht gewohnt und erscheine dir sicher hölzern. Bitte, ich freue mich sehr.«

»Heute Nachmittag? Aber wir können uns selbstverständlich auch an deine Gewohnheiten halten.«

»Heute ist genau richtig.« Robin beschrieb ihr den Weg. »Nur wird der Wagen dort nicht hinkommen.«

»Ich finde dich überall.« Jennifer hüpfte nun doch die letzten Schritte zum Automobil.

Barfuß

Robin bügelte ihren Leinenanzug und kleidete sich sorgfältig an. Ihre Schuhe hielt sie am Fenster ins Sonnenlicht. Wie sie befürchtet hatte, war die Oberfläche zerschrammt von vielen kleinen Kratzern. Die Wege hier waren steinig, und das Leder zerschliss schneller, als sie es von Cannstatt gewöhnt war. Mit einem Lappen und schwarzer Schuhcreme wienerte sie so lange, bis die Spitzen wieder glänzten, dann schlüpfte sie hinein.

Sie kontrollierte vor dem kleinen Spiegel über der Waschschüssel den Sitz ihres Kragens. Auf der Ablage unter dem Spiegel stand Brunos Pomade. Sie schnupperte daran. Fremd und doch vertraut; so hatte ihr Bruder früher gerochen. Sie tupfte mit zwei Fingern in die fettige Masse und verteilte sie im Haar. Danach kämmte sie es nach hinten. Sie drehte den Kopf hin und her. Die Kieferpartie wirkte kantig, das Kinn energisch. Sie sah sich selbst prüfend in die Augen und lächelte.

Im selben Moment klopfte es, und Jennifer stürmte herein.

»Siehst du, ich habe dich gefunden!« Ihre Haare waren zerzaust und die Wangen gerötet. Sie trug ein weißes Musselinkleid und einen Strohhut.

»Bist du den ganzen Weg gerannt?«

»Ich konnte es nicht erwarten, mit dir einen Spaziergang zu machen.«

»Einen Spaziergang?«

»Ja, ich weiß, das kommt dir seltsam vor. Als ich noch in Paris lebte, ließ ich mich auch vom Chauffeur zu den Parkanlagen bringen, um ein wenig zu flanieren.« Sie lachte. »Kein Mensch streift dort durch die Wildnis.«

»Du irrst dich. Ich gehe gerne in die Natur.«

»Das sagst du nur, um mir zu gefallen.«

»Ich bin nicht so etepetete, wie du denkst.«

»Also willst du mir nicht gefallen?« Jennifer zog die Augenbrauen hoch.

Robin war verwirrt. »Machst du dich über mich lustig?«

»Ich necke dich, liebe Robin. Aber das scheinst du nicht gewöhnt zu sein.«

»Ist das die französische Art?« Robin wollte schlagfertig sein, fühlte sich aber unbeholfen.

»Sagen wir, es ist die Jenniferart.«

»Dann gehen wir auf Jenniferart durch die Wildnis, und ich beweise meinen Heldenmut.«

Der Weg wand sich steil den Berg hinunter. Ein kleiner Bach sprudelte über Steine, und sie mussten immer wieder darüberspringen. Es roch nach dem Harz der Pinien. Zikaden zirpten, ansonsten hörte man nur ihre Schritte auf dem Weg und das Gurgeln des Wassers. Dichtes Grün umfing sie.

Jennifer hakte sich bei ihr ein, sobald der Weg breit genug war, um nebeneinander zu gehen. Sie schwiegen, und Robin wagte einen verstohlenen Blick zur Seite. Jennifer wirkte zufrieden.

Weiter unten im Tal verbreiterte sich der Bach.

»Lass uns hier rasten.« Jennifer zeigte auf eine sandige Stelle am Ufer.

Robin seufzte. Wenn sie da entlangginge, dann wären ihre Schuhe vollständig ruiniert.

»Was ist?« Jennifer drehte sich nach ihr um.

Robin senkte den Kopf und steckte die Hände in die Hosentaschen. Jennifer besaß bestimmt unendlich viele Paar Schuhe.

»Wir baden die Füße im Bach, das wird uns erfrischen.« Jennifer hockte sich auf einen großen Stein und begann, ihre Stiefel aufzuknöpfen. Ungeniert hob sie den Rock und rollte die Strümpfe herunter.

Robin erstarrte. »Ausziehen?«

»Ja, oder willst du mit Schuhen ins Wasser gehen?« Sie knüllte einen ihrer Seidenstrümpfe zusammen und warf ihn Robin entgegen. Robin fing ihn auf. Sie hielt die Seide zwischen den Fingern und glaubte, die Wärme von Jennifers Haut spüren zu können. »Du bist unglaublich.«

Jennifer war schon auf dem Weg zum Ufer. Sie schürzte den Rock und platschte ins seichte Wasser.

»Komm, es ist wunderbar«, rief sie über die Schulter zurück.

Robin zog die Schnürsenkel auf. Sorgfältig stellte sie ihre Schuhe auf einen flachen Stein. Das Leder war schon ganz grau vom Staub des Weges geworden. Sie legte ihre Strümpfe daneben und krempelte die Hosenbeine bis zum Knie hoch. Über den Sand lief sie zum Ufer.

»Wo bleibst du denn?« Jennifer platschte herum.

Robin sah auf ihre Füße, die halb im Sand versanken, und auf ihre Unterschenkel.

»An diesen Stellen hat meine Haut noch nie die Sonne abbekommen!«

»Dann bist du jetzt eine echte Abenteurerin.«

»Du lachst schon wieder über mich.«

»Du scheinst eine gewisse Engstirnigkeit aus Stuttgart mitgebracht zu haben«, sagte Jennifer und schlug sich im selben Moment auf den Mund. »Verzeih mir, bitte, ich habe es nicht so gemeint.«

Robin ging ein paar Schritte rückwärts aus dem Wasser heraus. »Es mag dir idiotisch vorkommen, doch so viel Heidenspaß bin ich tatsächlich nicht gewöhnt.« Sie ärgerte sich, dass ihre Stimme beleidigt klang.

»Heidenspaß? Bist du etwa auch noch bigott?« Jennifer schlurfte durch das Wasser und beugte sich neugierig vor, als wäre Robin ein seltener Käfer.

»Ich bin nicht einmal gläubig.«

»Du beantwortest wirklich brav jede Frage«, stellte Jennifer fest.

Robin runzelte die Brauen. »Wozu stellst du Fragen, wenn du keine Antwort erwartest? Welch seltsames Spiel treibst du mit mir?«

»Ach, sei nicht böse. Es ist ein Spiel! Ja, wirklich. Spielt ihr keine Spiele in Deutschland?«

»Natürlich, aber es gibt Regeln, Spielregeln.«

Jennifer kam aus dem Wasser und setzte sich im Schatten einer Pinie in den Sand.

»Was ist, habe ich dich vergrätzt?« Sie hob die Hand zum Schutz vor der Sonne über die Augen und blinzelte.

Robin stand immer noch am Ufer und rang mit sich. Sie spürte den Impuls wegzulaufen, ihre Schuhe zu nehmen und nach Hause zu rennen.

»Setzt dich doch zu mir. Ich beiße nicht.«

Robin zögerte. Ihr neuer Anzug könnte Harz abbekommen. Trotzdem ließ sie sich neben Jennifer nieder.

»Ich fürchte, ich bin eine größere Stadtpflanze, als ich dachte.«

»Du bist eine wunderschöne, große Pflanze.« Jennifer

sah ihr direkt in die Augen.

Schnell drehte Robin den Kopf weg und nahm einen Pinienzapfen in die Hand.

»Die sind fünfmal so groß wie die Zapfen zu Hause«, sagte sie, nur um irgendetwas zu sagen. Jennifer löste Gefühle in ihr aus, die sie schon lange nicht mehr in dieser Heftigkeit gespürt hatte. Sie drückte die Hände gegen den Pinienzapfen, bis sie die Kanten scharf in ihrer Handfläche spürte. Sie musste ihre Gefühle kontrollieren.

»Wir haben jetzt genug über mich geredet«, sagte sie. »Erzähl mir, was dich hierher geführt hat, an diesen Ort der Ausnahmen.«

»Das hast du schön gesagt. Genau das ist der Grund, warum ich hier bin. Meine Mutter liebt das Ungewöhnliche.«

»Dein Tanz ist auf jeden Fall ungewöhnlich.«

»Ich hoffe, das ist ein Kompliment?«

Robin stutzte. »Ja«, sagte sie hastig. »Ja, natürlich.«

»Warum hast du gezögert?«

»Jennifer, ich bin es nicht gewohnt, Komplimente zu machen.« Robin warf den Pinienzapfen ins Wasser. Er schaukelte auf und ab.

»Tja, dann schätze ich dieses Kompliment als ein besonders galantes.« Jennifer lachte.

Der Pinienzapfen wurde plötzlich von einem Strudel weggerissen und sauste davon.

»Ich werde mich bemühen, treffendere Worte für deinen Tanz zu finden, das kann ich dir versprechen. Wann trittst du wieder auf?«

»Du willst mich tanzen sehen?«

»Ja, natürlich.«

Sie hatte blaue Augen, wie Paula, und doch waren sie anders. Dunkler? Wärmer? Lebendiger? Auch ihr Wesen war anders. Während sie sich über Idas geselligen Abend und die verschiedenen Darbietungen unterhielten, sagte sich Robin, dass nichts dabei war, sich für eine moderne Tanzrichtung zu interessieren.

Zeitung

Valentine lag im Liegestuhl auf der Terrasse und las laut aus der Wochenzeitung aus Locarno vor. Roger McLinn saß neben ihr, wie so oft in den letzten Monaten, und sie übersetzte ihm Passagen, die sie wichtig fand. Der Maler brachte ihr Englisch bei, und Jennifer staunte, wie schnell Valentine die Sprache gelernt hatte, sie konnte sich inzwischen mühelos mit ihm unterhalten.

Jennifer stand in der Tür und beobachtete den Amerikaner, mit dem Valentine sie anscheinend verkuppeln wollte. Ein gut aussehender Mann mit tadellosen Manieren, der zwar gerne mit den anderen Künstlern auf dem Berg über die Bedeutung der Kunst für die Gesellschaft philosophierte, aber weder Reformkleidung trug noch die Haare wachsen ließ. Sicher war er fast so alt wie Valentine, und es schüttelte sie bei einem Blick auf seine schlanken Finger. Er mochte ja interessante Bilder malen, aber berühren lassen wollte sie sich von ihm nicht.

McLinn begrüßte sie und bot ihr seinen Liegestuhl an, doch Jennifer lehnte ab.

»Du hast einen Verehrer deiner Kunst gefunden«, rief Valentine. »Hör zu, was hier steht: *Ein Tanz, den die Fantasie zum Leben erweckt hat. Jennifer von Waldenburg tanzt den* Neuen Tanz, *der wahrhaftig diesen Namen verdient, wenn sie ihren Körper bewegt. Sie lässt Goethes Interpretationen der griechischen Kunst hinter sich. Sie ist weder maßvoll noch streng, auch die Kühle des Pantheons ist nicht ihr Ziel. Ihr Tanz lebt von Kontrasten. Engelsflügel tragen sie durch den Raum, dann wieder schockiert sie mit bizarren Formen und bleibt doch unwiderstehlich in den Illusionen, die sie auf die Naturbühne zaubert.*

Valentine legte die Zeitung auf ihre Knie.

Jennifer runzelte die Stirn. »Wer hat das geschrieben?«

»Robert K.«

»Sie heißt Robin, nicht Robert!« Jennifer nahm die Zeitung. »Tatsächlich. Robert K.«

»Dann verwendet sie ein Pseudonym«, sagte McLinn. »Das machen viele Frauen. Soll ich Ihnen den Artikel ausschneiden?« Er eilte hinein, um eine Schere zu holen.

»Ist Roger nicht reizend?«, fragte Valentine.

»Ach, Maman.« Jennifer begann, den Artikel noch einmal zu lesen.

1912
Verliebt

Du bist verliebt.« Bruno saß mit hochgekrempelten Ärmeln am Küchentisch und musterte Robin mit einem Lächeln.

»Wie kommst du denn auf diese Idee?« Robin drehte

sich zum Herd und schob geschäftig die Töpfe hin und her, damit Bruno nicht bemerkte, wie ihr Gesicht zu glühen begann.

»Das ist leicht zu erraten. Du hast so ein bestimmtes Lachen.«

»Was für ein Lachen? Ich lache eben.«

»Du gluckst und zwar schon seit Wochen«, beharrte Bruno. Er trat neben sie und sah ihr forschend ins Gesicht. »Schwesterlein, Schwesterlein.«

Sie stieß ihn mit dem Ellenbogen weg. »Jetzt lass die Sprüche, deck den Tisch.«

Sie musste sich mehr beherrschen. Überhaupt sollte sie ihre Gefühle im Zaum halten. Gut, dass Bruno sie darauf aufmerksam machte.

Er kramte in der Schublade nach Besteck, und Robin schöpfte Gemüse auf die bereitgestellten Teller. Mit einer Gabel fischte sie sich ein Würstchen heraus.

»Du magst ja kein Fleisch mehr«, sagte sie.

»Wenigstens isst du noch. Bei manchen Verliebten tritt auch Appetitverlust ein.« Er grinste und begann, die Gemüsesuppe zu löffeln.

Robin zuckte mit den Schultern und schnitt die Wurst in Stücke. Wenn er wüsste, dass das heute ihre erste Mahlzeit war. Tatsächlich hatte sie das Essen vergessen. Sie hatte den ganzen Vormittag auf der Bank in der Sonne gesessen und den Horizont betrachtet, ohne etwas zu sehen. Vor ihrem inneren Auge hatte Jennifer hundert Mal den Rock gehoben und die Strümpfe heruntergerollt.

»Geistige Abwesenheit und Musiksucht. Wer ist es?« Bruno beugte sich zu ihr.

»Was? Was meinst du?«

»Na, du sitzt jeden Abend neben Ida, forderst sie auf, stundenlang Klavier zu spielen, und hörst ihr dabei völlig entrückt zu.«

»Ida spielt eben sehr gut.« Robin bemühte sich um einen gleichmütigen Gesichtsausdruck.

»Siehst du, du bist schon wieder entschwebt.« Bruno klopfte mit dem Löffel gegen den Tellerrand. Das Klirren ließ Robin hochschrecken. Sie hatte nur in ihrer Suppe gerührt.

»Iss«, befahl Bruno lachend. »Man kann nicht von Luft und Liebe leben, auch wenn das immer behauptet wird.«

»Ja, Herr Doktor.« Sie zwang sich, einen Löffel in den Mund zu schieben. »Ich werde heute Abend zu Ida gehen.«

»Ich habe es nicht anders erwartet.« Bruno schob seinen leeren Teller zurück und schenkte Kräutertee in die Tassen ein.

»Hör auf, so unverschämt zu grinsen. Was verstehst du schon von Kunst, du Kräuterapotheker!«

Bruno lachte gutmütig. »Ich verstehe etwas von liebeskranken Herzen.«

Robin stellte die Teller zusammen und stand abrupt auf.

Was würde er sagen, wenn er wüsste, wie es wirklich um sie stand?

Während sie spülte und abtrocknete, schlürfte Bruno seinen Tee, legte die Füße auf den zweiten Stuhl und gähnte herzhaft.

»Ich bin so müde. Wir haben heute zwei Kilometer Elektrokabel wieder ausgegraben. Es war ein Fehler, sie unter der Erde zu verlegen. Sieht schöner aus, aber sie geben Strom an die Erde ab.«

»Wie habt ihr das gemerkt?«

»Die Stromrechnung war gewaltig. Der Kerl hat uns schlecht isoliertes Material verkauft.«

»Gehst du nicht mit zu Ida?« Robin hängte das Geschirrtuch über die Holzstange am Herd.

»Ich rühr mich nicht mehr vom Fleck.«

Sie öffnete die Ofenklappe und stocherte in der Glut, sodass das Feuer noch einmal aufflackerte.

»Es ist warm genug, hör auf«, maulte Bruno.

»Ich muss bügeln.« Sie stellte das Eisen auf den Herd und breitete eine alte Decke über den Tisch. Bruno brachte hastig seine Tasse in Sicherheit.

»Du bügelst deinen Anzug jeden Tag. Er wird bald durchgescheuert sein.«

»Ich werde mich nie an eure Reformkleidung gewöhnen.«

Bruno strich sein weites Hemd über dem Bauch glatt. Er wackelte mit den Zehen.

»Genau das meine ich.« Robin wies mit dem Kinn zu seinen nackten Füßen, die vor Dreck ganz schwarz waren.

»So sehen Füße aus, die gearbeitet haben«, sagte Bruno zufrieden.

Robin ging in ihre Schlafkammer und holte das Jackett, das auf einem Bügel hing. Sie schüttelte es aus. Als sie an Bruno vorbeiging, hielt er sie am Unterarm fest.

»Zeig mal deine Finger.« Er drehte ihre Hand und tippte auf ihren rechten Zeigefinger. Er war schwarz verfärbt, ebenso der Mittelfinger.

»Du hast also auch gearbeitet.«

Sie entzog ihm ihre Hand, legte das Jackett auf die Decke und begann, es mit dem Eisen und einem feuchten Tuch zu plätten.

»Wann kriege ich es zu lesen?«

Robin schnaubte. »Wenn es fertig ist.«

Bruno beobachtete, wie sie sich ankleidete und den Lappen für ihre Schuhe suchte.

»Du bist so eitel geworden«, sagte er. »Aber es ist mir lieber.«

»Lieber als was?«, fragte Robin misstrauisch.

»Drüben in dem kleinen Seitental«, Bruno deutete vage in eine Richtung, »haben sich ein paar Extremisten niedergelassen. Sie wollen autark leben, alles selbst herstellen, was sie brauchen. Sie sind halb am Verhungern, weil sie sich gar nichts dazukaufen. Ich fürchte, viele sind krank. Sie tragen nur Schuhe aus Gräsern, weil sie keine Tiere töten wollen. Doch die Schlappen halten bei Regen nicht dicht.«

Robin schüttelte den Kopf. »Man kann es auch übertreiben. Als Kind musste ich Marthas Schuhe auftragen, bis sie Löcher hatten, egal, ob mir die Zehen wehtaten. Das will ich nie wieder erleben.« Sie stellte ihren Fuß zum Schuhebinden auf Brunos Oberschenkel ab.

Er lachte. »Morgen wandere ich mal rüber und nehme ein paar Kräuter mit.«

»Sie werden dir nichts abkaufen.«

»Sie tauschen. Ich bringe uns einen geflochtenen Korb mit.«

»Mach das. Das schätze ich an dir. Du hast ein großes Herz.« Sie drückte ihrem Bruder einen Kuss auf die Wange.

»Ja, ja, ich bin der Nikolaus von Ascona.«

Bruno machte Anstalten, sie zum Abschied zu umarmen. Schnell wich sie einen Schritt zurück.

Er hob die Hände. »Entschuldigung. Ich vergaß. Der Anzug. Er darf nur von einer geheimen Person zerdrückt werden.«

Sie stampfte mit dem Fuß auf und scheuchte ihn zur Treppe, die zu seiner Schlafkammer führte. »Mach, dass du ins Bett kommst. Du faselst dummes Zeug.«

Er lachte und erklomm die steilen Stufen.

»Das Leuchten in deinen Augen«, rief er von oben, »das verrät dich.«

Robin stieg nachdenklich den Trampelpfad hinauf. Sie gab Acht, mit den Schuhspitzen nicht gegen Steine zu stoßen.

Bruno hatte es einfach so dahergesagt. Er wusste nicht, dass sie das Bedürfnis, Jennifer zu umarmen, in sich bekämpfte. Es durfte einfach nicht sein. Aber sie konnte ihren Tanz ansehen und anschließend darüber schreiben, das war erlaubt, ungefährlich und nicht krankhaft. Ida glaubte daran, dass der Neue Tanz der Welt eine Botschaft brachte, die sie dringend brauchte, um gesunden zu können. Robin wusste nicht, ob Tänze die Welt verändern konnten, genauso wenig, wie sie einschätzen konnte, ob der Vegetarismus und die Sonnenbäder die Menschheit läuterten. Sie merkte nur, dass sie sich selbst verändert hatte, seit sie hier lebte, und das bedeutete ihr viel. Niemand auf dem Monte Verità scherte sich darum, was sie tat, welche Kleidung sie trug, was sie schrieb. Diese Freiheit wollte sie nicht gefährden. Nicht durch ihre zügellosen Fantasien, die sie nachts bedrängten. Nicht, indem sie ihre Träume, die alle um Jennifer kreisten, verriet.

Arische Frauen

Jennifer, wo bleibst du denn?« Valentine sah zur Tür herein.

»Ist sie gekommen? Ich fange nicht an, bevor sie da ist.«

»Nein. Aber das Haus ist voll. Seit Robin Artikel über dich schreibt, bist du richtig berühmt geworden.«

Jennifer brauste auf. »Die Leute sind mir egal. Wenn sie nicht kommt, dann …«

»Was dann? Tanzt du nie wieder?«

»Ach, Maman, du verstehst das nicht.« Jennifer lief zur Tür, öffnete sie einen Spalt und spähte hinaus.

Valentine strich über ihren Arm. »Beruhige dich. Es sind ein paar wichtige Leute da, die dich sehen wollen.«

Jennifer wich vor Valentines Berührung zurück. »Ständig diese wichtigen Leute.«

»Das gehört nun einmal dazu. Ida sitzt schon am Flügel, und Roger McLinn ist auch da.«

»Das habe ich nicht anders erwartet.«

»Er ist ein sehr freundlicher Mann, der uns seine Hilfe anbietet.«

»Seit wann brauchen wir Hilfe? Wir haben immer alles allein gemacht.«

Valentine drehte sich weg.

»Maman?«

Valentine knetete ihre Handschuhe. Sie trug ein schwarzes Seidenkleid. Die mehrreihige Perlenkette glitzerte im Licht der Lampen, und ihre Augen leuchteten. »Du irrst dich. Wir sind darauf angewiesen, dass andere zu uns halten. Dass wir Kontakte knüpfen. Hier ist die beste Gelegenheit dazu.«

»Bin ich eine Jahrmarktsattraktion, oder stehe ich zur Versteigerung?«

Valentine lachte. »Jetzt hab dich nicht so, Roger ist ein netter Mann, du wirst das schon noch merken. Nun komm endlich.«

Ida empfing ihre Gäste in einem Raum mit imposanter hölzerner Kuppeldecke, holzverkleideten Wänden, doch ohne Teppiche, Gardinen oder Bilder. Die Besucher von außerhalb kamen in Gehrock und Zylinder, sprachen mit Männern in Knickerbockern und weiten Hemden. Damen in hochgeschlossenen Kleidern, mit Hut und Handschuhen, standen anderen gegenüber, die Reformkleidung und Sandalen trugen, ihr langes Haar über die Schultern fallen ließen und mit nackten Händen ungezwungen gestikulierten. Man trank Tee oder Saft. In Idas Haus wurde niemals Alkohol ausgeschenkt.

»Siehst du Robin irgendwo? Wer sind nur all diese Leute?« Jennifer ging dicht hinter Valentine.

»Es sind Sommergäste, die in den umliegenden Ortschaften wohnen. Sie kommen, um die Cooperative zu besichtigen. Ida braucht neue Anhänger und Finanziers für das Unternehmen.«

»Die kommen doch nur zum Gaffen.«

»Möglich. Aber viele sind auch ernsthaft interessiert an der neuen Bewegung. Ärzte, Philosophen,

Anthroposophen, Künstler, Idealisten und …«

»Robin«, stieß Jennifer aus. »Da ist sie!«

Sie begab sich sofort zu Ida, die schon am Klavier saß, und nickte ihr zu.

Ein Raunen ging durch die Menge, als Jennifer die Ausgangspose einnahm. Sie trug eine feuerrote Tunika, mit goldenen Spangen an den Schultern und einer Borte um den Ausschnitt. Ihre Haare wurden von einem Samtband im gleichen Rotton aus der Stirn gehalten.

Quentin scheuchte die Leute zurück, sodass ein freier Raum entstand, der nun ihre Bühne bildete. Robin blieb ganz vorne stehen. Ida begann zu spielen, und Jennifer setzte zu einer Drehung an. Sie sprang und streckte sich mit dem Gefühl, die Luft wäre ein weiches Kissen, in dem sie sich wälzen konnte. Robin wollte sie sehen, und dieses Wissen belebte ihre alte Begeisterung am Tanzen. Seit Langem improvisierte sie zum ersten Mal wieder, ließ sich von der Freude in ihrem Inneren leiten und dachte keine Sekunde darüber nach, wie es wirken mochte. Ihren letzten Sprung begleitete sie mit einem lauten Jauchzen, der das Klavier übertönte. Atemlos hielt sie inne und spürte, wie sie strahlte.

Einen Moment blieb es ganz still, bevor die Zuschauer zu klatschen begannen. Auf Robins Lippen lag ein kleines Lächeln.

Jennifer wurde von Menschen umringt, die entweder ihre Hand schütteln oder ihr sagen wollten, wie wunderbar sie getanzt hatte, doch sie hörte nicht hin, nickte und wollte sehen, wohin Robin ging.

Plötzlich fasste Valentine nach ihrem Arm. »Komm mit.«

»Aber was ist denn? Deinen Malerfreund kann ich auch später noch begrüßen.«

»Gnädige Frau! Das ist ja eine Überraschung.«

Jennifer fuhr herum. Otto Eichner, der junge Offizier, der mit Zilla geflirtet hatte, stand vor ihnen.

Er verbeugte sich und gab Valentine einen Handkuss. »Ihr Gatte sagte mir, Sie würden Ihre kranke Mutter pflegen. Weiß er, dass Sie einen Ausflug hierher gemacht haben?«

Jennifer wich einen Schritt zurück. Die Freundlichkeit des Mannes war geheuchelt. Sein Gesicht wirkte verkniffen, als würde er mühsam seine Empörung unterdrücken. Sie entdeckte Robin ganz in der Nähe im Gespräch mit Ida. Hektisch winkte sie ihnen, sie sollten herkommen.

»Das ist Otto Eichner, ein Bekannter meines Stiefvaters. Herr Eichner, meine Freundin Robin Korber, Ida Hofmann kennen Sie vermutlich schon.«

Ida nickte, und Robin streckte ihm die Hand entgegen. »Guten Tag.«

Er nahm sie nur zögernd. »Aha, eine dieser neuen Frauen, wie ich sehe.«

»Es ist völlig in Ordnung, emanzipierten Frauen nicht die Hand zu küssen«, sagte Robin gelassen.

Eichner verzog den Mund. Den Kopf leicht schräg geneigt, sagte er von oben herab zu Valentine: »Ich hätte nie gedacht, dass Sie sich gelehrten Frauen zuwenden, gnädige Frau. Was würde Ihr Gatte dazu sagen?«

»Was ist dagegen einzuwenden?«, fragte Jennifer, ehe ihre Mutter antworten konnte.

»Gebildete Frauen sind ein Gräuel. Frauenrechtlerinnen erst recht. Diese Blaustrümpfe sind der Niedergang alles

Gesunden und Volkhaften.« Er betonte seine Worte mit unentwegtem Nicken.

Jennifer starrte Eichner an. Valentine drehte an ihrer Perlenkette und schien sehr schnell zu atmen. Ida öffnete den Mund, um etwas zu sagen, doch Robin kam ihr zuvor.

»Vermutlich haben Sie Angst vor weiblicher Konkurrenz. Das habe ich im Studium oft erlebt«, sagte Robin mit Nachsicht im Tonfall.

Während Eichner seinen Blick über Robins Hosen wandern ließ, sagte er: »Das Wesen der Frau ist es, hörig zu sein. Solche, die sich geistig betätigen, vermännlichen unweigerlich.«

»Ich denke, die Männer haben vor allem Angst, ihre Heldenrolle zu verlieren, wenn sich herausstellt, dass Frauen auch kämpfen können.«

Eichner lachte gackernd. »Haha. Frauen und kämpfen! Das ist ganz und gar absurd.«

»Das tun sie doch schon längst. Sie kämpfen um Bildung und darum, einen ordentlichen Beruf ausüben zu können.«

»Ich bin sehr dafür, dass Frauen, die freiwillig die Verantwortung für ihre Existenz übernehmen wollen, auch die Möglichkeit dazu bekommen.« Ida strahlte Eichner an, doch der schüttelte den Kopf.

»Doktor Möbius, der übrigens ein bekannter Arzt ist, sagt, dass die Emanzipation eine Abnormität darstellt. Sie zeigt sich in dem Drang nach kurzen Haaren, Zigarettenrauchen und Intellektualität. Studierte Frauen bringen, wenn überhaupt, degenerierte Kinder zur Welt. Nach solchen Erkenntnissen, liebe Frau Hofmann, sollte niemand die Emanzipation unterstützen.«

Jennifer schreckte bei diesen Worten zusammen, doch Robin schienen sie nicht einzuschüchtern.

»Die Männer haben nur Angst, dass wir ihnen die Patienten wegschnappen, wenn wir Ärztinnen werden. Oder die Klienten, wenn wir Juristinnen sind.«

»Aber genau das wäre der Fall, denn es gibt ja schließlich nicht mehr Kranke, wenn mehr Ärzte da sind.« Eichner räusperte sich und wandte sich abrupt an Valentine. »Ihr Gatte wird sicher sehr erstaunt sein, von mir zu hören, dass ich Sie hier angetroffen habe. Die männliche Autorität ist der Stützpfeiler der Gesellschaft und sollte nicht von ungehorsamen Ehefrauen untergraben werden.«

Valentine sah ihn entsetzt an.

Ida tätschelte Eichners Arm. »Männer bleiben Männer, mein Lieber. Daran gibt es keinen Zweifel. Doch die gesellschaftliche Ordnung ist bei Weitem nicht so stabil und gesund, wie es Ihnen erscheinen mag. Ich erkläre Ihnen gerne den Reformgedanken. Besonders der Vegetarismus ist eine Lebensform, die eine Grundlage für ein neues Bewusstsein bildet.« Ida zeigte in Richtung Terrasse. »Draußen ist es ein wenig stiller, und ich kann Ihnen besser auseinandersetzen, was wir hier auf dem Monte Verità anstreben.«

Eichner warf Valentine einen finsteren Blick zu. »Ich werde Ihnen einen Besuch abstatten, es scheint mir doch angemessen, wenn ich Ihre Rückreise nach Deutschland begleite. Das wäre ganz im Sinne Ihres Gatten.«

Als er weg war, stieß Valentine einen keuchenden Laut aus. »Wo ist Quentin? Hast du ihn gesehen? Nein? Ich muss ihn suchen.« Sie hastete davon, kam aber sogleich wieder zu Robin zurück. »Kannst du Jennifer nach Hause begleiten?«

Robin nickte.

»Ich meine, jetzt sofort? Ja? Danke!« Sie rannte regelrecht davon.

Jennifer sah Eichner auf der Terrasse mit Ida sprechen.

»Wo hast du gelernt, so frech zu sein?«

»Ich habe mit Männern studiert. Da musste ich mir ständig vergleichbaren Unsinn anhören.«

»Es war wunderbar, wie du ihm die Stirn geboten hast.«

Robin winkte ab, als wäre das eine Kleinigkeit für sie.

»Wird er deine Mutter in Schwierigkeiten bringen?«, fragte Robin.

»Das hoffe ich nicht! Auf diesen Schreck muss ich etwas trinken.« Jennifer ging ins Nebenzimmer, zog ihre Schuhe an und wandte sich zum Ausgang. Robin deutete auf den Tisch mit den Getränken.

Jennifer schüttelte den Kopf. »Das ist jetzt nicht das Richtige, um zu vergessen, was gerade passiert ist.«

Sie entfernten sich von Idas Haus. Die Stimmen verklangen, und die Nacht umfing sie. Im Tal funkelten die Lichter der Häuser von Ascona.

»Das Haus meiner Mutter liegt dort drüben.« Jennifer deutete den Hang hinunter. »Es ist nichts Besonderes, aber wenigstens ruhig.«

»Du bist etwas Besonderes«, sagte Robin.

»Ah, du lernst das aber schnell mit den Komplimenten.« Jennifer lachte und hörte selbst, wie angespannt es klang. Zwei Männer kamen ihnen auf dem

Weg entgegen. Als sie die Gestalt von McLinn erkannte, beschleunigte sie ihren Schritt.

»Halt«, rief Robin. »Lauf nicht davon.«

McLinn

Robin schluckte, als sie Valentines Villa betrat. Ihr Vater war wohlhabend gewesen, das Apothekerhaus solide und gediegen eingerichtet, aber wie damals, als sie das Schloss der Generälin besucht hatte, fühlte sie sich sofort unsicher. Auch hier stand ein Flügel, dessen schwarze Lackierung glänzte. Eine Fransendecke lag schräg darübergebreitet. Das Muster bestand aus Engeln mit riesigen Flügeln und anmutig gesenkten Köpfen. Zierliche Sessel aus schwarzem Holz mit fliederfarbenem Bezug standen in Zweiergruppen, jeweils ein kleiner Tisch dazwischen an der Wand. Jennifer kickte ihre Schuhe von den Füßen und inspizierte die Karaffen auf einem Tisch.

»Was trinkst du?« Als Robin nicht antwortete, hob sie den Kopf. »Komm herein. Schließ die Tür.«

Robin bewegte sich steif. Sie setzte sich auf einen Sessel und versuchte, tief durchzuatmen. »Das Gleiche wie du.«

Jennifer schenkte eine goldene Flüssigkeit in zwei Gläser und reichte ihr eines davon. Scharf schoss das Getränk durch Robins Kehle, sie hustete, und Tränen traten in ihre Augen.

»Bist du etwa eine Abstinenzlerin?«

Robin keuchte, hielt den Handrücken vor den Mund und schüttelte den Kopf.

»Etwas Scharfes habe ich noch nie getrunken.« Sie nahm noch einen Schluck. Wärme breitete sich in ihren Adern aus, und im Magen brannte es.

»Dann sei vorsichtig, die Wirkung könnte dich umwerfen.« Jennifer hob kaum merklich die Augenbrauen.

»Ich vertrage schon etwas.« Robin dachte an den Abend im Schloss, als sie zu viel getrunken hatte. Heute Abend war es anders. Kein Mann nahm ihr die Frau weg. Sie leerte das Glas, ging zum Tisch mit den Getränken und schenkte sich nach.

»Willst du auch noch etwas?«, fragte sie über die Schulter.

Jennifer streckte ihr das leere Glas hin.

»Du gefällst mir immer besser«, sagte sie.

Robin entdeckte einen Grammofonkasten und las die Aufschriften auf den Platten, die daneben lagen.

»Leg Tanzmusik auf«, rief Jennifer. »Vergnügen wir uns, solange es noch geht.«

»Ich habe nie tanzen gelernt.«

»Das macht nichts, man kann sich auch einfach so zur Musik bewegen.« Als Robin zögerte, fügte Jennifer hinzu: »Willst du es wagen? Einen Walzer?«

Robin drehte die Kurbel und setzte die Nadel in die erste Rille. Aufgeregt strich sie sich mit beiden Händen die Haare nach hinten. Als sie sich umwandte, stand Jennifer schon da, nahm Robins Hand und legte sie auf ihre Hüfte. Sachte wiegten sie sich hin und her, und mit einem Mal ging es ganz leicht. Eine Drehung, noch eine und wieder sachtes Wiegen. Jennifer ließ sie nicht spüren, dass sie mehr vom Tanzen verstand. Kaum merkte Robin, dass sie geführt wurde, sie spürte vor allem Jennifers Hände, ihren Körper, um den sie den Arm gelegt hatte, und die Musik, die sie beide durch den Raum trug.

Viel zu schnell endete das Stück, und die Nadel hob sich von der Platte.

»Willst du etwas wirklich Ausgefallenes hören? Man nennt es Ragtime.« Jennifer sagte es, als wäre es Schmuggelware.

»Gibt es etwas Ausgefalleneres als uns beide?« Robin fühlte sich beschwipst.

»Natürlich nicht. Wir sind die absolute Ausnahme im gesamten Universum.« Jennifer strich über die Fransendecke auf dem Klavier. »So selten wie Engelsflügel.«

Robin lauschte der Klaviermusik. Neckend, leicht hüpfte die Melodie voran, aber nicht wie ein Marsch oder eine Polka, viel ungeordneter. Sorgenfrei.

»Das klingt wirklich fremd. Woher kommt es?«

Jennifer löschte das Licht. Ins dunkle Zimmer hinein, das schwach vom Mondlicht erhellt wurde, sagte sie: »Von der anderen Seite des Ozeans. Durch die Lüfte des Äthers. Direkt in meinen Bauch.«

»Du hast die Musik im Bauch?«

»Wo sonst?« Jennifer legte sich das Tuch mit den Engeln um die Schultern. »Hier spüre ich die Musik.« Sie nahm Robins Hand und legte sie auf ihre Taille. Sie wippte mit den Hüften, und Robin stand hypnotisiert vor ihr und fühlte, wie der Stoff sich über Jennifers Haut bewegte, sie spürte die Wärme, sie spürte die

Rundung, und sie spürte ihre eigenen Knie nicht mehr. Sie näherte sich Jennifers Lippen.

Aber Jennifer wich ihr aus, tanzte weiter, schüttelte die Schultern und lockte sie mit lachenden Augen. Die Musik steigerte sich noch, Jennifer hüpfte ausgelassen durch den Raum, bis Robin vom Zusehen wunderbar schwindelig wurde.

Die Platte war zu Ende, und Jennifer lief zum Grammofon, stoppte aber auf ihrem Weg und lauschte. Draußen waren Stimmen und Schritte zu hören.

»Maman!«, flüsterte sie.

Robin öffnete den Mund, um etwas zu sagen, doch Jennifer legte den Finger auf die Lippen. »Wenn Eichner bei ihr ist, will ich ihm nicht begegnen.«

»Er kommt doch nicht um diese Uhrzeit.«

»Da bin ich mir nicht sicher. Verstecken wir uns lieber«, flüsterte Jennifer und zog sie auf die Terrasse hinaus.

Robin schloss die Gardinen, aber die Glastüren ließ sie einen Spalt offen, das erinnerte sie an ihre Winnetouspiele, an das Schleichen und Lauschen, das sie in ihrer Kindheit geübt hatte. Sie verkniff sich ein Lachen. Ihr Kopf war nicht mehr klar. Albern, was sie hier taten. Aber es war egal, sie legte von hinten den Arm um Jennifer und presste die Wange in ihr Haar.

Drinnen ging das Licht an und Robin erkannte Valentines Stimme. Eine Männerstimme antwortete.

»Es ist Quentin«, hauchte Jennifer.

Vermutlich hätten sie jetzt hineingehen können, aber Jennifer bewegte sich nicht, und sie wollte keinen Zentimeter von ihr weichen. Gläser klirrten, Valentine und Quentin schenkten sich auch etwas zu trinken ein.

Valentine klang sehr aufgebracht: »... Plebs, Extremisten und Irre. Ein Nest, das man ausräuchern sollte. Die Leute hier seien alle krank, sagt er.«

Robin zuckte zusammen.

Quentin antwortete: »So reden die Anhänger der Rassenhygiene. *Neue Ethik* nennen sie das.«

»Soll ich wirklich mit Roger gehen?«

»Ja! Wage endlich auch den letzten Schritt zu tun. McLinn wartet doch nur darauf, dass du ihn endlich erhörst.«

Jennifer stürzte plötzlich an Robin vorbei ins Zimmer. »Maman, was soll das heißen?«

Robin fühlte sich mit einem Schlag nüchtern und folgte ihr.

Valentine stieß einen kleinen Schrei aus. »Wo kommt ihr denn her?«

Quentin rief: »Habt ihr etwa gelauscht?«

Jennifer ging neben dem Sessel, auf dem ihre Mutter saß, in die Hocke. »Ich hatte ja keine Ahnung! McLinn? Meine Güte, ich dachte, du willst ihn mit mir verkuppeln, dabei ist er immer wegen dir gekommen?«

Valentine lächelte. »Ich bin eben noch nicht so alt.«

»Seit wann? Maman, was will er von dir?«

»Er ist ein Gentleman«, sagte Valentine entrüstetet. »Du weißt, dass er tadellose Manieren hat.«

»Aber du kannst ihn nicht erhören, du bist verheiratet! Oder willst du davonlaufen?«

Valentine lachte ausgelassen. »Das wäre sehr romantisch. Quentin, soll ich es erwägen, was meinst du?«

Er schüttelte nur den Kopf und zog die Mundwinkel nach unten.

»Jetzt sei doch mal ernsthaft, Maman!« Jennifer erhob sich, und Robin sah, dass sie ein wenig schwankte, schnell legte sie ihr eine Hand auf die Schulter.

»Wir verstehen uns sehr gut«, erklärte Valentine. Mit den roten Flecken auf den Wangen und den leuchtenden Augen wirkte sie wie eine junge Frau. Eine aufgedrehte, übermütige, verliebte junge Frau.

»Du bist meine Mutter!«

Robin spürte, wie Jennifer bebte.

»Aber Schatz, daran ändert sich doch nichts. Du bist und bleibst der wichtigste Mensch für mich.«

»Das klingt, als hättest du schon längst einen Plan.« Jennifer verschränkte die Arme und rückte ein wenig näher zu Robin. »Hast du keine Angst vor dem Baron?«

»Mit Roger an meiner Seite habe ich endlich den Rückhalt, den ich brauche, um mich zu befreien.«

»Wo willst du denn mit ihm hingehen?«

»Wir, mein Schatz, du natürlich auch.«

»Aber ich kenne ihn doch gar nicht.«

Sie stritten immer weiter, und Robin begriff, dass es sehr wichtig zu sein schien, dass Valentine das Land verließ. Sie wollte mit dem Maler nach München fahren und von dort aus ihre Scheidung in die Wege leiten. Aus den wenigen Worten hörte Robin heraus, wie gewalttätig der Baron sein musste, und sie fürchtete um Jennifer, fürchtete noch mehr, dass sie auch abreisen könnte.

»Sie kann bei mir wohnen«, fiel sie den beiden ins Wort.

Erstaunte Blicke, Quentin grunzte etwas Unverständliches.

»Falls du es möchtest, Jennifer«, fügte Robin hinzu.

Valentine schüttelte den Kopf. »Du weißt, dass das nicht geht.«

»Wartet«, rief Quentin. »Der Baron hat Jennifer nie adoptiert, nicht wahr? Wenn du dich scheiden lässt«, sagte er zu Valentine, »dann wird er auch das Interesse an Jennifer verlieren. Sie zu verheiraten, bringt ihm keine Vorteile mehr, und sie ist hier nicht mehr in Gefahr.«

»Wohnst du nicht mit deinem Bruder zusammen?«, fragte Valentine.

Robin nickte.

»Das schickt sich schon gleich gar nicht.«

»Aber mein Bruder ist ständig auf Wanderschaft. Wir wären ganz allein im Haus.«

»Wohin verreist dein Bruder?«, fragte Valentine.

»In den Seitentälern gibt es viele Lebensreformer. Bruno versorgt sie mit Medikamenten und pflegt auch hin und wieder Kranke.«

»Was meinst du, Quentin?«, fragte Valentine. »Soll ich die beiden hier im Haus wohnen lassen?«

»Die perfekte Lösung, würde ich sagen!« Quentin klopfte Robin auf die Schulter.

»Hm. Ich nehme nur Marie mit, die anderen Bediensteten können hierbleiben, und ihr seid gut versorgt, bis alles geklärt ist.«

»Das geht auf gar keinen Fall«, unterbrach Robin sie. »Jennifer muss zu mir kommen.« Ihr grauste bei der Vorstellung, in dieser vornehmen Villa wohnen zu müssen. Sie würde sich andauernd fehl am Platz vorkommen.

»Jennifer, das einfache Leben ist wirklich einen Versuch wert«, sagte Quentin mit einem Augenzwinkern. »In Paris habe ich ständig darunter gelitten, dass ich monetär eingeschränkt war. Hier ist es mir zur Lebensphilosophie geworden.«

»Hört auf!«, rief Jennifer. »Ihr redet über mich, als wäre ich ein Kanarienvogel, für den man einen Platz suchen muss!« Sie rannte auf die Terrasse hinaus.

Valentine rief ihr hinterher, und als Jennifer nicht zurückkam, wollte sie aufstehen.

»Ich rede mit ihr«, sagte Robin.

Sie fand Jennifer auf der niedrigen Mauer sitzend, die den Garten begrenzte. Sie schaute ins Tal, wo vereinzelt die Lichter von Ascona blinkten.

»Es tut mir leid, dass ich so voreilig war.« Robin vergrub die Hände in den Hosentaschen. »Ich nahm an, du würdest bestimmt nicht nach München gehen wollen.«

»Wie kommst du darauf? Dort ist es sicher nicht so langweilig wie hier. Eine Großstadt bietet mir ganz andere Möglichkeiten.«

»Bestimmt. Doch zwei Turteltauben, die sich in einen Rechtsstreit stürzen, sind sehr mit sich beschäftigt.«

Jennifer zog die Schultern hoch. »Peinlich, sie so verliebt zu sehen. In ihrem Alter ist das einfach unpassend.«

»Unpassend für dich?«

Mit einem Satz fuhr Jennifer in die Höhe. »Was willst du damit andeuten?«

Robin zuckte mit den Schultern und malte Striche mit der Schuhspitze neben Jennifers nackten Zehen.

»Falls du meinst, ich würde an Mamans Rockzipfel hängen, hast du dich gründlich getäuscht. Es ist ja sehr ehrenhaft von dir, mir das Angebot zu machen, und bestimmt wäre es auch sehr romantisch in dieser Hütte. Aber ich kann auf gewisse Annehmlichkeiten nicht verzichten.«

Robin lächelte.

»Du hältst mich wohl für eine verwöhnte Prinzessin?«

»Ja, das auch, aber vor allem wäre es doch eine emanzipatorische Herausforderung.«

Jennifer starrte sie mit offenem Mund an und rieb sich die Arme, als wäre ihr kalt. »Allein, weil du so frech bist, sollte ich hierbleiben und dir das Gegenteil beweisen!«

»Nimmst du dir da nicht zu viel vor? Überleg es dir lieber in Ruhe.«

»Ziehst du dein Angebot etwa zurück?«

»Auf keinen Fall.«

»Mit Emanzipation habe ich zwar nichts am Hut, aber ich werde dir beweisen, dass ich dem einfachen Leben auch eine spaßige Seite abgewinnen kann.« Jennifer ging mit erhobenem Kopf zum Haus zurück.

Valentine nickte, als Jennifer ihren Beschluss verkündete, und sagte zu Robin: »Du bist eine sehr ernsthafte junge Frau. Ich hoffe nur, dass sich das mit der luftigen Art meiner Tochter verträgt.«

»Machen Sie sich keine Sorgen um Jennifer, ich werde gut für sie sorgen.«

»Davon bin ich überzeugt. Ich mache mir eher Gedanken um dich.«

»Aber mir geht es wunderbar.«

»Das sehe ich.« Valentine lächelte. »Nun gut, man soll nicht versuchen, das Schicksal zu beeinflussen, es nimmt ohnehin seinen Lauf.«

»Bitte?«

»Lass nur.« Valentine winkte ab. »So viel Tiefgründigkeit ist eigentlich nicht meine Art.«

Eine Frau im Haus

Jetzt bringst du also eine Frau ins Haus.«

Robin wiederholte halblaut, was Bruno am Morgen zu ihr gesagt hatte.

Sie lag schweißüberströmt im Bett. Die Nacht war unerträglich heiß – oder war nur ihr so heiß? Sie verschränkte die Arme hinter dem Kopf und starrte an die Decke. Nach ein paar Minuten setzte sie sich auf den Rand der Matratze und legte den Kopf in die Hände. Schließlich stand sie auf und schob die Gardine beiseite. Von draußen kam keine kühle Luft herein. Sie trank direkt aus dem Hahn, doch das Wasser schmeckte schal und war lauwarm. Rastlos ging sie umher. Bruno hatte den Rucksack mit Kräutern und Medikamenten vollgepackt und seine Wanderschaft begonnen.

»Jetzt bringst du also eine Frau ins Haus«, hatte er lachend gesagt. Er hatte sie in die Wange gekniffen, wie früher, als sie noch ein kleines Mädchen gewesen war. »Dann musst du gut für sie sorgen.«

Keiner konnte sagen, wie lange Valentine fort sein würde. Und sie hatte die Verantwortung für Jennifer übernommen. Ein wildes, heißes Gefühl durchströmte sie. Das Bedürfnis, Jennifer zu beschützen. Vor dem harten Leben, vor der ganzen Welt, vor …

Sie würde heute Nacht nicht mehr schlafen, da konnte sie ebenso gut mit dem Umräumen beginnen. Sie leerte die Schubladen ihrer Kommode und warf die Wäsche und gesammelten Zeitungsartikel in eine Kiste. Eine Zeitschrift flatterte zu Boden. Die Generälin hatte sie ihr geschickt und sie gebeten, zu einem der Artikel einen

Kommentar zu schreiben, doch Robin hatte es vergessen, während Jennifer all ihre Aufmerksamkeit in Beschlag genommen hatte. Sie legte die Zeitschrift auf den Tisch, und erst, nachdem sie das Schlafzimmer für Jennifer hergerichtet hatte, begann sie, den Artikel zu lesen.

Abnorme Neigungen müssen unter Strafe gestellt werden

Das deutsche Volk ist in unserer Zeit mit vielen Herausforderungen konfrontiert, denen nur echte Männer begegnen können. Mit Reinheit und Stärke sind sie in der Lage, Feindlichkeiten zu begegnen, die die Einheit unserer Nation bedrohen. Deutsche Männer brauchen echte deutsche Frauen an ihrer Seite, die ihre wahre Weiblichkeit nicht verleugnen, sondern ihrer Berufung zur Mutterschaft folgen. Was aber ist mit den Frauen, die in sich krankhafte Neigungen verspüren? Ärzte beobachten mit Sorge abnormes Sexualverhalten, besonders unter den Frauenrechtlerinnen, das als krankhaft angesehen werden muss. Urninden und Tribadinnen müssen in Gewahrsam genommen werden, denn sie bedrohen die Sittlichkeit unseres Volkes. Ihre unnatürlichen Neigungen sind angeboren, und die betroffenen Frauen müssen lernen, unter der Aufsicht von ausgebildeten Psychiatern ihre Zügellosigkeit zu beherrschen. Sie sind abzugrenzen von Frauen, die sexuell normal entwickelt sind, aber in der Gefahr stehen, von Tribadinnen und Urninden verführt zu werden. Diese schwachen Frauen, die auf den falschen Weg geleitet werden, bezeichnet man als Lesbierinnen. Eine Ausweitung des Paragraphen 175, der bislang nur die Bestrafung für Männer vorsieht, die homosexuelle Handlungen begehen, sollte dringend auch auf Frauen, die Unzucht treiben, angewandt werden.

Die Zeilen verschwammen vor Robins Augen, sie musste mehrmals von vorne beginnen, bis sie jedes Wort lesen konnte, das da stand. Tante Erna hatte ihr angedroht, sie wegen ihrer Abartigkeit in eine Anstalt zu bringen, doch nun drohte ihr eine Verhaftung. Mehr denn je musste sie ihre leidenschaftlichen Gefühle für Jennifer zügeln. Sie faltete die Zeitschrift zusammen. Nicht vor der Welt musste sie Jennifer beschützen, sondern vor sich selbst.

Irgendwo unter ihren Papieren befand sich auch der Brief der Generälin, der sich auf diesen Artikel bezog, doch Robin wollte ihn nicht suchen. Sie fühlte sich nicht in der Lage zu lesen, was die alte Dame zu diesem Thema zu sagen hatte, und beschloss, so zu tun, als hätte sie ihn nie erhalten. Schließlich kam es vor, dass Post verloren ging.

Der erste schmale Sonnenstreifen flammte wie eine scharf gezogene Linie am Horizont auf. Zeit, sich zu waschen und anzuziehen. Sie war an der Wegkreuzung mit Quentin verabredet. Er würde mit dem Pferdewagen kommen, um Jennifers Sachen zu holen und hierher zu transportieren.

Spielerei

Robin saß vor ihr, schrieb in einem Heft. Jennifer streckte die Hand aus, um die Stelle zu berühren, wo zwischen dem Hemdkragen und dem Haar die Haut ganz zart wirkte. Doch dann beherrschte sie sich und fragte nur: »Was schreibst du?«

»Es ist noch nicht fertig.« Robin klappte schnell das Heft zu.

Es war ein warmer Abend im Mai, und die Sonne ging gerade unter. Die Haustür stand offen, damit der kühle Abendwind hereinwehen konnte.

»Lies vor.« Jennifer zog einen Stuhl heran und sorgte dafür, dass sich ihre Schultern berührten.

Robin schraubte den Füllfederhalter zu. »Es ist nur ein Entwurf.«

»Ich will wissen, was in deinem Kopf vor sich geht.«

Jennifer strich über Robins Haar, und als sie die Stelle im Nacken erreicht hatte, drehte Robin den Kopf hin und her und lächelte. Offensichtlich genoss sie die Berührung. Jennifer wanderte mit der Hand den Rücken hinunter und fuhr dann mit einer schnellen Bewegung unter Robins Hemd, das sie offen über der Hose trug. Die Hitze war tagsüber unerträglich, sodass sogar Robin es sich erlaubte, das Hemd nicht in die Hose zu stecken – aber nur in ihrem Haus und wenn niemand zu Besuch war. Als Jennifers Hand die Wirbelsäule hinaufstreichelte, stöhnte Robin auf und fuhr mit einem Ruck hoch.

»Ich … ich bin kitzelig.«

»Ach ja? Wo genau?« Jennifer streckte die Finger nach ihr aus, jagte sie um den Tisch herum und drängte sie in eine Ecke.

Robin schnaubte. »Bitte, bitte lass.«

»Na gut, wenn du das nicht willst.« Sie gab Robin den Weg frei, schnappte das Schreibheft und rannte auf die Veranda hinaus. »Dann lese ich es eben selbst.«

Robin folgte Jennifer. »Unterstehe dich!«

»Ich will alles von dir wissen.«

»Vielleicht ist es gar nicht so gut, alles voneinander zu wissen. Es könnte dir missfallen.« Robin riss ihr das

Heft aus der Hand und setzte sich auf die Bank.

»Wie könnte mir hier irgendetwas missfallen! Es ist so herrlich.« Jennifer ließ sich auf Robins Schoß plumpsen. »Du bist hier, und ich bin hier – was willst du mehr?«

Robin hielt sie unbeholfen fest, damit sie nicht von ihren Knien rutschte.

»Schau dir diesen Sonnenuntergang an.« Der Himmel über den Bergen färbte sich rosa und türkis.

»Wunderschön«, sagte Robin leise.

»Du siehst ja gar nicht hin!«

»Ich sehe sehr wohl hin.«

»Du Schmeichlerin.« Aber es gefiel ihr, dass Robin so sprach und dass sie endlich ihrem Blick nicht mehr auswich. Sie legte eine Hand an Robins Wange und näherte sich ihrem Mund.

Robin zuckte zurück. »Wir müssen die Tomatenpflanzen wässern.« Sie schob Jennifer von ihrem Schoß. »Na komm schon. Bevor es dunkel wird.«

Jennifer seufzte. Warum war Robin so wechselhaft? Einmal kam sie ganz nahe, dann wieder zog sie sich spröde zurück. Das Locken kannte sie von Sophie, aber im Vergleich zu Robin war die Pianistin schockierend direkt gewesen.

Sie füllten Blechkannen mit Wasser und schleppten sie zum Gemüsegarten hinter dem Haus. Während Jennifer das Wasser auf die Tomatenpflanzen goss, beobachtete sie, wie Robin von einer Reihe zur nächsten ging. Mit ernstem Gesicht widmete sie sich ihrer Aufgabe, als wäre das jetzt das Wichtigste im Leben. Sie kannte schon die steile Falte zwischen den Augenbrauen, die sich bei Robin bildete, wenn sie konzentriert war.

Jennifer sehnte sich danach, von ihr im Arm gehalten zu werden. Ein Schauder lief über ihren Rücken bei der Vorstellung, von Robins großen Händen gestreichelt zu werden. Das Wasser lief in kleinen Rinnsalen um ihre nackten Füße und durchweichte die Erde.

Robin lachte. »Sie ertrinkt gleich.«

Jennifer hatte fast die gesamte Gießkanne über einer Pflanze entleert und stand im Schlamm.

Und ich verdurste, dachte sie. Ich dürste so sehr nach einer Berührung von dir. Merkst du das nicht?

Seit Monaten, den ganzen Winter über, hatte sie versucht, es Robin mit den Augen zu sagen, mit ihrer Nähe, aber es schien, als verstünde Robin diese Sprache nicht. Jennifer setzte sich auf die Stufen und goss den Rest des Wassers über ihre Füße. Robin beobachtete, wie sie ihre Zehen und Sohlen gegeneinanderrieb.

»Du bist nicht gerne schmutzig«, sagte sie.

»Ja, mir fehlt die Dusche.« Jennifer hatte sich vorgenommen, Robins einfaches Zuhause nicht zu kritisieren, aber nun war es doch herausgerutscht.

»Du könntest die Gießkanne über mir ausleeren«, sagte sie übermütig. Wenn sie nackt im Garten stünde, würde Robin dann endlich einen weiteren Schritt wagen?

Robin wurde rot. Na also, sie wollte es doch. Warum tat sie nichts?

»Dann eben nicht.« Jennifer ging in ihre Kammer und knallte die Tür zu. Nicht auszuhalten, wie ernst, prüde und anständig Robin war. Sie setzte sich aufs Bett und begann, ihre Haare zu bürsten.

Es klopfte.

Sie reagierte nicht.

»Jennifer, was ist los?«

»Lass mich in Ruhe.«

Nach einer Weile hörte sie die Leiter knarren und dann Schritte über sich.

Sophie wusste, wie es zuging in der Welt. Sie hatte ihr schon vor Jahren erklärt, dass es besser war, alles nicht so ernst zu nehmen. Über ihre Verliebtheit hätte sie nur gelacht. Es lohnt sich nicht, hätte sie dazu gesagt. Geh und amüsiere dich, aber binde dich nicht. Es bricht dir nur das Herz.

Jennifer zog ihr Kleid aus und warf es auf den Boden. In einem leichten Nachthemd rollte sie sich auf dem Bett zusammen.

Sophie war eine harte Lehrmeisterin gewesen, aber das erwies sich nun als hilfreich. Ab jetzt würde sie es leichtnehmen, lachen, Spaß haben und nicht zu viele Gedanken darauf verschwenden, warum Robin so störrisch war.

Als Jennifer am nächsten Morgen in die Küche kam, wirkte das Haus leer. Sie trat an die Treppe zum Dachgeschoss.

»Guten Morgen, Robin«, rief sie hinauf. Nichts. Sie schaute in den Garten und den Weg entlang. Alles war still und verlassen. Robin war nicht da.

»Verflixt!«

Den Vormittag verbrachte sie damit, Sachen hin- und herzuräumen, und konnte nicht aufhören, daran zu denken, dass Robin ein verdammt spröde Frau war, die jetzt im Anzug irgendwo in Ascona herumrannte.

Nachmittags knurrte ihr Magen, und sie durchsuchte den Schrank nach Essbarem, fand jedoch nur Mehl, Eier, Rosinen und Kaffee. Lustlos kaute sie ein paar Rosinen, während sie den Herd finster anstarrte.

»Robin, das war keine gute Idee, mich hier alleine zu lassen.«

Sie verbrauchte eine Schachtel Streichhölzer, bis die Holzscheite brannten. In ihrem ganzen Leben hatte sie noch nie Feuer gemacht und auch nicht gekocht.

Sie verrührte Mehl mit einem Ei und etwas Wasser in einer Schüssel. Es staubte, und der Tisch wurde mit einer weißen Schicht überzogen. Mit einem Schöpfer klatschte sie den Teig in eine Pfanne. Gleich darauf roch es unverkennbar nach Pfannkuchen. Die Ränder hoben sich, es brutzelte. Der Teig wurde langsam gelb, die Ränder braun, dann schwarz. Sie versuchte, den Pfannkuchen mit dem Kochlöffel umzudrehen, doch er klebte am Boden fest. Es roch verbrannt, und sie hob die Pfanne vom Herd. Aus der Luke qualmte es fürchterlich, und der ganze Raum füllte sich mit Rauch.

Die Tür ging auf, und Jennifer fuhr herum. Es war Robin.

»Wo warst du?«

»Was machst du denn um Gottes willen?« Robin riss das Fenster auf.

»Du warst nicht da.«

Robin lächelte.

»Lach mich nicht aus!«

»Du bist eine entzückende Köchin«, sagte Robin und legte die Arme um sie.

Jennifer wollte böse sein, doch sie lehnte den Kopf

an Robins Schulter und atmete tief aus. Plötzlich traten Tränen in ihre Augen. Sie wischte sie verstohlen fort. Aber Robin bemerkte es, hielt sie ein Stück von sich weg und sah ihr in die Augen.

»Ich glaube, ich bin dir eine Erklärung schuldig«, sagte Jennifer.

»Es ist schon gut. Du musst nichts sagen. Soll ich dir beim Pfannkuchenbacken helfen?« Robin zog ihre Jacke aus und krempelte die Ärmel hoch. »Du musst Fett in die Pfanne geben.«

Nach dem Essen öffnete Robin eine Flasche Wein. »Ich habe nachgedacht.«

»Den ganzen Tag?«

»Ja.« Sie schenkte ein.

»Über was denn?«

»Unsere Freundschaft.«

Sie stießen die Gläser aneinander.

Robins Gesicht wurde ernst. »Ich lese dir meine Geschichte vor.« Sie schlug das Heft auf und räusperte sich.

Jennifer trank einen großen Schluck und lehnte sich erwartungsvoll zurück.

Fehltritt

Als alle Welt glaubte, mein Vater sei in Sorge um seine Frau, seine erste Frau, die im Sterben lag, verliebte er sich. Es geschah auf einer Reise nach London, wo er mit ei-

nem Arzt über eine Behandlungsmethode sprechen wollte, über die er im Apothekerjournal gelesen hatte. Doktor Smith heilte mit Magnetismus. Tante Erna unterstellte meinem Vater, dass er nach London gereist sei, um dem Leiden zu entfliehen. Dass es ihm recht gewesen sei, lange Zeit unterwegs zu sein. Tante Erna verstand nicht, dass er die Schmerzensschreie in der Nacht nicht mehr hören konnte. Sie verübelte es ihm, dass er ging und sie mit der Pflege ihrer Schwester und den zwei Buben allein ließ. Tante Erna selbst hatte damals drei kleine Mädchen und wusste nicht, wo ihr der Kopf stand. Aber aufopferungsvoll, wie sie war, tat sie, was sie konnte. Und das rieb sie ihrem Schwager noch jahrelang unter die Nase.

Mein Vater besuchte also Doktor Smith in seiner Praxis und erfuhr, dass noch am gleichen Abend eine Demonstration des neuen Verfahrens stattfinden sollte. Der Arzt nannte ihm die Adresse, und mein Vater schlenderte durch die Stadt, trank den obligatorischen englischen Tee und machte sich zur verabredeten Zeit auf den Weg.

Er nahm eine Droschke und rief dem Kutscher den Straßennamen zu. Ein Dienstmädchen öffnete ihm, nahm ihm den Mantel ab und führte ihn in einen Salon. Dort wurde er nur mit freundlichem Nicken begrüßt, was ihn etwas befremdete, denn üblicherweise begrüßten sich Kollegen mit Handschlag. Auch sahen die Anwesenden nicht aus, als seien sie Ärzte und Apotheker. Sehr viele Frauen waren anwesend – auch das kannte er von Deutschland nicht, dort gab es keine Frauen mit entsprechender Ausbildung. Die Kleidung der Gäste war schlicht, und mein Vater wurde unruhig. Die Gäste saßen in einer Doppelreihe am Rand des Raumes. Auf der freien Fläche in der Mitte stand ein Stuhl mit Armlehnen. Die Gardinen waren geschlossen, nur eine kleine Gaslampe erhellte den Raum. Düster und schäbig er-

schien meinem Vater das Ambiente. Es roch nach nasser Wolle und Tabak.

Eine resolute Dame mit Monokel sah streng in die Runde.

»Ladies and Gentlemen, the medium, Miss Nelly Vaughan. Be quiet.«

Mein Vater sprach so gut wie kein Englisch und versuchte zu erraten, was die Dame angekündigt hatte. Es musste wohl die Patientin sein, an der die Behandlung demonstriert werden sollte. Gespannt sah er zur Tür. Die junge Frau, die soeben eintrat, groß und schlank, in einem weißen Kleid, hatte auffallend rote Haare und wirkte sehr gesund. Ein Raunen ging durch den Raum, als sie sich auf dem Stuhl niederließ und sofort die Augen schloss. Die Dame mit dem Monokel hob die Arme und brachte alle zum Schweigen. Sie ging um den Stuhl herum und murmelte etwas, das wie Beschwörungsformeln klang. Wurde die Patientin von ihr in Hypnose versetzt?

Mein Vater hatte von diesem Verfahren gehört, das in Wien entwickelt worden war und von Josef Breuer erfolgreich bei hysterischen Leiden eingesetzt wurde. Die junge Frau fiel tatsächlich in eine Art Trance. Sie legte den Kopf zurück, und die Arme hingen schlaff herab.

Seltsam, denn Hypnose übten doch nur die Ärzte aus. Die Behandlungsmethoden in England wichen doch sehr ab von dem, was er kannte. Außerdem vermisste er die Apparaturen, die zur magnetischen Behandlung gebraucht wurden. Wo waren die gläsernen Stäbe und Drähte, die Batterie und vor allem, wo blieb der Arzt?

Er sah unruhig auf seine Taschenuhr. Die Dame mit dem Monokel winkte einem Mann, der neben der Tür saß, worauf dieser das Licht löschte. Ein Zischen. Eine kleine Flamme flackerte, und die Dame mit dem Monokel hielt eine Kerze vor das Gesicht der jungen Frau. Bleich, mit dunklen Schatten unter den Augen, schien sie leblos. Aber das war sie nicht. Die junge Frau schlug mit einem Mal die Augen auf. Sie starrte vor sich hin, richtete sich kerzengerade auf, und gleichzeitig ertönte ein Klopfen. Ein paar Frauen gaben unterdrückte Schreckensrufe von sich.

»Schscht«, machte die Dame mit dem Monokel. Sofort herrschte wieder Stille.

»Who is here?«, fragte sie die junge Frau eindringlich.

Eine Séance! Er saß vor einem Medium und sah sich Hokuspokus an. Fast hätte er gelacht.

Das Medium blickte in eine unbestimmte Ferne. Sie nahm niemanden wahr. Auf einmal erhob sie sich und ging auf meinen Vater zu. Nun fühlte er sich wie hypnotisiert. Die Personen um ihn herum verschwanden, und wie ein Wesen unter Wasser schwebte die Frau in Weiß auf ihn zu. Ihre Augen sahen in ihn hinein. Ihm wurde heiß. Er merkte, wie sich Schweißperlen auf seiner Stirn sammelten, aber er wagte nicht, sie wegzuwischen. Gebannt starrte er ihr entgegen und hatte das Gefühl, dass nun sein Schicksal einen neuen Lauf nehmen würde.

Normalerweise hatte er keine solchen Gedanken. Er war ein rationaler und nüchterner Mann der Wissenschaft. Wegen der Wissenschaft war er nach London gekommen. Aber nun dachte er an Schicksal, Bestimmung und Unabänderlichkeit.

So kam es dann auch. Die junge Frau blieb vor ihm stehen und nahm seine Hand, drückte sie an ihre Brust. »My husband. Anton.«

Mein Vater erschrak. Woher wusste sie seinen Namen? Die Frau beugte sich vor und küsste ihn zart auf die Lippen.

Er rührte sich nicht. Er glaubte, zu Stein geworden zu sein.

Die Gäste um ihn herum raunten empört. Jemand schaltete das Licht an. Ein Tumult entstand, und die Leute verließen den

Raum. Mein Vater wusste, dass sie entsetzt waren über das unmoralische, zügellose Verhalten der jungen Frau. Man würde von nun an über sie tuscheln.

Verwirrt sah die junge Frau meinen Vater an. Sie konnte sich offenbar an nichts erinnern. Betreten stand er vor ihr. Er entschuldigte sich mehrmals hintereinander. Aber die Frau reagierte nicht.

Langsam färbten sich ihre Wangen rosa, und sie lächelte.

»Ich werde nicht zulassen, dass man Sie in Verruf bringt. Ich werde Ihre Ehre wiederherstellen. Ich werde …« Er stammelte noch allerlei Unsinn, denn er hatte vergessen, dass er verheiratet war und mit allem, was er nun tun wollte, alles noch schlimmer machen würde.

Später vermutete er, dass er den Namen der Straße falsch ausgesprochen oder der Kutscher ihn nicht verstanden hatte. Jedenfalls hatte ihn ein sonderbarer Zufall in das falsche Haus gebracht.

Er traf Doktor Smith am nächsten Tag und ließ sich den Magnetismus demonstrieren. Als er nach Cannstatt zurückkam, dauerte es nicht mehr lange, bis seine Frau starb. Er hatte schreckliche Schuldgefühle, weil er die ganze Zeit an die junge Dame dachte, deren Namen er wie einen Schatz hütete.

Seine erste Ehe war arrangiert worden. Er hatte sich seiner Frau freundlich zugetan gefühlt, beide hatten ihre Pflicht erfüllt.

Zwei Monate nach ihrem Tod reiste mein Vater wieder nach London. Er brannte innerlich lichterloh. Ich mag mir das nicht vorstellen. Denn nun kommt der körperliche Teil seines Fehltritts, und das ist nichts, was sich eine Tochter gerne ausmalt. Aber ich habe mein Hiersein einem Fehltritt zu verdanken, einem Wunder oder der liederlichen Aussprache eines Straßennamens – aber ganz gewiss der Liebe zwischen zwei Menschen.

Robin schlug das Heft zu. »Ob es wirklich so war, weiß ich nicht. Ich habe Lises bruchstückhafte Erzählungen zusammengefügt.«

»Du glaubst also an die Liebe.«

»Die Unmoral stört dich nicht?«

»Unmoral! Das sind doch nur die absurden Vorschriften, die sich die Menschen selbst auferlegen. Das Gefühl ist das Wichtigste im Leben. Ihm sollten wir folgen.«

»Aber Gefühle können falsch sein«, widersprach Robin.

»Niemals.« Jennifer hob das Glas und betrachtete den roten Schimmer des Weins gegen das Gaslicht. »Niemals.«

Sie trank und spürte, wie Wärme durch ihre Adern floss.

»Morgen werde ich dich hier alleine sitzen lassen«, verkündete sie. »Ich muss tanzen. Bei Ida.«

Eifersucht

Sie macht Musik aus meinen Bewegungen! Das kann nur sie. Wie habe ich es vermisst!«

Seit zwei Wochen beobachtete Robin, wie Jennifer am späten Vormittag mit hochroten Wangen aus dem Haus stürmte. Sie konnte es offensichtlich nicht erwarten, in Idas Musikzimmer zu kommen. Im Juli war überraschend eine Freundin aus Paris aufgetaucht: Sophie.

Robin versuchte, sich darüber zu freuen, dass

Jennifer eine Aufgabe gefunden hatte, die sie begeisterte, doch wenn sie abends allein zu Hause saß, vermisste sie die gemeinsamen Mahlzeiten und Abendstunden. Wenn Jennifer zurückkam, schlief sie längst, denn sie musste früh aufstehen und die Kühle des Morgens zum Arbeiten nutzen.

Die Generälin hatte ihr weitere Aufträge geschickt, worüber sie schreiben sollte, und den unbeantworteten Brief nicht erwähnt. Mette Walter und Franziska Overrath kämpften, wie viele andere Frauen in Deutschland, für das Frauenstimmrecht, und Robin setzte sich ebenfalls dafür ein. Sie verfasste Artikel für die Zeitschrift der Generälin und zeigte Jennifer eines Morgens stolz, dass ihr Name in derselben Ausgabe mit Anita Augspurg und Lida Heymann erschienen war.

»Anita Augspurg war mein großes Vorbild.«

»Deutschland ist weit weg«, sagte Jennifer mit einem Achselzucken. »Was geht das uns an? Hier auf dem Monte Verità können wir so frei leben, wie wir wollen.« Sie trank im Stehen einen Schluck Kaffee und warf nur einen Blick auf die Zeitschrift, die Robin auf dem Tisch ausgebreitet hatte.

Robin tippte auf eine Fotografie. »Hier, schau doch, Frauen in ganz Europa und den Vereinigten Staaten erheben sich. Das musst du dir vorstellen, es findet gerade eine riesige Bewegung statt! Unsere politische Mitsprache kann den Krieg verhindern.«

Eine Gruppe von Frauen in strengen Kostümen schritt mit Plakaten in den Händen die Straße entlang.

»Krieg?« Jennifer runzelte die Augenbrauen und sah suchend umher. »Hast du meine Bürste gesehen?«

»Auf dem Fenstersims«, sagte Robin. »Deutsche Kanonenboote liegen vor Marokko und drohen französischen Schiffen. Auf dem Balkan wird schon gekämpft.«

»Dagegen kannst du doch mit deinem Stimmrecht nichts tun«, fiel ihr Jennifer ins Wort, sie strich sich mit der Bürste ein paar Mal durchs Haar und legte sie dann auf den Holzstoß neben dem Herd. »Ich muss los, Sophie wartet schon.«

Robin räumte die Bürste in Jennifers Schlafzimmer und vermied es, auf die umherliegenden Kleidungsstücke und das ungemachte Bett zu sehen. Schnell schloss sie die Tür.

Wie jeden Tag kümmerte sie sich um den Garten, riss Unkraut heraus und erntete die reifen Früchte. Sie schaffte Ordnung im Haus, kaufte im Krämerladen im Dorf ein, und nachmittags schlief sie in der größten Hitze des Tages. Am frühen Abend setzte sie sich noch einmal zum Schreiben in den Hausschatten auf die Veranda. Aber dann, wenn die Sonne zu sinken begann, schweiften ihre Gedanken ab, und sie schaute den Weg entlang und hoffte, Jennifer würde früher nach Hause kommen.

Sie hätte ihr so gerne davon erzählt, was das Schreiben über Emanzipation in ihr auslöste. Zwischen all den Zeilen fand sie sich selbst, wurde sich klar darüber, dass sie unabhängig und selbstbestimmt leben wollte. Die Gespräche mit Oskar, Quentin und Ida regten sie dazu an, über sich nachzudenken, und sie kam sich verwegen vor, weil sie sich selbst in den Mittelpunkt der Betrachtungen stellte. Hier taten das alle, aber in Cannstatt nahm sich niemand so wichtig. Alle hätten verständnislos den Kopf geschüttelt. Selbst ihr Vater hätte zu bedenken gegeben, dass die Allgemeinheit wichtiger war als der Einzelne.

Sie veränderte sich, ihre Gefühle für Jennifer hatte sie in reine Zuneigung verwandelt, und darauf war sie stolz. Diszipliniertes Arbeiten hatte ihr geholfen. Sie wollte mit Jennifer darüber sprechen, ob sie beim Tanzen mit Sophie ähnliche Erfahrungen machte.

Nein, wenn sie ehrlich mit sich selbst war, wollte sie diese Wunderpianistin kennenlernen!

Mit besonders viel Aufwand bügelte sie ihren Anzug und polierte ihre Schuhe. Über den Trampelpfad hinter dem Haus näherte sie sich Idas Villa. Musik und Gelächter schallten ihr entgegen. Es klang wie eine wilde Feier.

Gerade als Robin das Haus betrat, begann Oskar mit volltönender Stimme eines seiner Gedichte zu deklamieren. Gekleidet in ein kariertes Hemd in schreienden Farben wirkte er wie ein modernes Bild neben Quentin in naturbelassenem Leinen. Die Freundschaft der beiden war inniger als die üblichen Kameradschaften unter Männern.

Zum wiederholten Mal fragte sich Robin, ob die beiden hierher gekommen waren, weil sie einer Inhaftierung entgehen wollten.

Eine braunhaarige Frau mit überheblichem Gesichtsausdruck setzte sich an den Flügel. Sie trug ein Reformkleid, wie es im Laden der Cooperative verkauft wurde. Eine mehrreihige Kette aus bunten Kugeln gab ihrem Äußeren etwas Exotisches. Jennifer sprach mit ihr. Das also war Sophie.

Jennifer erschien ungewöhnlich schlicht im Vergleich zu ihren sonstigen Auftritten. Sie hatte das Haar zu einem dicken Zopf geflochten. Die weiße Seide ihres Gewandes fiel glatt herab und betonte ihre Figur. Die breiten Träger aus grober Spitze waren der einzige Schmuck an ihr. Still stand sie mitten auf der freien Fläche vor dem Flügel. Die Zuschauer verstummten.

Plötzlich stand Robin in der vordersten Reihe. Sie wollte zurücktreten und unbemerkt das Geschehen beobachten, aber es ging nicht. Hinter ihr standen die Menschen bis an die Wände und murrten, als sie es versuchte. Also steckte sie die Hände in die Hosentaschen und fühlte sich unwohl.

Jennifer tanzte, wie Robin es noch nie gesehen hatte: anmutig, weiblich und so aufreizend, dass sie nach Luft schnappte. Wie konnte sie so schamlos sein? Sie wiegte die Hüften, warf lockende Blicke, hob die Arme und wand sich wie die Schlange im Paradies. Sie zeigte verführerisch ihre Beine und Brüste und schien die reine Freude daran zu haben. Robin trat verlegen von einem Bein auf das andere, als sie herbeiwirbelte und sich eine Sekunde an sie schmiegte. Gleich darauf räkelte sich Jennifer in der Mitte der Tanzfläche wie in einem unsichtbaren Schaumbad. Robin konnte den Blick nicht von ihr wenden, Hitze stieg in ihr Gesicht und rauschte durch ihren Körper. Sie spürte ein riesiges Verlangen danach, Jennifer zu packen und an sich zu ziehen. Begehren schwappte über sie, und ihr wurde schwindelig. Sie vergaß, dass andere Menschen im Raum waren, sie spürte die Klänge des Flügels wie Schläge im Leib, ein wilder Rhythmus durchzuckte sie.

Im nächsten Moment fuhr sie ernüchtert zusammen. Jennifer strich an der Pianistin vorbei, und ihr wurde klar, dass die beiden diesen Tanz gemeinsam tanzten. Robin starrte die Frau an den Tasten an und wünschte, sie könnte sie verschwinden lassen. Es schien ihr ungeheuerlich, dass Sophie etwas mit Jennifer teilte, was sie sich ersehnte – und sich gleichzeitig verbat. Robin schickte giftige Blicke durch den Raum und wollte Sophie aus dem Rhythmus bringen, aber die Pianistin ließ Jennifer nicht aus den Augen.

Nach einer qualvollen Ewigkeit endete der Tanz, und ihr wurde bewusst, dass sie weder Jennifers Bewegungen gesehen noch die Musik gehört hatte. Sie war damit beschäftigt gewesen, Sophie in ihre Bestandteile zu zerlegen. Die braunen Haare, der hochmütige Blick, die flinken Finger, die Füße auf den Pedalen und ihre Lippen, die ihr viel zu rot erschienen. Die Zuschauer klatschten längst, drängten wieder in den Raum hinein, sprachen, lachten, tranken. Robin wünschte, sie hätte nie gesehen, was Jennifer so verwandelte: Sophie.

»Diese Sophie treibt sich überall herum, wo das Vergnügen zu Hause ist.« Die grauen Augen Otto Eichners blitzten hinter den Brillengläsern.

»Sie kennen die Pianistin?«

»Ja.« Er wirkte überaus gereizt.

»Schockiert Sie der Neue Tanz wegen seiner offensichtlichen Sinnlichkeit?«, fragte sie.

»Bravo! Herr Eichner, Sie müssen zugeben, der Schlag hat gesessen.« Ida applaudierte, sie war unerwartet neben ihn getreten.

»Aber Frau Hofmann! Tanz sollte dekorativ sein und die Zuschauer erfreuen.«

Jennifer drängte herbei. Robin spürte die Hitze ihres

Armes und roch den frischen Schweiß. »Otto Eichner! Seit wann sind Sie hier?«

»Lange genug, um Ihre aufreizende und verstörende Vorstellung zu sehen.«

»Genau das will Jennifers Tanz erreichen, aufrütteln, verstören und verkrustete Ansichten über den Tanz und die scheinheilige Moral sprengen«, sagte Robin.

Eichner sprach von oben herab mit Jennifer, an Robin vorbei. »Ihr Tanz ist eine Degeneration. Er richtet viel Schaden an.«

Jennifer beachtete ihn nicht. »Robin, das hast du wunderbar gesagt. Du kleidest in Worte, was ich beim Tanzen fühle. Ich danke dir.«

»Dies ist ein Ort der Freigeister. Wenn Sie sich hier nicht inspiriert fühlen, ist es nicht der rechte Ort für Sie«, sagte Robin zu Eichner und hoffte, dass sie damit keinen von Idas potenziellen Teilhabern vergraulte.

Ida nickte. »Wir wollen in der Tat ein neues Bewusstsein wecken. Dazu gehören auch die schönen Künste. Lassen Sie sich doch ein wenig verführen.«

Eichner rümpfte die Nase. »Frau Hofmann, Ihr Klavierspiel zählt für mich zu den schönsten Künsten. Keine Frage. Aber diese Auswüchse sollten Sie nicht unterstützen. Ihre Cooperative bietet andere Möglichkeiten, worüber wir ja schon ausführlich gesprochen haben. Ich habe ein paar Vorschläge, die Sie interessieren könnten.«

»Gerne, kommen Sie.« Sie führte Eichner zum Buffet im nächsten Raum. »Haben Sie schon unsere Säfte probiert? Hausgemacht aus eigenem Anbau.«

Jennifer lachte. »Ida ist die geborene Diplomatin. Sie

schaffte es immer wieder, die Leute um den Finger zu wickeln. Schön, dass du endlich mal wieder gekommen bist. Ich stelle dir Sophie vor. Sie ist schon begierig darauf, dich kennenzulernen.«

Sophie schüttelte ihr die Hand. Um ihre Mundwinkel zuckte ein kleines Lächeln. Die Augenlider halb gesenkt, sagte sie mit ungewöhnlich tiefer Stimme: »Das ist also die Frau, die Jennifer zum Schweben bringt.«

»Und du bist die Pianistin, die Jennifers Bewegungssprache versteht wie keine andere.« Robin hatte so schnell geantwortet, dass ihr erst danach bewusst wurde, was Sophie gesagt hatte.

Sophie schmunzelte. »Sie ist längst über mich hinausgewachsen, wie ich feststellen muss.«

»Du hängst der Reformbewegung an?«, fragte Robin, um das Thema weg von Jennifers Tanz zu lenken.

»Ach, das.« Sophie zupfte am Vorderteil ihres Kleides. »Ich finde sie nur ausgesprochen bequem zu tragen, die Askese liegt mir ansonsten nicht.« Sie streifte Jennifer mit einem langsamen Blick.

»Allerdings nicht. Sophie ist ein echter Bohemien. Oder besser gesagt ein Dandy.«

Ein weiblicher Dandy! Darunter verstand Robin eine Person, die das Spiel zu ihrem Lebenszweck gemacht hatte. Sicher war Sophie reich wie Krösus, das strahlte sie aus.

Jennifer nahm die Pianistin am Arm und flüsterte laut. »Ich weiß, dass Oskar eine Flasche Whiskey in den Garten geschmuggelt hat. Los, suchen wir ihn. Ich kann einen gebrauchen, ich wusste nicht, dass Eichner wieder hier ist.«

Oskar und Quentin saßen auf Gartenstühlen unter einem Baum. Sie freuten sich, als die Frauen zu ihnen traten. Schnell holten sie zwei weitere Stühle herbei. Mehr waren nicht zu finden.

Sophie winkte ab. »Ich habe es bequem.« Sie setzte sich auf die Armlehne von Oskars Stuhl und legte den Arm um seine Schultern.

Robin registrierte, dass sie nun tiefer saß als ihre neue Feindin.

»Otto Eichner ist wieder aufgetaucht!«, rief Jennifer. »Ich frage mich, was er will. Robin hat es ihm allerdings ordentlich gegeben, das hättet ihr hören sollen.«

»Auf dich, Robin!« Oskar prostete ihr zu. »Es gibt nichts, was diese Arier mehr aus der Fassung bringt als eine gebildete Frau.«

»Das ist für sie der Untergang des Abendlandes«, pflichtete ihm Quentin bei.

»Du meine Güte, man sollte Eichner unschädlich machen«, sagte Sophie. »Diese Leute mit ihrer Rassenhygiene verstehen gar keinen Spaß.«

»Wir gehören doch alle einer Rasse an, oder etwa nicht?«, rief Jennifer.

»Sollte man meinen.« Quentin strich sich den Bart. »Aber sie behaupten, es gäbe Arier und Nichtarier. Höhere Menschen und Untermenschen. Man kann es angeblich an den Nasen abmessen.«

»Und an den Ohren!« Oskar kippte seine Ohrmuscheln mit den Händen nach vorne.

Alle lachten.

»Dabei ist es gar nicht witzig«, sagte Quentin. »In London findet ein eugenischer Weltkongress statt.

Eichner ist sicher einer, der das Erbgut der Deutschen rein halten will.«

»Diese politische Bewegung ist wirklich gefährlich«, warf Robin ein.

»Männer wie er an der Macht wären unser Tod.« Quentin drückte die Hand seines Freundes.

»O Leute, jetzt müssen wir gleich einen Trauermarsch spielen! Lasst uns lieber die laue Nacht genießen.« Sophie stieß gegen Oskars Glas.

Die anderen nickten und prosteten sich zu.

»Das Leben ist zu kurz, um Trübsal zu blasen«, rief Jennifer.

Sie tranken und lachten, machten Scherze, und Robin beobachtete, wie Sophie nach einer Weile den Blick durch den Garten wandern ließ.

»Ich muss mich ein wenig umsehen. Adieu, mes amis.« Sie erhob sich und winkte zum Abschied. Weiter entfernt gesellte sie sich zu einer Gruppe junger Frauen, die plaudernd an einer Mauer standen.

Quentin grinste. »Sie hat sich nicht verändert.«

»Immer leichte Kost, nur die süßesten Früchte«, ergänzte Oskar.

Jennifer richtete sich gerade auf. »Seid ihr wohl still!«

»Entschuldige, Jennifer.« Oskar verneigte sich im Stuhl.

Quentin gab ihm einen Stoß. »Komm mit, du bist selbst ein Früchtchen.«

Sie schlenderten davon. Robin fand, Oskar imitierte treffend eine affektierte Dame.

Jennifer streckte die Beine aus und gähnte. »Die beiden sind wundervoll. Mit ihnen kann man so viel Spaß haben.«

Robin trank einen Schluck. Der Whiskey brannte in ihrer Kehle. Das war gut so. »Ist eigentlich alles nur ein Spaß für dich?«

Jennifer zuckte zusammen. »Warum nicht? Ich liebe das Vergnügen und alles Schöne.«

»So kann man natürlich sein Leben auch gestalten.« Robin wollte aufstehen. »Nur kann ich es nicht verstehen.«

»Bleib hier!« Jennifer streckte die Hand aus. »Was du tust, ist nobel. Ich bewundere dich für deine Artikel, deinen Durchblick, deine Bildung. Aber du machst keine andere aus mir.«

Betroffen sah Robin sie an. »Das wollte ich nicht damit sagen.«

»Aber? Du klingst danach, als wolltest du etwas hinzufügen.«

Robin wehrte ab. »Nein. Es ist nicht wichtig.«

Jennifer senkte den Kopf. »Ich verstehe dich nicht. Ich habe ständig das Gefühl, du verheimlichst mir etwas.«

Robin zupfte an einer Bügelfalte herum.

»Was ist es?« Jennifer fing ihre unruhigen Hände ein. »Sag es mir.«

»Ich bin … eben ein wenig schwerfällig.«

»Ja, das bist du, aber werde mir bitte nicht schwermütig. Lass dich lieber zur Leichtigkeit verführen.«

»Das ist einfach nichts für mich.« Robins Herz klopfte wie rasend.

»Wie hat dir mein Tanz gefallen?«

»Heute Abend?«

»Sag schon!«

»Du warst die Sünde in Person.«

Jennifer lachte laut. »Wunderbar, das wollte ich sein.«

»Sophie scheint sehr inspirierend zu sein«, sagte Robin und zog ihre Hand zurück.

»Sophie?« Jennifer hörte auf zu lachen. »Du glaubst, ich habe wegen Sophie so getanzt?«

Robin nickte.

Eine bekannte Stimme schallte durch den Garten.

»Robin! Jennifer!« Bruno kam in großen Schritten herbeigeeilt. Er sah verwegener aus denn je. Die Haare hingen lang über seine Schultern, in der Hose klafften Löcher an den Knien.

»Du bist zurück?« Robin umarmte ihn.

»Dachte ich mir doch, dass ich euch hier finde.« Er schüttelte Jennifer lachend die Hand. »Amüsiert ihr euch gut? Wie bekommt euch das Hüttenleben?«

»Ich habe mich gut eingewöhnt, nicht wahr, Robin?«

»Sie backt Pfannkuchen wie Lise.«

Bruno setze sich zu ihnen und erzählte von seiner Wanderung. Robin freute sich, ihn zu sehen. Er brachte ihr das Gefühl der Familie und Heimat. Aber sie hörte nur mit halbem Ohr zu, weil sie gleichzeitig über Jennifers Tanz nachdachte und darüber, wo Bruno nun schlafen wollte.

»Hast du gehört?« Bruno schüttelte ihre Schulter.

»Was? Ja. Nein.«

»Ich kann ein paar Tage in einer der Lufthütten schlafen. Dann habt ihr Zeit, eure Sachen zu packen.«

»Packen?«

Jennifer beugte sich vor. »Hast du gerade geträumt? Wir müssen in die Villa ziehen.«

In der Villa

Robin war viel zu pflichtbewusst, um Jennifer alleine wohnen zu lassen. Sie hatte Valentine versprochen, auf sie aufzupassen, und deswegen überwand sie ihre Scheu vor dem prächtigen Haus und packte ihre Sachen. Außerdem war ihr der Gedanke, Jennifer nicht mehr jeden Tag sehen zu können, unerträglich.

»Hier werden wir jetzt unser Leben genießen.«

Jennifer öffnete im ersten Stock schwungvoll eine Tür. »Dein Zimmer.«

Robins Blick fiel sofort auf einen Sekretär mit vielen Schubladen. Sie strich mit der Hand über die Tischplatte. Im Geist räumte sie schon ihre Hefte in die Fächer und legte den Füllfederhalter auf die Lederunterlage. Bestimmt würde sie hier hervorragend arbeiten können. Zwei große Flügeltüren gingen auf einen schmiedeeisernen Balkon hinaus. Tüllgardinen wehten bei jedem Lufthauch. Das Bett schien Robin unverschämt breit. Drei Leute hätten darin Platz gehabt, und nun sollte sie alleine darin liegen. Sie bekam Lust, barfüßig auf dem Marmorboden herumzugehen.

Jennifer zeigte ihr das Badezimmer. Robin konnte es allein benutzen, ein unglaublicher Luxus.

»Kommandieren werde ich nicht«, sagte sie zu Jennifer. »Die Angestellten sind deine Aufgabe.«

»Keine Sorge. Du hast auch alles für mich getan, als ich bei dir wohnte. Nun kann ich mich revanchieren.«

Gleich am nächsten Tag stellte Jennifer eine Schreibmaschine auf Robins Sekretär.

»Was ist das? Ich habe erst im November Geburtstag, außerdem ist das viel zu teuer.«

»Unsinn.« Jennifer freute sich so offensichtlich über das Geschenk, dass Robin lächeln musste. »Es ist eine Underwood! Das neuste Modell.«

»Ich kann das nicht annehmen.«

»Hier ist ein Brief für dich.« Jennifer holte ihn aus ihrer Rocktasche. »Quentin hat ihn vorbeigebracht. Er ist von der Generälin.«

Robin riss ihn auf und las hastig über die Zeilen. »Ich soll noch mehr schreiben!«

»Dafür brauchst du die Schreibmaschine. Komm, probieren wir sie aus.« Sie spannte einen Bogen Papier in die Maschine betätigte den Zeilenschalthebel.

Robin flüchtete aus Valentines Villa. Sie glaubte zu ersticken. Mit jedem Tag wurde es schlimmer. Jennifer kam ungeniert im Morgenrock hereinspaziert, die Knöpfe nur nachlässig geschlossen. Sie setzte sich bei jeder Gelegenheit so nahe neben Robin, dass sich ihre Schenkel oder Arme berührten. Im Vorbeigehen streifte sie Robin mit der Hand. All das versetzte sie in Flammen, die sie nicht mehr zu löschen wusste. Träume und hitzige Gedanken benebelten ihren Verstand. Überall spürte sie Jennifers Gegenwart.

Sie rannte den Weg entlang. Sie wollte zu Bruno und zurück in das alte Leben, wie es noch vor einem Jahr gewesen war, bevor sie Jennifer kennengelernt hatte. Wie friedvoll erschien ihr diese Zeit im Gegensatz zu ihrer jetzigen Verfassung. Verschwitzt erreichte sie das kleine Haus ihres Bruders.

»Sieh nur, wie viel ich geerntet habe!« Bruno trug einen Korb Äpfel aus dem Garten herbei.

»Grüß Gott, Bruno.«

Er stellte den Korb neben der Tür ab. »Du siehst schlecht aus, bist du krank?«

»Nein, das ist es nicht.«

Sie setzten sich nebeneinander auf die Treppenstufen und sahen ins Tal. Der Lago Maggiore lag im Dunst, das Wasser schimmerte grau, in den Bergen lag Schnee.

»Hast du Nachrichten von Gustav?« Robin stützte die Ellenbogen auf die Knie und fuhr sich über die Stirn.

Bruno streckte die Beine aus und wackelte mit den schmutzigen Zehen. »Er will im Frühjahr heiraten, wir sind eingeladen.«

»Ich auch? Was ist mit Tante Erna?«

»Es wird Zeit, dass ihr euch wieder versöhnt. Schließlich ist Gustav dein Bruder, da kann sie keinen Aufstand machen.«

Robin nahm einen Apfel aus dem Korb und drehte ihn am Stiel. »Lise fehlt mir. Ich habe ihr viele Postkarten geschickt, aber sie kann ja nicht zurückschreiben. Ob sie wohl an mich denkt?«

Bruno legte seinen Arm um ihre Schultern. »Unsere Familie hat sich sehr verändert, kleine Schwester. Aber in Lises Herz wirst du immer den ersten Platz einnehmen, da bin ich sicher.«

Lise hatte gesagt, ihre Zukunft läge im Süden. Nun war sie hier und fühlte sich manchmal unsagbar glücklich, an anderen Tagen, so wie heute, spürte sie nur ein riesiges Loch in der Brust und ein grässliches Sehnen. Sie presste den Apfel zwischen beiden Handflächen.

Bruno klopfte ihr auf die Schulter, und zusammen trugen sie den Apfelkorb in die Küche. Er hatte ein heilloses Durcheinander veranstaltet, aber er schien es nicht einmal wahrzunehmen.

Robin zog ihre Jacke aus und hängte sie an den Nagel in ihrem alten Schlafzimmer. Wehmütig strich sie über die Bettdecke, unter der später Jennifer geschlafen hatte. Mit einem Ruck schloss sie die Tür und wandte sich der Unordnung zu. Arbeiten war die beste Medizin, die sie kannte. Sie räumte das Geschirr vom Tisch in die Spüle und schrubbte einen Topf sauber.

»Ich koche uns was.« Sie begann, Feuerholz im Ofen aufzuschichten, und hielt ein Streichholz daran. »Wie wäre es mit Spätzle und Soße?«

Bruno saß inzwischen am Tisch und blätterte in einem Botanikbuch. »Oh, dafür würde ich meine vegetarischen Grundsätze einen Moment vergessen.« Er leckte sich die Lippen.

Die vertrauten Handgriffe, die sie so oft gemeinsam mit Lise ausgeführt hatte, die Gerüche nach Herdfeuer und der Dampf im Raum brachten Robin ihre Kindheit zurück und beruhigten den Schmerz in ihrer Brust. Als das Essen gekocht war, deckte Bruno den Tisch, und sie begannen zu essen.

»Wie läuft es in der Naturheilanstalt?«, fragte Robin.

»Die Gäste reisen allmählich ab. Im Winter hält sich niemand gerne hier auf. Ich werde die Zeit nutzen, um meine Erfahrungen aufzuschreiben. Vielleicht reise ich wieder nach Süditalien und stocke meinen Kräuter- und Arzneimittelvorrat auf. Es gibt in der Nähe von Neapel eine Reformsiedlung.«

»Was ist mit dem Krieg? Bist du auch so wild darauf, dich in eine Schlacht zu stürzen, wie all die jungen Männer?«

»Wenn es darauf ankommt, müssen wir eben unsere Pflicht tun. Aber, Schwesterchen, mach dir keine Sorgen um mich.«

Sie sprachen über seine Pläne, und Robin beneidete ihn um seinen ausgeglichenen Zustand.

»Valentine hat geschrieben«, sagte sie schließlich langsam. »Nach langem Hin und Her hat der Baron endlich der Scheidung zugestimmt. Sie streiten sich noch um Geldangelegenheiten, aber in ein paar Wochen wird sie frei sein, sie plant schon ihr Leben mit Roger McLinn in den Vereinigten Staaten.« Sie kratzte mit dem Nagel in einer Rille im Holz der Tischplatte.

»Du freust dich nicht für sie?«

»Jennifer soll im Frühjahr nach Zürich reisen und sich ihnen anschließen.«

»Das gefällt dir nicht?«

»Sie muss selbst wissen, was sie will.«

Bruno runzelte die Stirn. »Aber was willst du?«

»Ich mache natürlich weiter wie bisher, ich habe schließlich eine wichtige Aufgabe. Haarsträubende Dinge werden in Umlauf gebracht. Willst du hören, was ich geschrieben habe?« Robin stand auf zog ein Blatt Papier aus der Innentasche ihrer Jacke.

Die Frauenemanzipation verliert an Ansehen! Mit Schrecken beobachten wir, dass die Politik in der Frauenfrage eine Richtung nimmt, die unser Fortschreiten behindert, ja willentlich bedroht. Immer häufiger wird betont, dass die Sittlichkeit der Frau durch die Emanzipation in Gefahr gerät. Das Wahlrecht für

Frauen, so heißt es in der allgemeinen Presse, führe zu nationalem Selbstmord. Es sei allein Sache der Männer, die Belange eines Staates zu bestimmen, und die internationalen Gedanken, die von den Frauenrechtlerinnen verbreitet werden, seien alle pazifistisch, jüdisch und sozialistisch.

Liebe Freundinnen, gegen diese negative Entwicklung müssen Schritte unternommen werden!

Bruno nickte anerkennend. »Meine kleine Schwester hat sich zu einer kämpferischen Journalistin gemausert! Die Sache der Frauen liegt dir wirklich am Herzen. Sehr gut.«

»Das findest du gut?«

»Das weißt du doch. Schließlich habe ich dir die ersten Artikel über die Frauenbewegung zu lesen gegeben.«

»Und du hast gesagt, dass ich hier noch mehr Frauen von meinem Schlag treffen würde.«

»So ist es doch auch gekommen.« Bruno runzelte die Stirn. »Oder nicht?«

Robin nickte schnell. »Ida ist ein echter Freigeist.«

»Und Jennifer.«

»Sie auch. Auf ihre Art.«

Bruno brummte etwas Unverständliches und begann, das Geschirr in die Spüle zu räumen.

»Du hast doch immer deinen Kopf durchgesetzt«, sagte er zum Abschied, »und ich hoffe, du hörst jetzt nicht auf, für deine Sache zu kämpfen.«

»Selbstverständlich nicht, ich schreibe weiterhin für die Generälin.« Sie umarmte ihn.

Ein paar Schritte war sie schon gegangen, da rief er: »Die Zeitung habe ich nicht gemeint.«

Sophies Abschied

Wenn sie sich beeilte, würde sie Sophie noch einmal sehen können. Jennifer rannte die Straße entlang. Ein Asconer Junge pfiff ihr hinterher, eine ältere Frau schüttelte missbilligend den Kopf. Sie zügelte ihren Schritt. Endlich erreichte sie das kleine Hotel, in dem die Freundin abgestiegen war. Der Hotelier erkannte Jennifer sofort. Sie war schon mehrere Male hier gewesen.

»Madame ist vor einer halben Stunde abgefahren«, informierte er sie, noch bevor sie etwas gefragt hatte.

»O nein!« Sie machte auf dem Absatz kehrt und rief »Danke« über die Schulter zurück. Kaum hatte sie das Haus verlassen, drehte sie sich wieder um und stürmte zur Rezeption.

»Telefon«, stieß sie atemlos hervor. »Haben Sie Telefon?«

Der Hotelier zeigte zur Wand, wo der Apparat befestigt war.

Wenige Minuten später erschien ihr Chauffeur mit dem Automobil.

»Locarno, Bahnhof«, rief sie und stieg ein.

Die Fahrt dauerte nur eine Viertelstunde – Jennifer erschien sie wie eine Ewigkeit. Sie rutschte ungeduldig auf der Rückbank hin und her. Als sie den Bahnhof erreichten, sprang sie aus dem Wagen, kaum dass er gehalten hatte. Der Chauffeur rief etwas in fragendem Ton hinter ihr her, aber sie winkte nur ungeduldig ab. Er sollte einfach auf sie warten.

In der Bahnhofshalle erkannte sie Sophie am Fahrkartenschalter und rief nach ihr.

»Du überraschst mich.« Sophie steckte die Fahrkarte in ihre Handtasche und zog die Augenbrauen hoch. »So aufgelöst?«

Jennifer errötete, und bevor sie etwas sagen konnte, warf Sophie einen Blick auf die riesige Wanduhr. »Ich habe noch genug Zeit für eine Tasse Kaffee.«

Im Bahnhofsrestaurant setzten sie sich an einen kleinen Tisch mit bodenlanger Decke, und Sophie winkte den Kellner herbei und bestellte. Sie waren fast die einzigen Gäste, nur ein älteres Ehepaar saß weit von ihnen entfernt.

»Jetzt bin ich gespannt.« Sophie zündete ein Zigarillo an.

»Worauf?«

»Weshalb du hier bist.«

»Um dir auf Wiedersehen zu sagen.«

»Natürlich.« Sophie nickte und blies den Rauch aus. Jennifer senkte den Blick, als der Kellner zwei Tassen Kaffee abstellte. Er verlangte gleich das Geld, und sie stellte beschämt fest, dass sie vergessen hatte, eine Geldbörse mitzunehmen. Sophie zahlte und gab ihm ein großzügiges Trinkgeld.

»Fährst du zu Clothilde?« Jennifer nahm den Kaffeelöffel und begann zu rühren.

Sophie trank erst einen Schluck und setzte die Tasse dann langsam ab. »Clothilde ist in Berlin und Vergangenheit.«

»Dann hast du also eine neue Frau für eine rauschartige Begegnung gefunden, um die Sinnlosigkeit der Welt nicht zu spüren?«

»Sieh an. Die kleine Jennifer hat die Philosophie entdeckt.« Sophie zog am Zigarillo.

»Ich dachte, wir wären Freundinnen, und nun lässt du mich im Stich.«

»Ma chère, du bist besitzergreifend und melodramatisch.«

Jennifer spürte, wie Tränen in ihre Augen stiegen. »Du bist die Einzige, die meinen Tanz wirklich versteht.«

Sophie verzog das Gesicht. »Nun hör schon auf. Ich bin Künstlerin, keine treu sorgende Ehefrau. Du wirst allein zurechtkommen. Im Übrigen hast du doch diesen Blaustrumpf.«

»Sie heißt Robin. Merk dir das endlich.«

»Ist ja gut. Robin. Hast du keinen Spaß mit ihr?«

»Doch, natürlich!«

Sophie musterte sie, während sie weiter rauchte. »Ich glaube dir kein Wort. Aber ich schätze, deine Zeit hier geht dem Ende zu. Die Scheidung deiner Mutter ist sicher bald perfekt.«

»Ja, sicher. Dann sehen wir uns vielleicht in München, oder wo wirst du dich aufhalten?«

»Wohin der Wind mich treibt, ma chère.« Sophie schaute zum Fenster hinaus und erhob sich plötzlich. Auf dem Bahnsteig wartete eine junge Frau.

»Also doch!« Jennifer sprang auf und stieß den Stuhl so heftig nach hinten, dass er umfiel. Das ältere Ehepaar sah zu ihr herüber.

Sophie legte das noch brennende Zigarillo auf den Unterteller, beugte sich zu Jennifer und drückte ihr einen Kuss auf die Lippen. »Genieße! Mehr gibt es nicht im Leben. Auf Wiedersehen.«

Jennifer beobachtete an der Tür zum Bahnsteig, wie Sophie der jungen Frau beim Einsteigen ins Zugabteil half. Die Pfeife des Schaffners schrillte, die Lokomotive setzte sich stampfend in Bewegung, und Dampf erfüllte die Halle. Menschen lehnten sich aus den Fenstern und winkten, die Zurückbleibenden riefen Grüße.

Jennifer weinte.

Der Chauffeur hatte unmittelbar vor dem Bahnhof geparkt und erwartete sie. Jennifer ließ sich in das Polster fallen und legte den Kopf auf die Rückenlehne. Sophie hatte recht, sie sollte das Leben genießen, etwas anderes gab es nicht. Und wenn nicht mit Robin, dann ohne sie.

1913
Langeweile

Jennifer wälzte sich im Bett herum. Es war mittags kurz nach zwölf. Sie gähnte und klingelte nach dem Mädchen, das ihr das Frühstück ans Bett brachte. Nebenan klapperte die Schreibmaschine, vermutlich war Robin schon seit acht Uhr fleißig. In letzter Zeit nahm sie sich kaum Zeit für eine Mahlzeit, sondern wollte unablässig an ihren Artikeln schreiben. Bei dem Gedanken, wie viele Seiten Papier Robin volltippte, stöhnte Jennifer. Wie sollte sie den Winter überstehen?

Seit Sophie fort war, hatte Jennifer die Lust zu tanzen verloren. Sie versuchte sich zu vergnügen, aber alleine gelang ihr das nicht. Robin konnte sie nicht dafür gewinnen, und die meisten Gäste waren abgereist. So wie Ida es immer betonte, überstanden nur die Hartgesottenen den Winter auf dem Monte Verità. Und zusätzlich hatte alle ein seltsamer Patriotismus gepackt und heim ins Vaterland gezogen, es schien, als gierten sie nach dem Krieg. Es war niemand da, mit dem sie Spaß haben konnte.

Jennifer ließ sich Zeit mit dem Frühstück, sie trödelte anschließend eine halbe Stunde lang unter der Dusche herum und kämmte sich danach lustlos das Haar. Sie probierte verschiedene Kleider an, aber ohne Valentine machte auch das Herausputzen keinen Spaß. Außerdem interessierte sich hier niemand für ihr extravagantes Auftreten, die Lebensreformer übertrieben es mit ihrer Sehnsucht nach Schlichtheit.

Am späten Nachmittag ging sie in den Salon und schnippte den Füllfederhalter an, der auf dem letzten Brief lag, den ihre Mutter geschrieben hatte. Im Frühjahr würden sie sich wiedersehen. Jennifer holte einen Bogen Papier, schraubte den Füllfederhalter auf und schrieb: »Liebste Maman, du fehlst mir sehr.«

Tränen schossen in ihre Augen. Sie wischte sie mit dem Ärmel weg, faltete das Papier und steckte es in einen Umschlag.

Langsam stand sie auf und öffnete die Fensterflügel. Der Herbst war schnell gekommen und die Nächte waren nun angenehm kühl, auch tagsüber stiegen die Temperaturen nicht hoch. Sie trat auf den Balkon und atmete tief durch. Der Lago Maggiore schimmerte tiefgrün, die Berge trugen schon weiße Hauben. Der Winter drohte mit Einsamkeit.

Ein scharfer Pfiff schreckte sie auf. Unten standen zwei junge Burschen und winkten ihr zu. Einer verbeugte sich, und seine schwarzen Locken glänzten im Sonnenlicht.

»Signorina«, rief er. »Kommen Sie zum Tanzen.« Er zeigte den Weg hinunter.

Jennifer wusste, dass in den Tavernen jeden Abend musiziert wurde. Der zweite Mann warf ihr eine Kusshand zu, und lachend zogen sie ab. Sie sah ihnen hinterher. Warum nicht? Robin zu fragen, erübrigte sich. Sie zog einen Mantel an, nahm den Brief und klopfte an Robins Tür. Die Schreibmaschine verstummte.

Jennifer schaute nur kurz ins Zimmer. »Ich gehe aus. Warte nicht auf mich.«

Herausforderungen

Robin hörte die Tür ins Schloss fallen und kurz darauf Jennifers Schritte vor dem Haus. Sie hatte mitbekommen, was die jungen Männer gerufen hatten. Ihr Magen zog sich zusammen. Unmöglich konnte sie sich auf ihren Text konzentrieren, wenn Jennifer allein im Dorf unterwegs war. Sie hatte Valentine versprochen, auf sie aufzupassen. Also sollte sie losgehen und sie zurückholen. Zögernd stand sie auf.

Jennifer war kein kleines Mädchen, das man an der Hand nehmen und nach Hause zerren konnte. Sie würde ihr wieder vorwerfen, dass sie keinen Spaß verstand.

Robin ging im Zimmer auf und ab. Als es draußen dunkel wurde, zog sie ihre Anzugjacke an und ging mit großen Schritten hinunter ins Dorf.

Am Hafen herrschte geschäftiges Treiben, die Fischer bereiteten ihre Kutter für den nächtlichen Fang vor, hoben Körbe und Netze an Bord und schrien sich Befehle zu. Es roch nach Algen. Robin schaute in zwei Tavernen an der Uferpromenade und suchte die Schenken im Gassengewirr des alten Dorfkerns ab. Die verwunschenen Plätze und verborgenen Höfe waren heute wenig einladend. In den Häusern brannte Licht und hin und wieder erklangen Stimmen. Eine Frau trat auf einen Balkon und goss ihre Azaleen. Das Wasser spritzte herab und Robin sprang zur Seite, um nicht nass zu werden.

Neben der Kirche San Pietro e Paolo hörte sie Musik. Sie betrat den Innenhof durch einen Torbogen. Ein Akkordeon und eine Gitarre spielten einen Ländler. Alle Tische waren ausschließlich von Männern besetzt, denn Asconerinnen besuchten keine Schenken. Eine Gruppe schwarzhaariger Burschen tanzte einen Reihentanz. Arme auf den Schultern des Nebenmannes, wippende rote Halstücher und blitzende Goldohrringe. Bauern, Fischer, Piraten. Und in der Mitte hopste Jennifer! Die Männer grölten und klatschten, als sie sich drehte und ihre Haare flatterten. Vermutlich starrten sie auf ihre Beine, die sichtbar wurden, wenn der Rock in die Höhe flog. Aber das konnte Robin nicht sehen, zu viele Männer umringten die Tanzfläche. Sie schob einen groben Kerl, der laut lachte, an der Schulter beiseite. Empört wandte er sich um und schimpfte. Als er jedoch erkannte, dass er eine Frau vor sich hatte, verstummte er. Endlich hatte Robin die Tanzfläche erreicht. Jennifer lachte neben den Tänzern, die sich an den Schultern hielten und stampften.

»Robin!« Sie stolperte, aus dem Takt gebracht.

»Raus hier, sofort.« Robin sprach leise, aber Jennifer schien sie gleich zu verstehen. Sie nahm ihren Mantel von einer Stuhllehne.

Die Männer protestierten laut, als sie sahen, dass Jennifer gehen wollte. Unflätige Zurufe begleiteten ihren Abgang, zumindest glaubte Robin, dass es Anzüglichkeiten sein mussten, denn die Kerle wirkten frech.

Draußen in der Gasse wehrte sich Jennifer. »Lass das.« Sie riss ihren Arm aus Robins Umklammerung. »Was ist denn in dich gefahren?«

»Du verkaufst dich hier wie eine Kokotte.«

»Übertreib doch nicht.«

»Nun komm schon, du hast hier nichts verloren.«

»Willst du mir das letzte bisschen Spaß verderben?«

»Nein. Ich konnte es nicht mehr aushalten, dass du weg warst. Ich wollte dir etwas erzählen.«

»Wirklich? Was ist denn so wichtig, dass du mich wie ein Detektiv aufspürst?«

»Ich habe Geld verdient. Die Generälin hat es mir geschickt.«

Jennifer lachte auf. »Wie profan.« Langsam ging sie weiter. »Und deswegen rennst du durch die Nacht?«

Robin wurde ärgerlich. »Ich bin dir zu bürgerlich? Zu gewöhnlich in deinen Augen? Weißt du was? Ich bin stolz darauf.«

»Nur Männer verdienen Geld.« Jennifer zuckte mit den Schultern.

»Genau, deswegen freut es mich ja so.«

Jennifer blieb stehen. »Warum?«

»Es bedeutet Unabhängigkeit. Ich bin frei. Ich kann

für mich selber sorgen.«

»Ich kann auch für mich selber sorgen.«

»Du bekommst das Geld von deiner Mutter und sie von ihrem Vater, und der hat es von Gottes Gnaden, weil deine Familie seit Jahrhunderten andere ausbeutet und knechtet.«

Jennifer lachte. »Genauso ist es. Was ist daran falsch?«

»Das verstehst du erst, wenn du einmal in deinem Leben gearbeitet hast.«

»Du arbeitest doch auch nicht. Du lebst von der Apanage, die dir dein Vater hinterlassen hat.«

»Stimmt, aber es ist sehr wenig. Deswegen freut mich das dazuverdiente Geld.«

»Wenn es dir so viel bedeutet, dann müssen wir das natürlich feiern.«

»Schreiben ist meine Arbeit«, sagte Robin mit Nachdruck.

»Ich bewundere dich dafür. Wirklich. Gehen wir fein aus. In ein Restaurant. Oder ins Theater.«

»Dafür habe ich das Geld nicht verdient.«

»Wofür dann?«

Robin schwieg.

»Gibt es dann gar nichts, was dich lockt, womit man dich verführen kann?« Jennifer überholte sie, drehte sich um und ging rückwärts.

»Sei einmal ernsthaft.«

Jennifer hüpfte. »Geldverdienen ist eine todernste Sache, ja? So ernst?« Sie zog die Stirn in Falten, dann die Mundwinkel hinunter. »Oder so?«

»Gleich liegst du im See.« Robin packte Jennifer um die Taille, damit sie nicht über die Ufermauer stolperte.

Jennifer stieg auf die Mauer. »Machen wir ein Geschäft.«

»Was soll das? Du spielst ja schon wieder herum.«

»Du nennst mir etwas, das dich reizt, und ich werde ernsthaft. Na?«

Robin sah über den dunklen See. Auf der anderen Seite leuchteten vereinzelt Lichter eines Dorfes. Über ihnen glitzerten Millionen Sterne. Die Nacht war schwarz, kein Mond zu sehen.

»Ich weiß sogar etwas«, sagte sie.

»Was?«

»Autofahren.«

»Du willst selbst lenken?«

Robin nickte.

»Abgemacht! Wir nehmen Mamans Wagen. Gleich morgen.« Jennifer nahm Robin bei der Hand.

Robin spürte, wie die Anspannung von ihr abfiel. »Und welchen ernsthaften Beitrag lieferst du zu unserem Geschäft?«

»Oh, du vergisst aber auch gar nichts.«

»Du hast es versprochen.«

»Ja, ist ja schon gut.« Jennifer hob die Hand. »Ich werde nicht lachen, wenn du in den Graben fährst.«

»Warum tanzt du nicht mehr? Das könntest du ernsthaft tun.«

»Es ist niemand da, der Klavier für mich spielt. Ida ist mit Henri nach Zürich gefahren.«

»Du könntest zu Grammofonmusik tanzen.«

»Ach, alleine macht es keinen Spaß.«

»Aber Jennifer, es geht doch nicht nur ums Vergnügen.«

»Ich bin schrecklich in deinen Augen, nicht wahr? Wie hältst du es nur mit mir aus?«

»Sturheit vermutlich.«

Sie gingen schweigend weiter.

»Du hast eine Begabung«, sagte Robin, »das ist dir nicht bewusst. Du tanzt mit einer unglaublichen Freude.«

»Warum sonst sollte ich tanzen?«

»Um der Welt etwas zu sagen.«

»Das ist dein Part. Du hast etwas zu sagen. Ich nicht. Neben dir bin ich klein.«

»Unsinn. Hast du keine Geschichten in dir? Du hast so viel erlebt und gesehen. Erzähl mir davon.«

»Was ich erlebt habe?«

»Ja, denk über dich nach.«

»Ich denke nicht über mich nach. Ich lebe.«

Sie entfernten sich vom See und wanderten langsam die Straße hinauf zur Villa. Es wurde noch dunkler um sie herum.

Jennifer sagte leise: »Dauernd geschieht etwas, das mir das Leben schwermacht. Sophie hat mich betrogen, Clothilde hat mich im Stich gelassen, der Baron, ach, das war furchtbar, Eichner beleidigt meinen Tanzstil. Jetzt muss ich mich auch noch an Amerika gewöhnen. Hört es denn gar nie auf?«

»Es spielt keine Rolle, was passiert ist und was andere sagen oder tun. Nur was du willst und was du tust, ist wichtig.«

Jennifer seufzte. »Aber dazu müsste ich wissen, was ich will.«

»Ist dir das zu anstrengend? Wenn du dich so treiben lässt, dann geschehen die Dinge mit dir. Aber du kannst gestalten, du bist doch Künstlerin! Willst du nicht wissen, wer du bist und was du tun kannst?«

»Ich kann nur tanzen. Da sind keine Geschichten.«

»Was ist in dir, wenn du dich bewegst?«

Jennifer hüpfte plötzlich und breitete die Arme aus. »Gefühle, nichts als Gefühle.«

»Genau! Das ist es, was deinen Tanz ausmacht. Jede deiner Bewegungen ist ein Wort, eine getanzte Formulierung, ein Bewegungsausdruck für ein Gefühl und seine Facetten!«

»Meinst du?«

»Deinen Tanz gibt es nicht zweimal.«

Jennifer schwieg eine Weile, dann sagte sie: »Pass auf, was wir machen: Wir fahren nach Locarno und geben eine Menge von meinem Geld aus. Von meinem Geld, das ich einfach so zur Verfügung habe, aus Gottes Gnaden, und ich kaufe fünfundzwanzig Grammofonplatten, zu denen ich tanzen kann.«

»Du willst es versuchen?«

»Das ist unser Geschäft.«

Locarno

Du musst hupen!« Jennifer drückte ihren Schal vor die Augen, nahm ihn aber sofort wieder herunter und starrte auf die Straße.

Der Bauer schlug den Esel mit einem Stock, und im letzten Moment trat das Tier beiseite. Die festgezurrten Heuballen auf dem Rücken des Esels wankten.

»Das ist famos!« Robin strahlte über das ganze Gesicht, als sie vorbeirauschten. Sie hielt das Lenkrad mit beiden Händen und fuhr, als hätte sie es schon oft getan. Vielleicht gab sie ein wenig zu viel Gas. Doch mit Handschuhen, lederner Mütze und Anzug sah sie unglaublich gut aus.

Jennifer wickelte den Schal fester um ihren Hut und band ihn unter dem Kinn fest. Der Chauffeur hatte erst skeptisch das Gesicht verzogen, als er Robin erklären sollte, wie der Motor gestartet werden musste. Die beiden hatten eine Weile gefachsimpelt, Robin von ihrem Bruder Gustav erzählt, der sich mit einem Mercedes auskannte, und schließlich war er doch beeindruckt.

Der Wagen holperte über Löcher und Risse. Zwei Mädchen mit Milchkannen überquerten die Straße.

»Hupen! Warum hupst du nicht? Sonst gehen sie nicht weg.« Aufgeregt versuchte Jennifer, an Robin vorbeizugreifen, um auf den Gummiball zu drücken.

»Aber sie hören uns doch.«

Die Mädchen blieben am Wegrand stehen und winkten.

Robin drückte auf die Hupe.

»Du verwendest die Hupe falsch, sie ist nicht zum Grüßen da.«

»Willst du fahren?« Robin hob die Hände von Lenkrad und lachte. Der Wagen schlingerte.

»Nein, um Gottes willen!« Jennifer drückte Robins Hand wieder auf das Lenkrad. »Mach keinen Unsinn.«

»Siehst du das?« Robin wies mit dem Kinn nach vorne. »Eine Brücke. Sie sieht so schmal aus. Meinst du, wir passen durch?«

»Bremsen. Du musst bremsen!«

»Von wegen. Ich muss Anlauf nehmen, damit wir die Steigung gut schaffen.« Robin lehnte sich zurück, und plötzlich schoss das Automobil nach vorne.

Jennifer wurde in den Sitz gedrückt. Vor Schreck blieb ihr der Schrei im Hals stecken. Das Brückengeländer kam näher, und sie sausten auf die Pfeiler zu. Es holperte und ruckte, dann donnerte das Automobil über die Holzplanken. Schon fuhren sie auf der anderen Seite wieder hinunter.

»Du kannst den Mund wieder zumachen.« Robin tätschelte ihr das Knie.

»Ich wusste gar nicht, dass du eine Rennfahrerin bist.«

»Schade, dass das kein Beruf ist. Es könnte mir wirklich gefallen.«

»Ich würde vor Angst um dich sterben.« Jennifer hielt sich an der Wagentür fest und schüttelte den Kopf.

»Das ist bereits Locarno.« Robin zeigte nach vorne.

»Wollen wir das Automobil nicht lieber abstellen und eine Droschke rufen?«

»Warum denn das?«

»Die Straßen sind sehr eng. Und in der Innenstadt werden viele Leute herumlaufen.«

Robin lachte. »Ich sollte die Hupe abschrauben und dir in die Hand drücken. Würdest du dich dann sicherer fühlen?«

»Bitte. Sei vorsichtig. Fahr langsamer. Sonst springe ich raus.«

»Wie du willst. Ich möchte nicht in der Zeitung lesen, dass man in Locarno eine Zirkusartistin gesehen hat.«

Robin fuhr endlich gemäßigter, und Jennifer wurde etwas ruhiger. Je näher sie der Innenstadt kamen, desto schmaler wurden die Straßen. Schließlich mussten sie den Wagen doch parken. Jennifer rief einen Jungen herbei und drückte ihm ein paar Franken in die Hand, damit er das Automobil bewachte. Er stellte sich stolz neben das Fahrzeug und scheuchte mit gewichtiger Miene andere Kinder davon, wenn sie das glänzende Metall betatschen wollten.

Robin legte die Mütze ab, und Arm in Arm schlenderten sie die lang gezogene Piazza Grande entlang. Hohe Häuser säumten die gepflasterte Prachtstraße. In den Fenstern stellten die Händler ihre Waren aus; gestreifte Markisen und emaillierte Schilder zeigten an, wo sich ein Laden befand.

Jennifer genoss es, herumzuspazieren und die Auslagen in den Fenstern zu betrachten. Es war bei Weitem nicht Paris, aber doch eine wundervolle Abwechslung zur dörflichen Atmosphäre in Ascona. Sie bogen in kleinere Gassen ab, aber unweigerlich landeten sie wieder auf der Piazza Grande. Endlich entdeckten sie einen Grammofonladen.

Das Glöckchen über der Eingangstür bimmelte, als sie eintraten. Der herbeieilende Verkäufer verbeugte sich.

»Guten Tag«, grüßte Jennifer auf Deutsch und hoffte, dass sie verstanden wurde.

»Gnädige Frau, gnädiger Herr«, sagte der Verkäufer.

Jennifer spürte Robins Arm zucken und unterdrückte ein Kichern, das in ihrer Kehle hochstieg. Es war Robins Angelegenheit, wenn sie etwas richtigstellen wollte.

Sie verlangte, Schallplatten zu sehen, und während der Verkäufer das Gewünschte auf der Ladentheke ausbreitete und anpries, stand Robin stumm dabei. Offenbar wollte sie nichts sagen, denn ihre Stimme hätte sie sofort verraten.

Der Verkäufer sah einen Moment irritiert zu Robin, als Jennifer die Geldbörse aus der Tasche nahm. Wahrscheinlich erwartete er, dass der Mann bezahlte.

»Ich bezahle mit meinem eigenen Geld.« Jennifer wusste nicht, wen sie gerade ärgern wollte: Robin mit ihrem Bedürfnis, selbst Geld zu verdienen, oder den Verkäufer, der ihr nichts zutraute. Der Verkäufer ärgerte sich auf jeden Fall. Denn plötzlich war er kurz angebunden und nahm die Scheine hochnäsig entgegen. Er packte die Platten in eine Papiertasche und reichte sie Robin nachdrücklich. Es schien Jennifer, als wollte er diesem Mann, den er vor sich zu sehen glaubte, Manieren beibringen. Robin lächelte zuvorkommend und nahm die Tüte wortlos entgegen.

An der Tür ließ Robin sie vorangehen, dann drehte sie sich noch einmal um und sagte: »Auf Wiedersehen und vielen Dank.«

Jennifer stürmte zur Tür hinaus.

»Du bist unmöglich«, sagte sie. »Ich konnte nicht sehen, wie er in Ohnmacht fiel. Was hat er für ein Gesicht gemacht?«

»Als hätte ihn eine Lokomotive überfahren.«

Sie lachten.

»Gehen wir in eine Konditorei?«

»Aber nur, wenn du bezahlst. Mit deinem Geld von Gottes Gnaden.«

Während sie Schokoladentorte aßen und Kaffee tranken, erzählte Robin, wie sie sich Brunos Radlerkleidung ausgeliehen und mit dem Fahrrad Stuttgart erkundet hatte.

»Damals wollte ich das Gleiche tun dürfen wie die Männer.«

»Möchtest du ein Mann sein?«

»Nein«, antwortete Robin sofort. »Ich will nur die gleiche Freiheit genießen.«

»Die Pflichten scheust du offenbar auch nicht.«

»Warte ab, bis du dein eigenes Geld in den Händen hältst, dann verstehst du mich.« Robin trank einen Schluck. Sie setzte die Tasse ab. »Erzähl mir von deinen Plänen.«

»Woher weißt du, dass ich Pläne habe?« Jennifer spürte, wie sie rot wurde.

»Bis spät in die Nacht brannte Licht in deinem Zimmer.« Robin zerlegte ihren Kuchen mit der Gabel in kleine Stücke.

»Du hast mich gefragt, ob ich Geschichten in mir hätte. Habe ich nicht. Aber ich weiß, ich will tanzen. Und in Amerika werde ich wieder damit beginnen. Ernsthaft, meine ich. Dort bezeichnet keiner den Neuen Tanz als degenerierte Art. Im Gegenteil, die Tänzerinnen können sogar auf großen Bühnen auftreten.« Sie berührte Robins Hand. »Danke.«

»Wofür?« Robin sah nicht auf, sondern drehte ihre Kaffeetasse am Henkel hin und her.

»Du hast mir die Augen dafür geöffnet, wie wichtig es ist, ein Ziel zu haben. Die ganze Zeit habe ich mich vor Amerika gefürchtet.«

»Und jetzt nicht mehr?« Robin schluckte.

»Wenn ich ehrlich bin, ein bisschen schon noch. Aber was schaust du denn so bedrückt?«

»Ich muss wohl auch meine Ziele überdenken.«

»Warum? Du hast doch das Frauenstimmrecht, die Emanzipation, den Krieg. Das sind doch deine Ziele.«

»Ja, der Krieg. Alle scheinen ihn zu wollen. Nur die Frauen nicht. Gestern habe ich etwas Schreckliches gelesen. Willst du es hören?« Robin zog ein Blatt aus der Jackentasche.

»Außer dir kenne ich niemanden, der Zeitungsartikel mit sich herumträgt.«

»Das hilft mir dabei, wenn ich nicht weiß, was ich schreiben soll. Also pass auf. *Der Krieg ist der Hauptfaktor, der Schöpfer, der Erhalter wahrer, echter Kultur, ohne ihn kann eine geordnete Gesellschaft, ein kraftvoller Staat weder entstehen noch auf Dauer erhalten werden. Aus Blut und Eisen ist das deutsche Volk gezimmert worden.* Dazu will ich einen Kommentar verfassen.«

Jennifer schauderte. »Ich könnte das nicht.«

Entscheidungen

Lass uns einen Umweg machen.« Ohne Jennifers Antwort abzuwarten, bog Robin auf der Rückfahrt in eine Seitenstraße ein. Der Weg wurde schmal. Jennifer war von ihren Fahrkünsten überzeugter, wenn sie langsamer fuhr, also tuckerten sie den Berg nach oben. Eine wundervolle Aussicht auf den Lago Maggiore tat sich auf.

Jennifer lehnte sich hinaus und zeigte auf besonders schöne Stellen. »Wunderbar. Sieh nur.«

Robin dachte nur daran, dass Jennifer in ein paar Tagen abreisen würde, spürte ihre Nähe und konnte nur mit Mühe das aufsteigende Begehren verdrängen.

»Was hast du? Du bist so still.«

Robin schluckte den Kloß in ihrer Kehle hinunter. »Ich frage mich, ob du in Amerika eine zweite Sophie treffen wirst.«

»Ich brauche sie nicht mehr, das ist vorbei.« Jennifer legte die Hand auf Robins Arm.

»Aber dieser Tanz, neulich.«

»Den habe ich nur für dich getanzt. Sophie sagte danach, dass sie gesehen hätte, dass du etwas in mir auslöst, was sie nie konnte.«

»Es war nicht Sophie?«

»Nein, du.«

Robin sah Jennifer an. Lange.

Es knirschte, holperte und krachte, und mit einem Ruck blieb das Automobil stehen. Robin stieß mit der Stirn gegen das Lenkrad. Jennifer schrie auf.

Zweige wippten dicht vor der Scheibe. Die Beifahrertür ließ sich nicht öffnen, weil ein Baum davorstand. Sie kletterten auf der Fahrerseite hinaus, und Robin stieß mit der Schuhspitze gegen die Reifen.

»Keinen Platten, Gott sei Dank.«

Die Beifahrerseite war an Büschen und Baumstämmen vorbeigeschrammt und an einigen Stellen zerkratzt, soweit sie es sehen konnte.

»Jemand muss es rausziehen.« Jennifer hielt die Hand über die Augen und schaute umher. Pinien, Zedern und ausgedörrte Wiesen umgaben sie.

»Die Straße ist nicht sehr befahren«, sagte Robin. »Uns ist kein einziges Fahrzeug begegnet.«

»Um Hilfe rufen bringt wohl auch nichts. Weit und breit ist kein Haus zu sehen.«

»Wir könnten zu Fuß gehen.«

Jennifer hob ihren Rock an. »Ich fürchte, diese Schuhe sind nur für die Stadt geeignet.«

»Versuchen wir es trotzdem, wir können ja nicht die ganze Nacht hier bleiben.«

Doch Jennifer stieg wieder in den Wagen und klopfte auf den Sitz. »Warten wir noch eine Weile, vielleicht kommt doch noch ein Bauer mit Fuhrwerk vorbei.«

Die Berge auf der anderen Uferseite lagen im Dunst. Die Sonne war schon untergegangen, und langsam zog die Dunkelheit herauf.

Jennifer streckte sich genüsslich. »Ich könnte ewig mit dir so sitzen, die Welt vergessen und träumen.«

»Siehst du eigentlich jemals der Wirklichkeit ins Auge?«, fragte Robin gereizt.

»Ach Robin, meine ernste, tugendsame Robin. Wir brauchen die Gefühle. Ich lerne von dir den Ernst des Lebens, aber lass dich auch verzaubern und lerne schweben.« Sie breitete die Arme aus und schwang sie wie Flügel.

»Die harte Realität können wir nicht ignorieren.«

Jennifer streifte mit der Hand über ihre Wange. »Du bist wunderschön. Wunder-, wunderschön.«

»Du exaltierst.«

»Das Wort gibt es doch gar nicht.« Jennifer lächelte und rutschte ein Stück näher an sie heran.

»Für dich müsste es erfunden werden.«

»Na gut, erfinde Wörter für mich und Geschichten. Was fällt dir jetzt im Moment ein?«

Robin durchschoss eine heiße Welle.

»Nichts«, sagte sie. »Nichts, was erlaubt wäre.«

Jennifer fuhr ihr mit der Hand durch das Haar, streifte ihre Ohrmuschel mit dem Finger. »Dann erzähle mir etwas Unerlaubtes.« Da war eine Heiserkeit in Jennifers Ton. Sie fuhr über Robins Jacke, berührte ganz sachte den Stoff über ihrer Brust. Es raschelte.

»Was ist das?« Jennifer griff in die Brusttasche und zog ein Blatt Papier heraus. »Noch ein Artikel, zu dem du einen Kommentar schreiben musst?« Sie faltete es auseinander.

»Zeig mal. Den habe ich ja ganz vergessen. Hoffentlich ist es nichts Wichtiges.« Robin strich das Blatt glatt, und ihr wurde übel.

»Lies vor!«

»Nein.« Vor ihren Augen tanzten schwarze Punkte.

»Dann gib her.« Flink entriss ihr Jennifer den Artikel.

»Nicht! Lass das doch.«

»*Abnorme Neigungen müssen unter Strafe gestellt werden*«, las Jennifer. »Das stammt aber nicht von dir, oder?«

»Nein.« Robin packte das Lenkrad so fest, dass ihre Knöchel weiß hervortraten.

Jennifer las leise murmelnd weiter. Dann sprach sie wieder laut: »Ach du meine Güte. *Ärzte beobachten mit Sorge abnormes Sexualverhalten, besonders unter den Frauenrechtlerinnen, das als krankhaft angesehen werden muss. Urninden und Tribadinnen müssen in Gewahrsam genommen werden, denn sie bedrohen die Sittlichkeit unseres Volkes.*« Wieder las sie ein paar Zeilen stumm weiter. »*Eine Ausweitung des Paragraphen 175, der bislang nur die Bestrafung für Männer vorsieht, die homosexuelle Handlungen begehen, sollte dringend auch auf Frauen, die Unzucht treiben, angewandt werden.*«

Jennifer faltete das Blatt mehrfach zusammen und strich das kleine Paket auf ihrem Knie glatt.

»Ist das der Grund?«, fragte sie.

Robin schwieg.

»Du erlaubst dir so vieles. Trägst einen Anzug, gibst vor, ein Mann zu sein, wann immer du Lust dazu hast, du kämpfst für das Frauenstimmrecht und gegen den Krieg. Du nimmst dir alle Freiheiten und bist ungeheuer mutig. Doch dann lässt du dich von so etwas einschüchtern?«

»Ich will dich nicht in Gefahr bringen.«

»Das ist mir nicht genug.«

»Nicht genug?«

»Du sollst mehr tun. Das, was du wirklich willst«

»Aber es ist nicht richtig.«

»Scher dich nicht darum, was die Welt sagt. Bitte. Es ist richtig. Es ist richtig für mich.«

Sie saßen dicht beieinander und sahen sich in die Augen. Jennifer umarmte sie. Ihr Mund war ganz nah, ihre Pupillen groß.

»Was machst du mit mir?«, flüsterte Robin.

»Ich weiß, was ich will, und ich zeige es dir.«

Robin zog sie an sich, und sie küssten sich.

Rufen und Pferdegetrappel schreckten sie auf. Hastig strich sich Robin durch die Haare.

»Jetzt will ich gar keine Hilfe mehr.« Jennifer streichelte über Robins Wange.

Sie kletterten aus dem Automobil und versuchten verstohlen, ihre Kleidung zu richten. Bruno saß neben dem Chauffeur auf einem Fuhrwerk und winkte.

»Gott sei Dank.« Er zügelte die Pferde. »Ihr seid wohlauf.«

Es dauerte bis spät in die Nacht, den Wagen aus dem Graben zu ziehen. Der Chauffeur fuhr das Automobil zurück zur Villa. Er war verärgert, aber das kümmerte Robin wenig. Zerstreut antwortete sie Bruno, der wissen wollte, was geschehen war. Jennifer war ausgelassen und scherzte mit ihm.

Vor der Villa verabschiedete sich Bruno, er wollte das Pferd zurück ins Dorf bringen und lehnte Jennifers Einladung zu einer Erfrischung ab.

Er zwickte Robin in die Wange. »Kämpfst du für dein Glück?«

Robin ließ sich Zeit, ins Haus zu gehen. Jetzt wäre sie gerne zu Lise in die Küche gegangen, um die alte Frau um Rat zu fragen.

Oben war alles hell erleuchtet, Jennifer sang unter der Dusche. Die Köchin war längst im Bett, der Raum lag im Dunkeln. Robin brauchte den tröstlichen Geruch von Kochfeuer um sich. Auch wenn es nur nach kalter Asche roch, so verband sie doch damit Sicherheit. Sie setzte sich an den Tisch, der in dieser Küche zum Zubereiten der Mahlzeiten verwendet wurde und an dem nur die Angestellten aßen. Bei Valentine war es nicht üblich, dass man sich zum Personal gesellte.

Robin zündete eine Kerze an. Sie nahm einen Apfel aus dem Korb in der Ecke und suchte nach einem

Messer. Als sie den Apfel aufschnitt, stieg der intensive Geruch der Frucht in ihre Nase. Jennifer rief nach ihr.

»Ich bin hier«, rief Robin.

»Bis du hungrig?« Jennifer trug einen seidenen Morgenrock. Ihr Haar war noch feucht.

Robin schluckte. »Nein, ich suche nach Antworten.«

»In der dunklen Küche?«

»Nimm einen Apfel aus dem Korb.« Robin wies in die Ecke.

»Komm doch mit nach oben, wir essen ihn dort.«

Sie setzten sich nebeneinander auf Robins Bett.

»Schneide den Apfel quer durch.« Robin deutete an, wie Jennifer es machen sollte.

»Ist das ein Spiel?«, fragte Jennifer.

»Vielleicht ist es auch ernst, wer weiß. Mach schon.«

Forderte sie das Schicksal heraus?

Jennifer schnitt den Apfel auseinander und reichte ihr eine Hälfte. Natürlich dachte sie, dass sie den Apfel gemeinsam essen würden. Sie hatte gerötete Wangen und dunkelblaue Augen. Eine feuchte Haarsträhne fiel nach vorne. Robin spürte, wie sehr sie sich danach sehnte, diese Frau zu lieben, mit allem, was sie war. Sie ließ die beiden Apfelhälften zu Boden fallen. Dumpf polterten sie davon.

Sie brauchte keine Wahrsagerei, niemanden, der ihr sagte, was sie tun sollte, keinen, der ihr eine Erlaubnis gab.

Sie umarmten sich und fielen auf die Matratze, rutschten in die Mitte der Fläche, stießen alle Kissen und Decken beiseite.

Später lagen sie nebeneinander, die Beine verschlungen, und sahen sich in die Augen.

»Lass uns verreisen«, murmelte Jennifer. »Nach Italien, in die Künstlerkolonie.«

»Und deine Mutter?«

»Wir könnten auch mit ihr und McLinn auswandern.«

Robin antwortete nicht.

»Wenn du nur auf dein Gefühl hörst, was sagt es dir?«, drängte Jennifer.

»Ich denke, sollte es tatsächlich Krieg geben, müssen wir nach Deutschland zurück.«

»Überlasse den Männern das Kämpfen, der Krieg geht uns doch nichts an.« Jennifer runzelte die Brauen. »Oder willst du am Bahnsteig winken, wenn ich nach Amerika fahre?«

»Das ist nicht witzig!« Robin schaute so entsetzt, dass Jennifer lachte.

»Sag mir, was du willst«, flüsterte sie in Robins Ohr. »Was geht in deinem Kopf vor? Ich sehe geradezu, wie es darin rattert.«

»Ich war mein Leben lang anders. Das war mein Kampf. Ist es vermutlich immer noch.«

»Ich bin nicht anders. Ich bin einfach ich.«

»Du erkennst gar nicht, dass du dadurch etwas Besonderes bist«, sagte Robin.

»Gegen was hast du gekämpft?«

»Sie sagen, es sei abartig.«

»Ich habe mich nie als krank empfunden.«

»Ich glaube, ich werde immer kämpfen, das ist meine Natur. Als ich klein war, habe ich mich die Treppe hinuntergestürzt, um meinen Willen durchzusetzen. Später feilte ich an Worten, bis sie Stiche versetzen konnten. Es gibt so vieles, für das ich kämpfen muss.«

»Aber bitte nicht mehr gegen dich selbst!«

Robin streichelte ihr Gesicht. »Ab jetzt kämpfe ich für dich und mich.«

»Für unser gemeinsames neues Leben?«

»Ja, mein Gefühl sagt mir, dass das richtig ist.«

Impressum

2. Auflage 2014

PF 1621, D – 72006 Tübingen
Telefon: 0049 (0) 7071 66551 und +78779
Fax: 0049 (0) 7071 63539
E-Mail: office@konkursbuch.com
www.konkursbuch.com
Gestaltung: Verlag & Freundinnen.
Lektorat: Regina Nössler

ISBN: 978-3-88769-738-9
Der Roman erscheint auch als E-Book
ISBN E-Book: 978-3-88769-958-1